黎明前他会归来

藤萝为枝

Devil's Temperature

江苏凤凰文艺出版社
JIANGSU PHOENIX LITERATURE AND ART PUBLISHING, LTD

他是世人的魔鬼
可他是贝瑶的恩人。

CONTENTS 目录

Chapter 1

你离我远点

/ 1 / 重回四岁

一九九六年夏天，大风吹倒幼竹，一群四五岁的孩子纷纷睁大眼睛看天上下的小冰雹。

“这是棒棒冰！可以吃的！”

孩子们欢呼一声，纷纷用小手去接冰雹。

小赵老师忙着给教室角落里的男孩换裤子。小男孩眸光死寂，看着裤子上和轮椅下方黄色的液体，一声也不吭。

一见教室外面不懂事的娃娃们捡了冰雹尝，小赵老师怕出事，也顾不得男孩的裤子正脱到一半，赶紧跑出去阻止。

还留在教室的只有四个小男孩和前排一个发烧睡觉的小女娃。

小男孩中，有个胖墩儿叫陈虎，长得和他的名字一样，虎头虎脑，分外健康，白胖胖的两颊上还有两团高原红，比别的孩子身型大了一圈。

陈虎转着眼珠子，本来在好奇地看着冰雹，谁知忽然闻到了尿液的味道，他耸了耸鼻子，回头，就看到轮椅上的裴川正在提裤子。

可惜，那男孩膝盖以下空空荡荡，根本借不到力，好半晌，才把带着尿液的裤子勉强拉着遮住了隐私部位。

陈虎看到地上的尿液，用孩子特有的、尖锐的、不可思议的语调喊起来：“快看哪！裴川尿裤子了！一地都是。”

几个在教室的男孩纷纷回头，捂住嘴巴。

“好脏啊他！”

“我刚刚就看见了，赵老师在给他换裤子！”

“他还穿着那条裤子呢，快看他那里，嘻！”

裴川苍白瘦削的小脸染上了羞耻的红潮。他咬着唇，猛地拽下本图画书挡住湿透的裤裆。他发着抖，看向教室外面的老师。

小赵老师抱着最后一个孩子进来，斥责孩子们道：“那叫冰雹，不许吃，知道吗？老师一会儿通知你们爸爸妈妈来接你们！”

怕孩子们不听话，她继续板着脸说：“吃了冰雹的小娃娃再也长不高！”

此言一出，好几个孩子当即白了脸，眼眶蓄着泪，哇哇大哭。

“老师，我是不是再也长不高了……”

小赵老师说：“当然不是，今晚回去多吃点米饭就没事了。”

天真的孩子们破涕为笑。

然而天真的孩子有时候也最为残忍。陈虎指着裴川道：“赵老师，裴川尿裤子了！”

此言一出，小赵老师这才想起角落的孩子。然而陈虎嚷得大声，班里其他人都听见了。

裴川发着抖，泪珠大颗大颗往下掉。他不是故意的，不是故意的……

一时间，孩子们稚嫩的议论声响起。

“我三岁就不尿裤子了！”

“妈妈说尿裤子的是脏孩子。”

“裴川没有腿，他还尿裤子，我们以后不和他玩！”

“和他玩也会尿裤子的！”

……

叽叽喳喳的声音，终于将前排发烧的小女孩吵醒了，她叫贝瑶。

贝瑶脸颊潮红，颤了颤长长的睫毛，睁开水汪汪的眼睛。

狂风大作，吹动她的两条羊角辫，贝瑶迟钝地眨眨眼，呼吸灼热。这具稚嫩的身体没有力气，她明明记得自己死了，怎么会……

她垂眸，从小圆桌上直起身子，看着自己软软的还带着肉窝儿的小手。

身后无数人叫嚷着裴川的名字，贝瑶呼吸一滞，不可思议地回头。

记忆里褪色的画面突然鲜明起来，小赵老师这年才二十六岁，带着年轻女老师的温柔和朝气。

而孩子们同仇敌忾地看着角落里小小的一团，露出了嫌恶的目光。

贝瑶越过人群，看见轮椅的大轮子，还有上面小孩子僵硬的身子。

他咬牙抬头，一双因为脸颊瘦削而显得格外黑白分明的眼睛，盯着那些懵懂不知事的孩子，然而，下一秒他就垂下了眸子，眼中带泪，看着自己的裤子。

裴……裴川……

虽然只一眼，但贝瑶无比确定，那是小时候的裴川。

五岁的小男孩，断了腿，没法控制生理机能，在教室里尿了裤子，这一幕在所有人记忆中淡去，取而代之的，是十八年后那个疯狂执拗、冷漠无比的天才电脑高手。

对许多人来说，他是狠辣无情的魔鬼，他疯狂地研究不利于社会安稳的软件。

而魔鬼裴川，现在只是一个刚刚没了双腿的脆弱孩子。

“贝瑶，”一个小女孩说，“我们以后也不和他玩了！”

贝瑶不到四岁，是班上最小的孩子。

贝瑶想不起来上辈子的自己是怎么回答的，总归是应了的。

在幼儿园弄出一地的尿液，对于所有不懂事的孩子来说，都是件羞耻的事情。

何况那个孩子很可怕，他膝盖以下的小腿，被人齐齐斩断了，裤子下半截空空荡荡，孩子们觉得害怕又新奇。

接孩子的家长们匆匆赶来，教室里乱成一团。赵老师推着轮椅离开，顾及小男孩的自尊心，她得快点去厕所帮裴川换好裤子，然后组织孩子们回家。

贝瑶无力地看着裴川被推走，生病的嗓音猫儿叫一样微弱：“裴川……”

谁都没有听见，也没有人回头。

她突然想起二十三岁的裴川，他面无表情地坐在轮椅上，声线硬邦邦地说要保护她一辈子。小团子贝瑶愣神，轻轻叹了口气，趴在桌子上。

该不会是上辈子他付出得太多，这辈子让她还债来了吧？

“裴川，别难过。同学们明天就会忘记啦，老师这里有夹心饼干，吃一块吗？”

裴川低声道：“想回家。”

“那就等妈妈来好不好？”

裴川指尖苍白，低头不说话了。

裴川的母亲是外科医生，有时候一场手术会忙到深夜，父亲是刑警队队长，职位不低，工作也繁忙。两个人的工作都容不得马虎，他们偶尔会拜托邻居接裴川回去。

比如贝瑶、陈虎、方敏君这些小朋友的家长，他们会顺便把裴川带回去。

家长们陆陆续续到了学校，小赵老师得看着孩子，今天另一个女老师请了假，重担在她一个人身上，所以忙不过来。小赵老师把换完裤子的裴川推回教室，拿了积木让他玩。

裴川低着头，一直没有动。

贝瑶用复杂的眼神看着他。

人的一生，如果重来一次，贝瑶最想做什么事？

当然是远离霍旭那个渣男，孝敬爸妈一辈子，完完全全和裴川无关。前提是，裴川没在她死前留下浓墨重彩的一笔。

她对裴川的感情很复杂。

冰雹铺天盖地，越来越大。不时有匆匆赶来的家长抱怨：“哎哟，这什么鬼天气，上午大太阳，下午就掉冰坨子。”

然后，有自行车的骑着自行车带着孩子回家，没车的背着孩子跑。孩子们摆摆手：“赵老师再见！”

“小伟再见！丽丽再见！”

很快，贝瑶的妈妈赵芝兰也打着伞来了。

一九九六年，赵芝兰女士还年轻，眼角没有细纹，蓝色短袖上衣干练，透着活力。

贝瑶的目光从裴川身上移开，看着风风火火跑过来的赵芝兰，眼眶一下就湿了。

赵芝兰抱起她："哎哟，糟心闺女，哭什么哭，被冰雹吓着啦？"

贝瑶摇摇头，趴在女人背上，有些哽咽。世上只有爸妈对孩子最好，这是多少人知道却没有感悟的道理。

"给，扶着伞。妈妈背你腾不出手，你把伞把儿放我肩上，扶着就成。"

赵芝兰跟小赵老师打过招呼，背着女儿离开。

贝瑶用小手扶着伞，想了许久，回过头。

角落里的小男孩裴川没有看她。

陈虎的爸爸是班上最早来接他走的，小胖墩骑在爸爸肩头上，耀武扬威。

方敏君的奶奶围着围裙，也牵着孙女回了家。

贝瑶顺着裴川的目光看过去，他的眼睛盯在旁边的一小块湿地上。那是小赵老师简单处理那摊尿液后留下的印记。

她想起十八年后男人冰凉又温柔的吻，再看裴川时，心里泛起浅浅的疼。

这个后世让人不可忽视的人物，在幼小稚嫩时竟然如此脆弱又孤独。

贝瑶动了动手指，再想看裴川时，赵芝兰已经背着她一口气跑老远了。

裴川抬眸，黑黢黢的眼睛落在女娃娃被妈妈背着跑远的背影上。

她们越走越远，最后消失不见。

头顶的冰雹落下，发出噼噼啪啪声，鞭炮一般热闹。贝瑶没有力气，话都说不出来，烧得发昏。最后教室里只剩一个瞳孔漆黑的小男孩，坐在轮椅上。

幼儿园离家不远，倒是离赵芝兰上班的地方很远，赵芝兰腿脚快，十分钟就顶着冰雹把贝瑶带回了家。

小女娃因为发烧已经睡着了。

晚上贝瑶迷迷糊糊烧醒了，赵芝兰在给她用酒精擦背，无奈叹气：“啥时候发烧的呢？也不知道给老师讲讲，不会烧傻了吧？”

贝立材从外面进来，也过来看闺女，刚才见贝瑶烧成那样，夫妻俩都吓蒙了。好在贝瑶她幺爸是个开小药店的医生，过来看了看，又开了药，不然这样的天气，送医院都不行。

一九九六年，家里只有贝瑶一个孩子，弟弟贝军还没有出生，夫妻俩第一次当爸妈，孩子带得就精细些。

贝立材摸摸女儿软乎乎的脸颊：“好点儿了，没那么烫了。”

“明天不去幼儿园了，你明早出门给小赵老师说一下就成。”

贝瑶半梦半醒，突然听爸妈提到了裴川。

赵芝兰：“那孩子今天没人接，我看娟儿现在都没下班，裴浩斌也还没回家呢！”

“那么小的娃，下半辈子就毁了，唉……”

父母低低的叹息声幽幽入梦来。

贝瑶想起若干年后那个冷漠的男人挣扎着跌下轮椅拥抱自己的模样。

他们都说他是魔鬼，她也有些怕他沉默寡言的模样。

可那个“魔鬼”现在还只是个小男娃。

到了天大亮，贝瑶才睁开眼睛，烧已经退了不少。

赵芝兰在做早饭，贝瑶房间的门开着。

贝立材去厨房，说：“刚刚去跟小赵老师请假了，但是她说……”

沉重的叹息声传来：“裴川一整夜都没人接……”

贝瑶微怔。

昨夜降温，夏夜最冷。裴川没能等来世界上任何一个人。

/ 2 / 困兽

小孩子康复能力不错，吃早饭的时候，贝瑶已经好了很多。

赵芝兰跟工厂请了假，专门照顾贝瑶。她在一家制衣厂上班，每天的工作就是在缝纫机前做衣服，一个月工资有四百三十块钱，算得上不错的待遇。

早饭是一碗稀饭、一碗泡菜，全家只有贝瑶碗里有一个白胖胖的鸡蛋。

从楼道里传来下楼的声音，然后门外女人声音尖细地喊："赵芝兰！"

赵芝兰高声回道："今天不去上班，我请假了，你走吧。"

女人嘀咕道："不早说。"然后扭着腰走了。

贝瑶抬头看妈妈，果然见妈妈沉着脸。

那个女人叫赵秀，和赵芝兰以前是一个村的，说来也巧，两人都嫁到了C市，在制衣厂工作。婚后，同年怀孕，都在八月生下女儿。身边的人就不免拿赵秀和赵芝兰比较。

偏偏赵芝兰什么也比不过赵秀。

赵芝兰的老公，也就是贝瑶的爸爸，在砖瓦厂工作，工作艰辛，工资还不高。赵秀的老公是个小学数学老师，受人尊敬，工作体面。

单这样赵芝兰还不至于小气，主要是比女儿。

赵秀生的女儿叫方敏君，比贝瑶大半个月。方敏君生得粉嫩可爱，没有同龄人的圆润，她秀气端正，跟"小玉女"似的。谁见了都说这孩子长得美。

一对比，贝瑶就成了被碾压的那个。

四岁的贝瑶，虽然眼睛很大，但因为从小就吃得多，整个人圆嘟嘟的。赵秀每每见到，都捂着嘴笑："瑶瑶吃了什么，小手的肉比我家敏敏的多了一圈。"

明着夸奖，暗着嘲讽。因为赵芝兰就胖，她在暗指遗传问题。

贝瑶见妈妈脸色不好，轻轻叹了口气。

她家家境一直很一般，运气问题真没法比。后来，方敏君家在她读初中的时候搬走了，买了新房子，新房子在两年后拆迁，又分到了两套房。方敏君家越过越好，反倒是她家因为把钱借给了舅舅，一直住在老房子里。

只有一点贝家完全逆袭了。

后来，方敏君长残了，“小玉女”成了刻薄相。而贝瑶，“抽条”以后仿佛嫩叶舒展，出落得亭亭玉立，成了 C 市六中的校花。

但贝瑶也没法在此时安慰妈妈，说她以后会变好看的。即便说了，应该也只会被赵芝兰当作小孩子家说胡话。贝瑶昨晚迷迷瞪瞪想了一整晚，重生这种事太玄乎了。她感激能重来一回，重新拥有一切，因此打算乖乖做个四岁的小女娃，守在爸妈身边为他们养老，这辈子哪怕不嫁，也不会再害得爸妈人到中年还在为她的事情受累绝望。

她乖巧地吃完了饭，赵芝兰给她抹了抹嘴巴。

贝瑶用小奶音道：“妈妈，我要去幼儿园。”

赵芝兰笑道：“往常赶你去都赶不出门，今天生病怎么反倒要去了？”

贝瑶生着病，嗓音软绵绵的：“我想去。”她眼神恳切，大眼睛湿漉漉的。

赵芝兰心软，摸了摸她的额头：“那下午再去。”

贝瑶想起早上爸爸说的话，裴川一晚上都没人接，她有些不安。然而四岁的孩子并做不了主，她只能听赵芝兰的话。

到了下午，贝瑶顺利被送去了幼儿园。

幼儿园门口栽了几棵椿树，一摸就会沾上臭味。而园子里则栽着几株梅花，冬天时香气扑鼻。一九九六年的幼儿园设备简陋，只有木板做的两个跷跷板，孤零零地安置在院子里。

夏天天气变化快，太阳一出来，冰雹融化，跷跷板被打湿，暂时也不能用了。

小赵老师在组织孩子们玩游戏。

小吴老师下周才会来，赵老师一个人忙得脚不沾地。

赵芝兰把贝瑶软乎乎的小手交到小赵老师手上时，贝瑶往教室里面看了看：孩子们在玩丢手绢游戏。其他人都在拍着手唱歌，只有一个人没有……

裴川偏过头，对上了贝瑶的眼神。

他眼中空洞洞的，什么也没有。

不过片刻，他便回过了头，不再看她。

裴川也被安置在孩子们中间，他没有双腿，无疑是幼儿园里最特殊的孩子。小赵老师可怜他，孩子们害怕他又讨厌他，这样矛盾的存在，让他似乎成了整个幼儿园的累赘。

因此裴川和所有人格格不入。

孩子们用稚嫩的嗓音唱着歌，小赵老师笑着把贝瑶安置在孩子们中间。贝瑶对面就是裴川。

"丢呀丢呀丢手绢，轻轻地丢在小朋友的后面，大家不要告诉他，快点快点捉住他，快点快点捉住他……"

手绢掉落在陈虎身后，小胖子没反应过来，等小朋友们都哈哈笑着看他时，陈虎才猛然转过头。看见自己身后的蓝色手绢，他像颗小肉球一样蹦起来去捉人，结果，前面的孩子早就回到了自己位子上。

陈虎很郁闷，他无奈地成了下一轮丢手绢的人，只好先唱了首老师教的儿歌，然后继续游戏。

围成一圈的四五岁大的孩子们拍着手唱着："丢呀丢呀丢手绢……"

在孩子们稚嫩的歌声中，小胖子眼珠子一转，看向轮椅上的裴川。贝瑶的心突地一跳，上辈子的这一天她没来幼儿园，等第二天再到幼儿园时，就发现裴川再也不开口说话了，他甚至拒绝来幼儿园，彻底变成了一个沉默寡言的男孩。

他当时究竟经历了什么？

歌继续唱着，小胖墩儿陈虎把手绢丢在了裴川身后。而这时小赵老师带着一个肚子痛的小孩子去上厕所了。

全场猛然静了下来，就算是孩子，也敏感地知道，裴川没有腿，他抓不住任何人。

裴川回头，低眸看见了自己身后的手绢。

陈虎冲他做了一个得意的鬼脸，孩子们被他滑稽的模样逗得咯咯笑起来。

小裴川咬牙，一面扶着低矮的轮椅，一面努力弯下腰。

陈虎指着他哈哈大笑。

贝瑶心跳得很快，别捡……不要去捡……

夏日的椿树上蝉鸣声阵阵。

裴川死死咬着唇，吃力地把手绢捡了起来。他的眸子又黑又沉，像是沉默的深渊。

在所有孩子的笑声中，他细瘦的手臂开始使劲驱使轮椅向前。

可惜五岁这年，他刚不幸断了双腿，并不熟悉轮椅。那轮椅慢得仿佛蜗牛在爬。

孩子们的惊呼声驱使着他向前，他谁也不看，残缺的腿上搭着那条蓝手绢，去追前面的陈虎。

知了一声接一声地叫着。

陈虎故意跑得很慢，捂着肚子笑。

裴川推歪了方向。

他掌控不了轮椅的方向，也不懂如何用力。

在五岁的这个夏天，他犹如一头困兽，暴躁又绝望地驱动着轮椅追逐，倔强不服输。

不懂事的孩子们都在笑他。

他含着眼泪，想抓住点什么东西，于是，一遍又一遍调整轮椅。

贝瑶呆呆地睁着杏眼看他。

长大后就忘记了童年的很多事，在她的记忆里，裴川是个没有腿的残疾少年，可也仅此而已，她的人生没有他的容身之地。如果不是他成了“魔鬼”，还曾面无表情地保护过她，可能重来一辈子她也不会多关注他。

他是世人的魔鬼，可他是贝瑶的恩人。

他把她当作心肝暗暗喜欢了一辈子。

她意识到自己必须做点什么。

等陈虎又蹦又跳跑过来的时候，贝瑶笨拙地转身抱住了陈虎的腿。

陈虎叫嚷起来："贝瑶，你放手，你做什么？"小胖子捶胸顿足，要把贝瑶甩开。

四岁女娃娃的身体没有力气，小胖子则像头小蛮牛，贝瑶眼看就要抱不住他了。

贝瑶眼睛一眨，像块牛皮糖一样，整个身体趴在地上，紧紧抱着小胖子的腿不撒手。五岁的小胖子力气再大，也不可能带着"小牛皮糖"跑圈圈。

幼儿园里顿时闹成一团。

七月的夏天天气炎热，贝瑶穿着一条豆绿色布短裤，堪堪到膝盖的长度，裸露的小腿很快被地面磨红了。

陈虎怎么也挣不开，最后哇的一声哭了。

贝瑶也蒙了。

她茫然地抬头看着号啕大哭的小胖子，又转过头去看不远处的裴川。他……他怎么还不过来抓？她把陈虎弄哭了怎么办？

裴川拿着那条蓝色的手绢垂眸，她抬眸，在夏天的阳光里分外烂漫的一双杏儿眼，无措又茫然地仰望他。

陈虎哇哇大哭，声音高亢，像是被拔了毛的公鸡，哭出鼻涕泡泡。

裴川看着她湿漉漉的眼睛，还有被她困住、急得直跳脚的陈虎。

他抿抿唇，把手绢丢在了地上，不再看他们一眼，吃力地推着轮椅朝门口而去。

手帕落在贝瑶面前，她还趴着，保持着困住陈虎的姿势，不知道该不该松手。

陈虎哭得很大声，幼儿园里年龄小的孩子也跟着哭起来。小赵老师一进门就看见这景象，她赶紧上前去把小贝瑶抱起来。

此时，裴川已经到了门边。

里面传来小赵老师哄小胖子的声音。

他望着门口，已经是第二天下午了，爸爸和妈妈依然没有来。

身后闹成一片。

裴川没回过头。他虽然从不说话，但他知道很多事。比如幼儿园里公认的受欢迎的小朋友是陈虎和方敏君。

因为陈虎会搞怪，会带着大家玩，而方敏君长得好看，穿得也漂亮精致。

再比如，刚刚那个看着他的小姑娘，是幼儿园里最小的女孩儿，月初时才被送来幼儿园，爱哭，娇气，容易生病。

他们都叫她瑶瑶。

/ 3 / 心肝

小赵老师好不容易把陈虎哄好，转过头，就看到贝瑶正睁着乌溜溜的大眼睛看着她和小胖子。

小赵老师蹲下身检查贝瑶的小腿，红了一大片，甚至有些破皮。小女孩不哭不闹，安静懂事。明明这个月来幼儿园的时候，这个年纪最小的姑娘还是爱哭的。

见贝瑶没哭，小赵老师松了口气。她倒是不指望两个小孩子说清楚发生了什么，只要接下来别闹就好。

小赵老师一走，陈虎就用哭得通红的眼睛瞪了贝瑶一眼，又哼一声才离开。

下午，孩子们在折纸，裴川依然在门口，始终不过来。小赵老师推他的轮椅，他便抿唇用手指死死抠着门缝。小赵老师怕夹伤了他的手指，只得放弃。

贝瑶知道他在等什么，他的爸爸妈妈一直没来接他。

她隐隐记得，小学的时候，裴叔叔和文娟阿姨是离了婚的，裴川跟爸爸。然而，那时候她并不关注他，完全忘了究竟是几年级的事情。

贝瑶发了一下午呆。

她不是真正的小孩子，自然不可能像真的小孩子那样对这些游戏感兴趣。而且她在发烧，高热使她混混沌沌，没什么精神。

如果真的要顶着成年人的记忆和灵魂长大，其实是挺难受的。

放学的时候，家长们又陆陆续续来接孩子了。

陈虎的爸爸依然最先来，小胖子得意地从小板凳上站起来，路过贝瑶的时候还斜睨了贝瑶一眼。然而他更记恨的是裴川，他出门的时候大声对裴川道："你爸爸不会来接你的！"

裴川抬眸，一双漆黑的眼睛静静地看着陈虎。然而，苍白的手指却默默抓紧了轮椅。

小胖子一溜烟跑了。

贝瑶气坏了，真是个熊孩子！

贝瑶的妈妈赵兰芝所在的制衣厂下班有点晚，方敏君的妈妈虽然也在同一家工厂，但方敏君通常由奶奶来接，所以，最后只剩下了贝瑶和裴川没被接走。

小赵老师打扫孩子们留下来的纸屑，贝瑶看看裴川的背影，迈着小短腿吭哧吭哧走过去。

夕阳落了一庭院，她的小胖手里拿了一只纸飞机，轻轻放在他腿上。

裴川的轮椅不高，坐在上面却比四岁的女娃娃高一些。

裴川看着她。

她笑了，杏儿眼弯弯，用软绵绵的小奶音说："给你，我叫贝瑶。我们家离得很近，我们一起回家吧？"

裴川冷着脸，猝不及防地把飞机扔了。

走开，不要你。

她竟然读懂了他眼里的信息。

然而小裴川忘记了那是一只纸飞机，清风带动纸飞机，轻飘飘一下子飞了老远，落在庭院里的梅花树前。

贝瑶看了眼纸飞机，又转头看他。

下一刻她迈着小短腿去捡，她跑回来，珍惜地把纸飞机放在他腿上，眼里的光芒半点儿也没有熄灭。

裴川心里一股火气，尽管他也不知道为什么。他咬牙又扔了。

小女娃继续给他捡，每次捡回来，都小心地拍拍灰，放在他腿上，仰头冲他笑。

等到第六次，她小心翼翼地把纸飞机再次放在他腿上时，他面无表情地将它撕了。

裴川觉得，她肯定会哭的，就像陈虎那样，哭得惊天动地，然后向老师告状。幼儿园所有的孩子都不喜欢他。他腿没断之前就沉默寡言，没什么朋友，孩子们都觉得他性格孤僻难相处，现在更是了。

贝瑶知道，所有受过伤的人都像一只刺猬，可他们的心依然柔软。

她用四岁孩子天真的语气问他："你不玩的话，那我们回家吧？我妈妈也没来接我。我们自己回家好不好？"

他不说话，却在贝瑶伸手碰他轮椅的时候，抬手一下子打在了她的手背上。

他下手一点儿也不留情，啪一声脆响。她软乎乎的手上顿时红了一片。

贝瑶下意识把手缩了回去。

她低头看自己的小手，裴川也在看被他打过的那只手。

小姑娘肉乎乎的小手又白又软，手背还有几个小窝窝儿。贝瑶小时候怕痛，打针能吓得浑身发抖。裴川天生断掌，毫不留情地打下去真的特别痛。

贝瑶在心里叹了口气。

他确实不好相处。

她还想再说些什么，赵芝兰的身影已经出现在了幼儿园外面的小路上。

贝瑶轻轻蹙了蹙眉，赵芝兰过来抱起贝瑶，又和小赵老师打了声招呼。路过裴川时，她也心软了："裴川，赵阿姨带你回家吧？"

裴川低着头，手指抠紧门缝。

小赵老师尴尬地笑道："贝瑶妈妈，你先走吧。"

赵芝兰只好抱着贝瑶走了。

她抱着软乎乎的女儿，轻轻叹道："唉，那两口子造的什么孽，孩子性格成了这样……"

等他们走远了，小赵老师才笑着摸了摸裴川的头。

裴川一动不动，小赵老师顺着他的目光看过去，才发现他在看小路尽头的母女。

赵芝兰折了朵黄色的小野花别在小姑娘头上的小鬏鬏上，她怀里的女娃娃的大眼睛弯成月牙儿状。

天真快乐又可爱。

裴川的目光落在贝瑶身上。

许久后他摊开手，掌心有一片藏起来的残留的纸飞机碎片，他默默松开了它。

纸片随风飞走。

他就知道她是骗他的，她妈妈会来接她回家。

晚饭后，贝瑶拉开卧室窗户，趁着赵芝兰洗碗，费力地踩上凳子看过去。

对面四楼电灯亮起。

那是裴川的家，他家有人，那他就应该被接回家了。她这才松了口气。

他们在一个小区，贝瑶家住三楼，裴川家是四楼。贝瑶和爸爸妈妈分床早，有自己的卧室。从她家这边看过去，能看到裴川的家。

她半夜睡觉时又发烧了，赵芝兰睡在她身边，一摸，发现她身体滚烫。

凑近还听到贝瑶不知道在说些什么胡话，抽噎着，眼泪打湿了枕头。赵芝兰的睡意都被吓没了，赶紧拿酒精给她降温。

天快亮时，贝瑶睁开眼，额头滚烫一片，更让她害怕的是，她的记忆开始模糊了。

就像是原本能透过一块剔透的玻璃看世界，可是渐渐地，那块玻璃被一点点覆盖，让人看不清楚。

她蒙眬中记得自己是死在二十二岁那年。

死得很狗血。

而现在，那些刻骨铭心的记忆，竟然也随之被蒙上一层大雾，似乎这个四岁女娃娃的身体在排斥这些记忆。

等赵芝兰一出门，贝瑶艰难下床，翻出自己写字的小字本和铅笔。

“贝瑶，二〇一〇年，嫁给霍旭，婚后才知道他有真正喜欢的人。而贝瑶是他对抗家族、保护真正爱人的挡箭牌。霍旭是军人和商人的后代，他有钱有势。霍旭一直没碰她，等到她知道自己是什么样的存在，闹着要离开时，霍旭却不允许了。”

贝瑶用旁观者的角度写下这样一段话，写完了满头冷汗，可她知道还得继续。

“二〇一二年，贝瑶想办法第一次见到霍旭真正喜欢的人，可是眨眼间，霍旭把她赶了回去，还第一次动手打了她耳光。赵芝兰女士和贝立材先生心都快碎了，中年的时候，还为她的事情到处奔波求人。最后，贝先生出了意外，成了植物人。”

贝瑶边回忆边掉眼泪。

贝瑶继续坚定地写：“赵芝兰女士最后去求了一个男人，他把贝瑶救出来了。那个男人叫裴川，是个世人眼中很坏的男人，他写的程序全是破坏社会安定的。他沉默寡言，保护了贝瑶两年，最后，她死那天，裴川告诉她，‘她是他一辈子不敢爱的心肝’。

“二〇一四年，贝瑶死得窝囊，还是成了那个女人的挡箭牌。”

赵芝兰的脚步声渐近，贝瑶来不及继续，最后只能潦草地告诉将来的自己："好好对裴川。"

最后一个"川"字收尾，她飞快地把作业本放进抽屉里。赵芝兰推开门，瞪着眼说她："都发烧了还乱跑什么！"

贝瑶擦干眼泪，乖乖回床上躺好。

她不知道记忆最后会停留在哪一天，一个人带着上辈子的记忆生存本就有违常理。能重来一次本就是恩赐了。

"妈妈，你给我唱首歌吧。"

赵芝兰笑骂道："不听话还想听歌！"

到底心疼女儿，她想了想，用清亮的嗓音唱道：

轻轻敲醒沉睡的心灵
慢慢张开你的眼睛
看看忙碌的世界
是否依然孤独地转个不停
春风不解风情
吹动少年的心……

这是张一九八五年发行的专辑，贝瑶很多年没有听到过这样熟悉的歌曲了。

她隐隐约约想起来，这首歌叫《明天会更好》。

在赵芝兰的歌声中，她又沉沉睡去。

睡前贝瑶在想，裴川今天去幼儿园了吗？

他上辈子因为前一天的事，拒绝去幼儿园，并且不再开口说话。那今天呢？

第二天，艳阳高照，幼儿园的孩子们在看落在草丛里的白色蝴蝶。

方敏君周围好几个孩子，全都想捉住那只漂亮的蝴蝶。

陈虎咋咋呼呼跑过来："方敏君，你要来躲猫猫吗？"

方敏君回过头。

那是一张在一九九六年被称为"小玉女"的脸，因为长得有点像某个港星，这让方敏君的母亲赵秀格外骄傲。

方敏君不似同龄的孩子那样胖乎乎肉嘟嘟的，脸上肉少，衬得有些精致清秀。

她说："好，不过我不当猫猫。"

陈虎一口同意了。

然后指了个小男孩当猫。那孩子嘟了嘟嘴，不得不同意。

一声欢呼，孩子们纷纷躲起来。

他们玩得开心，角落里，裴川冷冷看着。

在稚嫩的欢声笑语中，他看向最前面的小女娃空着的位子。

他来上学了，而她没有来。

/ 4 / 他不脏

贝瑶这一病，一直到八月份才好，四岁的身体无比排斥她上一辈子的记忆，贝瑶一有意识，就去作业本上写东西。然后把它藏在床头和柜子的夹缝中，赵芝兰不会打扫那里。

等到八月初，夏天最热的时候，贝瑶的记忆终于稳定下来，她的记忆最后停留在了小学三年级。这是这副软乎乎的身体的极限了。她隐约知道自己是重生的，也知道一定得对裴川好，可是让她说说为什么，却又说不出来。

三年级的水平，等她再次翻出作业本来看，却看不懂了。认识一部分字，还有些不认识，但是内心高度的紧张感让她本能地知道要把作业本藏好。

贝瑶的病急坏了赵芝兰和贝立材。贝立材抽着香烟说："等到瑶瑶四岁生日了，给她挂个红，放鞭炮祛晦气。”赵芝兰满口答应，二十世纪九十年代，孩子的早夭率很高，贝瑶是夫妻俩的第一个孩子，那时重男轻女的思想还没革除，贝瑶奶奶不喜欢她，夫妻俩却很珍惜这个女儿。

贝瑶好了，自然又得往幼儿园里送。

她如今以小学三年级的视角来看世界，反而好了很多，不再浮躁，清澈的眼睛里多了对世界的向往和好奇。

去幼儿园的路上开满了夏花。贝瑶盯着池塘的荷花目不转睛，最后央求着赵芝兰摘一朵。

赵芝兰头疼极了，他们小区没有完全建好，属于拆迁房，荷花好像是别人家养的。赵芝兰吓唬她：“这是别人家的，被逮到不把你捉去关起来！”

贝瑶眨着清澈的大眼睛：“我们买。”

“得得得。”赵芝兰四处看看，问了下荷花的主人，然后花了五毛钱买了朵带莲蓬的荷花。赵芝兰捡了根树枝把荷花钩过来，摘下来给她。

贝瑶知道五毛钱不少了，她的新年红包才一块钱。

赵芝兰心疼她生病才得了这么一朵花。

小贝瑶人就那么点高，赵芝兰心疼五毛钱，花茎摘了老长一截。贝瑶小心翼翼抱着，花把她的脸都挡住了。

到了幼儿园，小吴老师已经来上班了，她比小赵老师还要温柔些，刚休完婚假回来。小吴老师微胖，一笑就多了几分新婚女人发自真心的喜悦：“瑶瑶的花儿真好看，来和小朋友一起做游戏吧。”

小吴老师牵着她往里走。

小赵老师在分发夹心饼干。

夹心饼干一个月只会发一次，平时发的都只是很普通的圆饼干。对于孩子们来说，每个月的这个日子总是格外让人期待。

贝瑶抱着花四处打量。

圆桌前坐满了孩子。每个孩子拿到饼干都珍惜地先舔舔，然后咬一小口。这么一块饼干可以吃上十分钟。

她一眼就看到了裴川。

他面前也有一块饼干，但他并没有动。仿佛那不是小孩子都喜欢的东西，而是一块木炭。

贝瑶懵懵懂懂意识到，他好像比前几天又瘦了几分。

瘦弱的小男孩，穿着墨蓝色的夏装，衣服里面仿佛空空荡荡。

他看着窗外的椿树，眼瞳漆黑。

贝瑶抱着花走进来，他淡淡看了一眼，又将眼睛移到了窗外。

向彤彤像只小仓鼠一样啃着自己的饼干，一见贝瑶来了，眼睛一亮："瑶瑶！你的花真好看。"

贝瑶点点头，杏眼弯弯，甜甜地喊道："彤彤。"

向彤彤是她幼儿园的同学，将来也是小学的同学。

"我可以要一片花瓣吗？"

"好啊。"贝瑶的小胖手小心地揪下最外围的花瓣递给她。

向彤彤嗅了嗅："香香的！"

贝瑶知道自己得对裴川好，可是人一小，心智也不坚定。这朵花本来是给裴川的，现在舍不得它，看了又看，打算和向彤彤一起看够了再送给裴川。

她们在说话的时候，一只胖嘟嘟的手伸过去，把裴川面前的饼干拿走了。

裴川猛然转过头，面无表情地盯着陈虎。

陈虎咽了咽口水，冲他扬了扬拳头："怎么啦！你打不过我。"

反正裴川又不吃，给他吃怎么啦！而且每次裴川的饼干都进了他的肚子，也没见有什么。

他这样一想，赶紧趁老师没注意在饼干上舔了一口。见裴川还在冷冷地看着他，陈虎又心虚又恼怒。

方敏君脸上带着几分不符合这个年龄的高傲："他的饼干脏，陈虎，你别吃了。"

陈虎脸上更挂不住了。

他把啃了一口的饼干往裴川面前一扔，也打算不要了。

敏敏说得对，裴川会尿裤子，他的饼干肯定很脏。

扔得不准，夹心饼干最后擦过桌子边，落在了裴川的轮椅旁。

裴川苍白的手猛然握住轮椅，驱使着朝陈虎那边去。然后他拽住陈虎的衣领，把他往自己这边拖。

陈虎愣了愣："哑巴，你做什么？！"

裴川自从腿断后就再也不和小朋友说话了，他们起先还喊他"裴川"，现在干脆喊"哑巴"。

陈虎长得敦实，自然不会坐以待毙，立刻去推裴川。男孩子瘦弱的胸膛被小蛮牛陈虎推得往后退，裴川眼瞳漆黑，眼里寂寂，拉住陈虎的胳膊一口咬了下去。

"哇啊啊……"陈虎痛得当场哭出了声。

小吴老师最先发现出事了，赶紧过来，打算拉开孩子。

幼儿园里一片乱。

贝瑶抱着花，一下子看见了裴川的眼神。他咬着陈虎的胳膊，满头汗，目光越过好几个小朋友在看她。

贝瑶看过去，他又闭上了眼，只是嘴上不松，仿佛要咬下一块肉来。

陈虎边打他的头边哭。

裴川像是没有痛觉的机器人，下一秒咬得更紧。

小吴老师拉不开，只好用力掐住裴川的下颌："裴川，松口！"

孩子们第一次见这样的阵仗，全部吓蒙了。

裴川嘴角流出血，不知道是谁的。

小吴老师急了。

天啊，她这样使劲捏着一个孩子的脸颊，都没法让他松口。小赵老师匆匆进门，看见这一幕心都快跳出来了。

她温柔地摸摸裴川的头："小川，松口好不好？老师在这里，老师在这儿呢……"

裴川睁开眼，迟钝地张开了嘴。

小吴老师赶紧把陈虎的胳膊拿出来。陈虎的胳膊上有一圈很深的牙印，渗出了血。

两个老师对视一眼，脸色白了。

陈虎哭得鼻涕泡直冒，小吴老师赶紧抱起他来哄，小赵老师去通知家长了。

孩子们吓坏了，纷纷远离裴川。

向彤彤眼里带着泪："他好可怕，咬人。"

贝瑶抱着和她一样高的荷花，发现没人管裴川。他自己擦掉了嘴角的血，沉默地看着地上已经被踩碎的饼干。

陈虎在老师怀里哭得上气不接下气："老师，走，走……"

"好好，老师抱你出去。"

方敏君脸色苍白，刚刚裴川和陈虎打起来的时候她就在旁边。她好不容易才忍住了眼泪——因为妈妈告诉她那个港星是冷艳美人，所以作为"小玉女"的她不能哭。

这时候她也不坐在裴川身旁了，一口气跑到了教室外面。

贝瑶看着老师在哄陈虎，突然眼睛一亮，迈着小短腿吭哧吭哧走到裴川面前，然后，把荷花放到他怀里。

"送给你。"

她转头看门口，小吴老师抱着陈虎拍背："不痛不痛哟……"

贝瑶又转回头，仰头看着坐在轮椅上的小男孩，她的身高只能到他的小臂，她轻轻拍着，小奶音软软哄着："不痛不痛哟……"

裴川的唇角还沾着没擦完的血，身上放了一朵大得离奇的荷花。

荷花淡雅的香气，夹杂着女娃娃的奶香，环绕在他周围。她肉乎乎的小手轻轻地拍，裸露的小臂很软，像一只停留的嫩蜻蜓。刚刚被陈虎打过的头依然很痛。

他低眸看她，她的杏儿眼像是含了一池清水："不痛哟……"

阳光灿烂刺眼，灼得人眼睛生疼。他把那朵荷花往桌子上一放，拂开她的小手，推着轮椅去窗前。

贝瑶沮丧地看着小男孩瘦弱的背影，然后朝着向彤彤走去。

小姑娘向彤彤鼻尖儿通红，她拉住贝瑶的手，想把她往外拉。

教室里和陈虎玩得最好的男孩儿叫李达，李达大喊一声："裴川是小狗！"

立马有几个孩子应和地点点头。

贝瑶回头，那个单薄的背影一动不动。

"妈妈说，咬人的是小狗。瑶瑶，我们不和他玩。"

贝瑶眼睛大，睫毛也很翘，扑扇着眨眼时，让人忍不住想摸摸她的脑袋。她一脸严肃地摇摇头："他不是小狗。"她大声告诉向彤彤和其他小朋友，"他叫裴川，我妈妈说，'川'是河流，河流是很干净的。"

裴川垂眸。

女娃娃的声音稚嫩清脆，像是夏天的风铃声。

腿断了，许多人嫌他脏。幼儿园的孩子都记得那次尿尿的事。

其实他不脏，很早他就自己穿衣服和裤子了。上了厕所他也会认认真真洗三次手。裴川甚至比同龄的孩子早慧许多，他现在就会做算数题了。可是仿佛腿断了，就成了肮脏的存在。

爸爸给他取名字的时候，取义"海纳百川"。

他虽然不懂这是什么意思，但是知道这是个好名字。

然而再光明磊落的名字，如今也因为双腿的残疾染了尘，没了灵魂。

陈虎的家长先来了，爸爸和妈妈都来了。

对于陈虎的爸爸，孩子们都眼熟，一个虎背熊腰的叔叔。他眼睛瞪得铜铃一样大，指着裴川："臭小子，要是我家小虎有什么事，老子就打死你！"

陈虎一听，哭得更是惊天动地，委屈极了。

陈虎的妈妈也瞪了裴川一眼，抱着孩子要去诊所看伤。

小吴老师尴尬地站在一旁："抱歉抱歉，是我们没有看好孩子，赶紧带小虎去看看吧。”

夫妻俩这才抱着孩子走了。

过了半小时，裴川的母亲蒋文娟来了。她长相秀气，头发盘在脑后，干净利落。

这是个长相十分温婉的女人，裴川像妈妈多一些，他眉眼俊秀，却又因为三分像爸爸的长相，轮廓要深沉些。

蒋文娟来的路上就听小赵老师讲了经过。

这个女人沉默着，过来先对着裴川笑了笑，然后俯身摸了摸他的头。

贝瑶清楚地看见，沉默的小男孩眼里渐渐点亮了色彩。

像是春回大地，枯木点上翠枝，星星点点的光芒让他漆黑的眼睛里多了颜色。她推着轮椅往外走，贝瑶听见男孩子喑哑的声音很轻地喊出一声："妈妈。”

他会说话，只不过少言。

幼小的孩子心里界限分明。

贝瑶眨巴着眼睛，趴在门边，眼巴巴看着他们的背影。

裴川什么时候才肯和她说话呢?

/ 5 / 别咬她

蒋文娟把裴川带回家，给他洗了把脸，又拿水盅接了水给他漱口。

裴川一直安安静静的，蒋文娟看着孩子苍白清秀的脸，摸了摸他的黑发："小川，为什么咬陈虎？”

裴川垂下睫毛："他抢我的饼干。”

蒋文娟皱眉。

她知道裴川在撒谎，他们家的家境在整个小区算是顶殷实的了。那种夹心饼干别人家没有，可是他们家有的是，而且不仅有饼干，还有巧克力。裴川不会为了一块饼干去打架。

她的目光落在裴川的腿上，眼里多了泪意。蒋文娟其实也明白为什么，肯定是因为他的腿。

她温柔地抱抱他，然后笑道："妈妈去做饭，一会儿就可以吃饭了，小川有想吃的东西吗？"

裴川摇头，黑眸安静地看着蒋文娟忙碌的身影。

裴浩斌傍晚时回了家，他最近在缉拿一个毒犯，常常忙到深夜。他的出现，让整个家的气氛短暂地安静了几秒。

此时，裴川正和妈妈在客厅看电视，听到门响，蒋文娟并没有转头，倒是裴浩斌主动说了话："我回来了。"

他先看看疲惫的妻子，又摸摸儿子的小脑袋。

裴川仰头去看爸爸，明澈的眼里没有恨意。裴浩斌心里微不可察地一痛。

蒋文娟怨他拖累了裴川，两个人隔三岔五就吵架。

前段时间有一晚两个人都忙，蒋文娟做急救手术，裴浩斌还在交警队。他们都以为对方接了裴川，结果回来才知道两个人都没有去，当晚蒋文娟歇斯底里地哭了一整夜。

蒋文娟和裴浩斌虽然是经人介绍结的婚，但夫妻俩刚结婚时也是很甜蜜的，特别是裴川出生以后，这样的幸福感到达了顶峰。可是，儿子因为丈夫断了腿，蒋文娟没法不恨裴浩斌。

她恨丈夫因为工作弃儿子不顾，让孩子在四岁的时候被犯罪分子斩下了小腿。

当时见到浑身是血的裴川，蒋文娟肝胆欲裂，心都要碎了。

裴浩斌发现厨房里没有给他留的饭，他顿了顿，自己下了碗面吃了。吃完了又来和裴川说话，他问什么，小男孩答什么，格外懂事。

蒋文娟冷眼看着，到了晚上九点，她给裴川擦了脸，让他快睡觉。

男孩子的手拉住她的衣角。

"妈妈。"他抬头，"我想洗澡。"

“你没怎么活动，今天天气也不热，身上不脏，改天洗吧。”

裴川抿抿唇：“我想洗澡。”

他没把和陈虎吵架的原因告诉蒋文娟，蒋文娟皱着眉，到底还是给他烧了水。

她给裴川脱了衣服，把瘦弱的小男孩放进木盆里。

裴川垂眸看着自己难看的残肢，没有说话。

蒋文娟也看见了，这是她心中难以承受的痛，然而她不能让幼小的儿子自己洗。她耐心给他洗完，又把水擦干，然后带他去睡觉。

蒋文娟睡前依然嘱咐道：“想尿尿不要憋着，要告诉老师和妈妈，知道吗？”

“知道。”他轻声说，“妈妈，你给我讲个故事吧。”

蒋文娟刚笑着答应，就听到外面有人敲门：“蒋医生！蒋医生在吗？”

裴川看着妈妈急匆匆出去，整晚也没有回来。

他没能听到故事，把目光平静地转到墙的另一侧，那里以前用粉笔画了刻度，可以量小孩子的身高。以前每长一岁，爸爸妈妈都会喜盈盈地带着他量一次。

后来被裴浩斌红着眼抹去了，只留了一团模糊的痕迹。

裴川睁眼看着，许久才闭上眼睛。

他明白，他永远也不会长得像爸爸那样高了。

八月三日，是方敏君小朋友的生日，小赵老师带着整个幼儿园的孩子给她唱生日歌。

贝瑶坐在人群中拍着小手唱歌，左右看看才发现裴川没来上学，当然，陈虎也没来。她心中很着急，裴川怎么不来幼儿园了呢？

贝瑶问小赵老师，小赵老师说：“裴川妈妈说他不来幼儿园了，等九月份，直接送他去念学前班。”

贝瑶傻眼了。

在她浅薄的记忆里，是有这个学前班的。学前班在朝阳小学里面，离幼儿园很远很远。

和上辈子一样，裴川到底没能读完幼儿园。

小赵老师叹了口气，她可怜裴川，却也明白裴川不适合在这里待下去。

因为幼儿园所有的小孩子都看见了裴川打架，他黑眸里没有一点色彩，装满了对世界的冰冷。他咬陈虎时的疯狂，把所有孩子吓坏了。

小贝瑶难过极了。

赵芝兰拉着她回家的路上，她都在想这件事。下午，赵秀来敲门，带来了半个巴掌大的蛋糕。

赵秀颧骨很高，眉很细很细，她一进门就把蛋糕往赵芝兰手中一递，然后掐了一把贝瑶的小脸。

女娃娃眨着大眼睛，软软地喊："秀阿姨。"

赵秀笑道："还是瑶瑶的脸蛋儿摸着舒服，来给阿姨看看，听说你之前生病了，生病也没变瘦，这小脸圆乎乎，一看就有福气。"

贝瑶下意识地看妈妈。

赵芝兰的脸黑得跟锅底似的，偏偏赵秀还在说："唉，不像我家敏敏，不长肉。虽然大家都说她像常雪，长大了好看，但是我瞅着瑶瑶看着更可爱些呢。"

赵芝兰皮笑肉不笑："说笑了，你家敏敏长得是很好看。"

得到了对自家女儿的夸赞，赵秀满意地走了。

常雪是那时候大家耳熟能详的一位港星，拍了许多电影。贝瑶上小学的时候还很喜欢这位女星的喜剧电影。常雪被大家称为"玉女"，而眉眼和常雪有七分像的方敏君，就被称为"小玉女"。

贝瑶隐隐觉得哪里不太对，可是记忆停在三年级，她想不起来哪里不对。

她沮丧地想，自己好多肉肉，方敏君小朋友确实轻巧又好看。

赵芝兰更冒火，她自己微胖，就怕被人说，偏生赵秀每次都使软刀子。生个女儿像常雪怎么了！又不是真的常雪，小孩子嘛，还是她的瑶瑶看着可爱呆萌。

贝瑶踮脚去拿桌子上的蛋糕，赵芝兰说："才吃了饭，再吃蛋糕会不消化，会肚子痛。"

那蛋糕是硬奶油蛋糕，也叫作"麦淇淋蛋糕"，赵芝兰是舍不得买的。他们家老的老，小的小，一家子人要养。贝瑶过生日多半是买包水果糖，再煮一碗糖水鸡蛋。

贝瑶虽然有些馋，但她摇摇头，眼睛笑成两个弯弯的月牙儿："分成两个，妈妈吃一个，一个给裴川。"她的小手比画着做了一个切开的动作。

赵芝兰愣了许久，最后肯定地点点头："对，给那孩子拿点去。"

蛋糕切开，赵芝兰看着正眼巴巴观望、还没桌子高的女儿，又心软又好笑："妈妈不爱吃，给你留着。走，咱们先给裴川拿过去。"

绕过小区的绿荫，有几户人家在小区前圈出的绿圃里种了些蔬菜。

裴川家就在对面，母女俩从另一侧上楼，敲响了四楼的门。

沉重的脚步声响起，下一刻那边出现了裴浩斌的脸。男人做刑警，一身正气，他仔细认了认，发现母女俩很眼熟，似乎是一个小区的，但忘记了人家的名字，有些尴尬。

赵芝兰善解人意地笑笑："我姓赵，裴警官好。我女儿瑶瑶和小川是同学，过来给他送蛋糕。"

裴浩斌低头，看见一个扎了俩花苞的小姑娘。大眼睛水汪汪的，皮肤很白，睫毛又长又翘，像是个软乎乎的年娃娃。

"年娃娃"有些怕生，在赵芝兰的指示下奶声奶气地喊叔叔。

饶是裴浩斌，也被萌得心软了软。他和善地笑道："小川在房间，瑶瑶过去看看他吧。小赵，不嫌弃就进来坐坐，我给你倒水。"

"不用不用，就送个蛋糕的事，裴警官你忙你的，瑶瑶去看看小川，送完就出来。"

贝瑶得了指令，小心翼翼端着蛋糕跟着裴浩斌往裴川房间走。

房门推开，书桌前坐了一个端端正正写字的小男孩，正是裴川。

他在为进入学前班做准备。

“小川，小朋友来了。”

贝瑶紧张地看着裴川。他的房间比她的大，设计很简单，东西摆放得整整齐齐，不像她的房间，总被妈妈笑话是个小猫窝。

裴川转头，漆黑的眼睛越过爸爸高大的身影，看见了稚嫩的女娃娃。

她端着成年人半个巴掌大的蛋糕，见他看过来，一时间不知道该不该笑，有几分怯意地朝着他走近。

她双手捧得高高的：“裴川，给你吃。”

他沉默地看着她。

这是个不怕挫折的女孩子。

她第一次给他纸飞机，他撕了，还打过她的手。

第二次是夏天那朵最灿烂的荷花，他扔在了桌子上。

这一次是个蛋糕，奶油上的花都不完整的那种。

她忐忑地看着他，目光清亮又柔和。

他记得她还小，比他小一岁多，估计还会上一年幼儿园。而他下个月就要去学前班了，可能很久很久都看不到她了。

他伸出手，接过了她珍惜着捧过来的蛋糕。

小女娃杏眼亮得像揉碎了的水晶，她用眼睛告诉他，这个长得糟糕的蛋糕很好吃，至少是她的心爱之物。

裴川依然一句话没和她说，哪怕是一句谢谢。

然而贝瑶开心极了，小圆脸粉嘟嘟的，就要跟着裴叔叔往外走，突然衣领子被拽住，一股力道把她往后拉了拉。

她懵懂地回头，看见了小男孩居高临下的黑眸。

贝瑶记得裴川那天也是这么打陈虎的，把陈虎拖过去，然后……她下意识想捂住胳膊。别咬她，裴川不喜欢的话，她再也不来了，她怕痛。

她刚要喊裴叔叔，就看到沉默的男孩子往她小兜兜里放了一把巧克力，然后松开她的衣领子，示意她可以走了。

贝瑶摸摸口袋里扎手的糖果，又抬头看他。

他依然没和她说一个字，转头握了笔端正地坐着写字。

男孩子写下一个又一个铅笔字，方正而有力。

/ 6 / 可是我矮

八月的夕阳照得人全身温暖，贝瑶摊开小手给赵芝兰看。

她掌心躺着五块巧克力，赵芝兰拿起来一看："那孩子给你的啊，这可不便宜。"

五块红色外包装的"起士林"巧克力，都是T市出产的。

童年没什么特别好的东西，吃到糖果都很欢喜，更别说这个牌子的巧克力了。赵芝兰嫁给贝立材的时候，贝家还负着债，虽然贝瑶出生后没亏了孩子，但是这些小零食她鲜少给贝瑶买。

一块"起士林"两块钱，五块沉甸甸的，要整整十块钱。

对于小贝瑶来说，她念三年级的时候，十块钱也是一笔"巨款"了，她拿着裴川给的"巨款"惴惴不安。赵芝兰看女儿单纯可爱的模样，心里一软："既然都收了那就拿着吧，以后妈妈做了好吃的，你都给小川拿点去。"

贝瑶用力点点头笑了："妈妈吃。"

"你拿着，妈妈不吃甜的。"

"那给爸爸。"

"爸爸也不喜欢。"

巧克力加了能让人幸福的碱，贝瑶两排小白牙咬下去，巧克力在嘴里化开，她的眼睛里亮起细碎的光彩。

贝瑶只吃了一块，剩下的到底没舍得吃，藏在了自己的抽屉里，打算馋的时候拿出来解解馋。

转眼到了八月中旬，八月十七日那天是贝瑶的四岁生日。她的生日过得很简单，一包糖外带糖水鸡蛋，吃完依旧去幼儿园。

孩子们稚嫩地给她唱生日歌，贝瑶看着角落里空缺的位置，心情有些低落。

向彤彤说："我今年就要去学前班了呢。"

几个年纪小的羡慕地看着她。

陈虎已经来了幼儿园，他年纪大一些，也是要去学前班学知识的孩子之一。他问方敏君："敏敏，你去吗？"

方敏君摇摇头："我不去，妈妈说我还小。"

陈虎说："那个小哑巴也要去，我一定要揍他！"他学着他爸爸那样，粗声粗气地挥了挥拳头。被一个没有腿的孩子咬成那样，在陈虎的心里既是阴影，又是耻辱。他一定要报复回去！

贝瑶看着胖墩儿陈虎，皱了皱眉。

她知道自己按理还得念一年幼儿园，她一直比裴川低一届，可是，如果裴川的班上都是陈虎这样的孩子，那裴川是不是就一直没有朋友啊？

回到家，贝瑶问赵芝兰："我可以要一个生日愿望吗，妈妈？"

她明眸澄澈，最近都乖乖巧巧的，仿佛到了四岁，这个孩子一下子听话好多。赵芝兰让贝瑶说说看。

"我想去学前班。"

赵芝兰想也不想就否决了："不行，你刚满四岁，得五岁再去。还没学会走就想着飞可不行，那些哥哥姐姐是去学写字的，你留在幼儿园可以和小朋友们做游戏。"

"不做游戏。"贝瑶认真道，"我去学写字。"

赵芝兰哭笑不得。

她的女儿有些呆萌，打小反应就要比别人慢些，老师说别的孩子学唱儿歌如果要三遍，她的瑶瑶就要五遍，唱五遍不行，她会自己一个人慢吞吞唱十遍。

贝瑶说要去学前班，赵芝兰只当个笑话听。这种有关孩子一辈子的大事，哪能由着贝瑶胡闹，输在起跑线上，以后就跟不上了。

贝瑶被拒绝了也不气馁，她回到房间，直到吃晚饭的时候才出来，把自己的田字格小本本拿给爸爸妈妈看。

赵芝兰一看，直接蒙了。

左右两面写满了，左边是汉字，一排“大”，一排“小”，还有“多”和“少”。

贝瑶的字写得小，田字格还没占到二分之一，然而一笔一画，看得出特别认真。

右边是加法，“1+1”“1+2”，虽然只加到了5，但是已经足够让赵芝兰震惊了。那会儿的幼儿园基本是个大型托儿所，顶多一群孩子一起唱首儿歌。一般进入学前班才会正式学知识，一年级的时候正式学习九九乘法表。

贝瑶紧张忐忑地看着妈妈。

赵芝兰问她：“你怎么会这些的？”

贝瑶的心怦怦跳：“幼儿园墙上有。”

赵芝兰还没说话，就听到贝立材哈哈笑道：“我家瑶瑶还是个小天才啊！”

贝瑶知道爸爸的心思不如妈妈敏锐，她有三年级的记忆，写汉字和加法不在话下，然而她只敢挑一些简单的东西，怕赵芝兰怀疑。

赵芝兰想了想：“二加二等于几？”

贝瑶有些心虚，她低头，小手做出数数的动作，半晌，四根软乎乎的指头竖起来。

赵芝兰看着女儿脸颊边竖起的手指，狠狠在贝瑶脸上亲了一口！

她赵芝兰终于有打败赵秀的一天了！真是扬眉吐气！

“咱们报学前班，明天妈妈就去找老师！”

贝瑶弯着杏眼，灿烂地笑了。

路边小野菊抽出小花苞儿的时候，九月份来临了。

C市以往每年开学都会下一场雨，一九九六年九月一日这天也不例外。裴川看着路面顷刻被打湿，苍白的手指搭在轮椅上，不知道在想什么。

蒋文娟怕孩子淋湿，给他穿好了雨衣。

前一晚，出事后蒋文娟第一次心平气和地和丈夫说了话。裴川上学前班让她特别不放心，自从裴川双腿被斩断，蒋文娟常常被梦中血肉模糊的景象惊醒。反反复复的景象，成了折磨一个母亲的噩梦，蒋文娟怎么看沉默寡言的丈夫都不顺眼。然而，孩子上学得靠裴浩斌找关系。

C市朝阳小学有两个学前班，学前一班和二班。学前一班的语文老师恰好是裴浩斌的初中同学，姓余。余老师一早就知道裴川的特殊情况，因此裴浩斌一说，余老师就同意了。

朝阳小学离小区很近，走路的话就十五分钟路程，裴浩斌发动摩托车，示意蒋文娟将孩子抱上来。

轮椅用皮绳绑在摩托车后面，裴川被安置在摩托车前面坐好。

裴浩斌小心护着儿子，刻意轻快地道："出发咯。"

裴川握住摩托车前面的金属杠，唇角露出浅浅的笑意。

小雨淅淅沥沥，离开了妈妈的视线，裴川终于没了表情。他身后是爸爸宽阔的胸膛，裴浩斌骑得很慢。雨点很少打在裴川脸上，裴川看着雨幕，知道自己即将去一个新环境。

他不想去，可他知道他必须得去。

因为上学前班这件事，妈妈终于肯和爸爸说话了。他想要一个完整、正常的家，哪怕他的身体已经不再完整。

裴川用力抓住金属杠，开学这天上学的路上，很多小学的孩子背着书包，好奇地看向裴浩斌的摩托车。

引擎声很响。

在裴川三岁的时候，裴浩斌买了这辆摩托车，当时小裴川坐上去兴奋得不得了，觉得自己就是酷酷的小超人，其他人都羡慕地看着他。如今再坐上这辆车，人们羡慕的目光变得古怪，裴川黯然地垂下了眸。

裴川一路看过来，无数张稚气的脸，都像朝阳小学这所学校的名字一样，朝气蓬勃，孩子们对自己的未来充满了希望。

裴浩斌把他送到了余老师的办公室门口。裴川坐在轮椅上。

轮椅旁挂了一个水瓶，是蒋文娟给裴川倒的凉白开，让他口渴了喝。

九月份，夏季的炎热还没散去，朝阳小学的梧桐树郁郁葱葱。

温婉的语文老师余茜冲他伸出手："你好小裴川，我是余老师，还是你爸爸的朋友。以后会教你知识，也会好好照顾你的。"

裴川冰凉苍白的手指握住余老师的手，露出一个礼貌的笑容。

他依旧不爱对不亲近的人说话。

余老师已经了解了裴川的情况，于是对裴浩斌说："你去上班吧，孩子我会好好照顾的。"

裴浩斌走了，余老师对裴川说："要是想上厕所，就举手告诉老师，知道吗？"

裴川瞳孔漆黑，沉默地看着余茜，半晌点点头。

"学前班都是新来的孩子，也许你会见到以前幼儿园同班的小朋友呢。"

裴川配合地扯了扯嘴角，眼里却依旧是凉的。

以前的人，他谁也不想见到。

太阳慢慢升起来，雨渐渐停歇，余老师推着裴川往教室里走。

他们一进教室，孩子们好奇的眼神都看了过来。

教室里坐着穿得花花绿绿的小豆丁。有的孩子整洁，有的孩子脸上还挂着鼻涕。余老师和善地笑笑，把裴川安置在讲台下第一排窗前的位置上。

陈虎坐在后面，本来和李达在玩闹，老师推着裴川进来的时候，他眼睛都瞪圆了。

好哇！还真是一个班的！

"昨天你们来报名的时候已经见过我了，我是余老师，余老师先按照高矮给大家调一下座位好不好？"

孩子们异口同声："好！"

"那现在大家站起来，比比高矮，矮个子的小朋友坐在前面，高个子的小朋友暂时坐在后面。"

小孩们很听话，然而让他们自己比高矮很有难度，余老师和教数学的郑老师一起忙这件事。

余老师皱眉，发现班上少了几个孩子。

今天下着雨，有些家远的估计迟到了。然而暂且只能先调座位。

郑老师小声问道："两个人一桌，班上刚好五十八个孩子，谁和裴川坐？"

余老师也愣住了。

然而她很快缓过来，笑着问孩子们："裴川小朋友腿受了伤，需要大家的关爱，请问哪个勇敢又善良的小朋友愿意和他坐在第一桌呀？"

裴川瞳孔微不可察地一缩。

教室里的孩子们面面相觑，看了眼坐在轮椅上，膝盖以下空荡荡的裴川。

有几个孩子看了看老师，犹豫地举起了手。

余老师很满意，又问裴川："小川想和哪个小朋友做同桌呢？"

裴川的眼睛一个个扫过他们。

他不爱笑，眼里没有一点光彩，像是阳光不愿意照过来的阴暗潮湿之地。他目光扫过的地方，那些本就不坚定的手，慢慢放了下去。

两位老师尴尬地对望了一眼，郑老师说："其他孩子先坐好吧，还有几个孩子没来。"

孩子们陆陆续续坐下去以后，陈虎左顾右盼，小声给人讲幼儿园里的裴川尿裤子，还咬人。孩子们脸上露出惊奇的表情，所有目光都悄悄往孤零零的第一桌看过去。

裴川握紧了拳头，目光落在窗外高大的梧桐树上。

雨停了，残留在树叶上的雨水向下滑落，他坐在背光的地方，嘴唇有些干裂，然而他没有去动带来的水杯。

喝了水会有尿意。

女孩来晚了，她头上两个花苞苞系着粉色的丝带。小花苞被雨水打湿了，她站在门口声音清亮地喊："报告！"

余老师看过去，发现这是班上最小的那个孩子。

十五分钟是半大孩子的脚程，贝瑶的小短腿得走二十五分钟。加上下着雨，赵芝兰抱了一段路，抱不动了，小贝瑶又自己走。

紧赶慢赶还是迟到了十来分钟。

裴川僵硬着身体，没有回头。

余老师说："贝瑶小朋友，教室里还有三个位子，你选一个坐下吧。"

贝瑶走向裴川。

她带着外面雨后的气息，在他身边坐下来。

裴川说："滚。"

他第一次和她说话，冰凉的嗓音让她滚。

裴川心想：谁要你可怜，最好离我远一点。

贝瑶委屈极了："可是我矮。"矮子坐后面看不见的。

"……"裴川沉默地别过头去。

/ 7 / 恼怒

裴川不再赶她走，贝瑶高兴极了。

她身后背着一个白色的布书包，是昨天赵芝兰在集市上花五块钱给她买的，上面还吊了一个很小的熊猫娃娃。

两辈子贝瑶最爱这个书包，它几乎有半个她大，然而她背了很久很久。

至少在她的记忆里，三年级时它依然陪伴着自己。

贝瑶爱惜地把它放进课桌里面，余老师开始发书了。

教学前班特别不容易，因为学前班是幼儿园和小学的衔接阶段。幼儿园纪律散乱，孩子们主要就是在一起玩，到了学前班，就得学会讲纪律了，老师时而鼓励，时而又得严厉，恩威并施才能管好玩心很重的孩子们。

余茜问："哪个小朋友能帮老师发一下书呀？"

好多只小手争先恐后举起来，小胖墩儿陈虎更是积极到快跳起来了。余茜笑着点了陈虎、李达，还有另外四个孩子一起发书。

学前班的书都是小课本，还带着彩色图画。崭新的书一拿到手里沉甸甸的，小孩子一次只能拿五六本。余茜本来就是为了锻炼他们的积极性，所以发慢点也没事。

第一次拿到学前班新书的孩子都迫不及待地将书翻开了。

陈虎眼珠子一转。压在下面的一本数学书边角卷起来了，还有很多泥和灰。他拿起这本书，往窗前第一桌走过去，把它扔到了裴川的课桌上。

课本扬起些微灰尘，卷起的边格外明显。

裴川面无表情，把最脏的课本拿过来写名字。他握铅笔的姿势很端正，在首页写上"学前一班裴川"。裴川一转头，女娃娃在盯着他看。

她头上的花苞散了一半，丝带垂落下来，有几分呆萌的滑稽，然而她自己不知道。她坐得这样近，还带着些不可思议的奶香，小小的一只，眼里干干净净。

见他看她，她露出一个明亮喜人的笑脸。

陈虎又一趟运送课本，他翻了一个很大的白眼，给了贝瑶一本崭新又干净的课本。贝瑶说："谢谢你，陈虎。"

陈虎哼了一声，走了。

陈虎虽然讨厌裴川，但他没有迁怒贝瑶。但是如果贝瑶还要和小哑巴玩的话，那可说不定了！

贝瑶翻开新书，也是先好奇地翻翻内容，然后工工整整地写名字。

裴川目不斜视，并不关心这个小女娃会不会写名字，又或者到底写了什么。

从发书开始，班上就乱糟糟的，孩子们开始叽叽喳喳。余茜也不急，她有多年的教书经验，知道这群孩子该怎么管理。她先给了孩子们前后桌相互认识的时间，教室里一下子热闹起来。

贝瑶被人用铅笔头戳了戳，她回头，一个很瘦的小女孩咧开嘴："我叫倪慧，你叫什么呀？"

"我叫贝瑶。"

倪慧悄悄看前桌的裴川一眼，到底没敢搭话。

倪慧的同桌也凑过来说话，是个小男孩，头发有些长，脸上有几颗雀斑："我叫谷兴华，今年五岁了。"

没人喊裴川，裴川也不介意，他垂着眸，安安静静地翻书看。

贝瑶认识完了新朋友，再回头看他时，不知道为什么，裴川内心不复之前的平静，甚至有些想把她小花苞扯散的恼怒情绪。

裴川平复了下呼吸，面无表情地翻书。

学前班和幼儿园不一样，得中午十一点才放学。一群才从幼儿园过来的孩子老早就翘首以盼，希望看到爸爸妈妈的身影。

余茜笑了笑："爸爸妈妈不会来教室门口接你们的，老师得带你们去校门口排好队。从第一大组的小朋友开始，整整齐齐站好哟，去见爸爸妈妈爷爷奶奶了！"

别的小朋友都是这样走的，只有裴川例外——因为他身体特殊，裴浩斌把摩托车骑到了学校里面。

裴浩斌载上儿子，从校门口车辆通道路过的时候，眼尖地看到了在左边乖巧地站在人群里排队的小贝瑶。

她因为年纪小，是个矮矮的小团子。

圆圆的小脸，花苞头乱糟糟的。

裴浩斌忍不住一笑："瑶瑶也来念学前班了，还和你一个班，小川，我们顺路把她载回家吧。"贝瑶家是没有车的，路有些远，这么个小家伙要自己走，饶是裴浩斌也有些心疼。

裴川心里还残留着那股恼怒。

他平静地道："爸爸，走吧。万一她妈妈已经来接了，没看见她会着急。"

裴浩斌一想，儿子说得也对，于是骑着摩托车往前去了。

裴川小脸冷淡，往斜后方看了一眼。

人群中最前面的女娃娃大眼睛清澈，惊奇地看着他们父子俩的摩托车呼啸而过，她认出裴叔叔的车了。贝瑶弯了弯大眼睛，喜悦地用力挥着手——裴川再见！

裴川收回眼神，抿了抿唇。

赵秀自从知道贝瑶去了学前班，整个人都不好了。

制衣厂的缝纫机前，机器有规律地嘎吱响，赵秀和赵芝兰闲聊："你家瑶瑶才四岁，这么小送去念学前班，跟不上进度怎么办？"

赵芝兰心中美得冒泡泡，然而跟赵秀相处了这么多年，表里不一必须有一套，她手上缝纫的动作不停，嘴上道："瑶瑶念书还有点天赋，会做算术题了，是她自己要求去念学前班的。"

旁边缝纫机一顿，赵秀险些被针扎了手。

赵秀咬牙，心里不是滋味。方敏君比贝瑶还大半个月呢，现在正在幼儿园里做游戏，贝瑶竟然就念学前班了，那她女儿岂不是始终要比赵芝兰女儿低一年级？

这可不行！

一回家赵秀就和老公商量："不如我们把敏敏送去念学前班吧，反正小学近，我们找老师说说，求一下。”

赵秀的男人方鑫不赞同：“敏敏才四岁。”

“四岁怎么了！贝瑶那个蠢丫头都去学前班了！”

“别叫别人家孩子蠢丫头。”

赵秀不以为然：“可不就是傻乎乎的嘛，听幼儿园老师说贝瑶学东西比常人慢，我们敏敏那么聪明，送去学前班肯定行。”她想了想，越想越迫切，在屋里走来走去，还拧了一把方鑫，“你是不是嫌麻烦？我告诉你，必须把这件事办好了，我们敏敏今年就要去学前班！”

方鑫无奈，经不住赵秀不讲理和死缠烂打，只能出门去办这件事。他本就是个老师，办这件事比贝家倒是容易多了。

赵秀拉过方敏君：“敏敏，妈妈跟你说，很快你就要去念学前班了，在里面好好学知识，听老师的话知不知道？一定要努力考试，要比贝瑶考得好。”

被称为“小玉女”的方敏君小脸严肃，郑重地点了点头。

赵秀放心了。

当天晚上，赵秀做了个梦，期末考试发卷子了。她家敏敏拿了一张100分的卷子回来，楼下的贝瑶考了50分，赵芝兰鼻子快气歪了。

赵秀做梦都忍不住笑出了声。

因为学前班比幼儿园远很多，现在贝瑶早上六点半就要起床。

她每天早上睡眼惺忪地揉眼睛，出门的时候又精神满满。

赵芝兰和贝立材上班与去学校不顺路，但到底是赵芝兰厂里要求没那么严格，上班时间晚一些，所以送贝瑶上学的任务就落在了赵芝兰身上。

方敏君则是爸爸方鑫送过去的，因为方鑫本来就是朝阳小学的老师。

贝瑶穿着绿色小外套，今天没下雨，她的小花苞也就没有乱。

方鑫一路走过去，都有孩子喊“方老师好”。走在方鑫身边的方敏君便也成了众人关注的对象。

"哇，那是方老师的女儿吗？"

"据说长得像常雪，今天一看真的有点像呀！"

"哈哈哈，这是小常雪'小玉女'吧。"

在叽叽喳喳的艳羡声中，方敏君挺直了脊背，朝着学校走去。

到底是年纪小，方敏君遮不住被人喜爱时的得意。在这一年纪，教师子女无疑是个风光体面又容易被讨好的身份。贝瑶瞧着倒也没有羡慕，方敏君本来就长得好看嘛！

贝瑶捂紧了书包里面唯一的大红苹果，盘算着该怎么和裴川分。

按照赵秀的要求，方敏君也被分在了学前一班。

余茜老师有点愁。

班上本来五十八个同学刚刚好，现在来了个同事的子女方敏君，该往哪里安置呢？

其实当郑老师听到这件事的时候，下意识就想到让裴川单出来。

这几天他也看出来了，裴川性格孤僻，不愿意和班上任何一个小朋友打交道，往往都是沉浸在自己的世界里，并且裴川也不理会他的小同桌贝瑶。让贝瑶和方敏君做同桌，裴川单出来，似乎对裴川的生活也没有什么影响。

郑老师和余茜老师说了下想法。

余茜老师皱眉："这样不太好吧，我听说残疾的孩子内心本来就敏感，让贝瑶和方敏君做同桌了，裴川心里会怎么想？"

郑老师推了推眼镜："我这几天着重观察过，裴川不喜欢笑，贝瑶爱笑，这女娃娃很可爱，人缘不错。可是裴川理也不理她，我看到好多次贝瑶稍微过去了一点，裴川就推她胳膊，似乎容不下任何人侵占他的领域。"

裴川心里有楚河汉界，不许贝瑶跨越。呆萌的女娃娃偏偏少根筋，次次都被裴川冷漠地推开。

在郑老师看来，裴川这样的男孩子太过于自私冷漠，他不会接纳小贝瑶，或者任何一个同桌的。

倒不如让他一个人坐。

Chapter 2

贝 瑶 ， 回 家 了

/ 8 / 抛弃

郑老师提出来的方案余茜并不赞同，学前班开学已经有段时间了，可是她发现裴川那个孩子没有寻求过老师的帮助。

余茜看到小男孩夏日里干裂的唇，一下子就明白了什么。

裴川是个自尊敏感的孩子，虽然他的情绪变化不大，但是心里想什么没人知道。如果换座位会对他造成巨大伤害的话，余茜觉得不是个好主意。

然而郑老师提出来裴川推贝瑶这件事，也让余茜有些为难。

裴川如果真的欺负小贝瑶，让小贝瑶再和他坐在一起也不合适。

余茜思来想去，决定先观察一天再说。

上午余老师带着方敏君来教室，让她给孩子们做自我介绍。

四岁的方敏君小朋友穿着白色的公主裙，柔软的长发披散着，她因为时刻牢记一颦一笑要学习常雪，所以稚嫩的脸蛋并没有什么表情，正经地说道："我叫方敏君，今年四岁了，希望可以和小朋友们好好相处。"

这是爸爸教过的话，方敏君说出来，余茜老师带头鼓掌，教室里真心实意的掌声一片。

这年的方敏君无疑是干净漂亮的，贝瑶绿色外套里面是件棉布的嫩黄色套头短袖，下面是到膝盖的豆绿色短裤。

这种鲜亮的颜色活泼又经脏，她小时候就没有白色的衣服——赵芝兰怕小孩子弄脏。

全班可能就方敏君一个人穿了白色的公主裙。

方敏君暂时被安排在教室门口，一个人坐着，她年纪小，有些委屈。

方敏君心想，大家都有同桌，就她没有，在幼儿园可不是这样的，幼儿园的孩子们都喜欢和她玩。而且那个没有腿的裴川都有同桌，为什么要让她自己一个人坐？以前不都是裴川一个人的吗？她想回家，想妈妈，可是看到教室最左边放好书包的贝瑶，又觉得自己不能回去！

第一节课下课，方敏君一下子被好几个孩子包围了。

有幼儿园的小朋友，也有觉得方敏君好看、像电视里常雪姐姐的小朋友。方敏君被众人关怀着，内心这才好受点。

贝瑶小心地从书包里摸出洗干净的苹果。

大苹果红彤彤的，是赵芝兰怕她在学前班会饿，给她准备的。

她爱惜地看了看它，转头看裴川："裴川，你吃苹果吗？"

裴川在田字格上写字，九月的阳光从窗外照进来，门后有点阴暗。裴川垂着眸，黑眸落在作业本上，没有说话。他不理她，贝瑶便懂了，这是不要，别烦他的意思。

她欢欢喜喜转过头，问倪慧和谷兴华吃不吃。

后排的两个孩子都点点头。

裴川握紧铅笔，到底是人小，沉不住气。他偏头去看，他的小同桌脑袋偏着，在用小刀分苹果。花苞儿的丝带一颤一颤，她分得很吃力。

他的目光转到那把小刀上，那是贝瑶削铅笔的刀，许是因为女孩的妈妈教过，贝瑶用水认真洗了刀子才开始切。他嘴角抿成一条直线。

裴川不开心。

他不吃，贝瑶自己吃，裴川没意见，可是倪慧和谷兴华吃，那种不受控制的恼怒情绪一瞬间生了出来。

这个又乖又蠢、脾气还好的小团子，让他的不悦和暴躁到达了顶峰。

贝瑶分苹果的时候，陈虎来了。

胖墩儿贪吃，脸皮也比较厚，他问小贝瑶要苹果，小贝瑶即使有三年级的记忆也很单纯，她心里没有太多弯弯绕绕，大大方方就给了。

陈虎咬着香甜的苹果，脸颊一鼓一鼓，大发慈悲道："贝瑶，今年过年带你捉麻雀。”

贝瑶杏儿眼清亮，笑着点点头。

陈虎哼着歌走了。

裴川的铅笔芯骤然断掉。

他突然意识到，小贝瑶是对所有人好，他并不是特殊的那一个，亏他以为……亏他以为……

他垂眸，摸出小刀，开始削铅笔。

他的手指指尖苍白，削笔却比她切苹果还利落。

贝瑶并不知道裴川不高兴，一直冷着脸的裴川高兴和不高兴都是一个表情。她有以前的记忆，然而心智还是个小朋友。

这是九月最热的一天，下午的太阳高悬，气温堪比盛夏。下午上课的时候，贝瑶不停喝水，她贪甜，水里放了一点点白糖，装得水也不多。因为往常她喝完了水，都是找裴川要的。

他水杯里的水始终是满满的，他自己一口也不会喝，往往贝瑶眼巴巴看着，他就都给她了。

贝瑶喝完了自己的水，偏过头看裴川。

男孩子睫毛也长，但是不翘，他垂眸时会很好地遮掩眸中的情绪，侧颜有几分超越清秀轮廓的凛冽。

“裴川，我想喝水。”她小奶音软绵绵的，揭开杯盖，小胳膊向前伸，向他讨水喝。

往常这个时候，裴川会拧开水杯，把水倒在她杯子里面。

然而今天裴川没动，她眼巴巴看着。

他慢吞吞抬眼，黑眸看着她。

——我不高兴了。

他的眼睛还不能很好地掩盖情绪，可是贝瑶看不懂。她茫然和他对望，以为明白了他的意思，高高兴兴把水杯放在他桌子那边。

裴川：“……”

裴川把她水杯推回去，然后拿出铅笔，从木桌上螺丝钉的这头儿到那头儿，明确地画出了一条三八线。

他分得一丝不苟，半分没占她便宜，也没有让着贝瑶一点点。

一张本就不大的小木桌，两个人对半分。

他态度冷硬，将她阻隔在外面。

贝瑶呆呆看着。

这不是一二年级才会开始出现的分界线吗？她和裴川是不是班上最早出现三八线的小朋友？

她难过地发现，这个小男孩讨厌自己。

讲台前面的余茜皱眉看着，难不成郑老师说得对，裴川不喜欢贝瑶，即便坐在一起也会欺负她吗？

如果真是这样，裴川不愿意和小贝瑶同桌的话，就最好让贝瑶和方敏君一起坐了。

余老师决定问问几个孩子的想法。她先前就问过方敏君了，方敏君说："老师，我想和小朋友一起坐。"

那么就再问问裴川。

裴浩斌来接裴川放学之前还有段时间，余老师推着轮椅，让裴川先在老师办公室等等。她问小男孩："你是不是不想和贝瑶小朋友一起坐呀？"

裴川抬起脸。

他的黑眸很纯粹，像那年玻璃弹珠里面深沉的一抹黑。

他不说话，余茜只好坦诚地和这个小男孩说完："现在班上来了个小妹妹，叫作方敏君，今天小川也认识她了。老师想问问你，是想一个人坐，还是想和贝瑶小朋友一起坐，或者是想和方敏君小朋友一起坐呢？"

余茜心里惴惴不安，她最怕听到最后一个答案。

这是一道给裴川的选择题，看似主动权到了裴川手上，余老师却害怕他选择方敏君。毕竟裴川愿意，方敏君大半是不愿意的。

方敏君这孩子确实长得清秀好看，还有个"小玉女"称号，要是裴川选了方敏君是最难办的。

九月还没迎来秋天的凉爽，裴川唇瓣和喉咙干涩得刺痛。

他用低到余茜险些听不见的声调说：“我一个人。”

余老师听到这个回答，松了口气的同时，心里又有些怅然。她温柔地说道：“小川，小孩子要多喝水身体才好，你要是想上厕所可以找老师。能照顾你余老师很高兴，想尿尿不要憋着知道吗？”

裴川没应话。

他说出“我一个人”的时候，尽量平静了，可他这年到底才五岁，他的眼眶一阵酸疼，几乎掉泪。这已经是他的极限了，他不能再平静地回答老师第二个问题。

等孩子们走了，余茜老师把裴川的答案和郑老师说了。

郑老师颔首：“这样挺好的，明天跟贝瑶讲一下，让她去和方敏君一起坐吧。”

也只能这样了。

第二天早上来上课的时候，贝瑶已经忘记了昨天的不愉快。她拉开书包袋子，从里面拿出一个小巧可爱的竹蜻蜓玩具。

竹蜻蜓被去了边角锋锐的小木刺，打磨得憨傻。

贝瑶想起自己让裴川不开心了，晚上央着爸爸给她做“小蜻蜓”。

她帮爸爸扫地，四岁的女娃娃拿着扫把滑稽又吃力。贝立材哭笑不得，只好给她做了个漂亮的竹蜻蜓。

此刻贝瑶把竹蜻蜓递过去：“这个会飞哦。”贝瑶演示给他看，她小手握住竹棍子搓呀搓，横的那一片螺旋桨“翅膀”就旋转起来，贝瑶松手，竹蜻蜓飞出去，飞到教室前面的角落又慢慢落下来。

她用的力度小，于是竹蜻蜓也飞得不远。

裴川看着她，清风从窗户透过来，吹动她细碎的头发和花苞儿上的丝带。她快乐地跑过去捡回来，小手摊开，把竹蜻蜓给他：“送给你，不生气。”

裴川说不清心里是什么感受。

那只小手越过他们彼此的楚河汉界，嫩生生又软绵绵的，明明不带一点攻击力，却让他无端难受。

他似乎忽略了那条分界线的存在，带着几分说不清的怅然拿过竹蜻蜓，果然看见她的杏儿眼一瞬间被点亮。

九月中旬，已进入秋天，她低头拨开水杯盖子喝水，小脸都快埋进水杯里面了。

她什么都不知道，不知道他早就“抛弃”她了，也不知道他早就不生气了。

裴川苍白的手摩挲着竹蜻蜓，他的爸爸是个出色的刑警，但是并不会做这样的玩具。他第一次看到一个没有生命的东西自己轻飘飘地飞起来。裴川并不需要这样的玩具，他没有双腿，如果将它放飞，就不能够自己捡回来了。

他唯一能做的，就是将它握在手里。

下了课余茜老师说：“贝瑶，你去方敏君同学那里坐。”此言一出，哄闹的班上安静了一瞬。孩子们都下意识看了眼裴川，又看了眼方敏君。

贝瑶揪着书包上的小熊猫，愣怔地抬起眼睛，她先看了眼不像是在说笑话的余茜老师，又看了眼教室最右边小小年纪就板着脸的方敏君，最后才转头看裴川。

她的眼中带着稚气和懵懂，像是水墨画中晕染出来的雾气，在疑惑地问他为什么老师让她离开呀？

裴川移开眼睛，平静冷淡地看着自己空空荡荡的裤腿。

/ 9 / 分数

贝瑶脸上的困惑太明显，余茜老师怔然。她早上本来要问问贝瑶意向的，可是一来小贝瑶家远，她总是踩着上课点来，二来正常人下意识的反应就是，和方敏君同桌总比和裴川好。

裴川画了三八线，也不和贝瑶说话。出于保护贝瑶的目的，应该让贝瑶和方敏君坐一起，这样一想，余老师下课就直接通知了。

贝瑶看看冷淡的裴川，她的思维并不成熟，虽然舍不得，但是小时候的贝瑶一直是听老师话的乖孩子。

她用小手揉揉眼睛，把课本和水杯装进书包里，收拾着自己的东西。裴川看也不看她，只盯着自己语文课本的图画。

贝瑶怕他孤单，想了又想，把自己书包上的小熊猫玩具解下来。

她柔软的脸颊不舍地蹭了蹭它，然后把它放到裴川的桌子上。

裴川的视线从书上移到它身上，小熊猫圆乎乎的，呆坐在他课桌上。

他知道她很喜欢这个玩具，她有时候上课时就会下意识去揪小熊猫的耳朵，每天来之前也先安顿好小熊猫。

他终于抬了眼去看她，她依依不舍极了，那样可怜的眼神，不知道是舍不得他还是舍不得小熊猫。

他无言地把她心爱的小熊猫推了过去。

她舍不得的，大概率不会是他。

贝瑶伤心地抱着小熊猫玩具，他不喜欢她，也不喜欢她的玩具。

贝瑶背着书包朝方敏君走过去，方敏君骄傲地看了她一眼，转头和后桌的同学说话了。

五岁的裴川用尽所有意志力，才能不转头看她走过去的背影。

贝瑶坐在阳光灿烂处，金色的光线温柔地缀上她的小脑袋，他在她的对面，阳光照不到的地方，把竹蜻蜓放进了书包里。

看热闹的孩子们转眼就忘了换座位这件事。

贝瑶和方敏君成了同桌。

如果贝瑶有高中的记忆，肯定会觉得很别扭古怪。万幸她现在以小孩子的心态，觉得美美的敏君也很可爱。

一整个秋天，贝瑶学会的第一件事情就是控制少喝水，因为方敏君并不会像裴川那样把自己的水给她喝。

方敏君分外要强，如果贝瑶的头发梳得好看，那一整天她脸色都不好，还会下意识去整理自己的公主裙。到底是孩子，虽然母亲灌输的观念她牢记于心，但她不至于对贝瑶有太大的敌意。

毕竟小贝瑶长得没有她纤细清秀，而且贝瑶好欺负。

垃圾可以让小贝瑶去丢，作业可以让贝瑶一起带给小组长，小贝瑶听话又乖巧。

裴川看在眼里，脸色很难看。

然而这到底是他选择的路，贝瑶不再是他同桌了。

秋天过完以后天气转冷，贝瑶被赵芝兰打扮成了一个福娃娃，大红色的棉袄，又厚又喜气。

那棉袄不是新的，是赵芝兰用旧衣服改的，俗气，可是很保暖。大红棉袄里面还有秋衣、两件毛衣，贝瑶的小短腿也被裹得厚厚的。

恰好赵秀抱着方敏君下楼来串门，贝瑶用小奶音喊：“秀姨姨、敏敏。”

赵秀险些笑岔气：“芝兰啊，远看还以为瑶瑶是个火球。”

赵芝兰闻言下意识去看方敏君，小女娃被打扮得清秀好看，崭新的粉色棉袄外面配了一条粉色围巾，洋气又不臃肿。方敏君赖在赵秀怀里，赵秀也由着她。

赵芝兰心里翻了个白眼，这么冷的天，谁管好不好看，暖和了才是正经事。面上总得客套一下：“哟，你家敏敏这身不便宜吧？”

“棉衣三十多块钱呢，围巾是她小姑送的。”

“三十多块钱”让兜里没钱的赵芝兰闭了嘴，赵秀眼睛里都泛着愉悦。

赵秀抱着方敏君回家的时候，方敏君说：“爸爸说棉衣二十六块钱。”

赵秀瞪了女儿一眼：“妈妈说是三十就是三十，你们快期末了吧，一定要考好知不知道？考好了妈妈还给你奖励。”二十多块钱的棉衣让她也肉痛了一把，但是一想到期末考完两家比成绩的时候，赵秀就觉得愉快。

为了“奖励”，方敏君小鸡啄米一样点头。

孩子的第一次期末考试，饶是赵芝兰也有些紧张。她怕早早送贝瑶去学前班读书是个错误，看着小贝瑶天真无邪的脸，赵芝兰叹了口气，算了，成绩不重要，孩子健康平安长大就是最大的福气了。

期末考试这天，贝瑶早早就被赵芝兰送去了学校。

学前班的考试不用打乱座位，每个人都坐在原位考。

贝瑶一点也不紧张——她的知识面停留在三年级。

“重生”对于一个孩子来说太遥远，她自己时而也有些茫然，为什么她这些都会啊，还能知道以后会发生什么。然而心中的紧迫感告诉贝瑶，这是个很重要的秘密，跟妈妈都不可以说。

余茜老师来发卷子，发完就守着大家做题，郑老师也来帮忙，这年学前班考试不分语文数学，基础知识就只有这一张卷子。

小孩子们第一次考试，状况百出，一会儿请假尿尿，一会儿说铅笔断了一直削不好，老师都得帮帮忙照看着。

方敏君的手成一个弯弯的弧度，她边写边遮住卷子。赵秀说了，不能让贝瑶抄她的。

贝瑶：“……”

裴川写之前偏了偏头，他漆黑的瞳孔看着阳光的那一处。小女孩正在认认真真写名字。

他看不出她会不会，裴川转过头，会不会都不关他的事。

贝瑶很快做完了，她觉得好简单啊！

小孩子的试卷批阅很快，两天后就能去拿成绩，对于孩子们第一次考试，家长们都抱了很大的期待。

一九九六年C市的学前班实行的是一张卷子百分制。

孩子们坐在座位上，老师一个个念名字，上讲台拿卷子。余茜老师没有排名次，对她来说，教书育人，成绩不是顶重要的，何况学前班只是个过渡。让她意外的是两个小朋友的成绩。

方敏君先拿到卷子，她卷子上是一个红彤彤的“90”分，方敏君忍不住喜悦地弯了弯唇，念及“常雪”的形象，她把唇角压了下去，只是眼睛里的高兴挡都挡不住。

然后是裴川的卷子，他看了一眼，就放在了书包里。

贝瑶是全班倒数第二个拿到卷子的，她看到上面喜气的数字也忍不住杏儿眼弯了弯。

方敏君心想，估计考70分她的同桌都该笑了。

她遮住自己的分数，不让贝瑶看，然后问道："瑶瑶，你考了多少分？"

贝瑶把卷子摊开给方敏君看，顶部一个红墨水写的"99"——贝瑶画图题画得不直，扣了1分，本来该是100分的。

那个鲜红的"99"，简直就是晴天霹雳，大冬天，方敏君的喜悦散得干干净净，仿佛被人泼了一桶冰水。

完了！

回家要是赵秀知道的话……

考完试领到卷子以后就要放假回家过年了，裴浩斌来接裴川，他们像往常一样从校门口开过去。

裴川回头，那个小红球站在第一排，用力朝他挥手，眼睛像是两个月牙儿。

她心无芥蒂，乖得要命。

裴川握紧摩托车冰凉的金属杠："爸爸，带上贝瑶吧。"

裴浩斌纳闷道："她妈妈来接她怎么办？"

"路上遇到了可以说一声，或者和老师说一下。"

裴浩斌不由得看了眼儿子，裴川断了腿以后寡言少语，鲜少说这么多话。对于裴川的提议他是赞同的，一个四岁女娃娃，每天上学放学要走两公里多的路，他不是她父亲都有点心疼。

裴浩斌把摩托车拐了个弯，问小贝瑶："叔叔载你回去好不好？"

贝瑶想坐摩托车，她三年级时贝立材才买了摩托车。坐在上面像是踩着风，五分钟就到家了。然而她小时候有些怕生，她怯怯看了眼裴川，裴川低眸看她，眼睛里没有排斥。

她害羞地点点头，小奶音软软的："谢谢裴叔叔。"

"余茜，那我顺路就把贝瑶带回去了，她妈妈如果过来，你讲一下啊。"

余茜当然放心老同学，笑着点点头。

裴浩斌和余茜帮忙把小贝瑶抱上后座，又用皮绳绑了绑，把小贝瑶固定好，以免孩子力气小掉下去。

后面排队的孩子都看着，有些羡慕贝瑶。方敏君没忍住嘟起嘴巴，她爸爸有辆很大的自行车，每天载着她回家，可是她还没有坐过摩托车回家呢。方敏君有些委屈，大家都住在一个小区，裴川的爸爸为什么只带贝瑶不带她？

自从换了座位，裴川第一次离贝瑶这么近。

仿佛空气都沾上了她身上的奶香。

裴浩斌发动车子，柔和了嗓音问贝瑶："贝瑶考了多少分啊？"

裴川也不由得凝神去听。

她的声音像是铃儿响："99 分。"

裴浩斌知道她年纪小，约莫是班上最小的孩子了，本来问贝瑶也就是逗逗她，没想到这么小的娃娃能考这么好。

他真心夸赞道："贝瑶真厉害，好聪明。"

贝瑶知道要讲礼貌："谢谢叔叔。"

裴川坐在最前面，风吹过男孩子短短的头发。他全程没说话，自己都不知道，他唇角浅浅弯了起来。

方敏君被方鑫的自行车载着回去，她小脸有些白，非常害怕回家。

要是妈妈问起来成绩的事情怎么办？

考试之前她没有想过自己考不过贝瑶，可是卷子发下来一切成了事实，她坐在爸爸的自行车的横杠上，有些想哭。

方敏君小，可是家长的情绪还是能感觉到的。

赵秀最在意两件事，第一是方敏君和玉女"常雪"相似的清丽长相，第二就是比赢赵芝兰。

赵秀在第二件事上已经遥遥领先了二十多年，什么都能赢过赵芝兰，可是如今竟然在女儿的成绩上面败北了。

方敏君忍住眼睛里的泪意，不能让妈妈知道。

她觉得又害怕又丢人。

贝瑶那么傻，为什么自己没有考过她？下次一定会考过贝瑶的，这次是失误。

她在浑浑噩噩的状态中，与父亲回了家。

赵秀早就等着了："怎么样啊敏敏？卷子给妈妈看看。"

方敏君不得不从书包里拿出试卷，赵秀一看 90 分，眉开眼笑："我家敏敏就是厉害！"她在方敏君脸上狠狠亲了一下。

然后赵秀问方敏君："贝瑶那丫头呢？考了多少分？"赵秀和女儿一个想法，方敏君这么优秀，不可能考不过贝瑶。

方敏君脸色一下子白了，握紧小手，低头说："66 分。"

撒谎让她不安极了。

赵秀听了，差点笑出声：我就说嘛，赵芝兰的女儿能有多厉害。她又亲了一口方敏君："妈妈的好囡囡！"

/ 10 / 气闷

鞭炮声中，新年来临。

C 市的冬天每年都会下雪，这是孩子们最愉快的时刻。

外面铺天盖地一片银白色，陈虎年前挨了一顿打，他爸是个暴脾气，看了卷子摁住他就揍了一顿。

陈虎考了 50 分，是他们学前一班的倒数第一名。

小胖墩儿杀猪一样的哀号整个小区的人都听见了，赵芝兰摇摇头，有些好笑："这孩子嗓门的穿透力也太强了。"

新年成了陈虎小朋友的免死金牌，他被扣了压岁钱，但是好歹他暴脾气的爹不揍他了。

陈虎带着小区的一群小朋友出去玩，身后浩浩荡荡跟了六七个男孩子。其中还有两个比他大两岁的，只是没有胖墩儿结实。

李达说："我们去找敏敏吧。"

陈虎想了想："捉鸟儿放炮，不和女孩子玩。"然而再一想方敏君漂亮高贵的样子，又同意了，"好吧，我们去找她。"

老式小区的所有男孩子都在这里了，除了裴川。他们这里的建筑特别老，还有特色，和大院儿有点像，然而楼层会高一些。

夏天南面的墙会长满爬山虎，现在结上了一层冰晶。

他们找人特别容易，站在楼下放开嗓门喊就成："方敏君——"

孩子们的声音在楼下此起彼伏，喊完了方敏君，陈虎又想起自己吃了贝瑶的苹果。于是又带着大家继续喊："贝瑶——"

清脆稚嫩的嗓音整个小区的人都听见了。

裴川在对面楼和妈妈蒋文娟一起包饺子，蒋文娟一开始只当让他有点东西玩。毕竟学前班那一点寒假作业裴川两天就写完了，别的孩子不会主动带上一个"累赘"玩，蒋文娟心酸，只能自己抽点时间陪儿子。

然而裴川垂眸，苍白的手指捏着饺子的褶皱，像模像样。他总是这样，学什么都很快。

蒋文娟心中更加难受，裴川领卷子回来那天晚上，她在被子里闷着声音哭到半夜。裴川得了学前一班唯一一个 100 分。她的儿子这样聪明优秀，却被剥夺了双腿，这辈子都毁了大半。

裴川原本在认真包饺子，听见楼下起起伏伏喊贝瑶的声音，手上的饺子捏破了一点皮。

他黑色的眸子淡淡看着它，又把那个缺口捏上。

蒋文娟一直在观察他，一下子就发现了。没有小朋友会主动找裴川玩，毕竟孩子们像是轻快的鸟儿，他们推不动，也不会愿意推着沉重的轮椅带上裴川。

蒋文娟怕儿子心里难受："不包饺子了，妈妈带你去外面玩吧？"

裴川嘴唇翕动，他想拒绝，然而最后到底什么都没说。五岁这年，他对世界还抱有期待和向往，他也想出去看看雪。

蒋文娟洗了手，推着裴川走出去。

小区往北一百来米，有一家茶馆，炊烟袅袅，会有人在这里打麻将。

蒋文娟倒不是要去打麻将，她只是推着裴川去瞧瞧热闹，孩子们也会在这周围玩。

高大的柏树上落满了雪，树下孩子们欢声笑语一片。

裴川的轮椅安置在一旁，茶馆内有人招呼道："蒋医生过来玩啊？"轻飘飘的目光带过裴川，也会怜惜地喊上一声小川。

"是啊，你们玩，我就看看。"

裴川的目光越过柏树，落在捂着眼睛的小姑娘身上。

贝瑶穿着自己的红棉袄，两只小手把眼睛捂得严严实实，陈虎领着方敏君又猫腰又钻巷地藏。小女孩用清亮的嗓音说："3、2、1……我来找你们了！"

她笑着放开手，第一眼却对上轮椅上男孩的目光。

他率先移开眼睛。

贝瑶眼睛亮了亮，她还看不懂自己本子上的小秘密，然而并不妨碍她想亲近裴川。她想和他说说话，可是一整个学期，裴川都不怎么搭理她。况且现在先得去找孩子们，她只好迈着小短腿去找陈虎他们。

陈虎也损，他带着其他人钻进了茶馆旁的仓库里，那里堆满了尼龙口袋。

孩子们往里面一蹲，贝瑶找到天荒地老都找不到。

她打小脾气很好，在周围找了一圈，累得气喘吁吁，布帘和草丛都被她掀开来看了，里面什么都没有。裴川冷漠地看着。

柏树上的积雪扑簌簌落下，落了女孩一脸。

冰凉的雪触到她温热的肌肤化掉，汇成水流过她的脸颊。她狼狈地躲出来，杏儿眼清润，像是被欺负哭了。

裴川手指扣紧轮椅，等贝瑶路过他身边的时候，他低声道："仓库里。”

声音很轻，像是久埋在大雪中的喑哑，拉扯出丝丝生硬。

贝瑶呆呆回头看他，他冷着脸，似乎什么也没说过。

她转身向仓库走过去，小手拨开尼龙口袋，里面果然蹲了一排孩子。

陈虎对上小贝瑶笑盈盈的脸，瞬间蒙了，然后爆发出一阵大吼：“贝瑶你肯定偷看了！”

“我没有偷看。”

“我才不信，你耍赖！”

小胖子像是被点炸了的炮弹，还是李达看了眼无措的小贝瑶，出声道：“你先看见的谁？”

裴川的目光通过开着的仓库门看过去。

贝瑶看了眼委屈得要死的小胖墩儿，他快气哭了。她软糯糯地道：“我谁都没有看见。”

她心想，她是有三年级记忆的小姐姐，不能欺负小朋友。

她捂住眼睛：“你们躲吧。”

陈虎松了口气，一溜烟跑了，方敏君也赶紧跟上，孩子们七七八八散开躲。

裴川嘴唇抿得死紧，心里气闷不堪，是他多事了。

他们本来就没带上他玩，他就不该说那句话。

贝瑶放开手，去找别的小朋友，他冷冷地看贝瑶一眼，然后用苍白的手指拉住蒋文娟：“妈妈，回家吧。”

贝瑶见蒋阿姨推着裴川走了，她杏儿眼眨了眨，怎么了呀？她还没有和他说谢谢呢。

赵芝兰在茶馆里和赵秀一桌搓麻将。赵秀今天手气不好，老是打到赵芝兰手里头，她气不顺，喝了口热水：“明年我家敏敏和芝兰家瑶瑶也要一起读一年级了，这孩子长起来真是快。”

麻将搓得哗啦啦响，赵芝兰码好牌：“是啊。”

"芝兰啊，你也别气馁，要是瑶瑶实在跟不上进度，可以多读一年学前班。反正她年纪小。"

赵芝兰蒙了："你说啥？"

"瑶瑶期末是不是考得不太好？我听说刚及格。可别赶进度，要我说基础扎实最重要。我本来也是这么想敏敏的，要是她考得不好就再读一年，可是卷子一拿回来，敏敏考了90分呢，那继续读一年级应该没问题。"

赵芝兰可算听出些门道了，她斜睨了赵秀一眼："谁跟你说我家瑶瑶刚及格？"

赵秀心想：装，你就装。

赵芝兰抓好牌，喜笑颜开道："她今年很乖，只差1分就100分了呢，考了99分！"

赵秀愣住了。

牌桌上另外两个女人惊讶地赞道："哟，这孩子以后有出息。"

赵秀脸色都变了："赵芝兰，你不用编这个来骗人吧？"

"我用得着骗你吗？不信你去问问余老师啊，老师那里有分数记载。"

赵秀也明白这个道理，说这样的谎一下子就能被拆穿，赵芝兰还不会蠢到这么来骗她。那就说明贝瑶那个小丫头真的考了99分？

赵秀想起自己刚刚说的话，觉得没脸极了。偏偏牌桌上另外两个女人还不懂眼色，用怪异的眼神看了赵秀一眼后，又一迭声夸赵芝兰女儿聪明伶俐。

赵秀气得头顶快冒烟了，她闷声搓麻将，从小到大这还是赵芝兰第一次比赢自己。

这种感觉又耻辱又憋屈，她恨不得把在外面玩闹的方敏君抓过来问问是怎么回事。

这个年过得很快，小时候的年味儿很足。

吃着糖果瓜子，看着电视就能美得冒泡。贝瑶天天都很开心，只不过有时候她小手托腮望着对面的房子会想，为什么今天也没看见裴川出来玩呢？

方敏君被妈妈骂了一顿，哭得脸都花了，她抽噎着辩解："90分很多了呢，陈虎才50分！"

"我是让你考赢贝瑶！"

"妈妈，下次我就可以了。"她抽泣着，"除了贝瑶，我考得最好了。"

赵秀一想也对，方敏君好歹有90分呢，小区里其他的孩子都是"皮猴子"，唯一一个不知道分数的就是裴家那个断了腿的孩子，不过那样的孩子，能指望他考得多好？说不定也不及格。

赵秀只得戳戳方敏君的脑袋："过完年好好努力知不知道？"

方敏君连忙点点头。

开春的时候学前班下学期也开始了，童年的时光总是欢快而逝。

在小贝瑶眼里，方敏君依然高冷，胖墩儿陈虎魔音穿耳，而角落里的裴川，没有再主动和她说过话，仿佛那天他低声的提示是她的错觉。

学前班最后一个月的时候，学校公布了一项政策——以后学前班取消考试！

班里如陈虎这样的，乐翻了天。

其余小朋友知道不用期末考试，也大多高高兴兴的。只有方敏君惆怅地想，不考试的话，只能在一年级超越贝瑶了吗？

余茜老师送走这批孩子的时候已经是夏天了，他们都还像是初生的小幼苗，一个个幼嫩青葱。

不知道长大后他们会变成什么样，也不知道他们会去何方。

她和孩子们挥着手："小学加油啊小朋友们！"

从什么都不懂到已经懂了规矩的孩子们，全部都乖乖答："好！"

裴川六岁了。

他的腿没能像妈妈说的那样，"长大了会长回来"。他每晚睡觉之前都会看着残缺的它们，可是它们到底没有长出来。

上一年级之前，他听到了蒋文娟和裴浩斌吵架。

蒋文娟冷笑道："一年级再没有能帮小川上厕所的老师！"

"我说了我会拜托一下老师，送礼请他们帮帮忙！"

"能拜托一年，那以后呢？小学五六年级呢？初中高中呢？你能拜托一辈子吗？我会找到医院给小川安假肢，倾家荡产我也会让他重新站起来！"

"娟儿，你别冲动，小川太小了……"

裴川看着自己空荡荡的裤腿。

他想说，自从幼儿园那次以后，他就没有让老师帮忙上厕所了。

他不懂什么是假肢，但是他想重新站起来。

/ 11 / 凉薄

漫长的暑假过去，裴川的父母终于彼此之间达成妥协。

孩子最适宜安装假肢的年龄在七岁到十四岁。太过稚嫩的躯体也承受不住假肢痛苦的练习，他们最后决定把这件事压到裴川九岁再去做。

小学开学的时候比学前班热闹多了，一九九七年的初秋，学前一班的孩子对应升入一年级一班，而学前二班的孩子对应去二班报名。

贝瑶惊奇地发现一件神奇的事——她脑海里颇为清晰地多了四年级的记忆。

四年级发生了两件大事。第一件是从家到学校在修路，贝瑶所住小区的孩子们每天得绕小路去上学。

第二件是四年级时舅舅开车撞了人，赔了一大笔钱，妈妈边哭边用积蓄填了这个无底洞。

贝瑶年纪小，思索不清楚这些事情，她只知道两件事都意味着不好。

然而现在更能引起小小的她注目的，是新的班主任老师。到了一年级他们的班主任叫洪关静，一个三十来岁脾气不好的女人。贝瑶记得自己有一次作业写错了，被她打过掌心。

她下意识畏惧这个并不和善的语文老师兼班主任。

贝瑶不安地问："妈妈，我可不可以去一年级二班念书呀？"

赵芝兰抱着她，一脚踏过水坑："不行，学前一班的只能去一年级一班读书。"

贝瑶有气无力地趴在赵芝兰怀里。

结果去报名的时候，她才发现笑着的女老师并不是洪关静，而是一个偏瘦又显得知性的女老师，叫蔡清雨。

贝瑶蒙了一瞬，然后她想起一件重要的事。这辈子她少读了一年幼儿园，于是事情走向和之前完全不同，原本她现在才应该到学前班念书，所以老师也换了。

这意味着未来的一切事情不可知。

贝瑶的大眼睛悄悄看着这个陌生的班主任，蔡清雨笑着给她登记，然后对着赵芝兰夸赞道："我看过贝瑶在学前班的成绩了，很不错。"

赵芝兰连忙道："谢谢老师，以后麻烦你了。"

"不客气。"

蔡清雨沉吟了一下，看了眼妈妈身边小小的女孩子，问赵芝兰："你们和裴川是一个小区的吗？"

"对的。"

"好了，没事，报了名的孩子明天再来学校读书，我们发课本。"

蔡清雨提前知道自己班上会来一个"烫手的山芋"，她还和学前班的余茜老师聊过。她是教小学知识的，一届会教整整六年，相当不容易。语文老师和数学老师都是女老师，可没有谁方便帮渐渐长大的裴川脱裤子上厕所。

余茜叹了口气："他很敏感，在学前班一次也没有让我帮忙上过厕所。如果可以，请你多照顾照顾他吧。"

蔡清雨内心有些惊讶。

她也知道这样有残缺的孩子的成长轨迹就是一道曲线，因此分外关注自己班上和裴川做邻居的几个小朋友。

陈虎、方敏君、贝瑶、李达。

一年级一班一共六十二人，不会有人单出来，这次裴川是有同桌的。

但是听余老师说，这个孩子对所有人都没有善意，无论哪个孩子和他做同桌，恐怕都不会好受。

上一年级那天裴川来得很早，蔡老师冲他招招手，这孩子目光在晨光中寂静得像破晓时分的天幕。裴川顿了一下，自己推动着轮椅朝着蔡老师过去。

蔡老师了解过他的性格，于是也不多言，把纸上四个名字放在他面前。

蔡老师笑着轻快地道："裴川，老师和你玩一个游戏，你指一个名字，他会成为你的同桌。"

蔡老师知道只上过学前班的裴川不识字，她想通过这种公平的方式，让这个孩子选出来一个同桌。

裴川黑黢黢的眼静静看着四个名字。

他确实不认识。

除了方敏君是三个字的，他能猜到是她以外，另外三个名字在他面前成了一道选择题。

他垂眸。

"达"字里面有个他认识的"大"。他也猜到这个名字是"李达"。

就只剩两个选择了。

他没法再排除下去。

他坐了很久，蔡清雨都忍不住催促他。

他的目光略微移开，静静落在了桌上摊开的学前班的成绩单上，一个 50 分，一个 99 分。他看了一眼，又收回了目光，这回他知道哪个名字是陈虎，哪个名字是贝瑶了。

学前班教会他的第一课就是，他如果不争取，就一无所有。

生活对他并不好，这个世界上自私的人才会迎来黎明。他的手指略过纸上第一个名字，落在了第三个名字上。

贝瑶重新和裴川成了同桌，她欢喜极了，杏儿眼清亮，像是水葡萄。

她小奶音糯糯的："裴川，我明天把小棒带来一起玩好不好？"她记忆虽然超前几年，但是心智被这具身体所限，童心可爱鲜活。

裴川依然不说话，他抿抿唇。

班上每个人都重新有了自己的同桌，他不是个好人，剥夺了她与其他三人做同桌的权利，才换来了接下来的六年相处。

因为同桌再次成了裴川，贝瑶高兴极了。她把妈妈买的细细的彩色小棒放进书包，下课和裴川一起玩。

小棒原本是一年级数学老师教加减法和数数要用到的工具，但是贝瑶知道还有种游戏叫作"捡小棒"。手先全部握住，然后猛地松开，小棒会散落到桌子各个地方，然后一根根捡起来，但是过程中不能惊动别的小棒，谁捡得多谁赢。

物资匮乏的年代，这是所有小孩子都爱玩的一个游戏，就跟二三年级流行的跳球一样。

她把小棒递给他："你先。"

先来的人会有优势，每个孩子都想争这个第一，他看看身边无邪清亮的双眼，伸手接了过来。

他第一次和小小的女孩子玩这样的游戏。

然而他冷静得不似一个小孩子。她小手笨拙，他却能沉着地捡起来。

一共五十根小棒，他四十三根，贝瑶七根。

裴川手中有一大把五颜六色的小棒，他看她，她萌萌地眨眨眼，看着自己手中孤零零的七根，第一次知道和裴川玩一点都不好玩。

他面无表情，就可以让她毫无游戏体验。

年幼的裴川并不懂得退让，他像一九九六年那场冰雹中顽强耸立的幼竹，迎着风雨被击打，最后只能被风折断。

贝瑶咧开嘴，露出小乳牙："裴川真厉害。"

贝瑶继续和他玩，然后一路被他虐。

他并不让着她，这个游戏玩到数学教完简单的加减法，她捡到的依然超不过十根。

她稚嫩又柔软，用一个孩子最大的宽容包容着他的凉薄。

然而第二个炎热的夏天，二年级来临的时候，从来不在学校喝水的裴川会多带一杯水。越过那条三八线，水杯最后会出现在小贝瑶的桌子上。

方敏君很崩溃。

一年级的期末成绩，她的语文成绩和数学成绩分别是 93 分、94 分，而贝瑶是 95 分、100 分。于是整个二年级她都提着心在学习。

更让她崩溃的是，班上第一名，双百分，是那个没有双腿的裴川。

方敏君差点急哭了，最后赵秀问起来，她边哭边说：“贝瑶偷看了裴川的卷子，裴川没有遮。”

赵秀心想，赵芝兰的女儿出息啊，小小年纪就作弊。

她想通以后反而安慰了下方敏君：“没事，以后三年级换位子考试，我就不信她还能抄别人的。”

至于那个第一名裴川，聪明是聪明，脑子好使，然而到底是个残疾人，再厉害估计找工作娶媳妇都是问题。哪家愿意把闺女嫁给那样的人？

至于陈虎，在整个小区垫底，水平一直稳定，每次考试都是倒数第一。

裴川最讨厌两门课。

音乐和体育。

这是除了他以外其他孩子都喜欢的课。音乐课会教唱歌，夕阳下，女老师踩着风琴，教孩子们唱音乐书上的歌曲。

这节音乐课唱《蜗牛与黄鹂鸟》。

他七岁，在换牙。门牙缺了两颗，在家都很少说话。强烈的自尊心和羞耻心让裴川沉默听着。

他的小同桌嗓音清脆，像是早晨枝头上欢快的小雀鸟。

贝瑶小奶音还没变，头上依旧有两个缠了丝带的花苞苞。老师教一句，她唱一句："蜗牛背着那重重的壳呀，一步一步地往上爬。"

她开始换牙，唱歌和说话漏风，然而她很乖，老师教什么她唱什么。孩子们清脆的声音跟着唱了一遍。

音乐老师朱老师皱眉看着第三排窗边的裴川。

她停下踩风琴的动作，皱起眉头："裴川，为什么不和大家一起唱呢？"

裴川的黑瞳静静看着老师。

这个孩子没有别的孩子对老师的畏怯，他眸中像是一片死水。他甚至不回答朱老师的话。

朱老师觉得没面子，没来由地厌恶他这样冰冷幽暗的存在。

她说："你腿不好，可是明明能唱歌却不唱，你这是不尊重老师，知道吗？"

裴川依然缄口不言。

朱老师气得不行，使出老师的威严："现在开始，我唱一句，你跟着唱一句！"

/ 12 / 好看吗

朱老师把手指放在琴键上，唱出课本上儿歌的第一句："阿门阿前一棵葡萄树……"

教室里六十多双乌溜溜的眼睛齐刷刷看向裴川。

六月的教室里老旧的风扇嘎吱转，发出沉闷的声音。窗户半掩着，微风透进来，带着夏日的灼热，沉闷而炽烈。

他这时还没有反抗的力量，毫无血色的唇动了动："阿门阿前一棵葡萄树……"

嗓音喑哑，由于鲜少说话，唱出来不似孩童的鲜活清亮，倒似老旧的唱片机，喑哑难听。因为在换牙，门牙漏风，咬字也不清晰。

教室里以陈虎为首，爆发出一阵笑声。

孩子们捂着唇哈哈笑，教室里风琴的声音依然响着。

裴川死死咬着唇。

朱老师依然在弹奏，示意裴川继续跟着唱："阿嫩阿嫩绿地刚发芽。"

他沉默下来，头顶的风扇有一搭没一搭转动着。裴川在笑声中不再开口。

身体血液的热度直冲脸颊，比羞耻更甚，最后却在脸颊上呈现一种苍白。

朱老师皱眉，先是呵斥教室里笑话裴川的孩子："都不许笑了，学唱歌有什么好笑的。"然后她看向裴川，"继续跟着老师唱。"

然而接下来不管她怎么教，裴川都不再开口。

他漆黑的双瞳落在课本的音乐书上，贝瑶看见，他手指在颤抖。

朱老师情绪也不好，这就像是老师和学生之间一场无形的对抗，仿佛今天不能再令他开口就会使自己不再有威信。

贝瑶心里闷闷的，她也怕老师，但是她鼓起勇气站起来，稚嫩清脆的嗓音在教室里回荡，接着老师的声音唱下去："蜗牛背着那重重的壳呀，一步一步地往上爬，阿树阿上两只黄鹂鸟，阿嘻阿嘻哈哈在笑它……"

她唱歌也漏风，甚至有些微跑调。

然而她唱得很大声，夏阳偏移，在教室门口落下温暖的剪影。唱歌跑调又漏风的女娃娃，惹来了更大的笑声。

陈虎捶桌子："哈哈哈……贝瑶太搞笑了。"老师让那个没有腿的裴川唱，又没让她唱，她一唱还那么搞笑。基本没有一句在调子上。

裴川一直垂下的目光，慢慢抬了起来。

这年她六岁，脸颊柔软，声线稚嫩，在所有人的笑声中小拳头握紧，憋红了脸唱歌。他甚至能看到她还没换完的乳牙。

她似乎有些想哭，垂眸看到他的目光，下一刻杏儿眼弯起来，成了一个明亮的微笑。

没有门牙，丑死了。

他这样想。

可是他知道，方才老师教所有人唱歌的时候，贝瑶明明是没有跑调的。

她分担走了所有笑声。

那次唱歌事件以后，朱老师也意识到了不太好，往后裴川依然不开口，她却没有让他再单独唱歌了。

小学时光像水一样平静，大家见惯了裴川没有腿的样子，也不觉得稀奇和怪异了。

过了一段最平静的日子，他紧绷的神经得以舒缓。

唯一的变化是，他身边那个软萌萌的小姑娘换了个发型。

三年级的某个周一，她头上的两个花苞苞不见了，取而代之的是一个小小的马尾绑在后面，多了几分清爽，少了几分稚气，露出白皙带着婴儿肥的脸颊。

贝瑶和后桌的小姑娘翻完花绳坐回来，听见身侧男孩子低哑的嗓音："你发带呢？"

如今裴川偶尔会和她说话了，每一次听到他说话，她都喜盈盈的。他的心像石头，每一下跳动都这么艰难。

贝瑶摸摸自己的马尾，小奶音也慢慢变了些，只是开口依然绵软："丢掉了，妈妈说上了三年级不能再扎两个鬏鬏了。"

她欢喜地摸摸自己脑袋上的马尾："现在的好看吗？"

男孩子薄唇一抿，冷漠地道："不好看。"

贝瑶把下巴靠在桌子上，幽幽地叹了口气。她知道，她是没有敏敏好看啦。三年级的小姑娘渐渐认识到了什么叫好看，什么叫圆润。

如今她的记忆到了初一，初一的方敏君可是班花呢，而贝瑶记起初一的自己，脸颊依然有婴儿肥。

如贝瑶记忆的那样，C市朝阳小学到小区那段路开始重新修，原本是狭窄的小路，现在堆满了水泥和石头。

孩子们放学上学都喜欢边逗留边玩，但是现在不能走大路了，得走小路。

小贝瑶难过地发现，一切如她记忆的那样，舅舅开车撞了人，妈妈掏家底帮忙赔钱。她家最近特别穷。

裴川被裴浩斌用摩托车接回家，在路上他看到了贝瑶。她背着书包和两个小女孩走在一起，三个小女孩脸上都带着笑容。

他依然被裴浩斌保护在摩托车前面。

裴川突然开口："爸爸，下次我坐后面吧。"

"怎么想坐后面了？前面安全点，爸爸可以看着点你。"

男孩子没有多解释："我坐后面，拉着你衣服。"

裴川知道自己腿不好，所以他在妈妈的指点下锻炼手臂的力量。

他们到家，刚好看见赵芝兰出来倒垃圾。

如今贝瑶上下学都是自己走路了，赵芝兰不会再接她。

裴川让裴浩斌把轮椅放下来，裴川坐进轮椅："我在下面坐一会儿。"

裴浩斌虽然诧异，但是欣慰儿子开朗了些，他没多想："想回家的时候喊爸爸。"

"嗯。"

裴川等赵芝兰倒完垃圾回家，沉默了片刻，驱使着轮椅朝着垃圾库过去。

他手臂如今比任何一个孩子的都有力，轮椅被他控制得已经不会再乱撞。

他俯下身，垃圾库一片恶臭。

裴川没什么表情，苍白的手指拨拉开黑色塑料袋，从里面找出滑了线的嫩绿丝带，挑了出来。

为什么不戴它了？长大了都会变吗？

在小区的孩子们回来前，裴川已经回到家了。

蒋文娟做好了饭，这两年她和裴浩斌的感情不咸不淡，两个人的工作依然忙碌，然而蒋文娟今天的心情显然非常不错。她买了一瓶饮料，饭桌上开口道：“我在医院那边认识的一个朋友说，小川现在的情况可以安假肢了，他有个朋友就是做这个的。”

裴浩斌皱了皱眉：“可靠吗？”

“那当然。”蒋文娟看向裴川，眉目柔和，“小川很快就可以站起来了，高不高兴？”

裴川没说话，弯了弯唇。

裴浩斌见状，也没多说什么。裴川很快就九岁了，生活能自理是很重要的。虽然目前看起来儿子没有什么心理疾病，但是能站起来总归是好事。

裴川请了学校那边的假，去安装单位检查。

技术人员是个和蔼的叔叔，笑着问：“叔叔可以检查下吗？”

裴川点点头。温暖的大手触上他的残肢，蒋文娟焦急地看着，裴川衣襟之下的手握成拳头，他用尽意志力才忍住了不适。

“有经常按摩吧？保护得不错，塑形容易很多，今天回去以后，用临时假肢塑形锻炼一下，我取个模，过段时间来拿做好的假肢吧。”

蒋文娟连忙点头。

裴川看着天空灰蒙蒙的颜色，他都快忘了走路是什么样的感觉了。

假肢练习很累，一整个冬天，裴川都在进行这个简单枯燥的训练。

那不是他的腿，它冰凉没有人体的温度。

颜色也和他的肌肤不同，他摸了摸它，原来长大以后，腿不会再长回来，它是唯一的替代品。

二〇〇〇年假肢技术才发展起来，刚和国际接轨，裴川的家庭算得上小康，才能负担起这笔费用。

刚开始他找不到重心，狠狠摔了两次。

然而裴川没有哭，他扶着杠，认真专注地练习，在大冬天出了一身汗。蒋文娟捂着唇，看儿子跌跌撞撞走路，潸然泪下。

春天到来的时候，裴川能用假肢走路了。

裤腿放下来，他和正常的小孩子没有区别。裴浩斌这样的男人，在这个晚上都流下了泪。

裴川看着镜子里的自己，假肢是按照他的比例做好的。

裴川突然意识到，原来如果他能正常长大，会比许多男孩子都高。

他弯唇笑了。

四年级开学，一班的孩子震惊了！

裴川可以站起来了，冷淡没有人缘的男孩子，在这年眉宇清隽，贝瑶只比他小一岁，却比装了假肢的他矮小半个头。

孩子们不太懂什么是假肢，对于裴川站着走路这件事，他们觉得就像动画片里发生的奇迹。

高傲的小女神方敏君都忍不住用惊奇的眼神看了好几眼。

贝瑶呆呆地看着他，四年级了，她的记忆到了初二。

看着沉默着写作业的“高岭之花”同桌，她想起来一件记忆里很遥远的事。

裴川上辈子也是装过假肢的，后来他却拒绝假肢，重新坐上轮椅。

那件事，偏偏还和自己有关。

/ 13 / 不堪

十月，下着淅淅沥沥的秋雨，放学的时候雨倒是停了。

花婷背上粉色的白雪公主书包，站在贝瑶课桌前，等她一起走。贝瑶心中不安，她摆摆手：“你们先回家，我肚子痛，要上厕所。”

花婷应了一声，和另一个小姑娘一起回家了。

贝瑶慢吞吞地去厕所。

四年级的小姑娘，穿着自己的豆绿色衣裳，头上高高束起马尾。她没有留额发，一双大眼睛水晶一样亮。

裴川扶着课桌借力站起来，等其他人走光了，他一个人慢慢往学校外走。

他背着一个黑色的书包，书包上没有同龄人包上的那些动画片战斗侠，他的只是简简单单的纯黑色。裴川走路姿势有一点奇怪，他走得很慢，如蜗牛攀上绿枝，每一点都在努力。

贝瑶悄悄探出小脑袋，她背上自己的书包，小跑着跟上去。

到了他身边，这个快十岁的男孩子敏锐地回头。

她顿住脚步，透过十月寒凉的雨丝看他。

裴川眼神冷淡，贝瑶赶紧低下头，从他身边走过去。

等她走出一段路了，裴川才继续往前走。

这段回家的路还没修好，他们只能走小路。小路远一些，要足足走三十分钟。裴川则需要更久，他才装上假肢没多久，残肢接触的地方走久了会隐隐作痛。裴川只能走一会儿歇一会儿。

他不喜欢认识的人看见他这样吃力地走回家，所以往往是等所有同学都走了，他才起身慢慢回家。

裴川看着前面女孩子的背影消失不见，心里微不可察多了一分恼怒。

她是什么意思？故意走晚了留下来看他笑话的吗？就那么好奇？

麻雀跃上枝头，她青葱可爱的背影越来越远。

六年级的丁文祥在玩沙子。

道路还没修好，大路上堆满了水泥河沙，他同三个六年级的男孩子一起玩沙子。

他是这群人的老大，成绩差，他妈说要是再不努力，初中都不让他念。

丁文祥知道妈妈是吓唬他的，但他的人生本来就毁了，所以也不在意还念不念书。他听强哥说打工也能赚不少钱呢。

沙子从他指缝漏下去，他的右手，没有无名指和小指。

这是小时候农村的奶奶没看好他，被切猪草的铡刀斩断的。

十二岁的丁文祥比其他三个男孩子都高得多，有人推倒沙墙，说起了新鲜事："丁文祥，你知不知道我们学校四年级有个没有腿的男的啊？"

丁文祥当然知道，他拍拍手："见过，坐着轮椅。"

"对，但是我前两天听说，他又有腿了，还可以走路了。"

丁文祥瞪大眼睛。

"真的，不骗你，就是可以走了，这段时间他都走路回家。你说他是不是安了一条假腿啊？假腿怎么能像真腿一样走路呢？"

"假腿？"丁文祥看看自己残缺的右手，"我一定要去看看。"

他当即沙子也不堆了，有个六年级的男孩子说："我知道，他放学走那条小路，走得很慢，乌龟爬一样，我带你们去。"

丁文祥一群人绕过大路，书包搭在肩上，风风火火往小路走。

裴川一步一步走得很慢却很稳，他眼瞳漆黑，顿住了步子，看着面前几个来者不善的大男孩。

他不认识他们，所以他顿了顿，继续往前走。

丁文祥眼也不眨地盯着他的腿，伸手拉住裴川的衣领："小子，不许走，给我看看你的假腿。"

裴川瞳孔漆黑，一言不发伸手去掰那只手。

丁文祥本来以为这个看起来很弱又比自己小两岁的残疾男生没什么威胁，没想到那只手拧得自己左手生疼。丁文祥被迫松手，但是他更生气了。

十二岁的孩子有无穷的破坏力，也开始好面子，丁文祥说："把人按住！"

几个孩子一窝蜂涌上去，把裴川按在地上。

"滚开！"裴川也动了怒，然而他手臂力气再大，也抵不过一众比他大两三岁的少年。

小路满是泥泞，他的假肢本就用得不熟练，重心偏移后，他被按在地上，脸颊旁就是脏污的泥水。才下过雨的路面，泥土的腥臭味钻入鼻腔。

他们按住他的脸颊和手臂，裴川知道他们要做什么，他脸上的平静不见，像头发疯的小兽一样挣扎起来："放开我！你们放开我！"

丁文祥手还在痛，他踢了裴川一脚，学着他妈那样骂人："小坏蛋。"

丁文祥蹲下，去解裴川的鞋带。裴川的鞋带很长，缠绕了几圈以后，绑在裤腿外面——他不想露出颜色有异常的假肢。

解了鞋带，如果再撩开他裤腿，里面就是冰凉的假腿。

这个时候正是放学高峰期。

三年级和一二年级的小同学玩闹着走在小路上，很多人看见了这一幕，然后有人悄悄说："那个是六年级的丁文祥。"

在学校就很浑的丁文祥。

三三两两的孩子睁大眼睛看着，没有一个人敢上前。

裴川手指抠进泥水里。他第一次生出想让所有人去死的念头，要是他们死了，他们都死了该多好！

裴川右腿的鞋带被解开，丁文祥吹了个不成调的口哨。他去撩裴川的裤腿。

后背狠狠一痛，丁文祥尖叫了一声，他恶狠狠回头。

一个穿绿色外套的小姑娘，拿着根手指粗的树枝，又打了他的背一下。

贝瑶害怕极了，她有限的记忆里，两辈子都没有打过架。

丁文祥瞪着她，她的手都在抖，然而她还是握紧了树枝，站在裴川前面。

"你们放开他。"她一一去打那几只按住裴川的手。

六年级的孩子们痛得哇哇大叫，有人踹了贝瑶一脚。

她也哭了。

她好痛啊，贝瑶咬着嘴唇，依然不肯丢了那根树枝。

裴川半边清隽的脸在泥水里，仰头冷淡地看着这一切。

他第一次见贝瑶哭，她边哭边挥舞着粗壮的树枝，打在那群人身上。她说："我要告诉我们蔡老师，还要告诉我叔叔。我叔叔是警察，让他把你们都抓走！"

丁文祥大骂了一声，然后说："要不是看在你是女生的分上，今天弄死你！”又转过头看听见“警察”吓怕了的同学们，“走啊，还站着做什么！”

他们全走了。

那些不敢过来的低年级孩子，也一步三回头地回了家。

等到小路上没有人了，贝瑶才抽泣着哭出来。

她记得这一幕。

一模一样的记忆，只不过上辈子她是那群低年级孩子中的一员。裴川的裤腿最后被撩了起来，她看见了和正常的腿不太一样且冰冷的假肢。

所有孩子都露出了怯意和惊奇，她被好朋友拉着退了一步。好朋友说：“那条假的腿好吓人啊。”

他在泥泞里，漆黑的眼睛看着她，慢慢沉寂下去。

此后，贝瑶再也没见过裴川戴假肢，他重新坐上了轮椅。

这辈子她跑回来了。

贝瑶拿着一根很重的树枝，踩过了数年的光阴，蹲在他身边，泪水花了白皙柔软的脸颊。

“呜呜呜……”

裴川死寂的眼珠子动了动，转头看她。

她丢了树枝，身体发颤，似乎比他还害怕。裴川皱着眉，手臂支撑身体坐了起来。

他的衣服被泥水打湿，原本的体面干净不见了。

裴川面无表情，咬牙从地上站了起来。

路边的野草割裂了他掌心的肌肤。

他低头，贝瑶那双杏儿眼里盈满了泪水，她抽泣着，不知所措。这样的姑娘，也许一辈子就只会打一次这样的架。

裴川慢慢往前走。

走了许多步最后还是忍不住回了头，她依然蹲在那里。

“贝瑶，”他第一次喊她名字，平静道，“回家了。”

贝瑶回头，她大眼睛红通通的，像小兔子的眼睛一样。她抽泣着说："哦。"

然后她颤巍巍地努力站起来，跟在他身后。

迟迟到来的夕阳露了半边脸，他不安慰，也没有给她擦眼泪，听着她哭了一路。

"裴川，我有点害怕。"

"嗯。"

"我会被通报批评吗？"

"……不会。"

"我有点痛。"

"嗯。"

她用软乎乎的手背擦了下眼睛："明天我们一起走路回家吧？"

他沉默许久："好。"

这一年贝瑶还不知道，身边这个冷漠的男孩，将来会把她幼时对他的包容和温暖换成一辈子的宠爱和痴狂，成倍归还。

秋天的树叶打着旋儿落下。

贝瑶一头柔软的长发渐渐变长，从最初的齐肩慢慢到了肩胛骨往下。她发尾微黄，打着浅浅的卷，垂在胸前。因为头发比其他小姑娘的细，所以格外软。

童音不辨男女，贝瑶的小奶音却还没真正变化。

从四年级到六年级，裴川上学都戴假肢。从一开始慢吞吞挪步，到最后能和正常少年走得一样快。他寒暑假不再待在家，他戴上拳套，开始学拳击。

六年级的第一个月，听说升了初二的丁文祥被一群混社会的打进了医院。

这事没有引起一点波澜，作为茶余饭后的八卦被人聊了两天，就被淡忘在了少年们的记忆里。

六年级下学期的四月，蔡老师突然通知："梨花和桃花都开了，我们班明天出去春游。”

这年还没有禁止春游等一系列活动。

教室里安静了片刻，猛然爆发出热烈的欢呼声。

/ 14 / 很乖

“黄四娘家花满蹊，千朵万朵压枝低。留连戏蝶时时舞，自在娇莺恰恰啼。”

四月的早春，踩着三月下旬的末尾而来。

桃花开满枝头，春天的柳枝纤纤，翠绿青葱，风一拂过轻轻摇曳。小路上的桃花儿开了一路，花瓣一直掉。贝瑶仰起小脸，花瓣落在她的发间。

早晨出门的时候贝瑶洗过头发，现在柔软的头发还是披散着的，她站在前面，抬手撩发，把已经干了的发丝扎起来。

六年级一班分了两个队列，男生一个队列，女生一个队列。

花婷一路都不太高兴，她长得矮，站在女生队列里的第一个，后面就是方敏君，贝瑶站在第三个。

方敏君和贝瑶是六年级一班最小的两个孩子，矮一些情有可原。可是花婷不小了，她以平均年龄升学，个子却总也长不高。然而个子不长，别的地方却在长，她发育得比其他孩子早一些，如今胸部已经有了少女曲线。

发育早并不是好事，班上男生和女生偶尔看过来的好奇目光令花婷羞耻极了。她尽量含胸，不让人把目光放在自己丰满的胸前。

花婷低着头走路，分外沮丧。

二〇〇二年港星常雪的一部喜剧电影红遍大江南北，冰雪雕就的美人家喻户晓，这也把“小玉女”方敏君的名气带向了高潮。

十一岁的方敏君，脸上带着少女的矜傲，穿着白裙子，男生队列里许多人都在偷偷看她。

花婷挨着方敏君站，不自在极了，她总觉得那些欣赏、惊艳的目光偏移到自己这里后，就变成了好奇。花婷鼓起勇气："方敏君，我可以和你换个位置吗？"她想和好朋友贝瑶说说话。

"不行，按高矮，老师排的。"方敏君一口拒绝，她才不要去站最前面。

于是花婷一路走得十分难熬，好不容易到了桃花林，同学们可以自由活动吃便当了，她才松了口气在贝瑶身边坐下。

"我一点都不喜欢方敏君。"花婷叹了口气，"什么'小玉女'嘛，又不是常雪本人。"

贝瑶安慰地笑着点点头，给她分糖果。

如今她也十一岁了，脖子后面系了一条白色的内衣带子，但她发育得没有花婷早，现在只有些微不同的弧度。

"你走路要挺直背。"贝瑶轻声在花婷耳边道，"我妈妈说驼了背会不好看，女孩子发育是正常的事情，不要觉得羞耻。"

花婷红着脸点点头，心情总算放松了。两个女孩子分着把饭吃完了，花婷凑得很近，她突然惊奇地道："咦？贝瑶。"

花婷伸手轻轻掐了一把贝瑶的脸颊："我才发现你五官很漂亮呀。"

贝瑶一愣。

花婷半眯着眼，细细打量。十一岁的贝瑶明眸清亮，鼻子挺翘，粉嫩的樱桃唇，唇珠圆嘟嘟的，透着一股子呆萌的味道。

贝瑶还没有"抽条"，脸颊带着浅浅的婴儿肥，不是那种一眼惊艳的漂亮，而是一种想让人揉一揉的可爱味道。然而因为一班有了一个声名赫赫的"小玉女"，再可爱乖巧的女孩子都没有光芒了。

花婷眼睛很亮："仔细看看，你比方敏君还好看啊，会不会你长大以后比常雪还好看啊？"

贝瑶心里一咯噔。从某方面来说，花婷说出真相了。

贝瑶越长大，她的记忆就回归越多，如今她的记忆到了初三。贝瑶知道方敏君会在初二渐渐失去光芒，不再和常雪那么像，长大后她反而更像母亲赵秀，高颧骨，脸颊过于消瘦。

成长很奇妙，初三，贝瑶会猛然瘦下来，记忆中的自己会变得很漂亮。像是明珠蒙尘几年后，突然迸发出耀眼的光彩，少女明媚又动人。

然而这些可不能和花婷说，贝瑶只能含含糊糊应了一声："谢谢你的夸奖啊。"

贝瑶视线往远处看。

裴川一个人坐在石头凳子上，他带了一个黑色饭盒，吃完了饭就在看书。

每个人都背了一个书包，里面装着书的可能只有裴川一个人。都快小学毕业了，这个孤僻的少年依然没有朋友。

他如今走路的速度很正常了，姿势如果仔细看会和正常人有些微不同。

他不爱笑，表情不多，话更少。

他们天天一起放学回家，裴川鲜少主动和贝瑶说话。

她想起那个作业本上的"秘密告诫"，心里有些犯愁。

上辈子自己没有关注过青春期的裴川，在她的人生中他是个无足轻重的人物。贝瑶只隐约记得自己变漂亮的那一年，初三的裴川完全变了一个人。

他成了一个彻头彻尾的坏学生，小区的所有孩子都被警告过不要和他走太近。

包括陈虎，也害怕起他了。裴川和混社会的混在一起了，他多了很多很多凶神恶煞的朋友。

为什么会这样？贝瑶看着他沉默看书的模样，他现在明明是个很好的学生啊。

贝瑶想知道真相。

裴川抬头，对上了她的眼睛。他淡淡别开眸子，看着比桃花色略深的那一处地面，微微眯了眯眼。

突然，一个女生开始尖叫。

所有同学都看过去，尖叫的女生脸色苍白："有蛇！"她本来踮脚去看花，没想到松软的草地里盘踞了一条冬眠后出来觅食的蛇。

小女生吓疯了，往同学们这边跑。

那条两指粗的蛇也被人惊扰到，满林子爬。

一时间，班上的女生四处乱跑，尖叫声连连。花婷紧紧拉着贝瑶，快被混乱的场面吓哭了："贝瑶，快走远点走远点！它过来了！"

班主任蔡清雨也心跳加速，她是个文雅的女老师，自然也怕这种冰凉可怖的生物。然而为了保护孩子们，她不该跑，她忍住心慌："贝瑶、花婷你们快点走开。"

她不认识那种蛇，不知道有没有毒，蔡清雨已经后悔了，她不该带着学生们来春游。

班上的男生看着混乱的场面也有些头皮发麻，也怕蛇有毒，都不敢去捉。

贝瑶有些腿软，她两辈子就怕这种蠕动的生物。她被尖叫的花婷拉着跑，小脸苍白。

直到花婷拉着她慌不择路跑到了裴川面前才停下来。

裴川抿了抿唇，弯下腰狠狠掐住那条蛇的七寸之处，它仿佛一下子没了力气挣扎。裴川捡起石头，砸了几下那蛇的脑袋，它不再动了。

血流出来，他顿了下，把它扔开，蛇还没有死，晕过去了。

只是那一瞬班上同学看过来的目光让裴川住了手，他们用惊异、可怖的目光看他处理这条蛇。裴川敏锐地注意到，他们看自己和看蛇是同样的目光。

换个男孩子捉住它，或许是英雄一样的崇拜。

可因为他是裴川，就一切都不一样了。

他孤僻不说话，下手却比谁都狠。同学们仿佛第一天认识他一样，惊疑地不敢过来，就连蔡老师，都看着地上的蛇皱了皱眉头。

下一秒蔡老师反应过来，笑着缓和气氛："裴川同学真勇敢，帮大家解除了危机，你们要谢谢他呀。"

桃林里一片安静，没有一个人说话。

裴川有些想冷笑。

花婷死死拉着贝瑶，脸上犹豫不决。

贝瑶看着少年孤单的背影，他和一条昏迷的蛇待在一起，谁也不敢过去。

贝瑶挣开花婷的手，她从书包里翻出凉白开和纸巾，把纸巾润湿以后，走了过去。少女比装了假肢的他矮一些，她仰起小脸："谢谢你，裴川。"

裴川低眸。她长大了，声音像三月的春风一样温柔："我们都害怕，谢谢你捉住了它。擦擦手吧。"

花婷也鼓起勇气，大声道："谢谢你啊，裴川！"

春风拂过，带来她身上独特的味道，像是浅浅的丁香。

裴川接过纸巾，擦去手上的冰凉滑腻。

同学们如梦初醒，纷纷鼓起掌来。

有女生说："他真厉害，那个也敢抓。"

裴川低着眸，黑色的睫毛掩盖了他的眸光。

陈虎听见，不服气极了，胖墩儿这些年丝毫没有瘦，他哼了一声："这算什么，我也敢抓啊！"

"陈虎就会吹牛皮，刚刚我看见了，你也吓得往后躲呢！"

"我没有！"

"你就有！"

陈虎气得脸都红了，和班上的女孩子争论起"他勇不勇敢"这个话题。

裴川僵硬的身体渐渐放松下来，贝瑶弯起杏儿眼冲他笑。比起方敏君，她更像个青涩稚嫩的少女，因为春游她穿着一条嫩黄色裙子。她仰头看着他，很乖的模样。

裴川别开眼，淡淡道："站开点，它没死。"

她僵硬住，杏儿眼无措地看着他。

裴川沉默两秒，捡起树枝，主动挑起蛇走远了。

Chapter 3

你等我回来呀！

/ 15 / 摆脱吗

春游事件引起了学校的注意，二〇〇二年以后，学校就不许老师独自带着班上的同学去春游和秋游了。

经过这件事，裴川在班上的人缘反而好了不少。

他常年冷着脸，班上都没人和他说话，如今后桌的男生竟然鼓起勇气问他借橡皮擦。

“可以借我一下吗？用完就还你。”后桌是一个戴着眼镜的男同学，他说这话时明显很紧张，不停地去推自己的眼镜。

裴川第一次遇到这样的情况，他没动，淡淡地看着那个男生。那个男生冷汗都快出来了：“算、算了……”

贝瑶越过那条小时候画好的三八线，从裴川笔盒里扒拉出来橡皮擦，飞快地把它放到后桌男生的桌子上。

男生干巴巴地说：“谢谢。”

贝瑶撑着下巴看裴川，她眼里含着笑意，像是窗外开得烂漫的夏花。裴川看她一眼，回了后桌的男生：“不用谢。”

她眼睛渐渐亮起来，一整节课都在偷偷笑。

后桌的眼镜同学发现裴川没那么可怕以后，有时候甚至会向裴川请教问题。

贝瑶也听着，她如今成绩能保持在班上前三名，一是靠领先几年的记忆，二是靠努力。她往往一放学就开始写作业。

贝瑶发现裴川很聪明，格外聪明。

一道数学题他可以解出许多种方法，给人讲解的时候，他不爱说话，就写步骤给人看。

可是步骤简单而清晰，让人一下子就明了了。

贝瑶惊叹，他怎么可以这么聪明呀！

二〇〇二年小学毕业的时候，裴川是年级第一名。梧桐树下青涩的少男少女们合了一张影，小学生涯就到此结束了。

六年级的暑假漫长而清闲。

赵芝兰这一年都是在赵秀的挑衅下度过的，类似“你闺女成绩好有什么用，我闺女纤细动人像‘常雪’才了不起呢”。

赵芝兰下了班回来，打量脸颊还带着婴儿肥的贝瑶：“瑶瑶，你舅妈开了个舞蹈班，不如我把你送去跳舞吧？”

贝瑶摇摇头：“我年龄错过了，现在学不太好。”

主要贝瑶不太喜欢刻薄的舅妈，舅舅那家人借了自家的钱，三年多了也没有还一分，日后也不会还。

“放假窝在家怎么能行？总得运动运动。”小区的女孩子少，方敏君高冷，贝瑶和方敏君玩不到一起去，所以假期在家的时间比较多。

“那我跟着碟片跳操好吗？”

“成，明天我再去买两张碟片回来。”

那时候网络远远没有后世发达，贝瑶家有一台 DVD 机，放进光碟可以看视频。

贝瑶家在三楼，裴川家在对面四楼。

他们都住在侧卧，一推开窗就能看见彼此。只不过裴川房间有个小型阳台，他九岁那年就用窗帘隔起来了，贝瑶看不见他。

七月末的阳光洒在地板上，裴川偶然推开窗，就看见了少女窗前盛开的蓝色风铃草。

它们像一个个小铃铛一样，朝气蓬勃。

贝瑶房间只有一台老旧的立式风扇，她跳得气喘吁吁，开了窗透气。裴川家的楼层高些，他不经意低眸，就看见了对面跳操的贝瑶。

她舒展着身体，带着几分少女的稚嫩和优雅，双臂举高。

因为怕热，贝瑶穿着嫩绿色的小背心。

她的动作导致背心上移，露出一截白得晃眼的腰肢，还有小巧可爱的肚脐。她明明并不纤细，那截腰肢却柔软纤弱，盈盈不足一握。

裴川脸色变了变，唰地一下拉上窗帘。

一整个夏天的假期，贝瑶再没见对面的窗帘被拉开过。

跳操并没有效果，少女在时光中按照原本的轨迹成长。

赵芝兰失望，却也明白这些不能强求。九月份小升初，C 市的初中离家反而更远些，有足足四十分钟的路程，和小学不在同一个方向。

令贝瑶欣慰的是，她和裴川依然在一个班级。

初一（七）班是初中实验班。

这个班的熟人一下子就减少了不少，因为这个班级是按照小学六年级的期末考试成绩分的，七班、八班两个班是实验班，其余都是普通班。

陈虎“光荣”地进了六班，他依然稳坐六班倒数第一的位置。

七班的熟人也不少，方敏君、花婷，还有压线进来的李达。大家都是同学。

陈虎为此哭了一通，一整个小区的同龄人都进了“学霸班”，除了他。

他又挨了父亲的一顿打。

念初一的第一天，同学们可以自己挑选座位。

花婷欢喜地抱着贝瑶的胳膊，和贝瑶坐在一起。贝瑶下意识看了眼裴川，他身边不知道什么时候坐下了一个短发长裙的小姑娘。

贝瑶愣了愣，心里难免有些怅然，转眼又想，应该替裴川感到高兴才对。

她看不出裴川愿不愿意再和自己做同桌，但是小学六年的三八线，让她一直觉得裴川不太喜欢自己。

裴川念小学的时候坐着轮椅，大家都知道他腿有残疾。而今到了一个新环境，也没有口无遮拦的陈虎了，裴川自然有人亲近。

少年模样清隽，装上假肢以后高高瘦瘦，他气质冷，在人群中总能一眼看见他。

如今这个班级，没人知道裴川没有腿，他可以像个正常人一样和人相处。一旦有了好的开始，就会越来越好的。

贝瑶想了想，真心替他高兴起来。

和裴川做同桌的小姑娘叫卓盈静，是隔壁市转过来念初中的。少男少女们都有自己的玩伴，鲜少有人身边是空着的，卓盈静虽然有些羞涩，但还是在裴川身边坐下了。

“你好，我叫卓盈静，你叫什么名字啊？”

裴川沉着脸，他回头看了一眼，他明明已经在窗前第一排坐下来了，贝瑶却不再过来。

是觉得终于摆脱他了吗？

裴川心情不好，一点也不想搭理新同桌。卓盈静长得不漂亮，胜在清秀，一头短发清爽。裴川不搭话，她有些尴尬，也不再没事找事了。

直到发完书，裴川写完名字，卓盈静才发出小声的惊叹：“你就是我们班的第一裴川啊！我看了你成绩，超级厉害，只有语文扣了1分。”

男孩子侧颜带着几分少年的稚气冰冷，他合上书，转头看窗外去了。

一场秋雨一场凉，翠绿的梧桐树隐隐有几片叶子开始泛黄。

裴川心里像压了一块沉甸甸的铅石，让他想发脾气。夏天还没有完全过去，C市干燥，他如今不会再压抑着不喝水，但是杯子里的水是给贝瑶准备的，仿佛成了一种习惯。

黄昏时分，他突然拧开水杯，仰头一口喝了个干干净净。

放学的时候，贝瑶不会再和花婷一起。她动作慢，才装好新的英语书，裴川的背影就消失在了教室门口。

“欸？裴川……”

以往他都会等着自己，今天他不回头，已经走远了。

贝瑶慌张装好作业本和笔盒，背上书包去追他。小熊猫玩具一甩一甩，笔盒里的笔也撞击得丁零当啷地响。

裴川听见了身后的脚步声，唇角抿出一丝不悦和冷意，闷头往前走。

“裴川，”少女的声音清甜，她气喘吁吁，“你等等我呀。”

夕阳把他们的身影拉得老长，贝瑶终于追上他。

“你怎么了？不是要一起回家吗？”

他冷淡地说：“你和花婷回。”

贝瑶杏儿眼疑惑：“花婷家不在这个方向。”

他更气了：“别跟着我，你烦不烦？”

贝瑶有些难过，她不明白裴川为什么生气，少女也有些委屈：“我家就在这个方向。”

裴川从小到大只有两种情绪，要么冷淡，要么凶巴巴。

如今他就处于凶巴巴的状态，他如果不走快，安了假肢的腿根本看不出异常，可他今天像是赌气一样，快步往前走。

路经李达和陈虎时，陈虎蒙了，这个走得又快又别扭的人是裴川？

开学一周了，裴川和贝瑶也没有和好。

周五那天下午该第一小组做值日，其中就有裴川这一桌。

裴川桌子上的书被摆放凳子的同学弄乱了，卓盈静眼睛一亮，帮冷淡的同桌整理书。

他们中间并没有少年冷冰冰画出来的楚河汉界。

裴川拿了拖把回来，脸色一下子冷了下去：“谁让你动我东西的？”

他瞳孔漆黑，不笑时有些可怕。卓盈静吓到了：“我只是帮你理……”

“不需要。”他说。

“你怎么这样啊！”卓盈静到底是个小姑娘，她这几天对着裴川的冷脸委屈极了，“我明明是好心的，想和你做好朋友。”

同学们都在教室后门争抢扫把，教室里一时安静。

梧桐树落下几片叶子，秋风渐起。

他弯了弯唇，冰冷的脸带上几分讽意："做朋友？你要和一个没有腿的人做朋友？"

/ 16 / 校花

卓盈静彻底愣住了，她的眼睛不受控制地去看少年的腿。

有那么一瞬间，她觉得裴川在恶作剧，像所有十来岁的青春期少年那样，以捉弄女孩子为乐。

"你以为我在开玩笑？"裴川压低嗓音，语气冷凉，"我四岁时小腿就被斩断了，现在只有两截残肢安了假腿，要看看吗？"

教室后面同学们打打闹闹的声音一下子远去，卓盈静被这样压抑而轻嘲的语气逼问着，惨白着脸后退了一步。她看也不敢看裴川一眼，踉跄着跑到教室后面的杂物堆放处拿帕子去了。

卓盈静擦窗户的时候手都是抖着的，她站在阳台外面，透过透明的玻璃看裴川。

少年弯着腰，拿着拖把和其他人一起拖地。

教室里灰尘漫天，他面无表情，不似其他同学一般边扫地边打闹。他重复着单调的动作，安静沉默，仿佛刚刚那些偏激恶意的话不是他说的，而是别人臆想的。卓盈静觉得荒诞可怕。

她苍白着脸把窗户擦完了，终于还是没忍住，想验证这是不是一个恶劣的玩笑。

卓盈静拉住一个上完厕所的女同学，低声问："你知道我们班的裴川的腿……"

那个女生错愕地看了眼卓盈静，想起卓盈静是裴川的新同桌。女生目光别扭了两秒，似同情又似叹息地看了眼卓盈静，然后同样压低声音道："他啊，没有小腿，据说安了假肢。你仔细看看他的走路姿势，和正常人不一样。"

卓盈静如遭雷劈，她怎么也想不到那个淡漠清冷的男孩子有这样可怖的残缺。

校门口那条路边有一个篮球场，裴川背着书包走过去的时候，一个篮球径直飞过来。

他抬手，稳稳接住那个险些砸中他的球。

那边几个少年惊出一身冷汗，一个捡球的少年说："对不起对不起！我们不是故意的，你没事吧？"

"没事。"

"你反应真快，身手也好，有空一起打球吧？"

裴川第一次听到这样的赞誉，觉得讽刺又好笑。他没回话，背着书包拐出了篮球场。

裴川很不高兴。

其实他也没想到，自己最介意的事，有一天会被自己这样偏激地说出来。然而裴川比自己想象中平静得多，他几乎能猜到卓盈静的心路历程，她会去向其他同学求证，然后渐渐疏远自己。

如果严重的话……

如果严重的话，她会去向老师申请换同桌。

绕过曲曲折折的小路，是几株石榴花。它们已经过了花期，在秋天里有几分颓败和凋零。

花深处，贝瑶抱着膝盖坐在岩石上，书包被她抱在怀里。

她穿着红色与白色相间的校服，一见到裴川经过，赶紧跟了上去。

"裴川。"她抱着自己的书包，"今天秦老师讲的最后一道数学题我没听懂，你会吗？"

他沉默着，目不斜视："不会。"

"那我回去看懂了给你讲好不好？"

"不用。"

"你在生气吗？"

"没有。"

她咬唇，没忍住笑了："裴川，你可以改名字叫'裴不高兴'了。"

裴川恼怒极了，他也说不清自己在生什么气，甚至在她看来是幼稚、毫无来由的。"裴不高兴"冷着脸，漆黑的眼睛看了她一眼。

贝瑶说："你别不高兴啦，我把我的九连环送给你好不好？"

她低头，从书包里拿出一个精巧的九连环，这是贝立材特地给她买的。贝瑶还没舍得玩，据说很难解开。

她笑着摇了摇九连环，它丁零零作响。

裴川冷着脸接过来，在她诧异的视线中，一环扣一环地解，整个九连环解开用了不过两分钟。

他又塞回到她手中，一言不发地往前走。

贝瑶抱着解得整整齐齐的九连环，愣了一下又跟了上去。秋风吹动少年黑色的发，她边走边低头把九连环弄乱。

贝瑶自己解，却怎么也解不开。

贝瑶并不生气他的冷淡，她走在他身边，轻轻哼歌。她唱的是二〇〇三年容祖儿新专辑里的《我的骄傲》。

> Pride in your eyes
>
> 为我改写下半生……

贝瑶声音又轻又软，唱歌很好听。

裴川放慢了脚步，与她并肩走在一起。少女脚步轻快，明明是秋天，却带着春天的温柔和朝气。

"裴川，你觉得语文老师好看吗？"

裴川顿了顿："不好看。"

"噢。"贝瑶有些失望，语文老师是清纯动人的女人。在贝瑶记忆里，自己初二瘦下来也大约是这样的气质。那裴川肯定也觉得自己以后不好看。

"裴川，我们和好吧。"

他抿唇。

“周奶奶家那条新来的小狗看见我就一直叫，这几天我回家都害怕。”

裴川突然转身，低眸看着她，他一字一顿：“所以，我的作用就是为你赶狗。”

她杏儿眼里倒映出他此刻的模样，然后那双眼睛慢慢弯起来，脸上是曾经漫天遍野最动人的桃花色：“不是的，你在我就不害怕了。如果它冲过来，我会保护你的。”

他心中那个胀鼓鼓的气球，像是被针扎了一下，猛然泄气。

快到家了，她犹豫地问他：“裴川，我们和好了吗？”

他说：“闭嘴，回家。”

贝瑶明白他的意思，开心地笑了。

裴川觉得自己特别不争气，明明没有打算这么轻易原谅贝瑶，可是莫名其妙就又和好了。

卓盈静去找老师要求换座位，她支支吾吾不敢说原因，于是座位到底没换成。

初一下学期的春天，对于小区里的孩子们来说发生了一件大事——方敏君家在市区中心买了房子，过完年一家人就要搬出小区了。这和贝瑶记忆里的一模一样，方敏君家会渐渐变得有钱，因为过两年房价会上涨。

一大群少年依依不舍地看着方敏君坐上摩托车，贝瑶也去送她。

初一的贝瑶还不是很高，只能站在人群的后面。她用攒了一个月的零花钱，给方敏君买了一个小兔子零钱包。

高傲的方敏君接过了每个人的礼物，然后扬着下巴点点头。

裴川在远处冷冷看着，显得格格不入。贝瑶攒零花钱他知道，她一个月都没有买过一颗糖果、一瓶饮料。

贝瑶用力挥挥手：“敏敏，要回来玩啊！”

方敏君看着身后的少男少女们，心里除了满满搬新家的喜悦，总算有了一分惆怅。她捏着零钱包，神情复杂地看着贝瑶。方敏君和贝瑶比了十来年，她并不喜欢贝瑶，可是也没有办法讨厌她。

贝瑶像是柔和的小月亮，没有锐利的棱角。

然而看着贝瑶精致却带着婴儿肥的五官，方敏君心里几乎下意识生出了危机感。

现在的贝瑶看着像是呆萌的孩子，如果有一天她变成了美丽的少女呢？那自己就比不过贝瑶了。

“没关系，我还是和你们读一个学校。”方敏君摆摆手，坐上车走了。

春末，陈虎和李达在掏蚂蚁窝，裴川下楼丢垃圾经过转角处。

李达笑嘻嘻说：“陈虎，你这几天都不高兴，是不是方敏君走了啊？”

“没有啊。”

“你少骗我，你喜欢她是不是？”

陈虎耳朵都红了：“放、放屁，才、才不是。”

“你喜欢她就去跟她讲啊，或者放学送她回家。”

陈虎闷声道：“我也想啊，可我表姐说‘距离产生美’。女孩子都不喜欢黏糊的男孩子，走太近了别人会把你当哥哥。等我变得又高又帅，我就去找敏敏。”

裴川握紧塑料口袋，等他们走了，他才走出去把垃圾丢了。

第二天放学，贝瑶发现，已经跟她和好的裴川没有等她，一个人走了。

贝瑶最近很有危机感，因为在她记忆里，裴川爸妈初中已经离婚了，而现在似乎还没有。

即将迎来初二，初二会发生很多件大事。

比如裴川性格会彻底变化。

比如方敏君长相开始改变，港星常雪因为插足别人的家庭跌下神坛。

而贝瑶……她终于有了高一的记忆。

她看着镜子中自己白皙柔嫩的小脸。

记忆里，一过这个冬天……她会像蝴蝶挣出了茧般开始蜕变。

记忆太不真实，贝瑶甚至怀疑，她真会变成高中部那个让人惊艳的校花吗？

/ 17 / 保护

二〇〇三年冬天，雪落满了整个小区，青山顷刻白头。

电视上各类新闻都被常雪占了头条。

“昔日‘玉女’竟成小三，香港富豪为她抛弃妻子。”

“常雪跌下神坛，高冷形象崩坏。”

“常雪新电影面临票房危机。”

……

种种恶劣的新闻影响很大，人们吃完了晚饭，就围在电视前看这样的新闻。常雪的粉丝们都不敢相信这个新闻，还在试图澄清，当事人常雪一直没有露面。

不知道谁在整常雪，这件事的公关最后还是没做好，像火山喷发一样，常雪做了小三的消息传遍了大街小巷。立了将近十年的“玉女”人设不复存在，常雪从此退出港星舞台。

赵芝兰瞠目结舌地看着铺天盖地的新闻和各类报纸，她忍不住感叹道：“命啊，有时候还真说不准。”

常雪的没落，意味着赵秀最骄傲的资本没有了。

赵秀一直都在把方敏君往常雪的形象上塑造，如今常雪被迫退出娱乐圈，估计赵秀再也不愿意将方敏君和常雪联系起来了。

贝瑶看着这些新闻，皱眉沉思，如果方敏君最后长得不那么像常雪，对方敏君来说，未尝不是一件好事。

可方敏君已经搬出了小区，如今又是寒假，不知道方敏君是什么情况。

贝瑶有些担心她，虽然方敏君高冷了些，但到底不是十恶不赦的坏蛋。她想起来裴川家有手机和电话。

房子外面飘着大雪，贝瑶抱着自己的寒假作业往裴川家去。

裴浩斌打开门，眉眼舒展："是贝瑶啊，外面冷，快进来吧。"

"谢谢裴叔叔。"

"小川在房间，我去喊他。你蒋阿姨不在，贝瑶随便坐啊。"

贝瑶连声道谢。

裴川家干净整洁，裴浩斌当过兵，所以屋里东西摆放得整整齐齐。这是从小时候到现在，贝瑶第二次到裴家。

裴川并不喜欢私人领域被入侵，所以贝瑶很少来。

裴浩斌粗枝大叶，却没想那么多。最里面的房门猝不及防被裴浩斌打开，贝瑶一转头，就看见了一个被她遗忘了很多年的裴川。

窗外飘着大雪，他在书桌前，组装一个她看不懂的奇怪仪器。

少年身形依然略微单薄，他坐在轮椅上，腿上盖了很长的黑色毯子。

他转头，就看见了抱着书的贝瑶。

空气安静了一瞬。

贝瑶第一次知道，原来他在家是不戴假肢的。只要在人前，裴川永远戴着假肢，以至于让人忘记了，他从来就没有好起来过。

裴川手中的感测仪响了两声，他垂眸，指节分明的手指一弹。它碎裂了。

裴浩斌说："小川啊，贝瑶来了，你们一起玩，爸爸有事要出门。"

裴浩斌衣服都来不及换，匆匆出门了。

"愣着做什么，过来。"

贝瑶尴尬极了，她像小时候一样局促，进入他房间以后呼吸都忍不住放轻了。

"作业不会做？"

"不是。"贝瑶抱紧了寒假作业，问他，"你能联系到方敏君吗？"

裴川抬眸，冷冰冰吐字："多管闲事。"

"她和我们一起长大，你不担心她吗？"

裴川顿了顿，他觉得有些好笑。贝瑶把他想得太好了，方敏君是谁，他凭什么在意方敏君的死活？然而在她认真的眼神中，他下意识觉得这些话不能说给她听。

"你有她电话号码？"

"没有。"

"地址呢？"

贝瑶低着头，脸有点红："没有。"

裴川看她一眼。她像小鹌鹑一样，尴尬得恨不得把自己埋起来。

他转动着轮椅，去了客厅的座机旁。

贝瑶亦步亦趋跟在他身后。

少年的手指在座机按键上按下了几个数字，就对上了她蹲下抬头看他的期待的大眼睛。他别开眼，低声道："李老师你好，我是裴川。您能给我方敏君同学家的电话号码吗？"

"嗯，原因吗？她家上次搬家，有东西落在我家了，得通知她拿回去。"

"好的，谢谢老师，我记下来了。"

他挂断电话，又嘀嘀嘀按下几个数字，然后把听筒给贝瑶。

贝瑶拿着电话，很快就通了，那头儿是赵秀的声音："喂？找谁？"

"秀姨，我是贝瑶，我可以和敏敏说话吗？"

"你等等啊，我去叫她。"

过了很久，贝瑶有些不安的时候，听筒中传来了女孩子沙哑的声音："喂。"

"敏敏，我是贝瑶。"

裴川的黑瞳看着打电话的少女。

贝瑶微卷的长发披散在身后，穿着一身浅蓝色的棉服。她揪着衣摆上的小锁扣，显得有些紧张。裴川听她说道："敏敏，今年小区那棵蜡梅开花了，特别香。我妈妈做的香肠很好吃，我开学给你带去好不好？

“我们什么时候一起去游乐场吧，听说C市新建了一个很大的游乐场，我长这么大还没去过游乐场呢，你可以陪我一起去吗？

“别哭啦。”她温柔道，“你是方敏君啊，不是常雪。”

那头儿原本骄傲的小姑娘，现在哭得歇斯底里，她口袋里还藏着一把水果刀。贝瑶打电话来的时候，她其实是想割下去的。

方敏君这个名字，十多年的荣辱，似乎都和常雪挂钩。如今信仰倒塌，方敏君难受到难以呼吸。

然而这通电话，让她痛痛快快哭了出来。

是呀，她才十二岁，还没有去过新游乐场，没有看见过小区门口一直不开花的蜡梅树开花的模样。她怕痛，她也是舍不得死的。她多盼着谁能救救她，可她万万没想到，这个人会是贝瑶，从小到大都因为常雪被她压着的贝瑶。

方敏君渐渐被安抚好了。

贝瑶挂了电话，才看见裴川比之前多了几分冷淡的眼。

她在自己口袋里摸了摸，轻声道：“对不起呀，用了你家电话这么久，我把钱给你。”

她摸了一张五十块的出来，这几乎是她小金库的所有财产了。

裴川冷笑了声：“你真大方。”

他接过来那张五十块钱的纸币把玩了一下：“方敏君是你什么人，这是你所有钱了吧？还是说，你对谁都这样？”

贝瑶觉得莫名其妙。

方敏君不是她什么人，但她想了很久，如果她是方敏君，心态也会崩溃的。这件事要是衍生下去，可能会很严重。如果不严重，贝瑶自然也不会管向来和自己不对付的方敏君。

裴川双指捏住纸币，轻轻使力。它进了垃圾桶。

贝瑶下意识喊了一声，蹲下把它捡出来。喜怒无常的少年已经推动着轮椅往房间走了。

“裴川，裴川……”

房门砰的一声在她眼前合上。

贝瑶看着眼前紧闭的门，第一次生出些许委屈。她毕竟也才十二岁，还是需要人哄的年纪。她常常不懂裴川为什么生气，正如她不懂如何逗这个心思深沉的少年高兴。

贝瑶极力退让，给他一切自己觉得很好的东西。可这些东西或许就像这张纸币，他如果不屑，转眼就会扔进垃圾桶。

她眨眨眼，有些想哭，最后也没敲他的门，给他把屋子的门带上，离开了裴家。

贝瑶踩在雪地里，一步一个小巧可爱的脚印。

四楼窗帘后，裴川低眸看她。

这样就对他不耐烦了吗？

所以他、方敏君，抑或陈虎、李达，在贝瑶心中没有任何区别。

裴川听见她哄方敏君了。上天给了她软软的甜蜜的嗓音，她轻声哄人的时候，让人心都化了。她曾经怎么哄过自己，今天就是如何哄方敏君的，将来也许会哄陈虎、李达，任何一个人。

他知道自己这气生得毫无来由，甚至显得神经质，可他控制不住那股从心底漫上来的嘲意。

仿佛有人在说：看哪，裴川，你在她眼里，不过是个需要帮助的可怜孩子罢了。

裴川明明不该生气的，他只是一个本来就该没有朋友的人。可是那天在转角处听见了陈虎和李达的话，他的内心被悄无声息地种下了一颗种子。

男孩子通常没有女孩子早熟，可是在裴川尚未步入初二这年，他懵懂又青涩地意会到，他面对贝瑶时心情不一样了。

而她不知道，她什么都不知道。

他看着雪地里的少女渐行渐远，苍白的手指紧紧握住轮椅扶手。

贝瑶翻开自己的小字本，那上面深藏了从小到大没有对任何人说起的秘密。

来自未来的自己，希望自己对裴川好一点，再好一点。贝瑶知道得人恩情千年记的道理，她把小字本放在崭新的小箱子里锁起来，这样谁都不会打开了。

没多久就开春了，C 市冷得快，回暖也快。贝瑶很快就换下厚厚的棉袄，穿上了轻薄的春装。

开春最高兴的无异于花婷，她惊讶地发现，班上所有姑娘和她一样，都开始发育起来。像是春风温柔地吹了一口气，女孩子们胸前渐渐鼓起来，特殊的不再是她一个人，此时不用贝瑶讲，花婷走路也挺直脊背了。

贝瑶也刚开始发育，"小包子"时常会有点痛。她很小心不碰到它们。

花婷红着脸颊在她耳边小声问："瑶瑶，你来那个了吗？"

"没有。"

"噢，我前段时间来的时候吓了一跳，差点吓哭了，还以为自己得了绝症。"

"不会，那是你长大了。"

花婷问她："你在干什么呀，穿这么多珠子？"

"做平安结。"少女纯真的眉眼温柔，她带着笑道，"裴川生日快到了。"

初夏就是裴川的生日，虽然他最近脾气很奇怪，不再愿意放学一起回家，上次发完脾气以后也不主动和好，但她不生他的气。

"裴不高兴"已经这么"小气"了，要是她也小气那还得了呀！

花婷哼了一声："你干吗对他那么好，他对你一点也不好。"也没见裴川对瑶瑶多好啊。

贝瑶把珠子穿好："他长大了就好了。"

"说得好像你知道一样。"

她不知道，可是不妨碍她对他好。

班上的女孩子各有变化，方敏君却突然消瘦下来。如今方敏君这个模样，竟然和记忆中的人重合了，消瘦，高颧骨，不过一个冬天，方敏君突然变得不再像常雪了。

她不漂亮了，身上有一种消颓的气息，多了一些人气。

方敏君周围的气氛一度很尴尬，反而是方敏君自己，装作不在意。

花婷撑着下巴："以前不喜欢她，现在看着她还挺可怜的。常雪做错事情，她又没做错。"

贝瑶赞同地点点头。

"你知道吗？以前还有人讨论校花是方敏君还是尚梦娴，这学期方敏君一回来，大家都觉得妥妥是尚梦娴了，方敏君哪里还有校花的样子啊？"

尚梦娴？贝瑶觉得这个名字很耳熟。

贝瑶早念了一年书，身边很多人很多事都不一样了。她绞尽脑汁去想遥远的记忆，才发现确实有那么一个人。

她上辈子比尚梦娴小一个年级。

等到自己初三彻底变好看了，有人曾经悄悄告诉她："要是你当时是现在这个模样，校花肯定轮不到尚梦娴。你比她好看无数倍！"

然而脸上还带着女娃娃稚气的贝瑶叹了口气，好看不好看不重要，她还是先给"裴不高兴"过生日吧。

春末夏初，初二的尚梦娴担上了校花的名号。

十四岁的女孩子，姿容清丽，她比同龄人多了一丝妩媚。方敏君的没落，受益最多的就是尚梦娴了，她最近课桌里情书都收了一大沓。

"尚梦娴，我就说吧，那个方敏君算什么啊，不就是有点像明星？现在明星没落了，方敏君瘦得皮包骨丑死了。以前讨好她的那个葛博现在看到她都装作不认识，哈哈哈，你不知道多好笑。"

尚梦娴放下镜子，也笑了。

"不过嘛，"好友说，"葛博跟我讲，以前他们初一（七）班，大家都喜欢方敏君，有个人却没正眼看过方敏君，一直冷着脸。"

尚梦娴有些感兴趣："哦？谁呀？"

"他们班的裴川。我听说那个男生没有腿，小腿是假肢。你知道什么是假肢吗？就是做得和真腿一样，装上可以走路那种。"

尚梦娴神情露出了一丝嫌恶。

"可是他竟然看不上方敏君，你说好不好笑？你说他是看不上，还是不敢喜欢呢？"

这个年龄的女孩子，感兴趣的话题已经从小零食和游戏，渐渐转移到了谁对谁有好感。

尚梦娴语气轻蔑道："多半因为方敏君魅力不够呗，还成天那么拽，我要让那个裴川和我做朋友，你信不信？"

好友捂嘴笑着说："当然信，你这么好看。到时候那个残疾的男生对你要死要活怎么办？"

尚梦娴也笑了起来。

她下午放学没有先回家，而是在裴川放学的那条路上等。

绕过校园开得正艳的石榴花，裴川下意识看了眼贝瑶经常坐的那块石头。

周围开满夏天的小花儿，他看到花丛后出现一个影子。

裴川脚步慢下来，他从那里走过去，等着女孩子跟上来。

"你就是裴川吧？"轻快俏皮的话语从身侧传来。

他眉头微不可察地皱了皱，才发现那人是个不认识的少女。

尚梦娴跟了上来，目光隐晦地扫过裴川的小腿，掩盖住了眼里的神色。

"我叫尚梦娴，是初二（一）班的，听说你们家那边在修一个小公园是吗？你可以带我去看看吗？"

"不可以。"

尚梦娴脸上的笑僵硬了一秒，眼中不屑，但是一想到对方敏君嗤之以鼻的人，以后会像哈巴狗一样讨好自己，她就忍住了心中的不耐烦。

“没关系，我自己去也是一样的。”她有意无意走在他前面。

她穿了一条超短裙，露出修长美丽的腿。

尚梦娴的上衣是玫红色的艳丽短袖，露出半边肩膀，她有这个年纪女孩子都没有的风情。尚梦娴笃定他会被自己吸引，步子优雅又漫不经心。

裴川面无表情的脸上，出现了一丝极浅的嘲弄。

贝瑶放学先去了一趟学校小卖部，她做的红色珠子平安结很漂亮，但是单就这样送似乎不太好，她思来想去又花三块钱买了一个包装袋子，把平安结小心地放了进去。

贝瑶紧赶慢赶，小跑到石榴花后，裴川已经没有人影了。

“还是不等我啊。”她轻轻叹了口气，背上自己的小书包，一鼓作气加快脚步往回家的路走。从初中到家的这条路上，最近在修建新的公园。听说还要两年才能竣工，这可气坏了小区的孩子。有一种遗憾叫“学校总是等我们毕业了就翻修”，公园也是同理。

等公园修好了，少男少女们就念高中去了。

路上开着烂漫的野花，夏日的阳光下，贝瑶用小手扇着风。她脚步匆匆，没过多久，就抬眸看见了裴川的背影。

他脊背挺得笔直，因为步调不快，看起来多了一分从容。

少年清隽，他身边跟了一个少女。贝瑶愣了愣，抱着礼物停了下来。树上知了吱吱呀呀地叫，贝瑶擦了把头上的薄汗，坐在了柏树下的石头上。

她看着他们走远。

平安结被她护在怀里，贝瑶第一次怀疑，那个小字本上的话是真的吗？

这个冷若冰霜的裴川，会如笔记里说的那样，把谁当成心肝一样爱护吗？她如今心智已到十二岁了，有了几年记忆，却还不到情窦初开的年纪，裴川又有了新朋友，看起来还是个很漂亮的女孩子，她真心替他开心。

贝瑶歇够了，才顺着这条路慢慢走回去。

裴川并不知道贝瑶就在身后，他以为她早回家了。

身边的尚梦娴在说话："你们那个张老师说话是不是带着口音啊？尾音会上扬？"

裴川看了眼不远处的老旧居民楼，淡淡嗯了一声。

他的手指不经意拨弄着旁边铁门的锁扣，那门轻而易举就开了，铁门丁零零作响。

一路不见他开口，突然听他回应，尚梦娴惊喜极了，以至于没发现裴川的动作。她得意地想，他这不就理自己了嘛，装什么清高？估计这一路他都在偷偷看自己。尚梦娴一笑，刚想说话，突然从小区里冲出一条凶猛狂吠着的癞毛土狗。

这条狗横冲直撞，转眼就到了铁门边。

如果门是关着的还好，可惜门被裴川"无意识"拨弄开了，那条狗冲出来，仰头直叫。

尚梦娴吓得尖叫："走开，死狗，滚远点。"

她一面叫，一面往裴川身后躲。想推他去对付那条癞毛狗。

裴川眼中闪过一丝冷意，刚要错开身子，就看见了远处抱着礼物袋子的贝瑶。

他陡然僵住了身体。

这条路是他和贝瑶回家的路，贝瑶一直有些害怕周奶奶家这条见人就狂吠的土狗。周奶奶怜爱贝瑶，为此还特地装了铁门。

老人家特意叮嘱了贝瑶她们小区的孩子不要开铁门锁扣，她家狗凶，咬着人不好。

可是刚才裴川把它打开了。

他不知道贝瑶看见了多少，却从脚底升起了一丝冷意。裴川掩饰自己的卑劣，但是他不得不承认，他早已没了善良这种品质。

父亲的善良和正义，代价是他的一双腿。

那条狗叫了两声就要扑上来，尚梦娴慌张的尖叫声刺耳，五月的初夏，她却像是被人冻在了原地，没力气去躲。

贝瑶向他们跑了过来。

她连礼物都顾不得了，捡起地上的石子扔向那条狗："走开，不许咬人。"

她手在发颤，打中了那条狗。土狗嗷了一声，转身冲她狂吠。

贝瑶捡了一把石子，也不管什么准头不准头，拼命往狗身上丢。

她站在他前面，颤巍巍地冲那条狗吼："还不走，打你！"

那条狗最后夹着尾巴跑进了铁门里。

贝瑶没有裴川高，她踮着脚把铁门扣好。

"裴川，"少女很焦急，"它咬到你了吗？有没有哪里痛？"

裴川眼瞳漆黑，看着她，许久低声道："没有。"

贝瑶皱眉看他身后那个比自己大的姑娘，她看起来有些眼熟，是初二的尚梦娴吗？贝瑶有些生气，她走过来就看到尚梦娴把裴川推出去那一幕，她虽然理解尚梦娴害怕的心态，但是贝瑶不能原谅她这样做。

尚梦娴也要崩溃了，她本来就是打算和裴川做朋友后再把他甩了，可谁想得到路上冲出一条狗？想到自己刚刚尖叫的形象，尚梦娴简直想撞墙。

她飞快地说："今天我先回家了。"

贝瑶和裴川一起往家走。她不高兴，杏儿眼也蔫耷耷的，裴川低眸，看她手中拎着的东西，问她："你拿着什么？"

"这个呀，给你的生日礼物。裴川，生日快乐！恭喜你又长大了一岁！"

他接过来，见她神色无异样，明白她什么都没有看见。

贝瑶有些犹豫："裴川，你那个新朋友一点都不好，她想把你推出去。"

他不置可否："嗯。"

"你不要和她玩了好不好？"说这话时，她很忐忑，毕竟那是所有男孩子都承认的校花尚梦娴。虽然再过一两年，她也许会比尚梦娴还好看，但现在的自己就是个带着婴儿肥的小姑娘。

裴川低声说：“好。”

她以为自己“策反”了他，带着些许羞涩轻轻咳了咳。

夕阳把她温暖的影子拖得老长，她带着稚气去踩树影。

裴川双手插在兜里，看着她的背影。

如果他不说，她一辈子都不会知道他是毒蛇，而不是羔羊。她那么排斥心思恶毒的人，如果有一天她知道他和尚梦娴毫无区别，甚至更恶毒，又会怎么办呢？

/ 18 / 不配

夏季热得人心发慌，好友问尚梦娴：“情况怎么样了？”

尚梦娴不可能说出差点被狗咬的丢脸事，她语气轻蔑地道：“还行吧，我和他走了一段路，他就主动和我说话了。”

好友毫不惊讶：“你估计是他见过最好看的女孩子了吧？这辈子可能也没谁会喜欢他，他激动一点是正常的。”

尚梦娴张了张嘴，又闭上了。她怎么可能说那个人的反应特别平淡，但是转念一想，像好友说的，他估计连见到更好看的姑娘的机会都没有，对着自己讨好，肯定是早晚的事。

她不缺爱慕者，但是一个残缺又冷淡的爱慕者，听起来就很有挑战性。

这样的人，让他变身哈巴狗儿估计都有可能吧。不过他长得倒是还不错，清清冷冷的，容颜坚毅，不然尚梦娴也不会忍着恶心去靠近他。更何况她听说他竟然还是年级第一名。

尚梦娴知道这类人最缺爱，她从抽屉里拆了别的男生送的进口巧克力，趁着下午还没上课，揣着巧克力下楼去了初一（七）班。

尚梦娴拦住一个初一（七）班的学生：“能帮我叫一下你们班的裴

川吗？”

那个小男生见是初二有名的美女，脸有些红，同意了。

裴川听说外面有人找他，放下书出去。

盛夏的知了不停地叫，教室里悬挂的风扇慢悠悠地转，时光也变得缓慢起来。

裴川出去看到尚梦娴，他神色也没变，问道：“有事吗？”

“这是我妈妈朋友从国外带的巧克力，挺好吃的，谢谢你之前给我带路，我想分给你一起尝尝。”

裴川扫了眼她手里的巧克力，那个他家里也有，蒋文娟的同事从国外带的，只不过自己不喜欢吃，都给贝瑶了。

他不蠢，尚梦娴的语气不经意就透露出了轻蔑，仿佛他这辈子都没有见过这样的稀罕玩意儿。

裴川冷着脸，也没接过去，转身进了教室。

尚梦娴脸都涨红了，她这还是第一次被人当着全班的面拒绝。她面子挂不住，强撑着露了一个包容的笑容，上楼回了自己的班级。

裴川回教室看了眼中间第三排，贝瑶正趴在桌子上睡觉。她长睫漆黑，卷卷地垂下来，像两片没有重量的蝶翼。

他收回视线，开始看原本该初三学的物理书。

这件没有被裴川放在心上的事，却在不知不觉中发酵了。

等到贝瑶都听到捕风捉影的消息时，尚梦娴送巧克力这个行为，已经演变得对裴川非常不利了。

裴川辛辛苦苦摆脱了小学时大家看他的同情的目光，却一夕之间陷入了更加糟糕的境地。

初一（七）班后排的男生上厕所时说：“我还以为他多冷傲呢，结果暗地里去讨好尚梦娴，还带着人家去逛新的公园。”

另一个男生拉开拉链，赞同地接话：“他也不想想自己什么条件，癞蛤蟆想吃天鹅肉。尚梦娴同情他给他送巧克力，他竟然还端着不要。”

“尚梦娴能看上他吗？他一个小腿都没有的残疾人，别说尚梦娴了，就连我们班的陈小梅都不可能喜欢他……”陈小梅长了龅牙。

“残疾”那两个字很轻，话一出口另一个男生赶紧给他使眼色。

那个说“残疾”两字的男生顺着同学的目光回头，就看见了阴影处走出来的裴川。

裴川面无表情地从他们身边路过，拧开水龙头洗手。水哗啦啦地流，一时间男厕所只有这个声音。说残忍又恶毒的话到底被正主听见了，那几个男生最后都没再开口。

裴川一直很平静，他只是在洗手的时候特别用力，以至于修长苍白的手指泛了红。等裴川走了，那几个男生面面相觑。

“他听到我们的话了吗？”

“听到了吧，他又不聋，厕所就这么大。”

“听到了为什么没反应。”

“那谁知道……你怕什么，我们说的又不是假话。”

或许是因为嫉妒裴川受到尚梦娴的关注，或许是不爽裴川稳坐年级第一的成绩和冷淡的性格，总之这件捕风捉影的事，被越传越变味。

班上一小部分人说话特别难听。

好在一大部分人觉得这些话太损了，也不尊重人，不跟着一起说。方敏君反而成了这“一大部分人”中的一员。

她消瘦下来，面容显得有些刻薄：“你们成天乱猜测别人，我看你们才最恶心，裴川怎么了？人家人品好成绩好，也不会像聒噪的长舌妇一样背后说人坏话。”

那个男生涨红了脸：“方敏君你就是嫉妒尚梦娴，才帮着裴川说话吧？”

方敏君冷笑：“我嫉妒什么啊，世上比尚梦娴好看的人多了去了。”

“比尚梦娴好看的，一辈子都不可能看上裴川啊。”那男生放肆大笑，方敏君战斗力不如他，倒是气得不轻。

贝瑶听到流言蜚语的时候脸色一下就变了。

那天中午她在睡觉，没有看到尚梦娴来找裴川，没想到大家会突然变成这样。明明初一才开学的时候，因为大家都长大了，知道避开别人的痛处，所以对裴川的残缺闭口不提，没想到一个尚梦娴会让裴川的处境发生这样大的改变。

千里之堤，溃于蚁穴。

贝瑶除了担心裴川的状态，还怕他真的喜欢尚梦娴。在她看来，尚梦娴一点都不好，裴川会受伤害的。"裴不高兴"这样倔，要是他真喜欢，谁也劝不动。

最后一节是英语课，贝瑶老早就收好自己的东西，放学的铃声一响，少年出了教室，贝瑶立刻就跟了上去。

不到十四岁的裴川，面容干净清隽，她才靠近他身边，裴川就猛然回头："你跟着我做什么？"

贝瑶听出了他话里的火气，轻声说："你别听他们胡说，我妈妈说，乱说话，长大以后烂嘴巴。他们这些坏蛋以后会烂嘴巴的。"

阳光洒在她柔软的头发上，把她的头发染成了温软可爱的浅金色。他原本压抑得密不透风的情感突然就爆发了出来："他们没有胡说，是该说你蠢还是说你天真？明明你也知道那是事实。那个女的想玩游戏罢了，你呢，你跟着我想做什么？"

贝瑶看着他，有些难过："我不做什么。"

她书包换了，小熊猫玩具却一直还挂在上面。它可怜地随着夏天黄昏的风晃动。

"你难不成还能……"

她眼中带着难过、亲近之意，他想说出更恶毒的话，可是最后什么也说不出来。

裴川知道那些人说得难听，可是的确是真话。

他一双凉薄的眼睛，看惯了世上的冷眼与同情，那个叫尚梦娴的一开始就是玩弄戏谑的态度。在他初一这年，他们给他上了一堂生动的课，明明白白告诉他，这辈子他都不会被爱。

喜欢、暗恋、动心，对他来说，都是奢侈又遥远的事情。

当普通朋友时还好，大家都会因为"同情"给予他关照。可是一旦予了年少情窦，他就成了人人都避之不及的肮脏存在。

这世上不会有任何一个姑娘那么心大，毫不介意地接纳他的残缺。

更何况，还是漂亮姑娘。

他的黑瞳安静地看着眼前的贝瑶，她长大呢，会是怎样一幅光景？

这件事的罪魁祸首是尚梦娴，然而尚梦娴自己也没想到事情会闹成这样。转眼她又想，现在是裴川千夫所指的时候，她如果去关怀他一下，他肯定会更加容易喜欢上自己吧？

贝瑶这几天想了很多办法，如何让裴川摆脱这样糟糕的处境。她也想到了尚梦娴，如果尚梦娴能帮他说话会好很多。

贝瑶上楼去初二（一）班找人，恰好遇见尚梦娴和人说说笑笑下来。

“尚学姐，我可以和你谈谈吗？”

尚梦娴停下说笑看着贝瑶。

面前小少女还介于少女和孩子之间，脸颊看上去就软乎乎的，带着婴儿肥，长得非常精致可爱。尚梦娴皱了皱眉：“好吧，聊什么？”

他们步入学校小道里的樱花林，贝瑶率先开口：“你还记得我吗？那天赶走小狗的人。”

尚梦娴不情愿道：“记得。”

“学姐，裴川现在一直被人说难听的话，你能把之前的事情给大家解释一下吗？”

尚梦娴说：“有什么可解释的，那些话又不是我说出去的。”

“可是，是你自己要跟着裴川回家的，后面再当着所有人的面给他巧克力，怀璧其罪，他现在很难受。”贝瑶见尚梦娴不反驳，就知道自己猜中了，果然是尚梦娴主动找上裴川的。

“关我什么事？他自己都没来找我说，他是你什么人，用得着你来说？”

尚梦娴能猜到面前的女孩子估计和少年是朋友，贝瑶那天勇敢地赶走狂吠的狗，明明自己都害怕，却还是站在了她和裴川前面。然而尚梦娴也笃定这个稚嫩的女孩子不会和裴川有任何关系，那样的少年，谁会往自己身边揽？

可是她没想到，贝瑶沉下了脸。

少女抬起白皙的脸颊，一字一句认真到不可思议："他是我保护了快十年的人。他不是你们眼中的玩物和废人，他是我哄着长大的男孩子。我希望他一辈子平安，像以前一样，哪怕性格再冷清不讨喜，也要幸福快乐地长大。"

贝瑶的谈判破裂了，她并没有气馁，但她能做的事情很少，尚梦娴拒绝解释，她就一一解释。好在那天的谈话有个很好的改变——尚梦娴不再去找裴川了。

这样效果微弱的事情被她坚持了很久，直到初二升学，过往被大家渐渐遗忘，所有人才彻底放下了裴川这件事情。

而裴川只爆发了那么一次，念初二的时候，他自己仿佛也忘了那件事，不再提起。

初三时，尚梦娴不好好学习的事儿在学生们嘴里传疯了，老师却并不知道。有些事是学生不能碰的死亡地带，少年们一边羡慕尚梦娴，一边又暗暗佩服她的勇气。

有一天尚梦娴的新朋友来学校给她送玫瑰花，大红的玫瑰开得招摇，那个男生戴着墨镜，染着黄色的头发。

初三（一）班的人兴奋疯了，纷纷吹口哨起哄。

尚梦娴的新朋友不是这个中学的人，听说比尚梦娴大两岁。贝瑶也被花婷拉出去看热闹了，只不过她远远看着那个男生的侧脸觉得有些眼熟，可是到底是哪里眼熟，她也说不出来。

贝瑶知道裴川记忆力好，她放学后问他："我总觉得今天来我们学校的男生好眼熟，你不是也看到了吗？对他有印象吗？"

裴川目不斜视："没有。"

贝瑶踢了一脚脚下的小石子，是没有看到，还是没有印象?

他看了一眼她：“别管别人的事情，好好中考。”他顿了顿问她，“想考哪所高中？”

C 市有三所出名的高中，分别是一中、三中、六中。

贝瑶来了兴致，她上辈子念书也很努力，可是因为没有别人家的孩子那么聪明，非常艰难地考上了六中。三所高中里六中的氛围也相对轻松点，她眼睛里带着星星点点的细碎光彩：“想去六中，六中离家近。”

“嗯。”他应了声，在心里记下了。

他的成绩，想读哪所高中都没有问题。裴川没有测过智商，但他感觉得到自己学东西比别人出色太多，他完全可以跳级，然而他没有，一步一步地、规矩而执拗地长大。

裴川回到家，先自己洗了个澡。

他家这个时间没有人，爸妈都还在上班。裴川平静地回到房间，从抽屉里拿出一张纸条，上面写着丁文祥的联系方式。

丁文祥是那个曾经非要看他假肢掀他裤子的男孩，丁文祥右手少了两根指头，现在长大了，没有念书，在混社会。这个人别的不出色，装有钱人倒是一流的。

尚梦娴现在跟丁文祥走得近。她看不清谎言，和丁文祥两个人相互心怀不轨，却也乐在其中。

贝瑶一直以为谈话以后尚梦娴就放过裴川了，其实没有。

那天以后尚梦娴还没死心，裴川心中动了怒。

尚梦娴远离他，是因为他用了点特殊的办法。或者说，是因为他卑劣的手段。裴川的高智商从这一年开始，就没有用在正道上。

裴川将纸条丢进马桶，摁下冲水键，漩涡中，它消失得干干净净。

感谢这年心思不纯的尚梦娴教会了他，他这辈子都不值得被爱。

他不配。

/ 19 / 裴不高兴

阳春三月，柳枝抽出新芽，贝瑶走在裴川身边，小声对他讲："我告诉你一个秘密。"

"嗯。"

"我妈妈要给我生个小弟弟。"

裴川有些诧异，看了她一眼。

少女像是雏燕一样欢快，语调却压低了："最迟就是这个月，我的弟弟就出生了。"

二〇〇四年国家没有开放二胎政策，还在实行计划生育，家里只许生育一个小孩子。大街小巷贴着"少生优生幸福一生""女孩也能挑大梁"的标语。

赵芝兰三十多岁了怀了二胎，本来挺不好意思的，可是看到女儿毫无芥蒂的高兴模样，她便也安心感受再次当母亲的喜悦。

赵芝兰曾经暗暗和贝立材商量："瑶瑶会不会多想，不高兴？"

"我看不会。"贝立材摸摸妻子的肚子，"这个孩子长大了，也能为姐姐分担很多压力。"

夫妻俩合计着在外头租了个房子，对外就讲赵芝兰回娘家探亲去了，等瓜熟蒂落，老二出生，再老老实实该上户口上户口，该交罚款交罚款。

怀都怀上了，也不忍心打了。这年三月，刚好就是小贝军出生的季节。

裴川问贝瑶："你怎么知道是弟弟？万一是妹妹呢？"

贝瑶心想她就是知道啊，她拂去头上的枝条："我做梦梦到的，没关系，是妹妹我也一样喜欢她。"

"你希望他出生？"

贝瑶用力点点头，她眼中缀满了温柔期盼的光彩，裴川皱眉。

"不怕他分去你爸妈的宠爱吗？"

"不怕。"她笑吟吟地回答，"他和我流着一样的血，我们是家人。"她记忆里有小贝军敦实可爱的模样，想起还没有出生的孩子，她心软得不行。

少女喜悦之余问他："裴川，你想要一个弟弟或妹妹吗？"

贝瑶问这话带着些许试探之意，因为她知道，上了高中那会儿，裴川的爸妈早就离婚了，而裴川的爸爸给他找了个后妈，后妈带来了一个和自己一样大的妹妹。

贝瑶前世和裴川不亲近，一直不知道裴川对这个妹妹是怎么样的态度。

"不想。"他淡淡地回答。

"噢。"贝瑶心中担忧，那他以后会多难受啊。

贝瑶回到家，刚好遇见爸爸拿了一些生活用品要往外走。

"瑶瑶回来了，我去看你妈妈。"

"我可以一起去吗？我作业写完了。"

"走吧，爸爸把门带上。"

贝立材也在前两年买了摩托车，而裴家那辆摩托车，早就换成了颇为气派的轿车。

贝瑶坐在爸爸的摩托车上，风吹到脸颊上。今天是三月二十四日，星期五，明天就是小贝军出生的日子，他出生在凌晨两点钟。饶是贝瑶知道这些，心中也不免紧张起来。

赵芝兰顶着一个大肚子，见女儿放学过来，温柔地摸摸她的头。

一家人吃完晚饭，赵芝兰皱眉："羊水破了。"

贝立材立马说："我送你去医院。"

好在是二胎，赵芝兰一点也不慌："你先把瑶瑶送回去，还没开始痛，早得很。"她又转身看贝瑶，"回去睡一觉，明天来医院看妈妈和小弟弟或者小妹妹吧。晚上一个人待在家怕不怕？"

贝瑶摇摇头，鼓励地握住了赵芝兰的手。

这一晚赵芝兰生产，贝瑶在房间祈祷一切顺利。

夜晚下起了雨，大风吹动树梢，窗外雨水四溅，间歇伴随着几声雷鸣。

小区对面四楼，却在上演一场家庭闹剧。

一周前，蒋文娟皮包里，出现了一款国外的高档口红。

是裴川最先看到的。那支口红从皮包里掉出来，蒋文娟慌了一瞬，在儿子沉默的目光下慌张地把它捡起来，装进自己的包里。

“妈让同事给带的。”

他明明还没问，蒋文娟就心虚到自己找了个借口。

裴川没说话，这世上鲜少有人能在他面前顺利撒谎。除非他愿意包容这样的谎言。

他轻轻嗯了一声，推着轮椅离开了。

直到现在，他依然想要一个完整的家庭。

可是纸包不住火，没过多久，蒋文娟反而自己和裴浩斌摊牌了。

主卧的灯开着，蒋文娟说：“离婚吧，我喜欢上了另外一个男人，他是我们医院的医生。”

裴浩斌作为一个出色的刑警，在面对妻子精神出轨时，依然觉得天都要塌了：“蒋文娟！你怎么能做出这样的事，你还配当一个妻子，配做一个母亲吗？如果不是我发现你手机上的短信，你是不是打算让我当一辈子绿帽王八！”

蒋文娟捂脸流泪：“我知道我对不起你，对不起小川，可是……”她顿了顿，眼泪汩汩流过嘴角，“可这一切都怪谁呢？从小川四岁那年开始，我一睡在你身边，就整晚做噩梦。梦里一片血淋淋，我抱着一双断了的腿，哭到眼睛都瞎了。而你在反黑，我喊呀喊呀，谁都救不了我。”

大雨滂沱，裴川脸色苍白，在房门后静静听着。

“他们当着我的面，把小川的腿……”她捂着嘴，痛哭出声，“你成全了你的事业，我做了好几年噩梦。你是个好刑警，可你不是个好父亲。”

蒋文娟冷笑：“我绝望啊，我一看到小川，我就想起来他父亲是个多冷血的男人，他为了他的国家，老婆孩子都可以不要。我梦里什么都有，第一次是我被砍掉了手，第二次是割下了耳朵。我只要一看到小川的残肢……我……”

她又哭又笑，这几年在自责和痛苦中压抑的感情全部爆发了。

“我甚至……我甚至害怕看到他，可他是我的小川啊！”蒋文娟满脸泪水，“这么多年是宋医生一直给我做心理辅导，你说我没有责任心也好，说我下贱也好，可我真的不想再过这样噩梦般的日子了。”

大风吹掉窗台上的盆栽，清脆的一声响在夜里出奇吓人。

裴浩斌颓然坐在窗边，手抹了一把脸。男人指缝渗出泪水：“对不起。”

蒋文娟号啕大哭，她用被子捂住自己的脸，怕哭声传出去，惊动隔壁的儿子。

裴川在一片漆黑里，捧着一杯冷掉的、原本沏给蒋文娟的茶。

他的瞳孔没有一丝色彩，过了许久他才在女人压抑的哭声中，推动着轮椅往自己的房间走。

暗夜里裴川并没有开灯。

他摸索着爬上床，看窗外电闪雷鸣。

原来留不住的人，永远都留不住。哪怕他暗暗告诉自己，原谅母亲，她心慌了，就一切都会好起来的。

可她害怕的……

他闭上眼睛，原来是自己。

只要他这个儿子存在一天，他的母亲连觉都睡不好。多可笑啊。

裴川觉得冷，世界安静又残忍地冷。他的残缺成了母亲的噩梦，反而是他年纪小，模模糊糊记不清那种痛苦，他记得更多的是人们复杂同情的眼神。

他以为失去了双腿，他努力读书，听话懂事，将来靠着双手做个对社会有贡献有价值的人，就能像别人家的孩子一样，成为父母的骄傲。

可原来这些都没有用。只要他活着一天，他就是父亲人生的耻辱勋章，母亲的恐怖噩梦。

大风猛烈，似在痛苦地号叫。小区里那棵才开了一次花的小蜡梅树，折断了枝条，寂寂倒在黑夜里。

三月二十五日，一个足足七斤重的婴儿躺在襁褓里。

贝瑶期盼了一夜，一大早就被贝立材接去医院了。贝立材乐呵呵地说："你猜对了，还真是个小子。"他怕闺女误会家里重男轻女，赶紧又说，"以后这小子长大了，就让他给我们可爱的瑶瑶做保镖。"

晨风里，她清脆的笑声咯咯响起。

小贝军被早早准备好的小袄布包着，昨夜降温，他得保暖。赵芝兰在妇产科的床上躺着，笑吟吟说："来看看你弟弟，在我身边睡觉呢。"

贝瑶倾身过去，才出生的婴儿脸颊红通通、皱巴巴的，脸颊半个巴掌大，谈不上半点好看可爱。

然而他小小的鼻翼用力呼吸，每一次吸入空气，都是生命之初的努力和顽强。

贝瑶眉眼温柔，看着他笑了。

"妈妈，弟弟叫什么啊？"

"我和你爸之前就商量了，大名就叫贝军。你看要不要给他取个小名啥的？"

贝瑶弯着杏儿眼："大名挺好的，保家卫国，小名跟着喊军军就好。"

赵芝兰笑道："我也这么想。"

家里多出一个孩子，对贝家来说，虽然是大喜事，但也是巨大的负担。贝瑶的外婆过来帮着照看孩子以及洗尿布，小小的病房里，一家人围着新生命忙成一团。

二〇〇四年，用得起尿不湿的家庭还很少，贝家的钱大部分都借给贝瑶撞了人的舅舅了，哪一年能收回来都不好说。小贝军只能穿尿布，尿布反复洗，用热水烫，洗了拿去晒太阳，消毒晒干以后又继续用。

赵芝兰奶水不多，等贝军再大些，估计还得喝奶粉。

贝瑶也帮着照看弟弟，没几天赵芝兰出了院回到出租房。

赵芝兰和贝立材都琢磨着等孩子大点了再上户口回家。

生二胎得被罚好几万块钱，这么一来，开支简直大得难以想象。

贝立材愧疚道："瑶瑶，今年夏天不能给你买新衣服了，等明年夏天，爸爸发了工资，给你买新衣服好不好？"

贝瑶背上书包，笑着摇摇头："小苍表姐不是有些旧衣服吗？都挺好看的，也很新，我穿她的就可以了。弟弟小，他的衣服要买好一点的，对了，夏天快到了，还要给他买痱子粉。"

贝立材怜惜地拍拍女儿肩膀。

贝瑶知道自己爸妈不是重男轻女的人，所以心里一点也不介意。她步子轻快地去上学，想把自己弟弟出生的事悄悄给好朋友们分享。

贝瑶到教室，裴川早已经在了。

晨光熹微，映照在少年清冷苍白的脸上。贝瑶还没有和他说话，就感受到了他身上寂寂的冷意，像是在风雪中站了两天两夜的旅人，冰冷得没有一丝人气。

贝瑶见他穿得单薄，连忙拉开书包拉链，拿出自己的粉色水杯，放在他桌子上。

裴川和贝瑶都是勤奋的人，他们到教室的时候，教室里只零零散散地坐了几个同学。

裴川听见响声，没有焦距的眼睛才放到了她的水杯上。

她抱着书包，在拉拉链。贝瑶并不知道他发生了什么，语气一如既往带着清晨问安的温软："还没有到夏天呢，早上要多穿点。杯子里有开水，你暖暖手。"

他迟钝地伸手捧住她的粉色水杯。

热度从指尖一路往上传达，冰冷的手指有了知觉。她杯子上印着一个开怀大笑的维尼熊，他看着它，轻声问贝瑶："你弟弟出生了吗？"

"嗯！"她凑近他耳边，"我没猜错哟，就是弟弟，不是妹妹，他还好小呢。"

少女声音里漾着欢喜。她气息清甜，带着早餐牛奶和盛放的丁香花的香气。

"裴川，你放学要和我一起去看看他吗？"

"不了。"他低声道，"这个给他。"

裴川往她手中放了一只镯子。

贝瑶愣愣地看着手上的小银镯子，这就是婴儿戴的光滑镯子，上面还带了两个小银铃，放在掌心冰凉沉重。

如果不是这沉甸甸的分量，贝瑶还以为是小卖部那种玩具镯子。

贝瑶觉得烫手，她这辈子第一次见这么值钱的首饰，她磕磕巴巴地道："你、你哪来这么多钱，买、买这个？"

"你管那么多做什么？"他淡淡道，"给你弟弟。你不是很期盼他出生吗？"

贝瑶不敢要，她被这只纯银的镯子砸蒙了。在一包辣条五毛钱、一根冰棍也五毛钱的时代，这只小银镯子得多贵啊？

裴川见她无措的模样，淡淡道："你和你妈妈说我爸买的就可以了。"

"我不要这个，裴川，你拿回去吧。"

"不要就扔了。"他松开她的水杯，语气毫无起伏。仿佛那不是一个值钱的镯子，而是不起眼的垃圾。

贝瑶哪里敢扔啊，坐回座位，她小脸愁苦地暗自摸摸衣兜里足量重的银镯子。

裴川没有回头看少女如何纠结，他翻开书，却看不进去。裴川有些出神。

他父母工作很体面，同事叔叔阿姨们也都家境不错，因此裴川每年都有很多零花钱，攒了快十年，却没有什么地方需要用钱。他有很大一笔存款。

然而他从来没有送过贝瑶东西。

他安静地垂眸。从他五岁开始，一直都没有。

小时候是因为不懂事，长大了是明白不能送。尚梦娴给的教训已经很深刻了，与"裴川"这个名字沾染的任何东西，一旦沾上旖旎色彩，就会变得肮脏不堪，被人耻笑。

贝瑶每年都给他准备礼物，有时候是串平安结，有时候是男孩子的玩具枪，抑或自己做的抱枕。

他原本该给她的礼物攒了很多年，最后变成送给她家小婴儿的一只镯子。

不带任何色彩的镯子，不会叫人非议，也不会污了她名声，甚至连她自己都不明白，也不会多想。

放学，裴川依然不等贝瑶就走了。

贝瑶看着少年渐行渐远的背影，有些揣测不出来他是不是心情不好。他一年年长大了，“裴不高兴”也变成了更让人难懂的“裴深沉”。她甚至不知道该如何了解他发生了什么，又如何安慰。

贝瑶回家后想了想，拿出小苍表姐送给自己的信纸，悄悄写上去。

Unhappy Pei,

Are you sure you're okay?

Anything on your mind?

（“裴不高兴”，你还好吗？你有什么心事吗？）

贝瑶在信纸封面写上“裴川收”，然后下楼去到对面，投进裴川家的邮箱。

自从尚梦娴的事情以后，裴川不管有什么情绪，都不会在她面前表露。他仿佛一下子长大了，而要保护他的少女却跟不上他成长的速度。

贝瑶怕自己不知道他难过了，只能想一切笨拙的办法去靠近冷漠的少年。她用简单的单词询问他，如果他不愿意回答，可以当成一个普通的英文练习游戏，不会叫他为难。贝瑶希望能在自己家积灰的邮箱收到他的回复，她知道他每天都会去邮箱处拿订的鲜牛奶。

然而直到春天过去，贝瑶也没有收到裴川的回信。反而是小贝军长开了，不再红通通皱巴巴，变得粉嫩可爱了起来。

那封信被裴川一起锁进了箱子里，箱子里面有各种奇奇怪怪的东西，从泛黄的竹蜻蜓到三月的一封信，全被他压在了箱底，成了必须忽视淡忘的一切。

蒋文娟和裴浩斌还没有离婚，家里的关系却已经降到了冰点。

有好几次蒋文娟看到裴川，张了张嘴想说什么，最后却还是什么都没有说，反而笑着问他在学校里表现如何，以后想读哪所高中。

裴川不知道他们最后的商议结果，却很好猜，约莫是打算等他中考完再对他讲离婚的事。

多可笑。

一个对他心怀愧疚的父亲，一个见到他会做噩梦的母亲，他们最后也有为他考虑的时候。所有人都在尽力拼凑完满的假象，裴川便也配合入戏。

只是他清楚，他的心是凉的，凉成了一眼望不见底的深渊。

八月份蒋文娟搬出去住了，她撩了撩耳边的碎发，对着儿子说："妈妈要去出差，过段时间会回来，你好好学习，有什么想要的礼物吗？"

"没有，一路平安。"

蒋文娟在儿子冷静幽深的目光中，生出了些许慌张，然而她还是装成若无其事的样子走了。

裴川知道她迫不及待地投向她的"幸福"。

等蒋文娟走了很久，裴川回到房间。他按下手中的红色按钮，耳机里传来电流声。

男人带笑的声音传来："怎么这么久才来？"

蒋文娟回答："得和我儿子解释一下要走很久的原因，我对他说我出差去了。"

"你这样也不行，总得告诉他真相吧。"

"我知道，可他不是要中考了吗，我和裴浩斌商量了，等他考完再说。"

“那……”男人的声音有些犹豫，“你们离婚了你儿子跟谁啊？”

那头儿久久地沉默。

裴川冷冷地按下结束按钮，然后他把窃听主控按钮销毁了。他第一次痛恨自己在电子科技方面的天赋，他抱有最后一丝希望，希望蒋文娟真的是去出差。可他的母亲依然在他还没有彻底长大之时弃他而去了。

他这对残缺的、会给人带来噩梦的残肢，这辈子再也不要给任何人看见。

/ 20 / 绝色

二〇〇五年一月，冬天的凛冽已经到来，讲台前的老师推了推眼镜，严肃地说：“同学们，今年是你们初中的最后一年了，下学期你们来学校，就已经是初三下学期的学生。老师希望看到一个全新面貌的你，假期在家好好复习，我们七班一直是所有班级的表率，希望今年老师能收到所有孩子考上高中的消息。”

初三的学生们受到鼓舞，大家齐齐应声：“好！”

“那么，接下来就放寒假了，大家注意安全，不要去河边、池塘处玩水，祝大家有个愉快的新年！”

“曾老师新年快乐！”欢呼声渐起，曾老师笑着摇摇头，都还是一群十四五岁的少年啊。

花婷背着书包愉快地和贝瑶走在一起：“瑶瑶你真厉害，考了我们班第三名。”

贝瑶笑笑，裴川才是最厉害的呢。如果不是和他一个班，她一直都不知道原来年级第一一直是裴川。

两个少女在岔路口分别，花婷用力地摇摇手，双手放在嘴边做喇叭状：“明年见！”

“明年见！”

贝瑶回家的时候，天空又飘起了雪。

“瑶瑶快进来，看什么呢？”

“妈妈。”贝瑶回头，看见了出租屋门口抱着孩子的赵芝兰。

小贝军才十个月大，圆溜溜的眼睛好奇地到处看，见着姐姐了，小手乐得直挥舞。

赵芝兰被他小手打到脸颊，把他裹好，哭笑不得地说：“就喜欢你姐姐是不是？见到你亲爹都没这么兴奋。”

小婴儿贝军捕捉到母亲话里“姐姐”两个字，咿咿呀呀跟着重复：“洁、洁洁。”

贝瑶用鼻尖蹭了蹭他暖乎乎的脸颊，笑着纠正：“是姐姐。”

“洁洁。”

小贝军第一个学会的词语不是“爸爸”“妈妈”，而是“姐姐”。

赵芝兰说：“晚上回家收拾下你要带的东西，今年我们去外婆家过年。”毕竟带着这个“不合法”的二胎，去娘家那边过年，贝瑶的外婆还可以搭把手看一下孩子，怎么想都是最佳选择。

贝瑶作为一个未成年人，压根儿没得选，她点点头，晚上跟着贝立材回去收拾东西。

“爸爸，我下楼一趟。”

“好，早点回来啊。”

“嗯。”

贝瑶踏过潮湿的路面，今年一月份C市雪还没有积起来，天上下着半个指甲盖大的小雪。

贝瑶下楼，正好遇见了外出的裴川。

少年穿着深蓝色的羽绒服，拉链拉到了喉结处，脸上没什么表情。

两人一见面，都停下了脚步。小雪落在她眼睫上，贝瑶杏儿眼染上点点笑意：“裴川，你怎么出来啦？”

“帮我爸拿信。”

那信寄错了，寄到了对面某家人的邮箱。邮差刚刚打电话过来道歉。

贝瑶跟在他身后，看他去对面把厚厚的信封拿出来。

裴川回头，就对上了她湿漉漉的双眼。他脚步顿了顿："跟着我做什么？"

"今年我得去外婆家过年，再见就是明年春天了。裴川，新年快乐！"

"嗯。"他轻声道，"新年快乐。"

"我第一次离家这么久，"她不安地用脚尖踢踢花坛边沿，"很久不能看见你，裴川，你要记得多喝水，过年一定不要闷在家里，可以和陈虎他们一起放鞭炮玩。"

裴川看了她一眼，没有反驳："嗯。"

她笑着踮起脚尖，在苍茫的夜色和雪色中，杏儿眼像是一弯皎洁纯净的月亮："裴川，等我回来你一定又长高啦。我现在比你矮好多了。"

她比了一下，少女这几年总算长了个子，如今 163 厘米，贝瑶记得自己以后是有 165 厘米的，而裴川戴了假肢，假肢是根据少年的身高和发育来调整的，如今的裴川看上去有 175 厘米。他高中个头才会疯蹿，贝瑶记忆里高中的裴川戴上假肢后有 186 厘米左右。

他本来是该长得很高的。

裴川看着贝瑶柔软的发丝落上雪花，淡淡出声问她："什么时候回来？"

"我妈妈说二月份，可能开学前回来吧。等我回来，给你带特产！"她语调温柔清脆，不知道什么时候，贝瑶的童音变了，嗓音成了如今的模样，带着少女的清甜，却又像是三月温柔的风。

而裴川还在变声期，少年嗓音粗哑难听，他低低应了一声，贝瑶一步三回头走了。

她走上楼梯，还在笑着冲他喊："你等我回来呀——"

殊不知再相见时，两个人都是不同的光景了。

贝瑶围着红色的围巾坐在门口，身边有一只低头到处嗅嗅闻闻的小羊羔。

她抱着小贝军，小孩子目不转睛地盯着小羊看，贝瑶忍不住笑了笑。贝军小时候很好带，长大了顽皮些，这孩子往往看到一个有趣的东西就可以自己咿咿呀呀边吵边看半天。

正午温暖的太阳高悬，山顶的积雪却还没有融化。

院子里几只母鸡高傲地踱着步子走来走去。

贝瑶外婆家在农村，家里有一栋平房。院子里养了小鸡和小羊羔，早年外婆还养猪，这两年倒是不养了。赵家村是赵芝兰和赵秀的故乡，因为过年的余韵仍在，小孩子们会在泥塘边玩炮。

把那炮点燃扔进去，过不了两秒就会砰的一声，泥塘的泥巴和水都被炸得老高，年味儿十足。

赵芝兰和贝瑶的外婆赶集去了，不一会儿她们和村上的妇女结伴回来了。

大老远见着贝瑶抱着弟弟，赵芝兰柔和了神色。

张婶子说："那是你家瑶瑶啊，她小时候我就见过两回，都这么大了，哟，变得这么漂亮，都认不出来了。"

赵芝兰笑着说："孩子长起来确实快。"

和她们走在一起的，有个年轻的新婚女人叫陈兰兰。陈兰兰本来以为这是惯用的恭维话，毕竟这里的婶子们见人就说，"你家孩子变俊了""你家姑娘漂亮了"，因此陈兰兰面上笑着，心里不以为意。

结果陈兰兰抬头一看赵家门边站着的小姑娘，整个人足足愣了一分钟。她从来没见过出落得这么漂亮的小姑娘！

二月中旬早已过了元宵节，那小姑娘穿着粉白的袄子，脖子上围了一条红色的围巾，她长发柔柔地披散下来，发尾处微卷。她肤色白皙，黛眉杏儿眼，樱桃唇精致，唇珠儿圆润可爱。少女小脸无邪，眼瞳似水灵的黑葡萄，带着湿漉漉的潋滟，又因为年纪小，格外惹人怜爱。

不要说一众讶异的女人，就连贝瑶的亲妈赵芝兰，看到自家"抽条"后的女儿，都有片刻失神。

来了外婆家之后，贝瑶才突然开始"抽条"。

造物主偏爱这个少女，她脸颊渐渐没了孩童的稚嫩，带上了少女的纯真。小腰盈盈一握，胸却鼓鼓的。这个冬天一场大雪，雕刻了一个精致如画、纯情动人的少女。

她的贝瑶长大了。

某一天突然看见这样的贝瑶，赵芝兰半晌说不出话。她凝噎片刻，看着小小年纪就绝色之姿的女儿，以前怎么没看出来贝瑶长大后这么漂亮？女儿“抽条”以后去了傻气，精致好看得不像话。简直不像她赵芝兰能生出来的闺女。

赵芝兰突然觉得，贝瑶年幼时老被赵秀拿来和方敏君比较显得有些可笑，赵秀要是见了现在的贝瑶，估计比也不敢比。方敏君凭借着和常雪肖似的眉眼出众，而贝瑶天然动人可入画。

贝瑶的外婆背着背篓，接过贝瑶怀里的外孙，对贝瑶说：“去歇歇，这里外婆和你妈妈来。今天买了年糕吃。”

贝瑶笑着点头。

外婆回头冲赵芝兰说：“你说是不是我这里的饭菜不好吃啊，一个冬天过去，瑶瑶怎么一下子瘦了那么多？”

赵芝兰擦了擦手，也没管年幼的儿子，让他外婆抱着，自己开始分菜：“不是，女孩子长大了‘抽条’，我小时候不也这样吗？突然就瘦了。”

外婆说：“你瘦了也没见你变了个人似的啊。”

“……”

外婆乐呵呵说：“瑶瑶真漂亮啊，我看比电视里那些明星还好看呢。”

“妈！”赵芝兰连忙道，“别太招摇，赵秀家敏敏那事还不够长教训吗？别拿孩子和明星比，长得好看不好看不重要，只要平安健康都是自家的福气。”

外婆想到方敏君，心里也是赞同的。尽管她觉得这个外孙女好看得不像话，可是这话也不会再拿到明面上讲了。

下个月小贝军就要一岁了，赵芝兰说：“立材说那边都办妥了，我明天就带着两个孩子回去。”

外婆有些舍不得，但知道贝瑶得回去念书，少女今年就要中考了，家里还怪紧张这事的。但让家里骄傲的是，贝瑶成绩一直很好。

“多带点土特产回去，炒花生、茶干……”老人家絮絮叨叨，贝瑶也在帮着装，她记得给小区的孩子和班上的好朋友带特产的承诺。

回家的火车上，一直有人在看贝瑶。

小姑娘十四五岁的模样，水灵美丽，人群中她最醒目。她在赵芝兰的指导下换了个发型，赵芝兰时尚嗅觉超前，让理发师给贝瑶剪了一个类似空气刘海儿的额发，瞬间又纯情了几分。

贝瑶睫毛又长又翘，蝶翼般轻盈，她眨眨眼，眸中清灵，讨喜极了。

贝瑶还不太习惯受到这样的关注，她不安地摸摸自己的头发：“我真的变化很大吗？这样会不会奇怪。”

赵芝兰看着明明跟小仙女一样，却怀疑自我的闺女，笑得直颤：“长大了还是傻气。”

“妈妈，你说裴川和花婷他们还认得我吗？”

“你还真信你外婆的话啊，顶多变化大了点，认得出来的。”

贝瑶难免紧张忐忑。

还记得初一的时候她问裴川语文老师好不好看，当时裴川冷冰冰说不好看。在贝瑶看来，现在自己也是清纯动人类型的，裴川是不是讨厌这样的长相啊？

他脾气本来就怪怪的，难不成审美也怪怪的？

火车一路驰行，当天下午就到了C市。

才到小区门口，从小区里冲出来一个胖胖的少年，他大笑着往前跑，玩具炮在他身后炸得噼里啪啦直响。

那个肉肉的少年快撞到他们，赵芝兰才看清原来是对面的陈虎。

她护着小贝军来不及躲开，贝瑶反应却很快，拉住了陈虎衣服的帽子。

陈虎和贝瑶一样高，他一抬头就看见了漂亮的少女。

陈虎呆了好半晌，愣是没反应过来这个小仙女是谁。贝瑶笑了，从包里摸出来一大袋子茶干，笑盈盈和他们打招呼："陈虎、李达、荣荣，这是我从老家给你们带的茶干，可好吃了。"

然后愣住的表情从陈虎，到了所有人脸上。

还是李达出声问："贝、贝瑶？"

贝瑶不好意思道："是我，变化真的很大吗？"

陈虎："……我的妈呀！这这这……"

简直是反转故事，从前区里有两个小女娃，一个漂亮得像明星，一个一般可爱。后来她们长大了，受追捧的漂亮女娃姿容普通，那个一般可爱的某一年突然变成了小仙女，看得一群少年眼睛发直。

陈虎耳朵都红了，他吭吭哧哧，不敢看贝瑶，转而向赵芝兰道歉："不好意思赵阿姨，我跑出来没看到你，没有撞到你吧。"

赵芝兰哪里会和这些少年计较，她笑着说没事。

"瑶瑶，先把东西放了再和朋友们玩吧。"

"好。"

等贝瑶跟着赵芝兰走了，一众年纪不大的少年面面相觑。

李达咳了咳："陈虎，你脸红了。"

陈虎暴跳如雷："你好意思说我，你脸也是红的！"

没过一会儿贝瑶下楼了，她手中拎了一个袋子，惊讶地发现少年们还在原地玩，没有走。

他们齐刷刷看过来，贝瑶有些不自在，她嗓音清和："你们知道裴川在哪里吗？"

此言一出，少年们面色都古怪起来。

贝瑶心中一沉，有种不祥的预感。

明明春天已经来了，可是雪还没化，带着冬天的冷意。

陈虎皱着两条浓眉："他爸爸和妈妈离婚了，小区的人都知道了。"

李达声音低下去补充道："裴叔叔过年的时候出任务受了伤，裴川在医院照顾他。他、他以后和裴叔叔一起生活。"

二〇〇五年的初春，裴川的父母到底还是离婚了。

裴浩斌命悬一线。

在其他人欢天喜地过年的时候，裴川先是经历了父母离婚，然后得知了父亲可能永远醒不过来的消息。

/ 21 / 沾染她

春风夹杂着雪化时的冰冷，裴川关上窗户，看着爸爸的同事们步履匆匆地离开。病房里还带着花的香气，混杂着医院消毒水的味道，汇聚成了让人窒闷的气息。

一个中年男人从外面推门进来，骂骂咧咧：“这鬼天气，都开春了还这么冷。”

他见到裴川在，也毫不在意，从床头拿了一根香蕉剥了吃：“你爸那些同事好歹也是有钱人吧，怎么送东西这么寒酸，来了给红包没？”

裴川漆黑的眼瞳静静地看着他，男人终于有些不自在，从座位上站了起来。

没一会儿一个女人端着饭盒进来了，裴春丽今年三十五岁，面容却憔悴得像是四十五岁的人。她进门连忙道：“小川饿了吧，姑给你做了吃的，还熬了鸡汤，快过来吃饭。”

裴川走过去，女人把两个饭盒打开，都是给裴川做的吃的。少年沉默片刻，拿起筷子吃饭，他嗓音低哑：“谢谢姑姑。”

“欸，一家人别说谢，你爸这里我来弄。”

此刻都下午一点了，裴川吃完饭，又主动把饭盒洗了。

虽然裴春丽说裴浩斌这里有她照顾，但是裴川吃完就打了热水，过去给他爸擦手擦脸。

裴浩斌躺在病床上，脸色苍白。

病房里安安静静的，裴川看着裴浩斌坚毅的脸，轻声道：“爸，你看你为社会治安差点没了命。你保护着的人又为你做了什么呢？”

裴浩斌当然没法回答他。

裴川冷冷弯了弯唇："当个好人真的是……很不值啊。"

为了这份大义，裴川成了残疾人，母亲改嫁，父亲有变成植物人的风险。裴川已经不记得一个温暖的家庭是什么感觉了。

一墙之隔，裴春丽和刘东在上楼。

刘东不满极了："你这婆娘，我警告你啊，这种想法不能有，老子工资养自己儿子都困难，你还想把裴川接到家里来，多一张嘴吃饭，花销多大你知道吗？"

裴春丽被丈夫吼得不太敢出声，皱紧了眉："你小声点，别被小川听到了。"

"听到了又怎么的！总之你想都别想。"

"我哥现在这种情况……小川还没成年，总得有人帮着照顾孩子吧。"

"行行行，你伟大，你要照顾你照顾，大不了离婚！他长大了能做什么，你还指望他多了不起？他过不下去了他自己亲妈知道把人接走，要你这个姑妈操心？"

"你怎么这么没良心，我哥以前帮衬了你多少？你现在这份工还是他帮忙介绍的，小川现在一个人，帮他照顾几年孩子怎么了？"

"怎么了！"刘东吼得很大声，"没钱，养不起废人！再叽叽歪歪就离婚，你养那小子去。"

裴春丽身体不好，所以一直没去工作，也因此在家里一直矮丈夫一头。以前裴浩斌就是怕妹妹过得不好，还主动给妹夫介绍了个好工作，表面看裴春丽一家人生活水平好很多了，可是这样一来，也让家里唯一能赚钱的刘东更加蛮横，以至于裴春丽一点话语权都没有了。

两个人吵吵嚷嚷惹来无数人注目，裴春丽脸皮到底薄点，她愧疚得不再辩驳。

贝瑶回家给赵芝兰说了自己要去探望裴叔叔的想法，赵芝兰叹息道："裴警官是个好人，他们一家也挺不容易的。"

说白了，裴浩斌和蒋文娟离婚的事先前一点风声都没露出来，突然就离了，让一众邻居十分意外。

赵芝兰看了看天色，劝说女儿："今天没法去了，去人民医院坐大巴得两个小时，晚上十点以后就没车了。明天你还得去上学，等你放学以后我们一起去医院看他，我明天上午准备礼物，下午来接你。"

贝瑶心中担忧，却也明白现在去的确不现实。

好在她虽然对裴叔叔这次的"生死大劫"记忆比较模糊，但知道裴浩斌上辈子一定醒过来了。因为等自己上高中的时候，裴浩斌二婚，和他结婚的那个女人也带来了一个孩子，从此裴川就很少回家了。

第二天贝瑶去学校，她从外婆家回来得比较晚，大部分学生在昨天已经报了名，贝瑶得自己单独把学杂费交给老师。

赵芝兰把她的学费仔仔细细点了两遍，放进贝瑶兜里："别弄丢了。"

"知道了妈妈。"

二月末，校园里艳丽的石榴花尚且只有一大簇绿色枝叶，贝瑶再次走进校园，目光所及的女孩子们大都比自己矮，她终于有种已经升上初三的感觉了。

贝瑶先去交钱，保险费单独开了一个窗口，这个点还早，收费的老师打了个呵欠："叫什么名字？哪个班的？保险费三十，学杂费去你们老师那里交。"

贝瑶交完保险费，先去教室放了书包。教室里只有一个埋头苦读的男生，是他们七班的班长，虽然念书特别用功，但是一到考试总也考不好。

班长沉浸在自己的世界里，没有发现贝瑶进来了。

贝瑶没有打扰他，径自去老师办公室，她一看，门都还没开，这个点老师都没来。教师办公室在二楼，梧桐树抽出嫩芽，俏生生地在清晨舒展。

贝瑶低头看了眼手表，老师应该快来了，所以她也没有急着回教室。

果然过了几分钟，一个夹着公文包的男人上了楼。

“曾老师。”

曾明一看，一个十四五岁左右的少女，穿着简单的豆绿色外套，下面一条牛仔裤，晨风吹动她的空气刘海儿，有种说不清的安宁柔美。

他反应了好半晌，带着讶异道：“贝瑶？”

贝瑶哭笑不得，每个见了自己的人，都是曾老师这种反应。先是惊艳一把，然后脑子反应慢好几拍，非常艰难地把她和“贝瑶”这个名字挂钩。

“曾老师，我来交学费。”

“等一下，老师开门，进来吧。”

曾老师教语文，通病就是爱唠嗑：“贝瑶，你上学期考得很不错，老师看了下，保持住这个成绩，一中、三中、六中都比较稳，中考主要是放好心态，不要那么紧张，还有你地理不太好，有些偏科。有空的话多和老师、同学们交流。”

“谢谢曾老师。”

贝瑶知道自己的情况，她在班上是第三名，比第一名裴川低了整整60分。

裴川这个名字，在整个初三都很有名，他稳居年级第一，理科满分，总成绩甩了年级第二整整40分。贝瑶开挂的情况下都只能望洋兴叹。

等贝瑶走了，曾老师抽出抽屉里的一份证明书，皱了皱眉。

七点半的时候，班上的同学陆陆续续来了。

花婷困倦地走进教室的时候，发现所有人都在看第三桌——那是她和贝瑶的座位。

以至于花婷也迟钝地跟着看过去：“……”

二月初春，万物苏醒，高大的梧桐木叶尖儿凝着朝露。少女坐在第三排，低头在看英语阅读。长睫轻垂，唇珠圆润可爱。细白如瓷的肌肤透着少女的朝气温软。

花婷第一反应是，这是哪里来的小仙女啊，这也太精致了吧。

然后脑袋嗡一声，清醒了。

这就是她同桌，五官看得出原来的模样，只是完全没了女娃娃的稚气，彻底变成了少女模样。

贝瑶撩了撩耳畔的碎发，抬眸看到站在一旁嘴巴半张的花婷。她微微一笑：“花婷，早上好。”

花婷内心被“仙女对我笑”刷屏，磕磕巴巴回道：“早、早上好。”

花婷反应过来坐上座位，用不可思议的眼神看着贝瑶：“你真是贝瑶吗？”

贝瑶一大早被很多这样的目光看着，已经有些习惯了，她笑着问：“不像吗？”

“像还是像的，只是……那种感觉完全不一样了。”花婷惊叹道，“我小学时的眼光果然没错，你长大比常雪还漂亮啊。”

花婷本来对自己刚才傻愣愣的反应有些窘迫，然而看到周围惊呆、疑惑、蒙圈、惊艳的目光以后，花婷反而乐不可支了。

反应不过来的不止自己一个人，那就没什么好丢脸的了。

花婷隐隐约约听见后面女孩子的议论声：“贝瑶一下子就瘦了，变得好漂亮啊。”

“是啊，她本来就白，腿也细，看得我也好想瘦下来。”

这样的美貌值太具有冲击性，大家下意识去看班上以前的“班花”方敏君。

方敏君摸出一本书，她心里有些不舒服，但是并没有自己想象中那么介意。很早以前她看着贝瑶出众的五官就担心有这么一天，可这一天真的到来了，方敏君又觉得上天给贝瑶这样的女孩子美貌才是最公平的。

尚梦娴这样的，长得好看却干不出什么人事才让人糟心。

裴川踏着清晨的寒意来到学校，还没进教室，就听到了从厕所过来的男生说到了贝瑶的名字。

“我真觉得她比以前的尚梦娴还漂亮……”

“我也觉得。”

男生们一看到裴川，立马停了话题，空气安静了一瞬。裴川目不斜视，继续往教室里走。

裴川耳力惊人，快到门口还听见他们说——

“他是贝瑶的邻居吧？很熟那种？”

“别想得那么猥琐啊，尚梦娴之前都放话说不喜欢他，更别说贝瑶了。”

裴川神色淡淡，他站门口抬眸望去。

彼时朝阳初出，挂在天边，许久不见的贝瑶在撑着下巴看书，教室里安静得过分了，而她只是坐着，就比整个早春的景色还动人。

今年春天来得晚，许是七分春色都悄悄到少女身边献殷勤去了。她似有所觉，抬眸望过来，裴川撞见了一双清凌凌的琉璃眼睛。

那双杏儿眼见到他就笑了，带着独有的温柔。

裴川。

新的一年好呀。

他被那样的容色晃了片刻眼，许久以后才垂下眸，裴川唇色苍白了两分。他在自己座位上坐下来的时候，轻轻闭了下眼，心中漫上一种难言的苦涩。

她长大了，比他想象中还要美好得多。

用任何言语来形容她都会觉得苍白无力。

她长大了，不再是小时候可怜兮兮疼了会想哭的小姑娘，而他却依然是当年的裴川，是个心肠冷硬、蜷缩在阴暗之地的残疾人。

她在阳光烂漫处，而他早就身处一眼望不见底的深渊。

整个早自习裴川并没有看进去书，可他也没有像别的同学那样失神地看着贝瑶。

下课铃声一响，他就合上书下楼了。

办公室里曾明正在备课。

“曾老师。”

“是裴川啊。”

裴川应了声，平静道：“您假期给我打电话问我要不要接受保送去三中，我家里当时出了事拒绝了，后来我认真想了想，不能辜负学校和您的心意，请问我还能去三中吗？”

曾明愣了愣，当时他打电话给裴川的时候，这个少年一口拒绝，他还以为裴川有其他特别想考的学校，毕竟保送不像统招那样有选择的权利，没想到裴川只是因为家里有事没考虑清楚。

“当然可以，表就在老师这里，还没正式与那边接洽呢，来得及，你想好去三中了吗？”

“想好了。”

少年伸出修长消瘦的手接过表格：“谢谢老师。”他顿了顿，说道，“老师，我爸爸因为工作受了伤，现在在医院昏迷不醒，既然保送了，我能不能不来学校了，去照顾他？

“老师，我最后拜托您一件事，别对同学们说我要保送的学校是三中。”

裴川走出办公室，低眸看了看手中的材料。校园里的水仙花绽放，清丽无双。

他还记得贝瑶一年前向往地说，她中考志愿要填六中，因为六中离家近，氛围也好。

裴川拿着表格，连教室也没回，就往校门外走了。

真遗憾，他恐怕没法再继续沾染她了。

她自己恐怕都不知道如今她有多招人，他还有一点良知，他还是不拖着她一起下地狱了。

那样的姑娘，以后不管和谁在一起都会被宠着的。

贝瑶发现前排的位子一直是空着的，她困惑地皱眉，她好不容易回来了，还没有和裴川打招呼呢。

好在下午放学后赵芝兰果然在学校外面等她。

这时候才五点钟，赵芝兰拎着各种水果，沉甸甸的，贝瑶连忙帮她一起拎。

“晚饭先不吃了，赶时间，先去看你裴叔叔，不然到时候赶不上车，晚上回来再下点面吃。”

贝瑶当然没意见。

母女俩到医院的时候，裴川正在窗边看书。

是这个病房以前的病人留下的编程的书，他拿着随意翻了翻。

少女脆生生的声音响起来：“裴川！”

空气都沾染上了那种清甜的气息，他抬眸看向门边，门被人打开。贝瑶穿着豆绿色的外套，如春天钻出来的嫩芽，她拎着东西气喘吁吁地说：“我和妈妈来看裴叔叔。”

他移开眼睛，落在赵芝兰身上：“赵阿姨好。”然后接过了她们手中的东西。他接贝瑶手上的苹果时，目光在她樱粉的指尖停留了一瞬，然后避开她指尖，没有碰到她，拿走了苹果。

“欸。”赵芝兰应了一声，然后说道，“不好意思啊小川，赵阿姨昨天回来才知道这事，你不要担心，你爸爸会醒过来的。老天爷啊，都是有眼睛的，谁是好人谁是坏人它分得清，裴警官为国为民，一定会平安的。”

裴川面色平静：“谢谢赵阿姨。”

“裴川。”贝瑶从衣兜里拿出一个黄色的平安符，轻声说，“这是我和奶奶去虚无山的庙里求来的，据说很灵验，现在给裴叔叔，希望他早日康复。”

他不看她眼睛，应了一声，倒不拒绝，当着赵芝兰的面接了过来。

贝瑶有许多想问的事，比如今天为什么才来上课就走了，但是妈妈在，她也不好问。

倒是赵芝兰看到裴川有些心软：“裴川啊，阿姨没有别的能为你做的事，你要是回家了，就随时来阿姨家吃饭。以后家里做了好吃的，我也让瑶瑶送来医院。”

裴川摇了摇头：“谢谢赵阿姨，不用了，我姑姑在给我做饭。”

赵芝兰毕竟只是邻居，比不得他亲姑，也不好勉强，又说了会儿安慰的话，就带着贝瑶走了。

裴川目送着她们离开。

少女走了好几步又回头，他的目光移在她书包上的小熊猫上，不看她琉璃一般的双眸。

等他们走远了，他放在兜里的手拿出来，手中是贝瑶给的平安符，它还残留着她身上的温度。

裴川把它放在裴浩斌床边。

“快好起来吧，爸。”

你可能不知道，你儿子在过怎样一种生活，他又放弃了什么。

初三变得忙忙碌碌，贝瑶发现，自从那天以后，裴川再也没来上过学。曾明老师倒是给同学们解释了：“裴川同学成绩优异，被学校保送高中了。”

班上一片羡慕的声音。

花婷说：“他真厉害啊，这样的保送肯定是一中、三中、六中的一所吧。有人为了中考精疲力竭，焦头烂额，有人轻轻松松就去了，考都不用考，真羡慕。”

贝瑶在给笔吸墨水：“年级前三独有的待遇，羡慕不来。”

贝瑶也不知道裴川到底去了哪所高中，在她记忆里，裴川大她一届，同样念的是六中，这次估计也是六中吧？

六月初，夏天到来的时候，裴家终于迎来了好消息——裴浩斌醒了。

他在床上躺了将近四个月，医生都觉得没希望的时候，他醒过来了。

裴浩斌醒过来后的一周，裴川回家拿换洗的衣服。纵然不想承认，可他还是一眼就看到了小区花圃处的贝瑶。

也不知道最初是谁的创意，在小区前面弄了这么一片花圃，后来居民们为了图个方便，都在里面种葱姜蒜，贝瑶就是被赵芝兰打发下来拔葱的。

她穿着白色的连衣裙，裙子有些大了，衬得裸露的小腿更加纤细白皙。

脚踝小巧精致，六月的天，C 市已经很热了，正午的太阳高悬，她拔了好几棵葱站起来，见到裴川的时候很高兴。

“裴川！你回来了，我听说裴叔叔醒了。”

“嗯。”他垂眸，却又不可避免看到了她凉鞋上沾的泥。

少女穿着米色的凉鞋，一双小脚玲珑可爱，脚趾像是根根嫩笋，脚尖儿一点樱粉。可怜可爱，甚至让人想蹲下去给她轻轻擦干净鞋上沾的泥。

他皱眉，最后不得不看向她的脸。

她从小到大都有些迟钝，不但看不出少年的些许烦躁和局促，反而开心极了：“我听曾老师说你被保送高中了，恭喜你。你保送的高中是六中吗？”

曾老师守信，没有告诉同学们他即将要去的学校是三中。

而他靠近了看着面前这张纯情无邪的小脸，平静地撒了谎：“是。”

她快乐地道：“再过五天我就中考了，我想和你一个学校，到时候我也填六中，我们又能当校友啦，说不定还可以分到一个班！”

“嗯。”

“裴川，”她擦擦额上的汗，丝毫不知道脸上蹭了一点葱上的泥，“我妈妈种的葱，你要一点吗？”

“不要。”

“哦，那我考完就来看你和裴叔叔。”

裴川拿着自己家的钥匙转身走了，直到远离身后少女身上那股浅浅丁香的味道，他紧绷的肌肉才略有松弛。

从小到大，他不是没有口是心非骗过她，但这是第一次在大事上对她说了谎。

贝瑶满怀欣喜地以为他也在六中，可是要不了多久，她就会明白他骗了她。他在三中，而她在六中，她以后会在光明的地方开心生活，尚梦娴那样的姿色都可以当校花，他不必想也知道身后的少女会多受欢迎。

而他，一个人的时候，就可以再无顾忌，在阴暗潮湿的角落野蛮生长。

裴川拿着钥匙打开门。

她发现自己骗她以后，就会再也不想理他了吧。既然注定得不到，一开始就不要去想。

六月十三日，C 市统一中考。

夏季艳阳高照，这年的考试教室没有空调，考生们汗流浃背，却全都专心致志答题。

十四日一考完，考生们在考试教室发到了一张表格，他们得在分数没有出来的时候填志愿，每个人根据预估的水平来填写中意的高中。

贝瑶考得不错，她下笔轻快，认真写上第一志愿——C 市六中。

Chapter 4

你 长 大 了 ， 裴 川

/ 22 / 魔鬼初始

中考成绩出来得很快，六月二十八日，天气晴朗，万里无云。

赵芝兰一早就知道今天会出中考成绩，打算时间一到，她就通过手机查询贝瑶的成绩。

贝瑶在玄关处换鞋："妈妈，用手机查会花钱，五块钱一科呢，我们一共有九科，得要四十五块钱，不划算。过两天老师也会发成绩的，那个不用花钱。"

赵芝兰看了眼女儿。

快十五岁的贝瑶穿着一身收腰的白裙子，腰带在身后系了一个蝴蝶结，那裙子是贝瑶表姐小苍的旧衣服，五成新，裙摆处染了一点洗不干净的墨水。小苍微胖，她的衣服贝瑶穿着大。少女胳膊纤细，却也正因为白生生的小胳膊纤弱，衬出了几分清丽的味道。

赵芝兰有些心疼，她家二小子贝军现在才一岁多，处处都得花钱，女儿乖巧懂事，从来没有主动要过什么，还帮着家里省钱。

早先小苍的衣服拿过来的时候，贝瑶为了宽慰他们，还笑着说："小时候都没有穿过白裙子呢，小苍表姐的衣服真好看。"

赵芝兰怜惜贝瑶，她对这个头胎的女儿倾注了许多心血，看到满屋子捣蛋的小贝军，最气的时候甚至心想扔了算了，扔了还可以给闺女买几件像样点的衣服。

谁都没有她家姑娘好看，可是人家都比贝瑶穿得好。

赵芝兰嗔笑道："我们家还没有穷得四十五块钱都出不起，我查了你成绩心里才踏实。”

贝瑶理解天下父母心，她轻声应：“嗯，那就查吧，我估过分数，应该能上六中的。”

对于贝瑶上六中，赵芝兰也是支持的。

贝瑶上学本来就比同龄人早一些，在赵芝兰心中她就是还没长大的孩子，六中是离家最近的一所学校，照看也方便些，周末回家吃饭也容易。要是得空了，还可以让贝立材骑着摩托车给贝瑶送点好吃的。

没多久赵芝兰果然查到了贝瑶的成绩。

她考得很好，依照往年六中的录取率来看，贝瑶肯定能被录取的，一家人都很高兴。

赵芝兰很激动，她拉扯大的女儿转眼也要念高中了。

晚上她躺床上和贝立材商量：“瑶瑶高中肯定得住校的，学校离家一个半小时呢，还得上晚自习，我们下了班都没法接她回家，给她买一部手机吧。”

贝立材没意见，他从鼻子里发出一个音，算作应了。

赵芝兰说干就干，她第二天就给贝瑶买了一部漂亮的翻盖手机。

这年全屏智能手机还没普及，手机从翻盖过渡到了滑盖，再过后触屏手机才会流行起来。

新手机是粉色的，拿在手里滑滑的。赵芝兰眉眼带着笑：“营业厅的人都说这个好看，小姑娘喜欢，你试试看喜不喜欢。”

贝瑶知道父母的心意，笑着说喜欢。

贝立材嘱咐道：“买了手机也别耽误学业啊，手机是拿来打电话的，别因为买了这个反倒成绩下滑。”

贝瑶还没应，赵芝兰就瞪了贝立材一眼：“你好意思说瑶瑶，她是我们家自制力最好的了，上个星期谁说不看电视来着，前天半夜偷偷爬起来看。”

“……”那不是有足球赛嘛。

“总之我相信瑶瑶，不会因为买了手机耽误学习的。”

贝立材还想说的话就咽了回去。

其实他最担心的倒不是贝瑶的成绩，而是早恋问题。贝瑶长得过于漂亮了，在这个情窦初开的年纪，难保不会有坏小子惦记他女儿，然而作为一个父亲本就不好意思说这话，赵芝兰又护女儿护得紧，贝立材就更不好说了。

没过几天录取成绩果然出来了，贝瑶被六中录取了。

她自己也很高兴，毕竟她是一步步踏踏实实地在努力学习。

七月盛夏，贝瑶打开新手机，她才洗完澡，头发吹得半干，湿漉漉披在身后。花婷初二就有手机了，她给过贝瑶手机号，贝瑶把她的号码存好，又找出了裴川的手机号。他们家境都比贝家宽裕，买手机的时间也就都比贝瑶早。

裴川的手机号贝瑶早就知道，是裴叔叔给她的。然而因为那部手机是蒋文娟给裴川买的，裴川鲜少用。贝瑶也不确定能不能打通，她抱着试试看的态度打通了裴川的电话。

夏夜的晚风吹动少女的窗帘，她窗前的花儿已经换成了蔷薇。粉白的花儿在夏风吹动下轻轻摇摆，电话里传来“嘟嘟嘟……”的等待声。

他接起了电话：“喂？哪位？”

少年变声期已经过去了，如今他的嗓音低沉，像是无意识奏响的大提琴音。贝瑶光着脚丫趴在床上，想起自己已经很久没有见过裴川了，她轻声说：“我是贝瑶。”

电话那头儿，裴川随意擦头发的手僵住。

毛巾还在他黑色的短发上，他听到久违的声音有片刻怔忪。几乎是下意识低低重复道：“贝瑶。”

“嗯！”她笑着应。

那头儿少女嗓音的甜蜜透过手机传过来，他没心思继续擦头发，眉眼染上三分躁意。

小区绿化还不错，树上无数烦透人的知了不知疲倦地叫。

他不知道是无奈抑或是别的情绪："你又怎么了？"

这么句不耐烦的话，出口竟是没带一点不耐烦的意味。以至于她依然用轻柔的嗓音说："我要告诉你一个好消息，我考上六中了！这是我的新手机，妈妈给我的奖励。"

他眼里聚起的星星点点的暖一下子被冷意击碎。

六中啊……

"裴川，你怎么不说话，你还在听吗？"

"在。"他淡淡道，"祝贺你。"

贝瑶丝毫没有觉出异样："开学我们可以一起去。"

他张了张嘴，发现什么也说不出来，最后只能说："我去睡觉了。"

裴川挂断电话，把头发潦草地擦了下，又按照既定步骤脱下了假肢，他看着自己令人生恶的残肢，脸上露出几分冷意，然后拉上薄被盖住它们。

她依然不知道，自己和她不会去同一所学校。

裴川没睡着，他拿出手机，在网上找出了C市的地图。三中和六中之间，隔着十分钟车程，说近也近，说远也远。

手机上还不到一个指节的地图长度，现实中却是一个生疏残忍的距离。

他关了手机，闭上眼睛强迫自己酝酿睡意。

八月份，夏天最炙热的时候，赵芝兰和赵秀打完麻将回来，重重叹了口气。

贝立材带了贝军一天，被这小子磨得没有办法，见赵芝兰回来了，连忙把儿子往赵芝兰怀里塞。

贝军去了妈妈怀里就不捣蛋了，乖乖巧巧的，贝立材看着更生气。

赵芝兰倒是没有注意父子俩的情绪，她说："今天去打牌，没想到知道了另外一件事，赵秀说前两天下班，她去逛商场，看到了裴警官和另一个女的在逛街。两个人挽着手，行为很亲近，那个女的三十四五岁，长得也很端正。”

贝瑶才推开房门，就听到了这样的话，她愣了愣。

贝瑶早就知道裴浩斌会给裴川找一个后妈，但她万万没想到的是，裴浩斌和蒋文娟离婚的时间线那么晚，而他二婚却这样早。

客厅里赵芝兰说：“做的都是什么孽啊，要是裴川知道了他爸妈才离婚，就各自组建新家庭，那孩子估计得难过死。”

一向说话中立、爱做和事佬的贝立材这次也叹息了一声。

是啊，这事别说一个少年了，恐怕就连一个成年人也受不住这屡屡打击。

“赵秀同我说，裴警官以前只热衷于事业，不怎么看顾家庭，这回生死线上走了一遭，反倒意识到家庭的重要性了，这才会……”她猛然住了口，看到房间门口的贝瑶，“瑶瑶，你……”

转念一想，女儿大了，这样的八卦倒不是听不得。赵芝兰把贝军放下来，对贝瑶说：“你有空多开解开解裴川吧，那孩子挺可怜的。”

一岁多的小贝军什么也不懂，小圆球一样，跌跌撞撞要往最漂亮的姐姐怀里扑：“姐！”

贝瑶这才回过神，抱了抱他，就回了房间。

那个写了秘密的小字本落了灰。

贝瑶吹去灰尘，重新把它翻开。

她第一次反思，它对于自己，究竟是怎样的意义？没人会懂这样的感觉，她的重生，因为心智被困住，她只能像普通小孩子那样长大，那些每过一年就多出来一些的记忆，就像有人强行加给她的，时常让贝瑶觉得不真切，而小字本上的就是来自未来的自己写给现在自己的一封信。

快十五年了，她依然看不透它。

善待父母她明白。

可霍旭又是谁？

裴川明明很好，为什么未来的自己称他为“魔鬼”？

她依照本能对裴川好，却没有能力用孩童的心智去篡改他的人生。

能被称为“魔鬼”的男人，他究竟是做了什么啊？和现在的家庭破碎有关吗？

贝瑶告诉自己沉住气。

她一直活得很真实，没有被多出来的记忆束缚，也没活成自大的人。她的记忆零散而残缺，只能走一步看一步。

然而贝瑶也没想到，开学的时候，裴川给了她这么大一个“惊喜”。

八月末，裴浩斌已经和曹莉建立起了恋爱关系。

曹莉说：“我有一个女儿，比你儿子小一岁，挺听话的。要是以后我们真的在一起，她肯定得跟我们一起住，你的儿子会介意吗？”

裴浩斌为难地皱眉。

然而女人失落的神情让他一震，他说：“我会把你的女儿当成亲生女儿一样来看待的。小川从小孤单，又因为我的职业失去了双腿，我希望你们能多多包容他，他那边我会去说的。”他握住女人的手，“放心吧，以前我因为事业不顾家庭，才造成了今天的局面，以后你和孩子们，是我生命中最重要的人。”

女人被他哄笑了：“我当然相信你。”

裴川也笑了。

他第一次抽烟，双指夹着一根“中华”香烟。这玩意儿在那些年价格挺贵，呛得他直咳嗽。

然而听完了他们谈话，他三支烟已经抽完了。

他学什么都快，包括抽烟。

他心里没有第一次被抛弃时那么难受，他甚至更为平静地远程破坏掉了父亲手机中的程序。手机的屏幕在裴浩斌口袋中暗下来。

裴川漫不经心按着打火机。

他说过世上的谎言在他面前无所遁形，为什么他的父母非要一一尝试呢？

裴浩斌第一次带女人去咖啡厅，不是带着他的母亲，而是深情款款带着另一个“一见钟情”的女人。

裴川觉得好笑，便也真的笑了。

烟雾缭绕中，他踩灭了它。

他想，以后不需要父亲，不需要母亲，不需要家庭，也不需要爱人，那他自然就活得轻松了。从前他渴望家庭，一直让自己像个普通孩子一样活着，不跳级，规矩听老师的话。可他突然发现这些都很可笑，他做给谁看呢？

他们都会走的，他所珍惜的，一直在不断失去。就算他智商超群、手眼通天也留不住。

十五岁这年养活自己，对于别人来说很难，可是对于裴川来说很简单。

如果他愿意，他甚至可以为父亲好好养老。然而内心深处日渐滋生的暴戾与绝望告诉他，他不为父亲送终，那就是最后的仁慈了。

裴川按亮打火机，火光照出他冷漠的眼。

还好，还好他是去三中了，不然贝瑶会吓坏吧。她那样爱笑又娇怯，向来最讨厌的就是他这种人了。

这种乖巧的好姑娘，这辈子注定与他无缘。

九月一日，再次应验了每逢开学必将下雨，贝瑶打着伞，给裴川打电话：“你在哪里呀？我都到公交站了，没看到你。”

裴川跷腿坐在远处的出租车里，遥遥看着少女纤瘦美丽的身影。

小雨淅淅沥沥，无数路人回头看她。少女精致柔和的美丽，脆弱易折。他扯了扯嘴角，笑道：“我骗你的，你是不是蠢？谁要和你一起读六中了，爱去自己去。我早走了。”

/ 23 / 大佬

裴川说完就挂了电话，他沉默片刻：“去三中。”

九月的第一场秋雨来得猝不及防，雨水打在车盖上，叮叮咚咚地扰人心烦。他没有回头去看她什么表情。事实上，十多年来，裴川第一次和她这样讲话。

公交站台旁的贝瑶有些愣神。

她看着自己粉色的新手机，觉得这个裴川十分陌生，在自己看不见的地方，他以另一种残忍的方式长大了。

她失落地看着雨水击打地面，她思绪比常人慢一点点，可是并不笨。他骗了自己，他并没有去六中，一直以来以为两个人都会去六中念书的只有自己。

522路公交车很快到来，这一次她没有办法等他了，她上了公交车往六中去。

一个半小时后，公交车在六中门口停下。

贝瑶抬眸看六中校门，一切都是记忆里的模样，银色门栏，最上面挂了新学期的横幅——“欢迎新同学！”

校门里有硕大的电子屏，上面时常会滚动学校发生的大事或通知。

从校门进去，是两排迎风招摇的柳树。

以前的老师说，柳树有“留”之意，是希望几年后学子们会深深眷恋母校。

贝瑶一手撑着雨伞，身上背了一个书包，另一只手还拎了沉重的衣物。

本来赵芝兰在家看孩子，贝立材打算送贝瑶去的。贝瑶拒绝了：“每年报名我都是自己去的，放心吧没问题，何况裴川也要和我一起，爸爸如果去了他会不自在的。”

贝立材遂作罢，可是没想到，这年的高中，到底还是贝瑶一个人来了。

倒是听说方敏君也考上了六中，只不过贝瑶没有碰见她。花婷考上了一中，而陈虎早在初三的时候念职高去了，成长有时候很残忍，教会孩子们的第一件事就是别离。

贝瑶吃力地带着衣物报了名，她念高中只能住校，毕竟学校离家太远了。好在六中是三所高中中管理最人性化的，并没有限制住校生出校门。

新的班主任姓李，叫李芳群，她三十来岁，长发高高束起，衬衫卷到了胳膊肘，整个人显得十分干练。

贝瑶去报名的时候，李芳群先是诧异这个新同学的美貌，心想她们六中今年没有分实验班和普通班，实行国家第一年自由式教育，学生都是随机分配的。这个清纯动人的少女是李芳群见过最好看的新生，按照李老师的经验，这类学生的成绩往往都比较差。

李老师拿出名册："叫什么名字？"

"贝瑶。"

"……"李老师看着排班上第二名的贝瑶，心中感叹，看来经验不可尽信。

李老师说："贝瑶同学你好，选择住校还是走读？"

一番手续办下来，贝瑶到达615寝室的时候身上已经出了一层薄汗。她们今年新生比较倒霉，寝室在六楼。贝瑶记忆里，下一届是住三楼的。

学校最坑的地方在于，为了规避七楼以上安电梯的规定，整出了一个"负一楼"，以至于名义上的六楼实则是七楼。贝瑶倒是并不介意这个，她自己本来也会主动锻炼身体。

她家远，因此来得晚，一进寝室发现另外三个室友早已经到了。

一个上铺的女生抱怨道："整什么啊，不是说今年住新公寓吗？结果依然住旧公寓不说，还被分到了七楼。"

下铺一个微胖的女生陈菲菲说："杨嘉，你就别抱怨了，听你说了一早上了。"

"怎么了，还不允许我吐槽一下吗？"

寝室的第三个女生叫吴茉，吴茉给陈菲菲使了一个眼色，示意别和杨嘉吵起来。陈菲菲不服气地鼓了鼓腮帮子，没打算作罢，她刚想张嘴说什么，正好看见了在门口要进来的贝瑶。

十五岁的少女，额上一层薄汗，冲她们一笑："你们好，我叫贝瑶。"

陈菲菲有一瞬目眩，忘了自己要对杨嘉说什么了，她眼睛亮晶晶的：“你好！”

寝室另外两个女生，也将诧异的目光落在了贝瑶身上。

吴茉几乎脱口而出：“你长得真漂亮。”像是雨后栀子花开，从森林里走出来的小仙女。

小仙女弯了一双杏儿眼：“谢谢，你也很漂亮。”

吴茉本身就长得还不错，此刻不知道为什么，听贝瑶的夸赞有种脸红的冲动。

出人意料，贝瑶的到来平息了一场没有硝烟的战争。

只剩下一个上铺了，贝瑶在那里安顿了下来。

高一的生活比想象中还要忙。因为一中、三中、六中是竞争关系，所以哪怕六中松散了些，一个月依然只会放一次两天的假，其余每周周日会放一天，这一天学生们往往不会回家，就留在学校，倒是可以随处逛逛。

这是贝瑶和裴川分开的第一年。

她一开始有些不习惯，那个总是冷着脸的少年以一种让人憎恨的方式退出了她的生活。她身边的女孩子们叽叽喳喳，欢快又可爱，再没人动不动就不高兴，需要她花了心思去哄。

贝瑶想，未来的自己，我对不起你。你的心愿我可能没有办法实现了，裴川长大了，她没有权利去左右另一个少年的人生。

更何况，上了高中以后，她这具身体虽然日渐长开，但每隔一年多一些的记忆迟迟没有到来。

贝瑶有个大胆的猜测，她的记忆可能只到高三为止了，剩下的就是全新的人生。

开学第一个月，校园论坛有个红帖高高顶在最上面，跟帖的无数。

帖子的名字叫“高一小学妹，逆天颜值”。

点进去是贝瑶做早操的照片。

晨光从天幕洒下来，彼时天还没有大亮，贝瑶也不太清醒，她跟着早操的节奏舒缓着肢体，一张困倦的芙蓉面，美得不可方物。

几乎帖子一出来，贝瑶就出名了。

她顶替高二的学姐，成了六中的新校花。

六中原本的校花叫万纤艾，曾经有人戏称“万人迷”。万纤艾被捧了一年多，结果被一个才来学校的新人顶了下去，论坛上的照片还是素颜的，她心中气得不轻，却也没有办法。

那张照片太仙了，万纤艾不信有人有这样的气质和颜值，她心想，新人有手段啊，肯定修过吧？

然而第二个月，她在逸夫教学楼偶然见到这位学妹，万纤艾脸色都白了。

她再也没有办法安慰自己那是假照片，因为贝瑶真人远比照片好看。

万纤艾抿着唇，加快脚步离开了。出于上一任校花的自尊，她并不想和贝瑶待在一起。

高一这一年，贝瑶的人缘格外好。

她虽然不够外向活泼，但是性格很温柔，加上成绩好，大家都喜欢找她问问题。

贝瑶只要会的从不藏私，认认真真地给同学们讲，班上的男孩子喜欢她，女生也大都很喜欢她。

高一（五）班的第一名是个偏矮却长得不错的男生，贝瑶入学成绩是第二名。

高中生活繁忙，第一年过完的时候，贝瑶还有种不真实的感觉。

她每个月都回家，却从来没有见过裴川。

大家都说，裴川不再回家了。

昔日热闹的小区冷冷清清，裴叔叔娶了新的妻子，叫作曹莉。贝瑶见过裴川的那位继妹。人长得很清秀，身材十分瘦，弱不禁风的模样，叫作白玉彤。

贝瑶放寒假后第一次在小区见到白玉彤，白玉彤挽着母亲的手臂，笑盈盈地玩闹，见到迎面走来的贝瑶和赵芝兰，曹莉和白玉彤都愣了愣，目光落在贝瑶身上。

她们都没有想过，这么个旧小区，会有这么漂亮动人的少女。

还是赵芝兰先打招呼："曹莉、小彤好，这是我女儿贝瑶。"

曹莉连忙道："是瑶瑶啊，我早听人说起过你，长得好看，成绩还特别好。"她佯装用手点了点白玉彤的额头，"你要是像瑶瑶这么出色，你妈我就省心了。"

白玉彤心里不舒服，面上却还是笑着喊了声："贝瑶。"

贝瑶冲她点点头："你好。"贝瑶知道自己过于冷淡了，可是一想到裴川十多岁就没有家了，她很难对这对母女热情起来。

尽管裴川也坏，但是他们到底一起长大。

才上高中时裴川摆她那一道的气闷，早在时光中渐渐消散了。

高一下学期渐渐到来了，贝瑶依然没见过裴川。

她不知道他长成什么样了，有没有饿着，多高了，是不是依然不开心。

高一下学期有一次全市联考，也就是成绩排名是一中、三中、六中的统一排名。

发成绩的时候，学校拉了红榜。

贝瑶想起什么，噔噔往楼下跑。陈菲菲诧异极了："瑶瑶等等我！"

很长的红榜名单，贝瑶第一眼就去看第一名。

"张杰瑞。"她低声道，"怎么可能呢？"

贝瑶耐心往下看，结果全市前两百名中也没有"裴川"两个字。

陈菲菲说："瑶瑶你在看什么啊？"

"我以前有个朋友，他成绩特别好，后来他去了三中，我想看看有没有他。"

"那你给我说下他叫什么名字，我帮你一起找。"

贝瑶愣了愣，然后轻声道："裴川。"

结果两个姑娘找了一遍又一遍，都没有看到裴川的名字。

陈菲菲说："会不会是你朋友初中成绩好，上了高中就不适应，成绩下滑了啊。"

"不会的。"贝瑶很肯定，"他特别聪明，初中就会做高中的题了，还能得满分。"

"这么牛吗……"陈菲菲下意识感叹了一下，然后突然表情古怪地皱了皱眉，"你说你朋友叫什么？在哪所高中来着？"

"裴川，三中。"

陈菲菲："……"她把贝瑶拉到角落，神情复杂地摸出自己的手机。手机是触屏的，她在上面用手点了点以后对贝瑶说："你做好心理准备啊，你说的裴川不会是这个吧？"

贝瑶低头一看也愣住了。

照片是前不久拍的，裴川靠着篮球架，身上穿着大红色的球衣，胸前印了一个黑色的"5"号。

他长高了，也完全变了。

身边的少年都穿着短裤，唯独他穿着运动长裤。

七月的阳光下，他昔日清隽的眉眼变得锐利起来，嘴角噙着懒洋洋的笑。

什么都变了。

他以前从不笑，生气了要人哄才开心。这个笑着的锐利少年，贝瑶几乎认不出来了。

贝瑶拿着手机，半晌回不过神。

陈菲菲说："不是吧！你朋友还真是他啊，那你知道他是谁吗？三中惹不得的大佬啊，几乎就没怎么去学校上过课，整天和班上那种成绩特别差的人混在一起，总之很可怕。"

贝瑶怔然。

陈菲菲继续道："他还特别有钱，据说上个月他开了一辆奔驰 S350，一百多万呢。论坛里都在猜他哪里来的钱，不会是犯罪……"陈菲菲想起这个人到底是贝瑶的朋友，她见贝瑶脸色不好，没再继续说更多爆炸性消息。

贝瑶抿了抿唇：“你可以把这个帖子的链接发给我吗？”

“可以是可以，但是你得赶紧存，我怕这个会被删掉。”

“好的，谢谢你，菲菲。”

“别客气，朋友不说这些。”

晚上贝瑶洗漱完上床休息的时候，她拿出来自己的手机，她的手机依然是去年赵芝兰给她买的那部翻盖的。

这部手机渐渐快跟不上潮流了，学校宿舍楼的信号不好，贝瑶好不容易连网点进去陈菲菲发的QQ消息链接。那个小圆球转呀转，最后屏幕上跳出来——

“对不起，您浏览的帖子已被删除。”

陈菲菲让她赶紧保存的提醒声似乎还在耳边，贝瑶蜷缩在被窝里，轻轻弯了弯唇，他从小到大有一点还是没变啊，谁都惹不得。

她心中有些愧疚，甚至想对写下小字本的自己说声抱歉。裴川在十六岁这年，还是变坏了。

她努力成了一个温暖的好姑娘，他却努力长成了令人提起来就惊恐的大坏蛋。

/ 24 / 不羁

二〇〇七年的夏季到来，六中的学生苦不堪言。

今年C市夏天特别热，全球气候变化令举世关注。电视大屏幕滚动播放着新闻：“5月底T湖流域蓝藻大面积暴发，近百万市民家中的自来水无法饮用。”

在经济高速增长几年后，环保问题终于引起了国民重视。

甚至有人戏称全球气候变暖以后，C市已经从以前岁月静好的城市转变成为“大火炉”。

陈菲菲微胖，夏天更怕热，她吐了吐舌头：“瑶瑶，你说小狗这样子真能降暑吗？”

贝瑶原本在教室写作业，转头被陈菲菲逗得没忍住弯了唇。

陈菲菲说：“学校也忒小气了，这么个半旧不新的电风扇，教室里一共就三台，我头顶上这个还坏了，真的快被热死了。”

偏偏周末放假，寝室白天却不开风扇。校方美其名曰让学生们提早适应“吃苦耐劳”。

陈菲菲想起什么，眼前一亮，从抽屉里摸出一张宣传海报。

上面烫金大字写着“倾世开业，免费抽奖，有机会获得哈根达斯冰激凌”。

上面的冰激凌宣传图很精美，在炎热的夏天看上一眼魂都快被勾走了。

陈菲菲看了眼贝瑶，放软嗓音道：“瑶瑶，我们去‘倾世’看看吧，反正离学校也不远，抽奖还是免费的呢。我这辈子还没吃过哈根达斯冰激凌，据说好几十一个，万一中了呢？”

贝瑶想了想：“去那里好像得走十五分钟。”

陈菲菲看了眼宣传单，咬牙道：“没问题！”

贝瑶撑了伞，和她一起去。

陈菲菲凭借着对哈根达斯的执着，在酷暑下挣扎了整整十五分钟，终于到了“倾世”门口，然而一看这个壮观的队伍，陈菲菲彻底绝望了。

队从“倾世”一楼门口，一直排到了马路边上。

二〇〇七年并不像后世那样物资丰富，至少对于高中生们来说，不花钱就可以抽哈根达斯冰激凌是件很值的事。

饶是贝瑶不怎么怕热，看到这样可怖的队伍，内心也有片刻发怵。

看到陈菲菲失望的眉眼，她安慰道：“没关系，我们还带了伞呢，排一下队很快就轮到我们了。”

陈菲菲振作起来。

两个姑娘排在人群后面，队伍在缓缓前进。

贝瑶抬头看这个新建的来头不小的“倾世”，“倾世”并不是一家冰激凌店，而是大型娱乐会所，一楼是售卖点心蛋糕和冰饮的，二楼是餐厅，三楼则是网吧，四楼是 KTV。

再往上看，五楼是台球室，六楼是棋牌厅。

七楼往上都是酒店房间。

“倾世”建在三中和六中之间，更偏向六中一些。

对于高中生来说，这是一个囊括了所有奢华娱乐项目的会所，然而消费高得要命，从一楼贩卖的冰激凌是哈根达斯就看得出来。

陈菲菲头晕目眩，却向往地抬头道：“哪天我要是能在一二楼随便吃，三四五六楼随便玩就好了。”

贝瑶鼓励道：“等你长大就可以了。”

陈菲菲笑得不行：“我就随便说说的，这种砸钱的地方，来的要么是有钱人，要么是败家子，我这种穷光蛋还是不想了。瑶瑶你真好，还一本正经鼓励我。”

陈菲菲接过伞，撑在两人头上。

高楼之上，玻璃在阳光下折射出刺目的光彩。

“倾世”六楼棋牌厅，一群少年在玩牌。

卫琬靠在椅子扶手上，捧着一杯冰饮。她姿容艳丽，穿着玫红色小短裙，裙摆险险到了大腿。卫琬有一下没一下地咬着吸管，看着班上这群“有钱少年”。

他们高一（九）班，算是有钱人云集的一个班了，卫琬是班上的班花。

金子阳打出一对 2 以后笑眯眯看了眼卫琬：“卫大美女是不是无聊啦？来来，哥哥教你打牌。”

他这么不正经的语气，一众少男少女都笑了。

郑航说：“你那个狗屎牌技，还是算了吧。”

“怎么说话呢？有你这么拆台的吗？”

“你自己说说你哪把赢了？上把本来要赢的，可你竟然接老子的牌！老子是你队友啊傻缺！”郑航越说越气。

“……”金子阳心虚，本来他不接那一手，郑航就走完了，可他打得太兴奋，又没算牌，结果一接牌两个人都凉了。

金子阳咳了咳，看向背对窗坐的少年：“川哥你也不放放水，都是自己人，你赢这几百块钱有快感吗？”

少年这才懒洋洋抬起头，他沐浴在七月炽烈的阳光下，但因为室内开着空调，并不会感到热。

裴川跷着腿，扔出最后四个9，不咸不淡地答：“你自己菜，我已经很克制了。”

金子阳胸口中箭：“……”

少年们说笑，卫琬不禁把目光落在了裴川身上。

他们班这几个男生都是富二代，金子阳和郑航家里都是开公司的，有钱无可厚非，可是谁也不知道裴川是个什么来历，几个男生也闭口不谈裴川的家世。

但就是这么个少年，却是几个人中出手最阔绰的。

至少金子阳和郑航都不敢在高中买一百来万的豪车。真买了他们老子得把他们吊起来打。

金子阳转移话题：“我打得不好有人打得好啊！”他笑嘻嘻冲卫琬道，“快，去川哥身边坐着。让赌神教你一下牌技。”

卫琬红了脸，看了眼裴川，少年嘴角挂着笑，没说可以，也没说不可以。

卫琬心跳有些快，在起哄声中，坐在了裴川旁边。

少年修长的手指很好看，这一局是他发牌。

他洗牌很流畅，发得也很快。

金子阳看着卫琬挑了下眉：“班花大美人，这局我们不打赢钱的，我赢了你拥抱我一下怎么样？”

卫琬玩得开，闻言只是笑。

郑航说：“凭什么是你啊，万一我赢了呢？”

金子阳突然说："那就谁的牌先出完，卫琬抱谁一下，今天谁就买单。怎么样，卫琬，敢不敢？"

卫琬看了眼身边裴川落拓不羁的眉眼，笑吟吟道："有什么不敢的？"

"不许反悔。"

卫琬这才不好意思一般别过了脸，她喝着冰饮，目光落在玻璃窗外，下面排队的人在烈日下热得要命，许多年轻女孩子都等得不耐烦。

卫琬心中轻蔑地笑了笑。

看哪，这就是人和人的差别。她也听说过"倾世"要搞什么抽奖，抽中了也就是一个哈根达斯冰激凌。许多人顶着大太阳来，最后还会无功而返。

至于卫琬，她手中这群少年请的饮料都不只那个价格。

牌桌上，少年们的厮杀正激烈。

金子阳的脸都快皱成一团了："这什么鬼牌啊，3456 没有 7！"

地主依然是裴川，他看着手中的王炸和四个 7，沉默了一下。

郑航一听自己的傻缺队友说没有 7，也蒙了一瞬，因为他也没有 7，然后郑航不动声色看了眼裴川，心里叹了口气。

一轮打完，裴川手中就剩一个王炸。

他漫不经心丢了牌。

金子阳输了牌并不生气，他反而猥琐地挑了挑眉："卫琬大美人，该你表现了。"

此言一出，除了微微皱眉的郑航，其他来玩的少男少女们都配合地起哄。

在这样的气氛中，卫琬转头看裴川，他靠在窗前，抬眼看了看。

高一（九）班没人知道裴川身体有缺陷。

因为再热的夏天，他都穿着长裤。到底那么多年过去了，他放慢脚步走路，不但不会被人看出不妥，甚至还有种难以言说的慵懒不羁的味道。

卫琬心里其实是很看好他的。

他有钱，长得不错，打牌打球都很厉害，听说他还从小学拳击。

她这样想着，倾身靠过去，她半眯着眼，离他越来越近。

金子阳的起哄此刻到达了最大声。

裴川弯了弯唇，看她靠过来。

他觉得好笑，要是她知道他是什么人，恐怕会吓得从这里跳下去。

裴川内心是无所谓的，不会痛也不会痒，比起背叛、抛弃、欺骗，这些都是玩玩而已。他本来就不是什么好玩意儿，用不着介意。

他修长的食指间还夹着一张方块 K，卫琬身上的香水味微浓。

裴川垂眸，懒洋洋的模样。

在垂眸那一瞬，楼下穿豆绿色短袖的少女抬起了头。

贝瑶移开伞，仰着小脸看了眼晴朗的天空，声音又脆又甜：“菲菲，太阳被云遮住了。”

所以她们不必打伞了。

高楼之上的玻璃单面可视，贝瑶看不见上面都有谁、在做些什么。裴川的视线里却撞入了她。

卫琬靠了过来。

他几乎是下意识偏了头，卫琬的唇擦着他冷硬的下巴而过。

棋牌室所有人都惊呆了。

在他们印象里，裴川不是玩不起的人。卫琬咬唇，自己被他故意错开，心中也有些羞耻，她眼里含着屈辱，不愿开口说话了，只是看着裴川。

裴川沉默着，目光扫了楼下一眼。

金子阳连忙缓和气氛：“哎哟川哥，这就是你不厚道了吧，为了让我们卫大美人再抱你一次，这招儿都使出来了！”

卫琬脸色好了些，也以为裴川是故意逗自己。

可是下一刻裴川突然起身。

看着一众不明所以的狐朋狗友，他从兜里摸了两张卡出来，一张丢给金子阳："结账。"

另一张丢给卫琬："赔礼，今天都回去吧。"

卫琬低头一看，是"倾世"一二楼的金卡。

可以在里面随便消费。

在场的少女都羡慕地看过来，卫琬仅剩的一点火气也没了。

她善解人意道："既然裴川有事，今天就不玩了吧。"

裴川戴上椅子旁的黑色护腕，他裸露的手臂结实有力，脸上没了懒散的笑，沉默下来，一个人往外走。

金子阳愣愣地小声问："他怎么了啊？"

郑航耸了耸肩："不知道。"

还没有见过他这个样子。

裴川下楼，去了二楼落地窗前。

他的视线落在了贝瑶身上，她看不见他，一年多以来，他第一次这样近地看着她。

她真是好看，好看到整整三百天他都不敢打开六中学校论坛。

贝瑶豆绿色的小短袖上印了一只舔毛的小猫咪，七月夏天，许是热到了，她轻轻用手背擦了擦额上的薄汗，她身前的朋友不知道对她说了句什么，她清亮的杏儿眼笑起来。

裴川抿唇。

一个穿着灰色衬衫的男生出来，路过贝瑶身边，把手中买的两个哈根达斯冰激凌送给她。男生脸通红，裴川这次看懂了男生的唇语，他说："请你吃。"

裴川面色淡淡。

贝瑶笑着摇了摇头："谢谢你。"

男生失望地走了。

陈菲菲眼巴巴看着男生的背影，倒是什么也没说。

约莫五分钟以后，终于轮到了陈菲菲和贝瑶。两个女孩子都伸手进箱子摸出了一张号卡。

裴川见贝瑶先是看了眼自己的号，又看了眼大大咧咧的陈菲菲的，然后温柔地冲服务员眨眨眼，悄悄指了指陈菲菲。

裴川摁灭烟头，几乎一瞬间猜到了：贝瑶中了那个奖，而陈菲菲没有中奖，她悄悄请求服务员说陈菲菲那张上面的号码才是中奖的号。

服务员小姐被这样好看的少女看得心软，同意了。

服务员把哈根达斯冰激凌递给陈菲菲，陈菲菲欢呼着跳起来抱住贝瑶："瑶瑶，太棒啦，我中奖了！"

贝瑶也跟着笑。

她们走了，走出好几步，裴川看见，那个叫陈菲菲的小姑娘小心翼翼地从冰激凌上舀出一勺，先喂给贝瑶。

贝瑶笑着吃了。

裴川摸到自己的打火机，冰凉得没有一点热度。

他意识到自己不该丢下一群人来看她的，他甚至不敢出现在她面前。她精心保护着他，想让他成为干干净净的小男孩，长大后他却脏了。

明明知道看她一眼都不配，他却还是没能忍住。

她还拥有美好的青春，裴川却成了地狱里爬不上来的肮脏枯骨。

许是七月太热，他的心脏，竟然不可避免地疯狂躁动起来。

卫琬那样的人，可以在空调棋牌室享受。贝瑶这样美好的姑娘，却只能乖乖站在太阳下。

他黑瞳沉静。

贝瑶和陈菲菲都走了老远了，一个男服务员追上来。

他礼貌地说："两位同学，这张卡券是你们的吗？"

贝瑶看了眼，是自己那张"没有中奖的"。

服务员露出轻松的笑意："那就对了，刚刚店里太忙出了错，这是今天的大奖票。'倾世'为你准备了礼包。"

他拿出一个很漂亮的盒子，交给贝瑶以后就走了。

贝瑶："……"

在陈菲菲的催促下，贝瑶打开了盒子。

盒子里附带着冰袋，里面是一个精致的蛋糕，上面用奶油做了一个可爱的小公主。

盒子里面还有两杯冷饮、四个哈根达斯冰激凌。

怪不得沉甸甸的。

陈菲菲眼睛都直了："瑶瑶你运气真好。"

贝瑶皱眉，她不记得"倾世"还有什么每日大奖啊？

/ 25 / 求而不得

贝瑶和陈菲菲把"奖励"带回寝室，和另外两个姑娘分享了。

陈菲菲没有觉察出异样，贝瑶却隐隐觉得不对，她当时看过能够得奖的号码，明明那个号只能中一个哈根达斯，后面的蛋糕饮料又是哪里来的呢？

想来想去，人家确实也没有必要白送这么多东西给自己和陈菲菲，贝瑶只能归于运气了。

六月份，在一中、三中、六中联考过后，几所市内的顶尖学校有一场篮球友谊联赛。

这事可大可小，然而到底事关学校的荣誉，学生们都在好好筹备。

六中的篮球联赛交给了学校的学生会筹办，结果篮球选手们往学生会会长面前一站，会长立马黑了脸。

他们这一届的学生会会长叫师甜，师甜是个重度"颜控"，她看到自己学校的队员们时都要绝望了。

要么又黑又丑，要么长得还不错吧，可是矮！

师甜自己就168厘米，那个唯一长得还不错的男生身高才173厘米，女孩子显高，他往师甜身边一站，师甜都有种自己比他还高的错觉。

偏偏大男孩们嘻嘻哈哈，没有意会到学生会会长脸色多难看。

师甜等他们走了，叹了口气："完了，我们六中的门面是没有了。"

她的部下出了个主意："队员寒碜了点，拿不出手，可人家篮球确实打得不错。更何况不就是要门面吗，也不是没有补救办法。啦啦队的女生找漂亮点的就行。"

师甜眼睛一亮，恨不得狠狠亲小部下一口。

既然要找，那就要找最美的。

师甜说："隔壁班的万纤艾嘛，可这个人很烦啊，我一点也不想去求她。"

"不是她，学姐亏你还是颜控，校花换了人这么大的事都不知道。"

片刻后，师甜看着小学妹贝瑶的照片，兴奋得恨不得原地转个圈圈："啊啊啊哪来的小仙女啊，好美啊！"

他们特地去找了贝瑶班主任李芳群说明情况，李芳群本来也是学校主任，听了师甜一番舌灿莲花的劝说，李芳群也觉得不能丢了学校面子。于是当天贝瑶就被通知去当六中的啦啦队领队了。

陈菲菲兴奋极了："瑶瑶，你们到时候要跳加油操是不是？我一定要来看！"

贝瑶点点头："是啊。"

陈菲菲说："篮球联赛是每隔两年举办一次的传统比赛，听说超级热闹。你一定要好好跳，为我们学校的同学打气。"

贝瑶严肃着小脸："好！"

她以前就经常在家跳体操，因此这次也算是有底子。

六月末，篮球联赛的号角吹响了。

让贝瑶颇为惊讶的是，比赛竟然是在最大的三中举行。

六月末，天气晴朗，万里无云，太阳早早悬挂在空中。

裴川本来不想上场的，他皱眉："你们在玩闹吗？"

金子阳开了瓶矿泉水喝："怎么可能，我给队长讲了下，让他换三个人下来，我们三个上。”

裴川往后躺，枕在双臂上：“他能应？”

毕竟他们在学校就是一群到处玩闹的学生，又不是校篮球队的，联赛好歹是大事，贸然换人估计队长心会滴血。

郑航笑眯眯道：“我妈同意。”

郑航的妈是三中副校长，没别的毛病，工作也勤勤恳恳，可是老来得子去了半条命，十分宠爱郑航，可以说没有下限。

裴川无所谓弯唇：“那就去玩呗。”

他换上球衣，还是那身大红色的“5”号球衣，裤子依然是长运动裤。

金子阳和郑航也换好了衣服。

他们一起去篮球场馆的时候，卫琬也来了。她是三中的啦啦队队长，金子阳笑嘻嘻道：“卫琬大美人，到时候要用力喊出我的名字呀！”

卫琬白了他一眼，然后看向裴川。

裴川比这个年纪的男孩子看起来都成熟，他的假肢是按照身高比例配的，现在看上去有 186 厘米。

“走了。”

金子阳跟上他，边走边说：“嘿嘿，卫琬还是我找来的，怎么样？有这种美女鼓劲，打球有没有动力？”

裴川浅浅勾了勾唇，不置可否。

郑航低低咳嗽了一声，他有点不太好意思，后悔跟着金子阳胡闹了。毕竟卫琬也是临时换的人，那个啦啦队的都不太会跳舞。

一个临时组成的篮球队，一个临时换队长的啦啦队，估计三中今年得完蛋。

郑航再怎么后悔此刻也来不及改了，他还是硬着头皮上了场。

三中作为主办方，还特地配备了联赛主持人，主持人说：“欢迎同学们观看第十六届一中、三中、六中篮球联赛！让我们欢迎三中啦啦队为我们的比赛带来开场舞。”

一群穿着短裙和白色紧身短袖的女生款款出场，激情的音乐一燃起来，全场尖叫！

领舞的卫琬吃力地跟着节拍，金子阳哪管这些，他只看脸，吹口哨欢呼捧场："卫琬！卫琬！"

裴川坐在队员休息的地方，用指尖旋着篮球玩。

他听觉很好，听见了另外两个要上场的篮球队队员小声抱怨："还打什么打啊，换成这些人，成事不足败事有余，他们又没有经过训练，是让我们学校丢人现眼来的吧？"

"嘘，小点声。"

"怕什么，音乐声这么大，他们听不见。"

另外一个人到底也没有信心，叹了口气："唉。"

今年他们三中恐怕得出丑了。

啦啦队跳完舞，裁判口哨声吹响，比赛正式拉开帷幕。

比赛一共分三场，三所学校分别相互打一场，按最后积分排出名次。第一场就是三中对六中。

三中的队员先上去。

分别是裴川、金子阳、郑航，还有两个苦大仇深的队员。

偏偏金子阳这货也损，他还好意思逗他们："别这样苦瓜脸嘛，金小爷和川哥带你们飞还不爽吗？笑，都给我笑。"

那两个队员："……"

现场一大片嘘声。

原因是，他们一看就不和谐。裴川的球衣是红色，金子阳的是黄色，郑航的是蓝色。另外两个队员的是绿色。

简直了，花孔雀队。

六中的队员出场了。

师甜咬牙切齿说："最美的美人都来给你们当啦啦队了，我们的美人比刚刚跳舞的那个丑鬼好看，所以你们今天也必须给我赢了对面的花孔雀！"

"……"

男孩子们都有些紧张，忍不住去看人群后面的啦啦队。

贝瑶觉察出了他们在看自己，虽然有些羞赧，也不适应这身衣服，但是仍然冲他们露了一个鼓励的笑。

以至于这边的少年上场脸全是红的。

金子阳说：“看见没，对面的人看见我慌得脸都红了。”

裴川嗤笑了声。

裁判一声口哨吹响，发球抢球。第一个球被六中的抢到，六中来加油的学生激动疯了：“六中加油啊啊啊啊！六中必胜！”

金子阳：“哎哟！”

裴川打得懒洋洋的，他本来就没安什么好心，赢不赢无所谓。

六中第一个球轻松投进，球员们欢呼击掌，接着继续。中场休息的时候，比分 24 ： 10，24 分是人家六中的。

面对另外两个球员的黑脸，郑航笑道：“别生气，别生气，这不是没尽力嘛，比赛第一，友谊第二。”

“……”好想揍这三个人。

“不好意思，友谊第一。”

六中的啦啦队出场了。

贝瑶第一次穿着啦啦队的衣服在大众前跳操，何况她刚刚在台下，没想到打比赛的竟然有裴川，一年了，她第一次见他呢。因为要跳加油的舞，贝瑶有些紧张，心怦怦跳，然而这段时间她天天练，一听到音乐就下意识举起了手上的啦啦队彩球。

六中的音乐是师甜精心挑选的，超级燃，一响起来全场都被带动了，几乎所有人都去看领队的是不是六中的万纤艾，结果大家都愣住了。

裴川的笑僵在了嘴角，他的身体也慢慢僵硬。

金子阳看着舞台最前面的少女，半晌才回过神，结结巴巴道：“六、六中的？”

郑航啧了声：“漂亮。”

十五六岁的少女纤腰露在外面，她们穿着红色的露脐装，颜色鲜亮显得活泼。手上的啦啦队彩球不断闪动，好看到观众席爆发了比刚刚进球还要大声的尖叫。

看着贝瑶，师甜都酥了半边身子："我眼光真好！"

陈菲菲用力点头，也快激动疯了："贝瑶，啊啊啊！我的瑶瑶，啊啊啊啊啊，我爱你！"

贝瑶跳得很认真，不同于卫琬只注重自己形象的敷衍态度，贝瑶虽然穿着露脐装和小短裙，但是动作标准认真，一看就是听话努力的乖孩子，也看得出她为了给学校争光练得多刻苦。

音乐结束，女孩们一一下场。

下去前，贝瑶远远看了眼裴川。

一年后，他猝不及防对上她清透的目光，他打完一场篮球都没快半分的心跳在此刻不受控制地加速起来。

下半场继续。

师甜说："贝瑶，你站那里，对，就是对面的篮球架那里，这样我们的篮球队员都会拼命努力的！"

贝瑶觉得这是一个馊主意。

然而会长师甜说："信我没有错！来，这是他们每个人的名字，你也不管谁是谁，认不认识，喊他们名字就可以了，随机喊就成。我还给你准备了这个，当当当！"

她掏出一只"小蜜蜂"音箱，别在贝瑶纤细的腰间，刚好盖住她可爱的小肚脐："干巴爹！撒浪嘿哟贝瑶，我们学校赢就靠你了。"

"……"

贝瑶站在那里的时候，金子阳明显感受到川哥打得更加心不在焉了。当然他自己也心不在焉，六中那个颜值爆炸的小仙女站在那里，金子阳的眼珠子一直在看她，根本没心思看球。

可是一看裴川，川哥比他更水，裴川都被人撞到了，还不知道躲，竟然还在往球架下面瞟。

郑航欲哭无泪："大哥们你们给点力啊，这个战绩我怕我妈收拾我！"

没人理他。

贝瑶低头，开始战战兢兢工作。她摊开师甜给自己的纸条，挪了挪“小蜜蜂”的位置，按照上面念：“伊童加油。

“董晨升加油，你最棒！

“林满加油，帅呆了。”

……

她把五个球员的名字轮番念着，贝瑶的声音已经不是小奶音，她的嗓音温柔坚定，如微风拂面，六中的五个球员红着脸，跟打了鸡血似的，要跳起来抢球。

金子阳手上一空：“什么鬼啊！”

然而下一秒，裴川从他身边冲过去，冷着脸把球抢了回来。

他一个人运球，躲过拦截，把球传给郑航，等郑航被堵的时候，他冷静道：“传给我！”

郑航抛回来，裴川接住，长臂一扬，跳起来投了一个三分。

球进了。

如果说五个对手在贝瑶的支持下像打了鸡血，裴川则是彻底疯了。

有一次他为抢球，直接被两个人同时撞倒，他皱眉，裁判赶紧中止。裴川说：“没事，继续。”

金子阳都怕了：“川哥，算了吧，打篮球而已，玩玩嘛，又不是抢老婆。”

裴川不说话，他听见贝瑶乖乖念：“六中加油！六中必胜！”

他冷笑了一下：“继续。”

从来都是，从小到大，她说加油都是为了他，这次却都是别人。

激情的玩不过不要命的。

三中几次追平比分。

裴川进球了，裴川又进球了……

贝瑶不太懂篮球，可是也知道貌似不太妙，她看了眼师甜，师甜更急：“求求你赶紧念！”

“林、林满加油，帅、帅呆了！”

裴川又进球了。

他全身都是汗水，几乎浸透了一件球衣。

明明、明明不该在意的，她本来就是六中的人。可是他的卑劣和被她骄纵的心，竟然不允许她口中叫的是别人的名字。

后来全场都在尖叫裴川的名字。

贝瑶反而不念了，她安静地看着他：裴川你看，你也可以很优秀啊。

比分最后以裴川不要命的打法结束，他们三中领先 5 分胜利。

三中的学生们纷纷欢呼，六中的学生们虽然失落，但还是上去碰了碰拳头。

裴川的汗水从额头往下淌，流过他坚毅的下巴，流进结实的胸膛。他身前突然出现了一条白色小短裙，少女纤细白皙的腿笔直，她穿着红色的露脐装。身上一股浅浅的丁香气息。

他又脏又臭。

裴川没想到贝瑶会主动来他们这边。

贝瑶低头，不自在地把“小蜜蜂”移开，关掉，看着坐在椅子上不愿意看自己的裴川，她的杏儿眼像是两弯落下湖水的月亮。

“裴川。”

他默默握紧矿泉水瓶，抬头。

少女轻声温柔说：“裴川加油。”真的抱歉啊裴川，站在你的敌对面，都不能在场上对你说一声加油。

裴川死死抿着唇，不让自己的情绪外露。

周围安安静静的，金子阳他们都在看这个六中的新校花。不不，说是整个一中、三中、六中的校花都不为过，贝瑶的笑容清甜而温柔，最后冲裴川摆摆手，在师甜的呼唤声中往自己的啦啦队走去。

她走了许久，裴川才低眸，把剩下半瓶水喝了。

金子阳说：“川哥，她是谁啊？你和她认识吗？”

裴川不接话。

她是谁？她是他前半生的所有光，是他的求而不得，是他的欲望之初。

/ 26 / 迷醉

篮球赛如火如荼举行了三天，三天以后，获胜的是三中。

饶是一开始抱着玩闹心思的郑航也没想过是这样的结果，他们这群人在学校名声不好，可是出手意外的阔绰。

郑航请三所学校所有参加比赛的篮球队队员吃饭，地点定在了“倾世”。

本来听说三中的大佬请吃饭，大家都不想去的，可是地点定在“倾世”，就没法不动心了。“倾世”这个恢宏的会所，吃喝玩乐都齐了。

师甜接到邀请的时候一口答应了，她叫上五个队员和啦啦队的五个姑娘一起赴约。

贝瑶没有去过，她也挺好奇“倾世”是什么样子。

贝瑶想过会遇到裴川，但是对她来说，十多年她没有任何对不起裴川的地方，虽然长大了他疏远了自己，也不再喜欢自己，但是她也没有理由刻意避着他。

师甜看着贝瑶她们，扶了扶额头：“你们都穿校服啊？”

六中的姑娘们不明就里。

师甜叹了口气：“算了算了，怪我没有通知你们，校服就校服吧，也挺青春鲜活的。”

六中的校服是浅蓝色的，上面有一只蓝色的小海豚。

下身是一条黑色的宽大长裤，因为热，所有姑娘都把裤腿半卷了起来。

一行人到了“倾世”，终于明白为什么刚才师甜那种反应——

三中和一中的同学早就到了，并且大家都穿得十分体面，男生穿的是衬衫T恤，女生穿着夏季时髦的裙子，女生们甚至为了这次请客刻意烫了头发。

一众人中，卫琬最耀眼。

她穿着湖蓝色的裙子，下摆缀了蕾丝轻纱，一头黑色头发特意做了造型，看上去成熟又动人。

一中的啦啦队女生没这么精致，可是穿得也挺日常的。

以至于师甜带着六中的啦啦队女生走进来的时候，金子阳一口饮料喷出来："哈哈哈哈，你们学校小学生出行吗？"

众人都笑了。

师甜瞪了他一眼。

六中的姑娘都有些窘迫，除了贝瑶。

她看见裴川了，他坐在最里面。隔着人群，裴川没有看她。

金子阳的目光在六中穿校服的姑娘身上转了一圈，最后锁定了贝瑶。

他愣了愣。

快十六岁的贝瑶，穿着小海豚校服，头上扎了一个马尾，她发尾天生微卷，身上带着无邪的纯。

她们校服是蓝色，卫琬的裙子也是蓝色，可是校服穿在贝瑶身上，竟然觉得比那条裙子还招人。

在场的男生那天都见过贝瑶，今天再见她，依然觉得惊艳。

卫琬也看见了，她咬牙，气得不行。自己明明特意打扮了，结果还是没有一个没见过世面的乡巴佬吸睛。

贝瑶许是没有来过这样的地方，跟在学姐师甜的后面，和她们学校的女孩子们站在一起。

金子阳缓过神，悄悄看了眼川哥，见裴川一直低着眸，金子阳咳了咳："别客气啊，今天郑少请客，大家尽管吃吃喝喝玩玩，来来，随便坐。"

这是六楼的棋牌厅，里面有秋千座椅，还有各式沙发。

贝瑶第一次来这样的地方，明眸带了好奇看着周围的环境，然后跟着师甜在沙发上坐下来。

金子阳看了眼拿来装酷的手表："才下午五点钟，离吃饭还早，先玩玩游戏呗？"

他们三中的人做东，其余人自然没有意见。

一中、三中、六中的人都来了，总共三十余人。

金子阳本来提议玩牌，郑航看了眼裴川，出声道："女生有的不会玩，所以玩些简单的吧，'拍七'好了。"

郑航给大家讲解规则："每个人依次报数，逢七和七的倍数就不再报数，而要鼓掌，没有反应过来的人或者报错了、鼓掌错了的就要惩罚。输了的……"

金子阳刚要张口说惩罚，郑航警告地看他一眼："输了的喝一整杯饮料。"

金子阳失望地啧了一声。

大家纷纷说好。

三十个人玩起来很快，贝瑶刚好坐在裴川的对面。

她其实不算聪明，反应也并不特别快，因此有些紧张。

第一轮输的是金子阳，他低声咒骂了一句，自己倒了杯饮料喝了。

第二轮轮到裴川的时候刚好"28"，前面的"27"鼓了掌以后，他也随手拍了下。到了贝瑶这里是"42"，他抬眼。

贝瑶微微顿了下，鼓了下掌。

六七四十二，好险。

贝瑶遥遥冲裴川笑了笑。她成绩好，可是反应能力天生有些迟缓，小时候赵芝兰就担心她跟不上进度，好在每年都会多出记忆，加上她自己勤恳努力，成绩一直不错。

那一瞬她犹豫了一下，可是对上裴川的眼睛，贝瑶下意识地鼓了鼓掌。

她后面那个女生没反应过来贝瑶鼓掌，愣住了。输的是这个女生。

裴川抿唇，第一次觉得在这样的场合下有些局促。

金子阳倒了杯饮料递给裴川："川哥？"

那头儿少女清亮如月色的杏儿眼看过来，落在那杯饮料上。裴川心里莫名生出几分狼狈。

然而他明白今夕不同往昔，他抬手接了过来。

贝瑶在心里轻轻叹息。

游戏有输有赢，到了最后，全场没有输过的只剩贝瑶和裴川。

师甜称赞道："贝瑶，你反应真快。"

贝瑶远远看了眼小区里曾经最聪明的男孩子裴川，弯了杏儿眼。

晚饭在二楼吃，金子阳他们直接叫了各种饮料。

当然他们也不勉强所有人喝，愿意喝的喝就得了。

贝瑶知道自己养成了一个坏习惯。

她习惯看裴川。

小时候开始就一直离他很近，怕他难过怕他渴了饿了。以至于一桌子都是陌生人的时候，她下意识就看向裴川。

面无表情的少年喝了一杯又一杯。

金子阳都诧异了，他小声问郑航："川哥怎么了？"

以前明明不喜欢喝甜的啊。

郑航说："我哪儿知道？"

金子阳想不通也就不再想，干脆和裴川一起豪爽地喝。

卫琬见裴川有兴致，并且不像其他男生那样老是偷看贝瑶，她心中窃喜，她就说裴川这么高冷，哪怕那个六中的贝瑶再好看裴川也不会感兴趣。

卫琬端了杯子，笑着走过来，先和郑航碰杯："感谢今天郑少请客哟。"

然后和金子阳碰了碰杯。

她脚步最后停在裴川面前："裴少，来一杯吗？"

裴川扬了扬唇，淡淡地道："好啊。"

他碰了碰杯子，卫琬眼睛一亮，笑盈盈地小酌了一口，裴川整杯喝了。

金子阳鼓掌道："豪气啊川哥！"

那液体流过喉咙，凉出七分冷。

全场的人都在偷看的贝瑶就穿着校服坐在他对面，他知道她在看自己。看吧，看个够，这就是他如今的生活。等到她生厌了，后悔以前对他这个混账那么好了，她就不会再出现在自己生活里，躲得远远的，他也就不会有不切实际的念想和渴望。

裴川一口饭没吃，喝了一整晚。

吃完饭才七点，天色没有彻底暗下来，师甜说："我们回去吧。"

贝瑶犹豫地看了眼裴川，他跷腿坐在椅子上，卫琬不知道对着他说了句什么，他微微弯了弯唇。那笑容不羁微痞，看上去陌生极了。

贝瑶转头跟着师甜走了。

饭局散了以后，一中、三中、六中的人，包括卫琬，陆陆续续都走了。

郑航说："我去打电话让人来接，川哥今晚肯定开不了车。"

裴川还在喝，金子阳说："川哥，别啊，别喝了。你今晚喝了好多……"

裴川知道自己不太舒服，包间只剩下金子阳的时候，裴川低声说："我想她。"

"啊？想谁？"

那些压抑的、被迫遗忘的过往一一浮现出来。

裴川趴在桌子上，看夏夜的凉风吹动二楼的窗帘，他嗓音沙哑："我还是想她。"

"想谁啊？"金子阳一脸蒙，嗅到了八卦的气息，川哥明明迷糊了，偏偏那个名字却像是禁忌一样不肯说出来。

郑航说："车到了，叫上川哥走吧。"

裴川闭了闭眼，让自己清醒些："你们走吧，我今晚住这里。"

在她离开的时候，他所有力气都没了。

金子阳说："哥，求你了，走走走。别喝了。"

裴川挥开他的手，眉眼在夜里流露出一丝平时不会露出的冷："我说了，滚开。"

金子阳也没多想，以为喝醉了的人格外暴躁。他挠挠头："算了算了，那你自己待一会儿，我跟服务员说八点过来安顿你。"

金子阳和郑航走了，留下了最后一盏灯。

透过二楼的窗户，裴川看见外面逐次点亮的灯火，他半眯着眼，意识已经模糊了。

身后脚步声轻轻，在他身边停下来。少女丁香似的香气萦绕在他身边，她在他身边坐下来，微凉的小手轻轻挨了挨他的额头。

他痴痴看着她，忘了躲开。

"贝瑶。"

"嗯。"少女轻轻答，带着一丝恨铁不成钢的温柔，"裴川哪，你是喝了多少呀？难受吗？"

他低声应："难受。"

她端了一杯茶，递到他唇边，温软的语气像在哄不懂事的孩子："喏，张口喝。"

裴川看着她，张嘴喝。

她抽了一张纸巾，轻轻放在他唇角，等他喝完了，她才把纸巾拿开。

贝瑶说："你长大了裴川，我真高兴，你爱笑了。"

裴川眼里涌上无限的苦涩。

少女撑着下巴，杏儿眼清亮，里面并没有对他的轻视，她笑着说："你也有好多好多朋友了，你别担心，我只是担心你，过来看看，以后不会烦你的。"

"贝瑶。"他闭眼。

"嗯？"

他想问：在你心里，我和方敏君他们，没有任何区别对吗？都是你舍不得的童年玩伴而已。

然而话到了口中，他又一个字也问不出来，他明知这个答案的。

贝瑶见他喊了自己一声以后又不再说话，她轻声道："裴川，小区的孩子都很想你，陈虎上周还问我，有没有遇见你。"

裴川睁开眼，轻轻嗯了一声。

他脸上浮夸的笑没了，眼底干干净净，只有一个她的模样。

"我告诉他，"少女温柔道，"裴川呀，他长高了，变开朗了，打球非常厉害呢。"

他的心一瞬间被那双透亮的杏儿眼击垮，又不受控制地生出层层叠叠的奢望。

就像看着天边皎洁明亮的月亮，明明知道它永远不会被摘下被一个人占有，却还是忍不住妄想。

她纤细白皙的手就在他唇边，刚刚为他擦过茶水的地方。

裴川像是陷入了自己都无法控制的梦魇，他微微偏头，薄唇在她手指上碰了碰。

贝瑶愣住，纤细的手指被灼热一烫，她下意识抽回手。

裴川一颗迷醉的心，瞬间醒七分。

他这才反应过来自己控制不住做了什么，脸色一刹那白了。

/ 27 / 卑劣

贝瑶迟疑地偏偏头："裴川？"

裴川心沉了沉，在这一瞬间，他脑海里下意识就想出了最好的解决办法，他口中可以喊出其他人的名字。毕竟这样的动作，对于玩伴来说太出格了。

贝瑶从来不知道他曾经产生过的龌龊心思，今天只要他随意喊个名字，她就能明白了。

可是嘴唇张了张，他竟然谁也喊不出来。

他半眯着眼蒙眬地看贝瑶一眼，最后倒在桌子上。

贝瑶下意识擦了擦被他唇碰过的地方，她纠结地看他一眼。是她的错觉吗？

可是长大以后的裴川明明一点都不亲近她了，而且一整晚裴川都没有看自己，反倒会和另一个女生笑着说话。

那个女生叫什么来着……卫琬。对，卫琬。

贝瑶这么多年都没能教会他笑一笑，他在她面前永远是“裴不高兴”，可是他在其他人面前笑了。他应该挺喜欢那个叫卫琬的姑娘，贝瑶想，裴川情窦初开这年，第一个有好感的，原来是那个叫卫琬的女孩子呀。

他一定把自己认成卫琬了。

“让你失望了。”她笑着轻轻对他说，“我是贝瑶。”

少年桌子上的手指轻轻颤了颤。

夏风透过窗帘吹进来，贝瑶见裴川已经沉沉睡了过去。她轻手轻脚去大堂找服务员。

服务员认得她，笑着问：“您朋友还好吗？”

贝瑶点点头：“谢谢您的茶。”

“不客气，应该的。”

贝瑶刚才就没走，而是去大堂拿茶了，可惜“倾世”客人多，茶一时半会儿做不出来，还是这名服务员帮忙才做出来的。

贝瑶说：“我知道这样问有些冒昧，可是能借我一条空调被吗？”

贝瑶拿来空调被盖在裴川身上后，又轻手轻脚离开了。

她不知道他如今住在哪里，以她的一己之力，也不知道该把裴川带到哪里去，贝瑶知道“倾世”能给他很好的照顾。她能为他做的，只有这么多了。

贝瑶下去的时候，师甜坐在一楼大堂悠闲地等她。

“谢谢学姐等我。”

师甜摆摆手：“不客气，把你们平安带回去是我的义务，回去吧，天色都黑了。”

晚上八点整。

服务人员敲门，裴川说："进来。"

服务员一看，房间留了一盏温暖的灯，裴川手里拿着那条空调被，眸光往窗外看。

"您是否要在'倾世'休息？"

"不了，现在走。"裴川顿了顿，"这个记我账上。"

他拿着那条薄被走了。

夏季的城市有些凉，裴川打了个车回自己如今的公寓。他拿钥匙开门，室内一片黑暗，没有一点人气。裴川已经习惯了，他开灯，然后去浴室洗澡。

水从他头顶流下来，他想起了她身上的味道。

十六七岁的少年，正是血气方刚的年纪。

他可以控制自己的行为，却控制不了自己的反应。裴川死死抿唇，心里不愿意想起她。

他知道自己恶心，想想都是一种玷污。

他把水温调低了些，放空头脑想想其他的事。

裴川捂着被子睡了一夜。

第二天清晨，他揉了揉微痛的额头，沉默地把弄脏的裤子扔进了洗衣机。

裴川靠在洗衣机旁，酒彻底醒了以后，他看着客厅里的空调被，眉眼带上几分对自己的厌恶。

他记得自己昨晚做了什么，一定吓到她了吧。

可是明明知道这样妄想令人恶心，他却控制不了自己的生理反应。

七月天气闷热，快要期末考试了。裴川懒洋洋走进教室，他眉眼带着几分难掩的困倦，手插在裤兜里。已经上午九点多了，他迟到得实在过分。

彼时英语老师正在上课，厌恶地看了他一眼。

金子阳倒是很高兴："川哥快来，一起打游戏。"

裴川随意应了一声，在他身边坐下。

前排的郑航小声嘀咕道："川哥昨晚又熬夜写代码了啊？"

他同桌季伟推了推眼镜，小声回道："嗯，多半是。"

裴川和金子阳随意来了两局就下课了，恰好英语课代表过来收随堂作业。

英语课代表是个娇小的女生，脸上长了几颗雀斑，她一路收到裴川他们这里："你们的随堂作业给我。"

金子阳笑嘻嘻地说："熊静如，什么作业来着？"

英语课代表熊静如说："刚刚上课老师布置的，让下课交。如果你们不交的话，我按例记名字了。"

金子阳捂着心口："哎哟哎哟，我好怕怎么办？"

郑航笑骂了句脏话。

他拍拍同桌季伟的肩膀："季伟季伟，上。"

季伟一板一眼摸出自己的课堂作业交给熊静如，又依次交了另外三份给熊静如。熊静如刚要收，季伟说："等一下，没写名字。"

他拿回来，挨个儿写上"裴川、金子阳、郑航、季伟"。

熊静如："……"

金子阳的手从后面搭上季伟的肩膀说："伟哥好样的。"

季伟拍掉他的手，严肃道："都说了好多次别这么称呼。"

"我说伟哥，你这么努力成绩还是只比我好一点，你家那么有钱，咱就不听了放开了玩呗！你又没那个天赋。"

季伟才不理金子阳，他就是热爱学习，又连忙复习物理去了。

三中很现实，按成绩选座位，于是热爱学习的季伟和他们坐在了一起。裴川昨晚写完复杂的程序头有些晕，他也不避讳，从课桌里摸出手机来玩。

前排的女生刘艳说："他胆子好大，校长最近还巡视呢。"

另一个女生说："人家又不怕通报批评。"她突然小声道，"我听说，当时裴川是保送进来的三中。"

刘艳惊讶道："假的吧？"

"那谁知道，听说而已。"

卫琬听到这些话神色微动，她转头去看裴川。

风扇下，少年和金子阳一起用手机打游戏。他垂眸跷着腿，姿态不羁。她家只是小康家庭，卫琬知道这些少年不怕手机被收，当天收了当天再买一部就成。

而且郑航母亲是副校长，这群人哪怕记过再多也不会被学校开除。

卫琬喜欢裴川很久了，他是几个少年里最冷淡的，可是高冷有时候才最吸引人。

卫琬也知道几个少年中金子阳虽然嘴花花，但是真正对自己有意思的是郑航。

卫琬点了点悄悄带来的手机，她走过去先对郑航说："听说暑假有个很好玩的夏令营活动，你们要一起参加吗？"

她点出来活动报名界面。

郑航悄悄看了她一眼："我没问题啊，你们呢？"

金子阳说："我瞅瞅。"

屏幕上写着"八月盛夏，邀你参与青春探险夏令营"。

下面配图有湖泊、钓鱼、仿原始森林。

可以说相当刺激且符合男孩子品味了。

金子阳说："这个不错哟，反正无聊。"他把手机给裴川，裴川眉眼掩盖了一丝不耐烦，他刚想说不去，结果看到了卫琬手机上偶然的推送。

裴川瞳孔微缩，愣了两秒。

他说："我考虑考虑。"

裴川没拒绝，卫琬已经觉得是意外之喜了，她笑着应了，拿回自己的手机离开。

等她走了，裴川犹豫了下，按照记忆里看到的新闻搜索。

“残疾男子新婚。”

一则头条新闻跳出来。

里面是一条视频。

裴川关了声音点开它。

三十岁的张先生在亲吻新娘。

他的新娘是个温婉的女人。在到场的亲人欢呼祝福之下，张先生面带甜蜜吻住了妻子的唇。

新娘伸手拥住新郎的腰，新郎却没法抱住爱人——他没有双手。

裴川握着手机的手紧了紧。

“川哥看什么呢？”金子阳凑过来，“咦，别人结婚有什么好看的？……欸，这男的没有手啊？”

西装之下空空荡荡。

金子阳的大嗓门让郑航也回过头：“我看看……挺有意思的。”

裴川关了手机，一整个上午都有些失神。

过了很久，快要放学的时候，他突然低声问金子阳：“那个女人为什么会嫁给他？他没有双手。”

甚至连拥抱她都做不到。

金子阳没想太多：“因为爱呗，你看那则新闻里说男的没钱，连结婚都是借的钱，女人总不可能图他别的吧。”

裴川嗤笑：“会有人什么都不图就嫁给这么一个人吗？”

金子阳还没说话，前排写四个人作业的季伟回过头：“‘问世间情为何物，直教人生死相许’，爱情天梯听过没？一位老人用双手在悬崖上造了五十年天梯，就为了和比他大十多岁的女人在一起。世上好姑娘总是有的，她会包容残缺和不足。”

金子阳说：“你说话就说话，念诗好恶心。”

“……”

几个少年都起了一身鸡皮疙瘩，裴川却沉默不语。

十来岁这年，鲜少有人相信爱情。

荷尔蒙躁动的年纪，却又人人期待爱情。

那天以后，那则新闻像是挥散不去的念想，老是在裴川脑海里浮现。

隐隐有盖过他认知之初决定彻底远离贝瑶的想法。

他对于情爱的最初认识，来源于初中那年看的一部电视剧。男人女人脱了衣服滚在一起。

裴川那时候第一次知道，原来两个人一起生活，远远不是生活在一起这么简单。

正常的夫妻生活是需要坦诚相待的。

而他的残肢，连母亲都会害怕到做噩梦的残肢，注定了他这辈子都不会再把残缺暴露给任何人看。

他会让她觉得恶心。

恶心到会离开，就像他曾经渴望的亲情那样，一个接一个，最后什么都不剩。

可是在他彻底陷入泥泞这一年——二〇〇五年，他看到了这样一条新闻。

原来像他这样的人，是有幸运的机会得到幸福的。

哪怕只有万分之一的可能。

裴川骤然想起了学前班那时候，他放弃了要同桌，贝瑶最后和方敏君坐在了一起。

而到了一年级，他卑劣地用了手段，让贝瑶和自己坐在一起六年。

深夜，裴川睡不着，失眠了。有些东西，不争取，一辈子都不会再拥有。

而有些东西，不择手段，欺骗、引诱，种种不堪，却能让使手段的人得到他们想要的。

他眼前摆了一个巨大的诱惑。

她这年还什么都不懂，是个温柔善良的小傻瓜，尚且没有爱上任何一个人，是念在她多年的关爱放过她，还是顺从渴望，耍手段、用心计将她折下枝头？

夏季最热的时候，陈虎端了一盘冰冻西瓜送去贝瑶家。

胖乎乎的少年不过爬了三楼，就累得像头牛犊子直喘气。他敲开门，门那边露出贝瑶一张精致的小脸。贝瑶才午睡过，刚起来准备写作业。

陈虎本来就红润的脸更红了，他粗声粗气道："我爸厂里发的冰冻西瓜，让我给你们尝尝。"

"谢谢你呀陈虎。"贝瑶接过来，"你进来坐坐，我上午做了冰粉，你要尝尝吗？"

陈虎一听有冰粉吃，当即不客气地进来坐在沙发上。

贝瑶去拿冰粉的时候，陈虎突然出声："贝瑶，你想裴川吗？"

贝瑶说："想呀。"

陈虎低落道："我也想敏敏。小时候你和裴川关系那么好，长大了他为什么连你都不联系了？哼，我就知道他是个忘恩负义的狼崽子。"

贝瑶笑了，把冰粉端给他："嗯，你说得对。"

长大的裴川陌生极了，眼底却依然那么凶悍冷漠，可不就是狼崽子嘛。

陈虎反倒不自在了："我不是故意说他坏话的。"

一年年长大，旧小区的孩子们要么像方敏君那样搬走，要么因为父母工作调动远离了 C 市，长大后各奔东西，陈虎心中怅然。

贝瑶给他把风扇打开吹吹。

小区的所有孩子都不坏，她明白的。陈虎小时候不懂事，可是长大了就不再说伤人的话了，少年因为体形问题，受了不少嘲笑，他更明白有缺陷的感受。

贝瑶家这一年还没有冰箱，她家的冰粉是兑好以后放在冷水中，过不久拿出来就可以很美味了。

贝瑶把冰西瓜放进自己的盘子，又把陈虎家的盘子还给他。陈虎美滋滋地吃完了一碗，又吭哧吭哧下楼了。

他在楼下遇见了一个意想不到的人。

裴川的那个继妹白玉彤，白玉彤拎着一瓶酒，看了陈虎空盘子里的西瓜子：“给贝瑶送西瓜去了吗？”

陈虎粗声粗气应：“嗯。”

白玉彤掩盖了眸中的光，玩笑道：“你对她可真好，什么时候也分我一块西瓜尝尝啊？”

陈虎皱了皱眉，他说：“那你等着，我上去拿。”

西瓜可不只是给贝瑶的，小时候的玩伴他每个人都送了。虽说如今的贝瑶出落得极其动人，但陈虎没有偏心，只不过他和其他少年一样，对新来的曹莉阿姨和这么个瘦瘦的白玉彤没有什么好感，送东西自然想不到她。

他说完，也不等白玉彤反应，跑回自己家了。

白玉彤抱着一瓶酒，心里生出止不住的委屈。她看了眼贝瑶的房间，一簇明媚的蔷薇攀岩绽放，夏季的爬山虎郁郁葱葱，植物也偏爱美人，想在贝瑶的窗前露出小脑袋。

“一个穷鬼而已。”

小区的人都知道，贝瑶家条件不好。贝瑶那个舅舅闯祸欠了很多钱，赵芝兰一大半的家底全去填这个无底洞了。

小区条件最好的是裴家。

她的继父今年升了刑警队队长，裴浩斌虽然在感情上拎不清，但是工作上很靠谱。职场一路高升，如今谁见了都得喊一声“裴队”。

而且裴浩斌在市中心也买了套房子，就等着一家人得空的时候搬过去。

裴浩斌对小区有感情，白玉彤却没有任何感情。

她听说裴叔叔买的新房子又大又漂亮，小区里还有花园和泳池。她要是能早点去那里住就好了。

而且……

白玉彤弯了弯唇，裴叔叔本来有个儿子的，第一继承人啊。可惜那个继兄没有小腿，念高中以后从不回家。如今裴叔叔对她们母女特别好，那个继兄最好就别回来了。

裴家有钱，她以前只能穿又丑又土的裙子，如今她的裙子都是漂亮又精致的款式。

比起至今只能穿表姐旧裙子的贝瑶，白玉彤不知道舒服多少。

烈日炎炎，白玉彤额上直冒汗，她心里窝火，自己本来就不白了，哪能这样晒？她躲到绿荫处，心里不想等那块西瓜，可是凭什么那个叫贝瑶的女孩儿有自己就没有？一这样想白玉彤就非要等到不可。

结果陈虎还没回来，小区门口却走进来一个挺拔的少年。

白玉彤目光凝住。

八月，天空是一望无际的蓝，没有一片云，阳光悉数洒在他身上。少年面无表情，插着手步调从容。

他穿着简单的白衬衫和黑裤子，在这么热的八月，却像是走在冷落寂静的秋天。

他身上的气质分外冷漠，年轻英挺的脸显得格外坚毅俊朗。

白玉彤第一次在小区看见这么帅的男孩子，目光怔怔落在他身上。

少年先看了眼小区门口枝条光裸的梅花树，目光又慢慢移到对面三楼的窗前。

那里蔷薇娇俏，像是缠缠绵绵的女儿香。

翠绿的爬山虎奓着胆子探上她的窗，也多了几分羞涩的模样。

他收回目光，往自己家走。

白玉彤呆住，她明明穿着最好看的那条裙子，可是这个少年一眼也没看自己，仿佛她并不存在。她憋红了脸，心中初见他的惊艳和被少年忽视的羞耻感觉交织在一起。

然而她并不认识他，连叫住他的理由都没有，眼睁睁看着他去了自己家那边的楼层。

陈虎这才切好西瓜下来：“给。”

他当真只是给了一块，等了十来分钟的白玉彤心里吐血，她心中暗骂，面上却不得不带着笑容说谢谢，然后拿着西瓜走了。

陈虎也懒得搭理她，去李达家送冰西瓜了。

白玉彤推开门，就看见了坐在沙发上的少年，她愣了愣，又看向客厅里略显局促的母亲。

曹莉尴尬又无措：“你再等等啊，你爸才去上班呢。”

那少年神色冷淡：“嗯。”

他跷腿坐着，听见白玉彤回来了也没回头，然后径自站起来往自己房间走。

曹莉上前几步：“欸欸你……”到底不好意思说出口。

白玉彤下意识接话：“那是我的房间！”

少年终于有了反应，回头，薄唇微弯：“你的？”

白玉彤心里莫名有点发怵，但她还是道：“现在是我的，你进去不太好吧？”

裴川想骂人。

然而他念及自己回来的目的，只是冷冷道：“你搬出去，立刻。”

白玉彤哪怕再蠢，也明白眼前这个就是那个素未谋面的继兄。她震惊地看了眼他的腿，丝毫不掩饰直白的眼神。曹莉到底阅历多，情商高些，低声斥道：“彤彤！”

白玉彤反应过来，把酒放在桌子上，不再看裴川了。

曹莉说：“不好意思啊裴、裴川，阿姨和你爸爸都以为你不会回来住了，那个房间采光好，所以……”

谁都懂她的意思。

小区的户型是三室一厅。

一间主卧是裴浩斌的，一间以前是裴川的，还有间采光不好的，做了杂物间。

白玉彤没有住在杂物间，反而住进了裴川原来采光好的卧室。

曹莉见少年面无表情的脸，尴尬地道："对不起是我们考虑不周，现在让彤彤搬也不现实，晚上搬好不好？"那时候裴浩斌回来了，面对自己的亲儿子总不至于这么尴尬。

裴川轻嗤一声："好啊。"

他没有去开那扇门，打开门出了房子。

房间他是一定要要回来的。

那个地方对着她的房间，是离她最近的地方。

他竟然……放弃了那个地方一年。一年不见蔷薇花开，不见爬山虎葱茏。

见裴川走出去了，白玉彤立刻委屈道："妈妈，我不想住杂物间。"

曹莉瞪她一眼："闭嘴，知道什么话该说什么话不该说吗？他毕竟是你裴叔叔的亲儿子。"

"可是这一年来尽孝的是我！"

"得好处的也是你！"曹莉厉声道，"还想将来在裴家过更好的日子就听我的！"

白玉彤吓到了，讷讷不言。比起一个无足轻重的房间，她更眷恋衣食无忧的生活。她实在是穷怕了。

曹莉却比她想得更多，房间换不换得成还是一个问题呢。裴浩斌可不一定把房间给他儿子，毕竟一年来天知道这个消失不见的崽子去做了什么。

裴川也对家里说他去念六中，结果裴浩斌去六中找人却找不到。

第二天收到一条短信：走了，勿念。

这一去就是一年。

裴浩斌顺着儿子留下的线索到处找人，结果找到了去Q市的机票。裴浩斌这才不得不放弃。

人海茫茫，去哪里找一个行踪不定的人？这一年裴浩斌虽然一开始夜不能寐地担心，但是久了心里总会生出对裴川的埋怨。说不要家人就不要，这样的冷血薄情的人，哪能指望他孝顺？

白玉彤缓过来：“妈，你说他是从哪里冒出来的？怎么突然就回来了？”

“我哪里知道？”

“妈，你说他一个残……”白玉彤在母亲的目光下闭了嘴，不再说那个词，继续问道，“他又没拿钱走，生活费都没有吧？这一年是怎么活下来的？”

曹莉也皱了皱眉：“打工什么的吧。”

白玉彤心中难免升起一丝不屑。怪不得裴川回来穿着普通的白衬衫，原来是穷，过不下去，不得不回来了。

白玉彤打过工，她知道童工有多辛苦。至今她这一双手又干又粗糙，就是因为洗盘子端盘子。想到裴川一年多来过着最底层的生活，白玉彤觉得初见时的惊艳全都消失了。

她怎么会被这样一个人惊艳？

估计这个早早“辍学”的继兄，这辈子也只有依靠继父了。

家里又多了一个吃饭的人，说不定这个人以后还得靠她帮扶，白玉彤想起这个就一阵不舒服。

裴川靠在郁郁葱葱的爬山虎旁。

自私不堪的自己，最后还是选择了这条卑劣的路。

他要抢、要夺那万分之一的可能性。

裴川打了个电话，那头儿低声说：“办妥了。”

裴川嗯了声。

他用指腹划过手机，有些出神。小时候课本上教“农夫与蛇”的故事，农夫救了蛇，蛇却恩将仇报，想要吞了农夫。

如今他就是那条吐着芯子露出獠牙的毒蛇。

要去做世上最坏最坏的事。

贝瑶，如果有一天，一切的相遇、相伴、别离，都是他处心积虑的歹毒，即便无法爱上他，也请不要恨他好不好？

他闭眼靠在她楼下。

八月阳光炽热，这面墙面对着光，爬山虎才能长得这样好。因为爬山虎葱茏时景色美丽壮观，小区的居民也就没有想过把它铲除。

裴川的汗水顺着黑发流下来，一路打湿廉价的衬衫，他却毫不在意。

等到晚上，好戏就要上场了。

他一年没见裴浩斌，也不知道是不是他这个人天生就冷血，一年时间竟然消磨了他对这名父亲的期待。

比起这个，他更担心贝瑶的反应。

赵芝兰回家很高兴，她在饭桌上咳了咳，郑重道："这么多年，我们抠门的服装公司终于发福利了！"

二〇〇三年以后，他们的服装厂变更成了公司，赵芝兰也成了设计部小主管。

贝瑶吃了一口茄子，好奇地看着兴奋的母亲。

赵芝兰从兜里拿出一张邀请券，得意道："没想到服装厂能有这么大方的一天啊，肯定是看我们去年为公司赚了不少钱。"

贝瑶接过来定睛一看，竟然是"青春夏令营"免费体验券。

上面的风景画很漂亮，待遇、出行、住宿，什么都很好的样子。

赵芝兰说："公司里很少有人有这个待遇呢，赵秀眼馋极了，但是我去年业绩比她好，她也没话说。我听说自己报名一个七天夏令营要两千多块呢！这比旅游还贵了，我们瑶瑶从来都没参加过这些，这次终于有机会了。"

贝瑶说："我能不去吗？"

"为什么不去！"

贝瑶杏儿眼清亮："既然妈妈的奖励这么值钱，我们把这个卖了吧？好歹能卖一千多。"

Chapter 5

我守了他好多年

/ 29 / 夏令营

晚上洗漱完上床睡觉的时候，赵芝兰推推老公："喂喂，别睡，你说这张券怎么处理？"

贝立材翻了个身，含糊道："瑶瑶不是说卖了吗？"

"她说卖了就卖了啊？上次公司有个同事说她女儿参加那个暑假的夏令营特别好玩，回来还拍了照。我们瑶瑶从小到大都没主动要求过什么，我不想卖。"

"那就不卖呗。"

赵芝兰肉疼啊，一千多块钱呢，但是一想到漂亮懂事的闺女："不管了，这个必须给我家瑶瑶。你不许和她说，后天让她直接去。不然她肯定不肯的。"

赵芝兰盖好被子，肯定道："这是我家瑶瑶的，说不卖就不卖！"

贝立材失笑。

与此同时，裴浩斌也下班回家了。

他推开门，笑着说："我回来……"然后笑容僵在了脸上。

曹莉冷了一杯凉白开，见状迎上来："累了一天了吧，快坐。"

裴浩斌怔怔看着客厅里的少年。

少年长高了很多，明明走的时候还和他一样高，现在已经比他高出半个多头了。

"小川？"

少年抬起漆黑的眸，淡淡道："爸。"

这个孩子样貌无疑是优秀的，他结合了裴浩斌和蒋文娟所有的优点，从出生开始就分外优秀。他失踪的时候裴浩斌找过，甚至至今还没放弃寻找。

可是裴川今晚却突然回来了。

“你……这一年去了哪里？”

裴川不答，只是面无表情看着他。在这样尴尬的氛围中，白玉彤出声：“裴叔叔，先吃饭吧，我今天去给你买了你最喜欢的酒。”

裴浩斌勉强笑了笑：“好。”

吃完了饭，沉重的氛围却没有缓解半分。白玉彤在厨房洗着碗，愤愤不平。明明以前都好好的，她要是说大夏天自己跑腿去买了酒，裴浩斌一定会笑着夸她懂事辛苦了，还会奖励零花钱。可是今天裴川回来裴叔叔就忘了，只是心不在焉笑了笑。

如今只要有裴川的地方，就没有一点欢声笑语。

以往一家人晚上一起看电视的时候是很快乐的。

而现在，裴川往那里一坐，裴浩斌沉默着不吭声，不知道在想什么。曹莉没有工作，本来就是全职太太，自然更不好说话。

裴浩斌像是嗓子卡了一根鱼刺，面对冷漠的儿子既发泄不出对他不声不响失踪一年的愤怒，又说不出来任何担心的话。裴川像一块捂不热的冰。

好半晌，裴浩斌才说：“回来了就好好住下，以后别再一声不吭离开家了。”

“住下？”裴川淡淡问，“住哪里？”

此言一出，裴浩斌才意识到儿子的房间被白玉彤占领了。裴川平静的语气明明不带一点讥讽，却让他的脸臊红了——裴川才走了一年而已，属于他的地盘都没有了。

曹莉善解人意道：“今晚我们就拾掇拾掇，把彤彤那个房间还给裴川。”

洗完碗的白玉彤紧张极了，看着裴浩斌。

裴浩斌看了眼紧张不安的白玉彤，又看着侧脸坚毅的裴川："小川，你看……"

他本想说，以小时候儿子懂事不争不抢的性格，既然家里多了个"妹妹"，还已经住进来了，只是一个房间嘛，让给白玉彤住也未尝不可。更何况要搬家了，这个小区顶多也就住一年，到时候新家给裴川布置好点就是了。

可是裴浩斌却说不出让儿子让出来的话，毕竟他不知道这个身体残缺的少年在外面吃了多少苦。当年自己怕打击他，悄悄领证，本来就不对了，心有愧疚，只能看看裴川如何决定。

白玉彤手指握紧，也看向裴川。

"搬。"他说。

白玉彤蓦然咬紧唇瓣。

接下来就是让白玉彤无比难堪的时段。那个冷漠的少年，坐在客厅的沙发上，冷眼看着他们三个忙过去忙过来，一直折腾到大半夜。

最后白玉彤搬进杂物间改出来的卧室时，牙都咬碎了。

以后她要是发达了，别指望她会帮扶一个心这么硬的残疾继兄！

裴川走回自己原本的房间，他拉开窗帘，看着对面。彼时已经凌晨两点，她房间的灯灭了。

三百多个夜晚，他第一次离小姑娘这样近。

赵芝兰说："反正票现在也来不及出手了，瑶瑶收拾好东西就过去吧！"

贝瑶在第三天得到这样的消息时哭笑不得，她知道赵芝兰的心思，因此也不好坚持拒绝了，按照网上搜到的指南收拾好了自己的行李。

换洗衣服、睡衣、外套、零钱、雨伞、毛巾、牙刷、牙膏……

林林总总一大包。

赵芝兰骑着自己的电动车把贝瑶送去大巴处集合："每天都要给妈妈打电话知道吗？"

"知道。"

"注意安全。"

"知道。"

"别和男生讲多了话！"

贝瑶笑了："好。"

赵芝兰纵然再不放心，把女儿交给夏令营的带队老师以后也不得不去上班了。

八月的清晨，带队老师好奇地看了眼来得最早的女孩子，被她尚且带着几分稚嫩的姣美容貌惊艳，主动安抚道："别担心，这次夏令营虽然是生存探险夏令营，但是不会很难的。"

"生存探险夏令营？"

贝瑶轻轻跟着念了一遍，她怎么记得，那张票上是"青春夏令营"，就是带着大家去看看风景吃东西做游戏之类的，怎么会变成"生存探险夏令营"呢？

贝瑶没有参加过这个，但是地点、时间又完全吻合。她不由得想，难不成现在的夏令营都会教生存能力了吗？

"你先去车上等吧，其余同学还要段时间才会过来。"

到了九点钟，贝瑶看到了两个见过的人。

郑航和金子阳边说边笑过来了。

贝瑶怔住。

那两个男孩子上车，一眼就看见了坐在大巴第三排的贝瑶。

两个少年第二次见她，眼里还是闪过一丝惊艳。金子阳说："你是那个六中校花贝瑶？"

贝瑶点点头："你好。"她也想不到会在这里遇见他们。

金子阳见她乖巧温柔的模样，脸一下红了："你好，我叫金子阳，上次我们见过的。"

"嗯，我记得你。"

我记得你！记得你……记得……

金子阳从来没觉得脸这么烫过，偏偏人家姑娘礼貌而腼腆，一看就是很少出门。他说："我可不可以坐……"

太阳出来后，第一缕阳光照进车里，黑色T恤少年走上车，他步子缓慢沉稳，在贝瑶身边坐下。

金子阳："……"

他垂头丧气去了后排。

"裴川。"贝瑶意外极了，她抱紧自己的大包，好让他坐的地方宽一点，"你怎么在这里？"

裴川接过她怀里的包："金子阳帮我报的名。"

"哦，这样呀。"贝瑶说，"我包很沉，还是我来吧。你实在不想去的话，我可以帮你把票卖了哟。"那个包很重，她没法把它举上去放进大巴上的行李存放处。

"……"裴川捏了捏那个随着书包转移的小熊猫玩偶，沉默了一下，"不用了，来都来了。"

他站起来，单手把贝瑶的包放了上去，低眸就对上一张阳光下笑着的充满信任的小脸。

裴川手指颤了颤，然而他还是面无异色坐了下来。

夏令营的人陆陆续续来齐了。

但是人数不多，六个男生，四个女生，十个人。

原本夏令营人数不可能这么少，可是这次票，并不是贝瑶设想的那样两千块一张，而是八千。

在二〇〇七年夏天，八千块钱的夏令营，能参加得起的非富即贵。

卫琬是最后一个上来的，她打扮了好一番，防晒抹了好几层。她很重视这次夏令营，毕竟以她的家境来不了，是郑航请的客。

卫琬一上车下意识去看裴川坐在哪里，结果目光定在了第三排。

是那个很漂亮的啦啦队少女，贝瑶！

裴川低眸，在看手机上的内容，贝瑶不知道说了什么，他不咸不淡嗯了一声。似乎对身边的少女并不熟悉，也不感兴趣。

卫琬焦虑的心放松了些，暗恨自己来晚了。不过没关系，七天七夜，她总是有机会的。

车子开了一个白天，午饭都是在大巴上吃的。

金子阳说："要不是有空调，老子砸了这破车，到底多远啊？"

老师知道这群有钱人脾气糟糕，往年也应付过，笑着安抚道："快到了，毕竟是生存探险，在市里施展不开。小陈去给大家买冰水了，一会儿还有丰富的晚餐。"

抱怨声总算压了下去。

她睡着了。

裴川偏头。

毫无防备，在一车人吵吵嚷嚷、车子摇摇晃晃的情况下，贝瑶靠着车窗，长睫安静垂下来，像个不谙世事的天使姑娘。

不吵也不闹，更不抱怨这个莫名其妙的行程安排。

他收了手机，一手抵着额头，一手撑在前排靠座上。漆黑的眸看她。

从后排看，他也是倦极了打瞌睡的模样。

坐在后面的卫琬放心了，甚至还有些得意。长得再好看又怎么样？裴川不是始终冷冷淡淡的吗？现在干脆厌倦得睡觉。

那个贝瑶该不是特地花了八千块来攀高枝儿吧？

傍晚，车在一个酒庄停下了。

酒庄里面竟然是自助晚餐，少男少女们高兴坏了，在车里摇晃了一路，现在总算可以放肆玩，大家都吃得很高兴。

带队老师拿了话筒："同学们，明天七天六夜的夏令营活动正式开始。你们都清楚自己选择的是什么类型的夏令营，所以为了大家的安全和趣味着想，请大家认真听老师接下来的发言。"

十个少男少女看过去。

"第一，今晚并没有为大家准备住宿房间。"

“不是吧？”

“请安静，我们待会儿会给每个人发放帐篷，不远处有松软的土地，大家可以自己动手搭好帐篷。因为未来的七天，你们将在丛林里生活，丛林里各个资源点都安放有我们的帐篷，只要大家找到它，就可以好好休息一晚。”

“那没找到呢？喂蚊子吗？”

有人哄笑。

“不会的，帐篷数远远大于人数。”老师严肃地说，“第二，食物供给同样以这样的方式获得，自己寻找。第三，每个人会戴有一个GPS定位手环，老师们会随时监测队员们的身体健康情况。手环上有两个按键，一个是绿色按键，我们称为‘报平安按键’，每天中午十二点和晚上八点按一下，让老师们确定你状态良好。

“另一个是红色按键，称为‘弃权按键’，按下这个，老师会立马找到你，把你安全带出去。撑不住的同学一定不要强撑，及时按下它。有缘相遇的同学们可以组队，但是队伍人数顶多为两人。

“第四，丛林里进行过清理，没有大型野兽，也喷洒过杀虫剂，不会有致命毒物。但是会有其他危害不大的小动物，同学们自行探索。

“最后，每个同学都拥有一份地图，虽然在丛林里地图作用不大，但是根据它你可以找到宝藏。祝同学们‘生存探险夏令营’愉快！”

郑航笑着说：“这也太厉害了吧，这钱花得不冤，刺激。”

金子阳：“我也觉得，这个好有意思！听起来就爽，但是我说，”他转过头，看着至今还在看书、沉迷于自己世界里的季伟，“伟哥，不行就早点出来啊！”

季伟茫然：“……”不是“学习交流夏令营”吗？他早点出来什么？

“哈哈哈哈哈！哎哟，伟哥至今还以为是来与学霸交流经验的！快来个人，这里有个超好骗的，骗他！”

贝瑶有些不安，她也没想过会是这样的夏令营，但她心态好，没有想过找到大宝藏，到时候按下红色按键就可以了。

不一会儿，帐篷分发到每个人手里。

全部都是黑色的，丑是丑，质量很好，还防水。

众人面面相觑，茫然地想，这玩意儿怎么搭啊？有人去请教老师了，但是老师只肯讲方法，不能帮忙。

裴川拿过自己那顶帐篷，率先找了个视野开阔的平地开始搭。

少年手指修长灵活，一言不发，夏天黄昏的热度还没散去，大家都在悄悄观察他。

贝瑶抱着自己重重的帐篷，在他旁边跟着学。

裴川偶尔抬眸，她学得很认真，可是因为力气不够，还停留在第三步。

夏天的田野自由开阔，风吹动少女的额发，她努力极了，小手敲敲打打，努力想要扶起她自己的支架。

他低眸，很快搭完了。

帐篷牢固又漂亮。

然后他单手扶住贝瑶的半成品，她茫然抬头看他，少年比她高一个头，他垂眸，错开她的视线，开始沉默地搭她这顶。

/ 30 / 魔鬼本心

远处，卫琬脸色青白交错地看着，她的帐篷原封未动。看着裴川利落地搭帐篷，她原本是想等他搭完以后过去求助的，没想到他直接帮贝瑶搭了。

她想想怎么也不甘心，帐篷也拿了，直接往那边走。

卫琬穿着夏季的短裙："裴川。"

裴川手上动作不停，没有抬头。少年满头的汗，夏季的余热把人热得够呛。

卫琬道："我不会搭帐篷，你能帮我吗？"

裴川固定好帐篷，冷冷道："不能。"

卫琬被直接拒绝脸上难看极了。看着站在一旁有些茫然的贝瑶，卫琬差点脱口而出，为什么能帮贝瑶却不能帮自己？

然而卫琬到底不是完全没脑子，贝瑶脸上没有暗喜和愉悦，她也在疑惑裴川为什么帮她。而且贝瑶看裴川的眼神很纯粹，不是少女对少年的那种爱慕，只是信赖和熟悉而已。

那一刻卫琬脑海里有个疯狂的想法，裴川不会是单相思吧？！

卫琬愣住，心中震惊。

她看看搭帐篷的裴川，又看看一旁懵懂的绝色少女，越想越觉得有可能，更甚者，那个叫贝瑶的少女，完全就不知道裴川的心意！

想通以后，卫琬气到炸裂，她也算是从小到大被人捧着的类型。第一次想讨好一个人，那个人爱搭不理冷淡到极致就算了，他关注另一个少女，却连多余的话都不敢说，那少女还一无所知！

她得不到的人，也许另一个少女得来轻而易举。

卫琬的脸色难看极了。

她也没再说话，回去了。郑航和金子阳合作搭完了帐篷。

金子阳说："老子真厉害啊，爱上我自己。"他振臂一呼，"妹妹们，谁需要金少帮忙啊？举个小手！"

其中一个女孩落落大方笑着举了个手："谢谢金少啦。"

"甭客气！"

卫琬本来想举手，可是看有人捷足先登，她更气。

郑航走过来，说道："我帮你吧。"

卫琬压下心中的恼怒："好啊。"

她和郑航一起搭帐篷，靠得极近，卫琬问他："郑航，裴川之前就认识那个叫贝瑶的吗？"

"是啊。"

"他们什么关系你知道吗？"

"不太清楚，以前没听川哥提起过。"

提都不会提的人吗？

卫琬眼里闪过一道光。

夏季的田野不时有阵阵虫鸣，身下并不柔软。裴川枕着手臂，帐篷开了一条缝，夜风吹动布帘，不远处传来金子阳他们打扑克牌的声音。

往常他会去，今晚他没有去。

布帘被人掀开，裴川抬眸，看见一张娇美的小脸探进来。

他对上她清亮的杏儿眼，贝瑶欢快道："你猜我带来了什么？"

他看着她夜色下美貌无双的容颜，低声道："猜不到。"

少女从背后变出一瓶花露水。

贝瑶说："这里好多蚊子，还会钻进帐篷，帐篷里面没有灯，打不到它们。还好我带了花露水，你要喷一喷吗？"

他没说好，也没说不好，漆黑的眼睛看着她："贝瑶。"

"嗯？"

"我当初，"他顿了顿，"骗了你。这么久过去，我成了现在这个模样，你怎么能依然若无其事和我相处呢？"她到底是有多不在乎他，才会完全不把他的一切储存在记忆里？

少女看着他的眼睛，似乎很不解，他听见她轻声道："可你是裴川啊。"

和我一起长大的裴川，会任性地画三八线，会在每个夏季多带一瓶水，是一同走过无数次回家的路的少年。

他的拳头蓦然握紧，明明知道她不是那个意思，心脏却不受控制地紧缩又松开。

他嗓音低沉："花露水拿来。"

"噢。"

裴川起身随便喷了几下，然后又递到她手中。花露水浓郁的香气在狭隘的帐篷里散开。

她说："裴川，明天见！"

帐篷合上，他轻轻笑了声。因为他是裴川，多可笑、可爱的理由啊，然而她从来不曾了解裴川。

第二天清晨，十个队员手机尽数上交以后，分别被随机带领到丛林中。贝瑶身边有一簇开得灿烂的夏花，她换上了长袖，往丛林里走。

树上的广播说："同学们，第一天的生存就要开始了，现在生存人数十人，出局人数零人，大家尽快找到午餐哟，不然就要饿肚子了。"

贝瑶盯着那个广播看了一会儿，原来生存人数都会播报的呀。

说实话，她觉得这种生存夏令营，是有钱人没事做来找乐子的，实在不适合她。然而来都来了，她不是喜欢轻易放弃的人，贝瑶摊开地图，开始找地图上的生存点。

她后领的小光点一闪一闪，在阳光下却极其不起眼。

贝瑶自己看不见。

丛林另一边，裴川皱着眉看自己的定位仪。

贝瑶离他很远。

他们几乎是被分到了丛林的两头，那个小光点一闪一闪，在努力找路。

裴川眼睛微眯，其实这样并不吉利。哪怕随机分配，她和他都在最远的两端。从来都没有缘分啊，但那又怎么样呢？

裴川往贝瑶的方向走。

他第一个遇到的是金子阳，金子阳丈二和尚摸不着头脑，一直乱转："这什么鬼地方，我刚刚是不是来过这里？我来过吗？没有吧。"

裴川面无表情，绕开他，自己一个人走了。

丛林里因为有高大的乔木，乔木又长得一样，很容易迷路。他并没有去找所谓的午饭供应点，他一直朝着定位仪的小圆点走。

"裴川！"卫琬眼睛一亮，从十多米的侧面跑过来，"你等等我。"

她跑得气喘吁吁，裴川的步子却没有停。

卫琬好不容易追上他："呼……我找不到路了，地图上标的资源点根本就找不到。裴川，我能和你一起组队吗？”

“不能。”他嗓音淡淡，“滚开。”

卫琬脸上的笑没了，她喃喃道：“你是不是要去找贝瑶？”

裴川步子顿了顿：“不关你的事。”

“可是她不想理你！”她带着几分快意，尖锐地道，“我也是女生，我看得出来！她对你没有一点那种意思。”

裴川猛然回头，那双黑瞳又冷又怒。

卫琬第一次见他这样生气，她心里怕了，可是又想，她说的是事实，谁让裴川屡屡羞辱自己呢？现在他也该尝尝被别人拒绝的滋味。

卫琬后退一步：“她不理你，可是我理你啊！你看看我好不好？”

见裴川眸中冷怒依然没有消失，对她的话也没动容，卫琬说：“你是不是不信？你可以直接问她，或者我去问！”

“你敢！”

有那么一瞬，卫琬从他身上感受到了极大的怒意。

他为什么会怕贝瑶知道？

卫琬脑子一转：“你答应我，我不和她说。”

这是威胁他吗？卫琬被郑航捧了一年，捧到忘了自己的身份，还真以为自己是个玩意儿了。

裴川笑了，他走近她，脸上冷怒退去，笑容带着几分狂野：“真想和我做朋友？”

“是。”

他握住她右手手腕，眉眼带着几分不羁和懒倦。

这是裴川第一次碰她，卫琬心脏狂跳，被少年不羁的气质弄得有些眼晕：“你、你同意了吗？”

“嗯？你觉得呢？”他靠近她，裴川高大，眉宇冷峻。

卫琬脸慢慢红了：“我没有威胁你的意思，我只是……”

他轻笑了声，带着嘲意：“那真是可惜了，我一见到你就恶心。你敢去找她试试！”

他说罢，蓦然扔开她的右手腕。卫琬手腕生疼，却只能眼睁睁看着裴川离去。

卫琬气急了：“好痛。”

她低头看自己红了的手腕，心里委屈死了。当她目光上移到腕表时，卫琬怔住了。

她的求助腕表熄灭了……

卫琬快疯了，腕表熄灭了意味着什么？意味着她万一没找到食物和住所，她找人救命都找不到。

她疯了一样地按那两个键，可是始终没反应。

裴川疯了吗？他怎么可以这么对她？

裴川没再遇见其他人，毕竟丛林不小，他从清晨一直走到下午，才找到在帐篷前的贝瑶。

太阳已经下山了。

她按照他的方法在搭帐篷，听见脚步声，贝瑶警惕地回头。她小嘴上还叼了一个面包。

见到裴川，她先是喜悦，然后又尴尬地拿下了自己的面包。

“裴川，真巧，竟然能遇见你。我走了好久一个人都没有遇到呢。”

“嗯，真巧。”

少年满头的汗，汗水打湿了他黑色的T恤，他目光却极为沉静。十六岁的少年，结实的胳膊露在外面，带着汗珠。

裴川T恤上一片深色，太阳已经渐渐西沉。

他走了多远的路啊！

贝瑶帐篷也不搭了，她看着沉默的少年，走到他身边：“中午找到吃的了吗？”

他看了眼贝瑶温柔明亮的眼睛，如实道：“没有。”他根本没有去找。

贝瑶知道食物很难找，她也走了很久，才在中午十二点找到吃的，然后走了许久才找到了帐篷。

她怕晚上找不到食物，于是把中午的食物分成了两份，把盒饭吃了，其余的东西留着。找到帐篷以后她立马动手搭帐篷——天黑以后就来不及了。

少年让她心疼极了，贝瑶蹲下去在自己包里找了一瓶牛奶、一根火腿肠、一盒饼干和一个小蛋糕递给他。

“吃吧。”

“你呢？”

她眼里带着温柔的笑意：“我吃过了，不饿。”

事实上，她晚饭没吃，然而手中不是还有一个沾了她口水的面包吗？她和他坐在一起，啃手中的面包。贝瑶饿了，什么都吃得下去。

裴川把吸管插进牛奶，递给贝瑶。

他拿起她身侧开过的矿泉水，拧开瓶盖灌了两口。

“喂……”贝瑶傻眼了，“那是我……”

“嗯？”

“算了。”贝瑶泄气，她想说那是她喝过的，然而说出来他会不会尴尬呀？

贝瑶说：“快吃吧，吃完我们再找找。”

可惜物资远远没有老师们说的那样“多”，他们没能找到第二顶帐篷。

贝瑶有些失望，裴川说：“你睡，我随便将就一晚就可以。”

他说罢直接往她帐篷旁一躺，将随身背包当成枕头，垫着睡了，姿态极其淡然。贝瑶没办法，她想了想，道：“要涂花露水的。”

裴川说：“嗯。”

涂了花露水，他闭上的眼睁开，天上的月色温柔，离他很近的地方，少女的嗓音轻柔清甜，像是三月的风，她说：“裴川，这个一点也不好玩。你以后不要参加这种了吧，挺危险的。”

“嗯。”

“我有点害怕，本来我想第二三天就出丛林的。”太累了，而且，洗漱什么的也是个问题。夏天一身汗，脏兮兮的。贝瑶虽然是找到水和住所的幸运宝贝，但她实在无法理解这种生存夏令营的趣味。

“别怕。”他低声道，“我带你去找宝藏。”

她笑起来：“你食物都找不到呢。”还宝藏。

他说：“是啊，多亏你了贝瑶。”

少年嗓音低沉，他长大了，喉结分明，声线已经是男人的声线。贝瑶莫名有些不好意思，她说：“晚安。”

夜晚，遥控小飞机带来新的物资。

广播声清脆：“陶涵涵同学放弃求生，生存人数九人，出局一人。”

第二天早上，贝瑶给裴川递了一张湿纸巾。

地上硌得难受，她睡得不好，小脸有些疲倦。裴川这个露天睡的人脸上却没有什么疲态，他体质很好，就算再累眯一会儿就能恢复。

裴川背着她的小包，依言带贝瑶去找食物。

他方向感极好，不到一个小时，就找到了他们的早餐。

他随手拿了一个冷掉的三明治和一瓶矿泉水：“你待在这里不要动，我去周围看看。”

没一会儿他回来了：“有个小水潭，去洗洗？”

贝瑶高兴极了，没走多远果然有个小水潭。

贝瑶说：“你要洗洗吗？”他流的汗水比自己还多，太阳一晒都快成盐粒了。

裴川顿了顿：“你先洗。”

小水潭是雨水累积下来形成的，约莫两平方米，贝瑶搬了一块小石头坐下来，用手掬着水洗脸，夏天的躁意消退不少。这水清清凉凉，舒服极了，她都不想走了。

然而念及裴川，她还是利落地洗完脸。

裴川随便抹了两把脸，然后他说：“还没到中午，你玩一会儿水我们再走。不急。”

她嗓音脆生生的，开心得不行：“好。”

丛林鸟声啾啾，夏季蝉鸣不断，太阳升起来。

裴川在树上捉了一只蝉，他回去的时候，她脱了鞋，一双嫩嫩的小脚在阳光下白得发光。

她撩着水玩。

裴川没过去，他靠着树，静静看她。

卫琬说："我看得出来！她对你没有一点那种意思"。

他知道，所以他曾经放弃。他不要她的怜悯和同情，他想以一个男人的身份，和她站在一起。

他甚至恨过她。

在高一之前。

他想，她为什么要出现在自己生命里呢？因为善良而同情他，然后让他以后看着她恋爱嫁人，还要笑着祝福她吗？

他恨她不会喜欢自己，所以他一度放弃。他这样恶心阴暗的人，不如活在她的记忆里，至少那是一片净土。

然而他又被勾引。

成了恶魔回来索取。

夏季阳光温柔，并不炽烈。少女的裤腿卷到了膝盖，她小腿匀称纤细，脚趾粉嫩可爱。

他黑眸沉沉，掌心的蝉被他捏得受不了了，"吱——"一声拉得老长。

她在阳光下回头，心跳冲撞得他胸腔都痛，一时无言。

"送你。"

裴川摊开手，那蝉断气了。

"……"

"……"

/ 31 / 约定

正午太阳高悬，草丛的石头上坐了一个沉默的少年。

贝瑶看他一眼，忍不住想笑，把蝉捏死什么的真的很搞笑、很尴尬啊。贝瑶估计他是记得小时候有一年夏天，陈虎带着小区的孩子们去大树上捉蝉，等捉到以后，就用一根线把它的足捆起来，然后它会边飞边叫，孩子们觉得好玩极了。

贝瑶小时候也会参与这样的游戏，然而“不合群”的裴川从来没有玩过这个。

他把蝉捏死了。

这得多大劲儿啊。

贝瑶笑够了，眸光还带着水汽，她怕他恼，也不主动提这事。裴川生存能力委实不错，他们中午饭也有着落了。

广播里播报：“生存第二天，生存人数七人，出局三人。”这次倒是没有提谁出局了。

贝瑶看了眼腕表：“裴川，我们出去吧。”

“嗯？”

贝瑶轻轻咳了咳：“待在丛林很不方便，晚上有蚊子，白天太阳晒。最重要的是，上、上厕所……”

“……”

而且大热天，还找不到洗澡的地方，可能只有金子阳这样有钱又没见过野外的会觉得新奇好玩。

裴川也没犹豫，他按下了自己的红色救助键。

很快，一位老师过来带他们出去了。

老师见他和贝瑶身上干干净净的，只是衬衫被划破了道口子，身边还堆了食物，也找到了帐篷，明明是有本事找到宝藏的，却直接在第二天放弃了，但老师也不纠结。

“我带两位同学出去。”

出去就有住的地方了，酒庄里面还有漂亮的喷泉和金鱼池，贝瑶美美地洗了澡，晚上好好休息了下，酒庄的饮食真不错。

目前出局的竟然达五个人了。

贝瑶只认识裴川和他们口中的季伟。

季伟生闷气，怀疑人生。他是被金子阳骗过来的，本来是抱着热忱的心来学习交流，但是没想到搞什么野外求生。他第一天差点中暑！

第四天中午。

金子阳终于出来了，五个人一看到他，差点喷了。

金少像捡破烂的一样，身上黄一块黑一块，往常一丝不苟的发型乱得像鸟窝。少年的胡楂长出来，显得落魄潦倒，手臂上露出来的地方还被蚊虫叮了好几个大包。

金少垂头丧气，结果一看到坐着喝茶的裴川，瞬间怒了：“川哥你竟然出来了！”

裴川皱眉：“离我远点，你好臭。”

金子阳一个大男人，差点哇地哭出声。本来第二天晚上没找到帐篷他就想出来，但是一想，万一郑航和川哥还没出来，他放弃岂不是很丢脸，于是就死撑到了第四天，没想到裴川早出来了！

一对比，他就像个傻子。

不过金子阳洗完澡出来，一下子又恢复了元气——郑航不是还在里面嘛！“真的勇士敢于直面惨淡的人生”啊，竟然还舍不得出来。

清点了一通人数，竟然只有三个人在里面了。

金子阳挠挠头：“咋回事，卫琬还没出来啊？不是吧，她一个女生能坚持这么久？”

贝瑶也很疑惑。

裴川没说话，他敲了敲桌面，眼睛半眯。

事实上，带队老师也发现不对了。可是代表着卫琬的点这几天都在动，并且没有发出任何求救信号。

直到昨晚，她的点突然不动了，一直到早晨也没动过。

带队老师心里一惊，终于觉得不妙了，赶紧去丛林里找人，找到了倒在地上的卫琬。

她衣服破得不成样子，脸上也很脏，被虫子叮咬过，肿起来了。

卫琬穿得清凉，身上一股子臭味。带队老师也顾不得那么多，连忙把人带回去。

金子阳呆了："她怎么了？"

"又饿又累，昏了，放心，没大事。"

金子阳凑上去看了眼，被一股恶臭熏了回来："卫琬到底去哪里了啊，这么臭……"

还好卫琬昏迷未醒，不然得被他气死。

带队老师说："我们找到这位同学的时候，她腕表坏了，不能发送求助信号，但是因为内里磁条没有坏，她的动态一直都是好的。奇怪，这么多年第一次出现腕表坏掉的情况，怎么会这样呢？"

角落的裴川，冷冷地弯了弯唇。

最后两个同学也在这时回来了。

郑航一回来也被这股味道熏得后退了一步，他皱了皱眉，才看到那是卫琬。他倒是没有金子阳缺德，吓了一跳："卫琬？卫琬？"

卫琬没醒，被送到医生那里了。

她醒过来第一个看到的人，就是从窗边看蓝天的少年。

裴川穿一身黑色，在八月的阳光下，却生生渗出几分幽冷。少年身材颀长，他回头，卫琬瞳孔紧缩。

她尖叫了一声，就要扑上去："你为什么这么害我？为什么？"

卫琬冲过来，他并不拦她。

只是当她腰间被一个冰冷的东西抵住时，她不敢动了。

那是一根电击棍。

卫琬难以置信地抬头看他的时候，他笑："知道该怎么说了吗？"

面对一群同学关切的目光，卫琬手指紧握："我、我摔了一跤，腕表磕在了石头上，失灵了。"

她说完，目光却不可控制地落在另一个少女身上。

十五岁的少女，单纯又美好。

贝瑶自以为和卫琬无仇无怨，她去拿了一碗粥，等卫琬情绪平复了，悄悄放在床边。贝瑶不喜欢这个人，可是也没有讨厌卫琬的理由。如果是自己，被迫在丛林生存五天，一定会很害怕的吧？

卫琬颤抖起来，她几乎呜咽出声。

她之前想要在一起的，竟然是个冷血恶毒的魔鬼。他甚至怕贝瑶知道他是个什么人，来刻意威胁自己。

卫琬此刻完全不嫉恨贝瑶了，贝瑶有什么错？不，她什么错都没有。

她甚至比自己更倒霉，与这样一个神经病做朋友。

卫琬喝完了粥，闭上眼睛休息了，事关裴川的，她一个字也没说。

离开那天，山色空蒙，不一会儿下起了雨，雨伞分发不均。

裴川双手插兜里，独自走在雨中。

"裴川——"贝瑶双手做了一个小喇叭，笑着喊他。他回头。

彼时山间水汽氤氲，她撑一把透明的伞，向他小跑过来。

穿上假肢的少年太高了，她踮起脚尖，努力把他遮住。

少女香气袭来，让他有片刻的愣神。

是啊，他不是一个人了。

他接过小伞，替她撑着。

贝瑶说："很快就可以坐车了，你不要淋感冒。"

小时候的裴川常常生病，所以她总是很怕他突然又发烧。

然而她可能不知道，长大后他鲜少生病。

少年黑色的头发已经微润，贝瑶苦恼极了，要是她跑快点，他就不会淋个半湿了。

车子终于开过来，一路摇摇晃晃，又开回了市里。

卫琬提前下车，她失魂落魄，唇色苍白。

贝瑶从车窗看着她的背影远去，轻轻皱了皱眉。

她突然很想证明一件事。

小区很快到了，夏花开在花圃边缘，贝瑶发现裴川竟然也回来住了。

“贝瑶。”

“嗯？”

“九月份，”他沉默片刻后问道，“我们一起去学校吧？”

贝瑶也有片刻愣怔，她还记得上一次是一年前，他把她一个人丢在九月清晨的雨幕中，然而她并不记恨他，笑着点点头：“好啊！”

他眼里露出浅浅的笑意。

上了楼，快四岁的贝军被送去幼儿园了。

贝瑶几番犹豫，还是打通了自己记下的那个登记册上的号码。

嘟嘟声响起以后，那边问：“喂？”

“卫琬你好，我是贝瑶。”贝瑶有些犹豫，她明明不该怀疑他，可是卫琬前后的行为太怪异了，明明之前还很喜欢黏着裴川的样子，可是卫琬叙述事情经过的时候，一眼也没看边上的裴川。

贝瑶轻声问她：“你的腕表，是不是被裴川弄坏的？”

那头儿沉默良久，卫琬挂断了电话。

贝瑶心中一沉。她还记得初中那年，她以为裴川交了其他的朋友，心里虽然失落，但是也为他感到高兴，没想到过去就看到了大黄狗冲出来咬裴川和尚梦娴的那一幕。

当时只顾着惊慌，后来一想，周奶奶明明每天都闩着门，裴川也知道的。可是为什么狗还是会跑出来呢？

她以为自己护着长大的孩子只是依然没能逃过心里的凄苦，却忘了那张纸上称他为“魔鬼”。

多么可怖的称呼。

她没能护住他，他竟然依然慢慢地走上了那条路。

这就像自己看护多年的宝贝，一点点被染黑，她却无能为力。她以为，他有朋友了，去过喜欢的生活，会越来越快乐的。

白玉彤说：“妈，他怎么老是这样啊？目中无人，突然跑出去，又突然跑回来。”

曹莉也心烦着：“你别管他行不行？好好写你的作业，成绩这么糟糕，我看你高考怎么办！”

白玉彤委屈死了：“我这也是为我们以后着想嘛，你看裴叔叔都管不住他。裴川衣服划破了，他不会又去三教九流的地方打工了吧？”

“谨言慎行！教你多少年都教不会！你现在去给他倒杯水端过去！”

“妈……”

“去！”

白玉彤心里窝火，却不敢不听话，倒了杯开水给裴川送过去。

她敲门敲了很久，那头儿才冷冷出声：“什么事？”

“我给你送水喝。”

少年声音冷淡：“不用。”

竟然是门都不打算给她开。白玉彤端着水愤愤离开了。

裴川摘下假肢，仰躺在床上。

他残肢有些肿，每一次超负荷的运动都会对它造成很大的负担。每一次痛，都清晰地提醒他，他并不是个正常人。

科技一年年地发展，假肢技术越来越高超，甚至在几年后，有望实现仿真假肢，电流控制，它能和真正的腿一样，有感觉，可任意支配。

然而没有哪种科技，能让自己的腿重新回来。

九月初，小学初中高中都开学了。

裴川记起和贝瑶的约定，很早就去小区外略远的公交站等她，这个约定迟了一年。

他看着灰蒙蒙的天空，暴雨欲来。

每年九月，雨就下个不停。然而因为回到了她身边，他竟意外安心。

可是去六中的公交车来了一辆又一辆，始终没有见到贝瑶的身影。

他眼中的光渐渐暗了下去。

电话声骤然响起，他几乎瞬间接起来。

少女的声音传来："对不起啊裴川，我今天不能过来了。"她歉疚道，"我遇到了一些事情。"

少年眸中冷冷，声音平静："哦，什么事呢？"

"不、不太方便说。"

这样啊。

他说："你慢慢过来，我等着你。"

"可是，我今天真的来不了。"贝瑶有些急了，"你先去学校好不好？"

为什么会来不了？难道是因为去年，我让你在雨幕里等了一个清晨吗？那我今天等你一天好不好？

下一刻，那边有清朗的少年声说："贝瑶，帮帮忙。"

电话挂断。

裴川扯了扯唇角。那头儿的少年音阳光明朗，哪怕很模糊，也和他低沉的嗓音不一样。

大雨顷刻而至。

裴川抿唇，向前一步踏进雨中。

灰蒙蒙的天幕下，雨水四溅，那少女久久也没来为他撑伞。

约莫，这是成长的刀子第一次带给他钝痛的伤口。

/ 32 / 爽不爽

倾盆大雨之下，贝军不安极了，他说："姐姐。"

贝瑶抱抱他："没关系，小军好好待在幼儿园，姐姐过去看看。"

贝军的小胖手拉着贝瑶衣摆，贝瑶轻声地哄："在幼儿园听老师的话哟，姐姐得去学校了，妈妈办完事中午会来接你。"

贝军只好说："姐姐再见。"

贝瑶在他小脸上亲了亲，撑开自己的伞走了出去。

她往西走了约莫三百米，道路上停了一辆面包车。一个眉眼英挺、戴着口罩的少年摇下车窗，焦急探出头："是你，你回来了。"

贝瑶问他："你需要什么帮助？"

"能帮我买些药吗？退烧的、消炎的、酒精、棉签、绷带……"

贝瑶一一记下，对少年说："我记得了，你姐姐还好吗？"

少年没说话，脸色沉凝，车里面传来女人低低的哭泣声。

"谢谢你，钱你拿着吧。"少年从车窗里递出一张纸币，抬眸间，看见了伞下贝瑶精致的下巴。她微微抬伞，霍旭看见了她小巧挺直的鼻梁和一双灵动美丽的杏儿眼。

大雨半遮盖视线，却遮不住她的漂亮。

霍旭怔了片刻，贝瑶已经拿着钱走远了。

车里女人在低泣，脸上戴了一个白色口罩。口罩之上，血丝已经浸了出来。邵月说："小旭，小旭，我要去医院，我的脸会不会毁了？"

霍旭回到车里，眸中闪过一丝惊痛，他抱紧她："小月姐姐，不会的，都是我不好，害你变成这样。我们现在不能去医院，我舅舅他们既然知道我们来了C市，肯定在医院派了人，你再忍忍好不好，等安全一点了，我送你去医院。"

女人啜泣的声音低了下去："霍旭，你要记得，我做的一切，都是因为你……"

霍旭说："好，我记得。"

霍旭眸中也茫然，他才十九岁，未来像是这场突如其来的大雨，让人无措。可是邵月为他付出了这么多，他怎么也不可能再重新回去。

没多久贝瑶回来了，幼儿园不远处就有诊所，她从里面买够了霍旭需要的药品，轻轻敲了敲车窗。

霍旭警惕极了，见是她，又连忙放下窗，低声说："谢谢。"

他脸上同样戴了一个口罩，把自己遮得严严实实。

这么在大雨中一来一回，饶是少女撑着伞，也把自己淋湿透了。

贝瑶摇摇头说："不客气，是我该谢谢你按喇叭吓走了野狗。能把我的学生证还给我了吗？"

霍旭脸上一阵热，他也是第一次干这么卑鄙的事，上学路上出现的野狗吓哭了贝军，偏偏孩子的哭声又引起那狗狂吠。

霍旭的车子陷在泥地里，他按了两下喇叭，摸出车里防身的警棍赶走了它。

一看是个十五六岁的姑娘和一个三四岁的幼童。

因为护着弟弟，贝瑶的东西落了一地，沾了泥。

霍旭心思一动，帮她捡东西。他看到了她的学生证。雨声中，那上面有贝瑶的班级和名字，字迹清秀。

少女忧愁地看着全是泥水的书包，向他道谢以后她带着弟弟躲到屋檐下，她做的第一件事就是打通一个号码。

"对不起啊裴川，我今天不能过来了。"

霍旭离得远，看不真切。少女的声音却很温柔。

霍旭想起车上的邵月，终于出声道："贝瑶，帮帮我。"

她诧异地抬眸。

没想到这个陌生的少年会知道自己名字，霍旭拿着她的学生证。最后不得不换成询问的语气："可以吗？就当感谢我帮你赶走野狗。"

贝瑶想了想："好的，请你等等，我把弟弟安置好就回来。"

霍旭真怕她一去不回，好在她信守诺言回来了。

霍旭把她的学生证还给她。

他第一次觉得自己卑鄙，这明明是比他还小三四岁的姑娘，他却无奈之下挟恩图报。

少女看不清车子里面的人，她拿过学生证放进包里，也不多说，撑着伞消失在雨里。

她身上带着浅浅的丁香味道。

九月初并不冷，她穿着一条浅蓝色的七分裤，露出小巧的脚踝。凉鞋被水浸没，那水却轻轻蹭她而过。

她的背影成了九月暴雨里最难忘的风景。

她没问自己名字，也不过分热情，却懂得报恩。霍旭有片刻失神，直到身后的部月拽了拽他衣角，他才立马回神给她受伤的脸颊上药。

贝瑶没怎么把这件事放在心上，她拥有整个高中的记忆，但这一件在她记忆里并不突出。

她匆匆回家换下了湿透的衣服，雨已经小下来了。

这样的天，一会儿下雨，一会儿出太阳。好在今天没有正课，早上赵芝兰有事，贝瑶本来打算送了弟弟立马去学校，没想到会遇见这样的事。

这个季节并不是油菜花开的季节，但她还是怕弟弟遇见带有狂犬病毒的狗。

和幼儿园老师交代完了以后，贝瑶又不放心地对赵芝兰说了这事。赵芝兰凝重地道："我知道了，等我下班回去接贝军，幼儿园那边应该会报警。你快去上学吧。"

已经中午了，贝瑶叹了口气。要是再等车坐车又得两个小时，她干脆在家煮了面吃，翻出以前的旧书包将就着用，下午再去学校。

贝瑶沿着公交站的路走，为防止下雨淋湿，她依然带着雨伞。

走近公交站，她几乎不敢相信自己的眼睛。

贝瑶说："裴川？"

少年偏着头，他全身湿透。一场雨已经下完了，太阳也出来了，可他湿漉漉的，全身滴水。

大雨过后，空气带着泥土的微腥，他见到她，漆黑的眸子漾出些许光彩。

他笑了："你来了。"

贝瑶鲜少见他笑，此时却不得不关注重点，急忙过去："你怎么淋湿了呀？"

裴川说："我在等你啊。"

贝瑶说："可是我早上不是打电话让你先走吗？"

裴川沉默下来。不是说好了，一起走的吗？

贝瑶抬眸，正好对上他漆黑的眼睛。

有愠怒，有冷意。

他开口说："你在怪我去年欺骗了你吗？"

"没有。"

裴川说："今年第一次看到我，是不是很失望？"

贝瑶摇摇头，说："每个人都有决定自己活成什么样的权利，我没有对你失望。"

裴川轻笑了声，在她听来陌生又刺耳。裴川说："那是因为，你从来没对我抱有期望啊贝瑶。我一直好奇，你怎么会和一个残疾人做朋友呢？不嫌恶心吗？"

这么偏激的语气，贝瑶什么时候听过？哪怕是去年他骗她，也是平平静静骗人。

可是这番话一出口，贝瑶惊讶的同时，心中又生出浅浅的害怕。

这、这是裴川吗？

贝瑶勉强压下自己的情绪，说道："你知道我没有。"

"哦？是吗？"他低低笑了声。

贝瑶说："裴川，你在生什么气？"

裴川反问道："你觉得呢？"

她觉得什么？！她只觉得莫名其妙，裴川向前走了一步。

他身上带着方才那一场暴雨的寒气，刚刚出来的浅薄阳光与此一比完全不堪一击。

贝瑶下意识想后退，可是十多年来的习惯，又把她的脚生生钉在了原地。

裴川低眸，唇角微弯："你看看你，明明害怕，为什么不走呢？"

贝瑶说："我不想和你说话，你今天好奇怪。"她没有否认自己的确是有些害怕的，昨天和卫琬的那通电话，让她想通了很多。小时候很多坏事，或许都是他干的吧？

贝瑶硬着头皮对上他的眼睛。他一手按在她的后脑勺上，低头。

啪的一声，两个人都呆住了。

裴川的脸偏着，他抿抿唇。

贝瑶恼怒又后怕："你想做什么？"

裴川啧了一声，长这么大了，这个少女一直把他保护得很好，她用尽一切怜惜和友善与他一同长大，这是第一次和他动手。

九月的风一吹，他身上微冷。

别人都去上课了，公交站只站了他和贝瑶两个人。75 路公交车不疾不徐靠停，司机看了眼他俩："同学，上车不啊？"

一看湿漉漉的裴川，他惊诧地闭了嘴。什么情况啊这是？

贝瑶尴尬极了，她把手往身后藏，有些想哭。

贝瑶说："司机叔叔，我们等的不是这一班，你走吧。"

公交车开走了。

贝瑶没法待下去，她性格宽和，脸皮却并不厚。刚刚裴川那个动作，让她想起了那晚他在"倾世"，灼热的薄唇从自己手指上擦过去。

她当时以为，他把自己认成别人了。人一天天长大，友谊之外竖起高墙。她总有一天会退出他的生命，为他的爱情留出宽敞的路，让他去找寻喜欢的人。所以不管是卫琬，还是其他人，只要他喜欢就好。

可是一记巴掌，就像是裴川逼她硬生生扯下了遮羞布。

贝瑶抿唇："我回家了。"

她再和他站在一起，会感到窒息。

裴川说："怎么呢，打得爽不爽？"

贝瑶怒瞪他。

他反而笑了："嗯？说话啊。受了很多年委屈吧？"

贝瑶恼怒极了，她更希望他别笑了，眼前这个就像是之前陈菲菲发给她的帖子里的裴川，陌生又张狂。一点都不讨人喜欢，笑得假死了。

她转身就走。

树梢的落叶打了个旋儿，在她身边飘落下来。

看着她的背影，他的笑容渐渐消退，最后慢慢变成了一如既往的冰冷神色。

“贝瑶。”他轻轻道，“可以当作什么都没发生吗？”

她走得比较远了，没有听见他的话。

他的湿发已经不再滴水，裴川转身，一拳砸在身后的银杏树上。

裴川闭上眼，他并没有真正想亲她。

他知道他不配，她会觉得恶心。

然而他已经不需要这样的表面平和的友谊了，他甚至憎恨这样的友谊。唉，有什么用呢？他强硬撕破关系，其实是期待贝瑶反应的。

可她害怕、惊惶。

原来友谊之上的东西，再可爱温柔的姑娘，也不会把它当作友谊那样施舍啊。

/ 33 / 温暖

九月，正式迈入高二，同学们回来学校以后相当高兴，高二（五）班特别热闹。

三中的规定是报名当天就要上晚自习，而六中管理要松散些，第二天才正式上课。

贝瑶那天去并没有迟到，只是难免心乱了。

那本尘封的日记让她心生怯意，哪怕闭上眼睛，她也记得每一个字。可没有人是甘愿被一本日记左右一生的，每年多出来的记忆，让长大后的她感到惶恐。

所以她没有干预自己和裴川的成长，也没有意识到他的感情。

贝瑶今年八月份才十六岁，她比班上大部分同学都要小一些。她只知道裴川对于自己是独特的，其余都是复杂的感情。人可以因为它长大，却在没有感悟到它的时候止步不前。

窗外梧桐青青，放学以后，陈菲菲小声问贝瑶："你有没有觉得吴茉最近不正常啊？"

贝瑶想了想："她晚上回寝室一般不说话，一洗漱完就上床玩手机了。"

陈菲菲摇头："不只这样，她上课还常常走神，而且很怕我看到她的手机。"

贝瑶皱眉："你怕她玩手机耽误学习吗？"

"哎哟不是！"陈菲菲小声说，"我觉得她有网友。"

网友？

贝瑶吓了一跳。二〇〇七年交网友这事才流行起来，既神秘又惹得人向往。

吴茉成绩不错，为人和性格也挺好的，怎么会这样呢？

陈菲菲挤挤眼睛："要不我们今晚问问她吧？"

贝瑶没有意见："好啊。"

晚上几个女孩子回了寝室，陈菲菲泡着脚，似乎不经意地问道："吴茉，你每天回来就玩手机，是在和谁聊天啊？"

被窝里的吴茉声音吞吞吐吐："哪、哪有这回事？我和我妈说最近的学习情况呢。"

寝室另外三个女孩子相互看了眼。

周末，贝瑶去买新的洗发水，秋高气爽，两个室友陈菲菲、杨嘉想着没什么事，和她一起去外面走走。

买好了洗发水，杨嘉说："我想去蛋糕店买点吃的，我晚上总饿。"

于是，两个姑娘又陪着她往蛋糕店走。

越走越接近"倾世"。

贝瑶心中总有不好的预感，果然杨菲菲指着一处说："那不是吴茉吗？"

大家顺着她的手指看过去，"倾世"门口，吴茉被一个高高瘦瘦戴着黑手套的男人搭着肩膀，正往“倾世”里面走。

陈菲菲有些担心：“那是她网友吗？我们要不要过去看看？”

杨嘉说：“不太好吧，万一他们有别的事情呢？我们这样过去吴茉会不高兴的。贝瑶，你觉得呢？”

贝瑶看着那个男人的背影，心中也有些怪怪的感觉，但她不爱管别人的私事。她想了想：“等回去我们劝一下吴茉，情况不对可以报警。”

杨嘉点点头：“好吧，我先去买蛋糕。”

蛋糕店就开在“倾世”隔壁。

“倾世”五楼台球室，裴川打进了一个黑球。

一个男人带着吴茉走进来，明明在秋天，那男人穿着西装戴着黑色皮手套。两人说说笑笑，男人俯身挨着吴茉，吴茉满脸通红，没一会儿，他们单独开了一桌，开始玩台球了。

金子阳吹了个口哨：“怎么呢川哥，是不是寂寞了？要不我多喊点人来玩啊？”

裴川抬眸，黑眸沉沉，金子阳不说话了。

川哥最近心情不好，他们都知道，所以今天出来也是为了让他散散心。

裴川没说话，把球杆往肩上一搭，往吴茉那桌去了。

吴茉抬头，看见扛着球杆面无表情的裴川，有一瞬间脑子当机了：“裴、裴川？”

她也看过那些帖子，他是三中的大佬，据说很有钱。

少年身材颀长，面容冷峻，裴川扫了她一眼，叫出那个男人的名字：“丁文祥。”

那男人摘下墨镜，脸色白了：“川、川哥。”

裴川淡淡道：“你不该在这里骗人。”

这时候金子阳和郑航也过来了，只有季伟还在沙发上认认真真看书，没注意人都走了。

丁文祥飞快地看了吴茉一眼，赔笑道：“川哥，我这就走好吧？”

裴川说："嗯。"

丁文祥立马跑了。

吴茉待在原地，她无措了。可她不敢开口问发生了什么，然而十六岁的姑娘，心中极为不安。她难以避免地在脑海里想，她的"精英"好朋友丁文祥，为什么被裴川一句话就说跑了？裴川为什么要过来，是因为自己吗？

吴茉鼓起勇气问："你、你为什么让他离开？"

裴川把球杆往桌上一放，冷冷地问："不让他走，让他骗你吗？"

吴茉这辈子哪里听过这么直白的话，她结巴道："你、你……"

裴川懒得解释："你也滚吧，眼睛擦亮点。"

吴茉在金子阳等人好奇的目光中，难堪极了。她脸通红，又不敢看裴川，转身走了。

金子阳挑眉："川哥，你认识那两个人啊？"

裴川倒也没有瞒他："嗯。"他平静道，"丁文祥，靠装有钱人骗女学生。"

金子阳张大嘴："人渣啊！"

只有郑航狐疑道："川哥你怎么认识这种人？"

裴川沉默许久，半晌道："因为我更坏啊。"

金子阳哈哈大笑："川哥，这个玩笑一点也不好笑。"

裴川却骤然轻嗤了一声，是啊，他比丁文祥这种人更坏，所以贝瑶不喜欢他才是正常的。

初中那年，是裴川让丁文祥骗尚梦娴的。也许，他亲手造了一个坏得透顶的人吧。

裴川知道自己和金子阳他们是不一样的。他们生来含金汤匙，性格爽朗，脾气坏，却没有什么坏心眼。而他是泥泞里爬出来的人，看淡了丑恶，恨透了这个世界。他根本不在乎吴茉会不会被骗，但他需要一个去找贝瑶的理由。

在沙发上看书的季伟，每看一个小时会做一套眼保健操，哪怕他近视已经五百度了，也一直坚持。

裴川看着智商低的季伟觉得顺眼。

能干干净净地坚持一些东西，原本就是难能可贵的事情。

季伟见裴川看自己："川哥，你看我做什么？"

"季伟，问你一个问题。"少年懒洋洋地问，"为什么每次都考不好，还要那么努力地读书呢？"

季伟莫名其妙："我喜欢读书啊？"

"因为喜欢，失败也没关系吗？"

季伟推了推眼镜，实诚道："当然偶尔也会难过，我爸说我比猪还笨，他和我妈打算生个弟弟来继承家产。我家产都快没了，更要努力读书。"

裴川笑了。

季伟肃着脸说："川哥，别笑我。"

金子阳和郑航笑疯了。

因为喜欢，所以会难过，难过完了，还是得更勇敢地喜欢。裴川笑了笑，季伟才是最简单通透的人。

周末晚上，贝瑶才洗了头发，电话就响起来了。

寝室可没有插头供吹风机吹头发，她裹着帕子："喂？"

那头儿少年轻声说："贝瑶。"

这么多年，她竟一下子就从陌生的电话中听出了他的声音："裴川。"

"是我，别挂。"他说，"我在你们学校的香樟林，有事和你说，出来一下好不好？"

贝瑶咬了咬唇，上次给他一巴掌的事，让少女尴尬极了，半晌她才轻轻道："嗯。"

迎着晚风和夕阳，她往学校的香樟林走。老远就看到了裴川。

他双手插兜里，看着香樟落叶。

香樟秋天并不会像银杏那样变黄，而是一直带着浅浅的草木清香。裴川知道自己去年过得太狂，六中许多人都认识自己，他来得很低调。

贝瑶走近他，轻轻地道："有什么事吗？"

少女的声音依然像春风一样和暖。

她的伤口，不像他的会逐年溃烂，而是会很快痊愈。

裴川淡淡道："你那个室友，吴茉，她朋友是尚梦娴之前的朋友。"

她歪了歪头，很不解。

裴川简单解释道："一个骗钱的。"

贝瑶皱眉，一双清亮的杏儿眼染上怒火："我们会报警的。"

裴川只字没提自己，他赞同道："好。"

活像个行侠仗义的好少年。

少女头发未干，在清浅的香樟木的气息中，她身上香甜的丁香味儿像是一条丝线，丝丝缕缕攀上他的心脏。

贝瑶说："谢谢你裴川，那我回去了。"

裴川心中不舍，那些感情却又晦涩难言。他表情很平静，问她："你要去看看周奶奶吗？"

贝瑶睁大眼睛："周奶奶？她以前不是搬走了吗？"

裴川说："她儿子不孝顺，把乡下和城里的房子都卖了，她现在住在养老院。"

人心凉薄，裴川说得悲悯，内心却冷笑，瞧啊，亲情。

那个老人为了小时候怕狗的贝瑶，额外安了铁门，还常常给贝瑶塞小零食。于情于理，贝瑶都会同意去看看。

贝瑶说："好的，明天上学了，下周去吧。"

裴川淡淡道："好。"

她可能不记得了，她小学四年级曾经勇敢地拿着棍子打丁文祥，把他从屈辱和泥泞里拉出来。

她曾经对他那么好啊。

吴茉不同意报警。

她哭了："别报警好不好，我害怕。"

在十六岁少女眼中，报警是件很严重的事情。这件事警察一旦调查，会牵扯到学校和家长，吴茉的家是小康家庭，父母要是知道了她做错了事，一定会非常生气。要是同学们知道了这件事，又会怎么看待她呢？

说她是因为骗子的“精英”身份，而去攀高枝吗？

吴茉的恐惧藏在哭声中，陈菲菲被她哭得心慌：“好啦，好啦，这是你的事，你说不报警就不报警吧。”

陈菲菲又看向贝瑶和杨嘉。

贝瑶摇摇头：“你的事自己决定。”她心想，就是因为女孩们的胆怯，那个人渣才至今还活得好好的。

杨嘉说：“我无所谓啊，不说就不说呗。”

虽然三个室友都答应了，但吴茉心里还是恐慌。夜晚她翻来覆去睡不着，想起了裴川。

那个冷淡的少年，眉峰像是一把锐利的剑。他说的话让人难堪，却又是因为他，自己才能全身而退。那个骗子也很怕他，他脾气很坏的样子，可是让人很有安全感。不知道为什么，吴茉感到脸颊一阵发热。

周末，贝瑶背上书包去看周奶奶。

她书包里是用所有零花钱买的老年奶粉。

裴川接过来：“这个月的零花钱？”

贝瑶点头：“嗯。”

他笑了，那笑容里出奇地带着一点暖，与他一向冷淡的脸格格不入。

贝瑶说：“你笑什么？”

裴川说：“你小时候就这样，要对谁好，就攒一个月的零花钱。”

贝瑶有些被戳破的恼。

少年背着包，走在前面。

贝瑶跟着他，他走得很慢，可能习惯了这样的步子。

贝瑶其实有点尴尬，她一会儿看看树枝上的麻雀，一会儿看看养老院周围的房子，就是不看裴川。

她这年快十六岁了，比他小一岁多。

一颗懵懂干净的心没有为谁动过。

她喜欢光明和温暖。

所以裴川穿干干净净的白衬衫。

养老院不是那种资金充裕的养老院，萧条败落，让人一看就难过。

周奶奶头发花白，坐在人群中，一双眼睛呆滞——她老年痴呆了，如今谁都不认得。

裴川问候了两句，只是他眼中的光依然是冷的。他拿起扫把，把周围的痰和泥清扫了一下。

护工诧异地看了他一眼，少年眼神淡漠，一副一点也不觉得这些污秽恶心的模样。

贝瑶能为周奶奶做的也不多，陪了她一会儿，把东西留下了。

裴川拐去养老院唯一一间办公室，留了一张卡。

院长千恩万谢："谢谢好心人，谢谢你们。"

裴川去水池洗了下手，他嘴角带着嘲讽："你说他们，这么活着有什么意思呢？"

院长惊疑道："什、什么？"

裴川没解释，他不是院长口中的好心人。他看着门口等他的姑娘，心里竟静静地想。

见过光明的人又坠入黑暗，活着抑或死了，又有什么区别呢？

/ 34 / 心疼

看完周奶奶，裴川和贝瑶都回小区了，本来恰好放月假，贝瑶也是这时候刚回家的。

她一到小区门口，就看见自己弟弟贝军和几个小朋友在蹲着挖蚯蚓。

小孩子吭哧挖得起劲，贝军一看到她，那双眼睛一下子就亮了。他站起来就飞奔进贝瑶怀里，脆生生道：“姐姐！”

贝瑶蹲下去温柔地抱住他。

小贝军脑袋在她怀里蹭了蹭。

任谁都看得出他对姐姐的喜欢和眷恋。

然后小贝军看见了姐姐身边的哥哥。

裴川冷冷地看着他。贝军往贝瑶怀里一缩，他胆子本来算大，可是这时不敢吭声了。

裴川的眼睛落在他搭在贝瑶肩上的那只黑乎乎的小手上。

贝瑶觉察弟弟害怕了，贝军才四岁，可胆子不算小，然后就看见了贝军怯生生地看着裴川。

贝瑶说：“他是裴川哥哥，小军忘了吗？”

贝军小嘴紧闭不喊人。

裴川没看他们姐弟，上楼去了。

他没抱过贝瑶，一次也没有，然而他小时候得到过那样的温柔。可惜长大了，纵然她懵懂，也明白男女有别，会和他保持距离。就像自己以前画的那条楚河汉界，小时候她扎着花苞头会不经意越界，长大了却在他们之间注意界限了。

小贝军在姐姐耳边轻轻地告状：“我不喜欢他。”

贝瑶失笑，问弟弟：“那你喜欢谁呀？”

“虎子哥。”

贝瑶笑得杏儿眼弯弯：“是呀，裴川哥哥好凶的。”

“姐姐也怕他吗？”

“嗯。”

“还是虎子哥哥好，他会带着我们玩。”

贝瑶心想，裴川真是天生没有孩子缘啊，小时候没玩伴，长大了孩子也不喜欢他。贝军不认识这个裴川哥哥，出于孩子的本能，他看出这个哥哥脾气极为糟糕。

赵芝兰前两天报了警，警察搜寻，却没能找到那条吓住她女儿和儿子的狗。

虽然不是油菜花开的季节，但是作为一个母亲，赵芝兰心中依然忧虑。她每天都亲自接送儿子，过了许久也没见到那条狗，总算安心了。

四岁的贝军每天拿着一把小剑，想要上天入地。

赵芝兰做饭、贝瑶写作业的时候，他就和小伙伴们去爬小区外的几棵桑树。

桑树已经很老了，小区也很老，它们的年龄远远甚于几个小孩子。

贝军最小，眼看几个七八岁的大男娃娃都爬上去了，他小胳膊小腿还在努力。

有个男孩子笑："哈哈哈，贝军，别爬了，你就在下面看着吧。"

贝军委屈极了："我要和你们玩！"

"你玩你的宝剑吧。"

笑声戛然而止。

树上的一个男孩惊恐地看着远处飞奔过来的黑狗："那条狗！"

贝军拿着小剑，一下子就吓哭了。是那天他和姐姐看见的那条狗，它狂吠着冲过来，贝军玩具剑都拿不稳了。

野狗扑过来，孩子们纷纷吓哭了。然而树上的人谁也不敢去救这个更小的弟弟。大家都害怕极了，听说野狗会咬烂小孩子的身体。

贝军泪眼蒙眬，被一条有力的冰冷的胳膊抱起来。

少年喝道："闭嘴。"

贝军吓得噤声。因为要抱着他，裴川紧紧皱着眉。裴川单手拎住贝军，把他放在树上。

那狗已经咬住了裴川的腿。贝军抱住树干，低头看下去。

那少年赤膊，冷着眉眼，一拳又一拳，打在那野狗头上。然后他按住它往石头上砸。

它疯狂如斯，悍不畏死，挣扎得厉害，在孩子们的哭声中，少年眸光冷厉，野狗渐渐没了声息，抽搐着倒在树下。

离小区并不远，狗吠声、孩子们的大哭声，把大人们都吸引过来了。

贝瑶跑下楼，就看见了好几个大人围在那里。

裴川屈膝坐在地上，他满手的血，身边躺着野狗的尸体。

她的弟弟在树上哭得撕心裂肺。

赵芝兰手上还沾着油，见状哪能猜不到事情的经过，她吓得肝胆俱裂，把小贝军从树上抱下来。

几个孩子的父母都这样把孩子接下来。

那条狗很可能是有狂犬病的。

几个大人都吓疯了，赶紧检查孩子的身体。

白玉彤下来看热闹，看见继兄坐在地上，神情冷得像是十二月里凝结的冰。

那条狗面目狰狞，眼睛没有闭上，露出森森的牙齿。

有那么一瞬间，白玉彤被吓到了。这哪里是人啊，人能生生把一条野狗打到脑浆迸裂吗?

他双手全是血，坐在那里，一动不动。

裤腿上好几个狗牙印子。然而大家都在检查孩子，没有一个人去扶起他。

贝瑶的心像是被生生淋了一桶冰水，她推开人跑过去。

一双杏儿眼含了泪，她去扶他起来："裴川。"

他沉默着看她一眼。这是多少年以来，她再次为他哭啊。

他双手都是肮脏的血。

童年春游他杀死蛇那一幕再次出现在脑海里，那些纯真的眼神避他如蛇蝎。

他用手肘轻轻推开贝瑶，心里空落落的。原来长大了，有钱了，心计也深了，依然做不了英雄，只能是异类。

周围的哭声有一瞬间停止了，裴川躲开贝瑶的搀扶，自己从地上爬起来。

然而他又跌了回去。

大家这才意识到这个少年的小腿被咬坏了。

静而无声。

他不是正常人，所以会失去平衡。他狼狈地试了两次，始终没看贝瑶。终于在第三次，他咬牙站了起来。

周围的人都在看他，他却没看任何人，带着最后的自尊，拖着那条残肢往家门口走。

他路过白玉彤身边，身上带着九月末的清寒和血腥气。白玉彤后退了一步，惊惧地看着他。

他走远了。

贝瑶蹲在地上，把脸颊埋进双腿间。身体颤抖，泪流不止。

贝瑶第一次这么深刻地意识到，有些事情，并不是裴川的错。

她难过，十几年的陪伴，裴川都没能成为一个好人。可是她忘了，十几年来，人心都没有变过。他早就没有心疼地喊着“儿子你没事吧”的爸爸妈妈了。

周围看着他长大的邻居，都知道他是个性格孤僻的异类。他救了他们的孩子，却没有一个人敢去搀扶他。

警察来了，后来经过检验，那确实是一条携带病毒的狗。

赵芝兰吓坏了，她张罗着要带贝军去检查身体。毕竟事发当时，只有贝军站在树底下。

她是个坚强的母亲，平素善良，可是发生这种事时，下意识还是害怕会失去怀胎十月生下的儿子，以至于顾不上其他人。

贝军吓坏了，在沙发上啜泣。只有贝瑶，脸上带着泪痕，没有过来抱他。

赵芝兰匆匆出门去找孩子们的幺爸——那是个医生。

贝军哭着说：“姐姐抱。”

贝瑶没动。

“姐姐抱。”他伸出手，贝瑶狠狠打掉了那只手。

贝军傻眼了。

他长这么大，赵芝兰会凶他，贝立材会凶他，可是贝瑶重话都没说过一句。这可是姐姐第一次打他。

然后他看着贝瑶比他哭得还难过。

十六岁的姑娘，呜咽不成语。

贝军慌了，他过去抱着姐姐，和她一起哭。尽管他不明白姐姐为什么打他。

贝瑶推开他，她哽咽道："我守了他好多年，第一次让他伤得这么厉害的却是你。"

贝军不懂，大哭出声。

贝瑶说："他本来是不会来的。"

她知道他坏，他冷血。那孩子如果不是贝军，裴川不会去救。

破洞裤子下的假肢，暴露在人前。他被扯下遮羞布，碾碎最后的自尊。她甚至在想，他会死吗？所有人都知道带病毒的狗的危险性，唯独伤得最厉害的裴川无人关心。

贝瑶擦干眼泪，勉强给父亲打了电话让他回来。

她走下楼，脚步虚软。

对面那扇窗和她房间花香温柔的窗口不一样，他用一片灰色的窗帘，隔绝了世界的阳光。

裴川脱下假肢，闭上眼躺在床上。

他没去洗手，顶着曹莉惊恐的目光回了房间，关上门。

不一会儿，白玉彤回来了，她颤着声音说："妈，他在哪里？"

曹莉解围裙："下面发生什么事了？"

"我也不清楚，他好像被野狗咬了，那条狗好大，他还把野狗打死了。你知道吗？那狗的脑浆都被他砸出来了，他就是个神经病，你说他会不会有一天……"

"闭嘴！"曹莉发现自己的声音也在颤，她勉力镇定，却想起继子那被咬穿了几个洞的裤子。

不、不会染了什么病吧？

曹莉心机深，热爱“宅斗”，然而在这种关乎人命的问题上，她还是觉得腿软。

母女二人都不敢去敲那扇紧闭的门，曹莉只能给还在工作的裴浩斌打了电话。

白玉彤牙齿发颤：“太可怕了，我不要和他待在一起。我要出去。”

曹莉狠狠掐了她一下，压低声音道：“要是你裴叔叔回来了看到你这样，你还想在裴家过好日子？喝西北风去吧你，要蠢别连累你妈我！”

白玉彤不敢出声了。

门铃被按响。

白玉彤被支使去开门。

她看见了一双带泪的眼，门外的少女带着初秋的瑟意，一张小脸有着令白玉彤无数次恨得咬牙的动人美丽。

可这张美丽的脸的主人到底是个不到十六岁的小姑娘，哭得眼睛红通通的。

白玉彤蒙了，都快忘了害怕。

贝瑶从不来他们家，这是白玉彤母女搬过来后第一回。

白玉彤心想，这个好看的姑娘，该、该不会是，为了她那个残疾的、半死不活又没人管的继兄吧？

/ 35 / 牵挂

白玉彤心中怪异不解，贝瑶问她：“我能进来看看裴川吗？”

少女嗓音清甜，因为带着鼻音，多了几分别样的软。白玉彤暗恨，心想，天知道那个继兄死没死呢，万一被传染也变成了疯狗，刚好逮着谁咬谁。

她和妈妈不敢去看，贝瑶就来得刚好。

白玉彤错开身子，让贝瑶进来。

曹莉母女对视一眼，均没有吭声。她们看着贝瑶走到那扇紧闭的房门前。

少女屈起指节："裴川，你还好吗？"

目光略微空洞的裴川从床上坐起来："你来做什么？"

贝瑶压抑着哭腔："我看到你受伤了，我们去医院看看好不好？"

裴川低声道："你走吧，我没事。"

贝瑶心中担忧又难过，怎么也不可能走。裴川知道她还在外面，曹莉母女肯定也在。

裴川看看墙角报废的假肢，闭了闭眼。因为刚好伤到小腿，那些人看到他破掉的裤腿，第一眼竟也是去看他那独特的假肢，而不是狰狞的伤口。

这个房间就像囚笼，失去一双假腿，他连自己走出去都做不到。

"裴川。"贝瑶声音轻轻的，她贴在门边，却又什么也说不出来。

裴川其实不需要她的可怜。

他与贝瑶分别一年，像正常人那样生活工作。他学会了打球、打牌，坚持练拳击。他多希望初见到贝瑶的时候，他就是正常健康的模样。

他渴望成为一个正常强大的男人，而不是像小时候那样，一个靠博同情亲近她的残疾人。

可假肢一坏掉，他竟然连从地上爬起来都那么吃力。

裴川知道再待下去，肯定是裴浩斌回来带他去检查。

他不想要这样的结局，这么多年，哪怕是自己的亲生父亲，也没再看过他的残肢。

裴川拿出手机："王展，假肢坏了，过来接我。"

裴川不是坐以待毙的人，又过了一会儿，他挪到床边，把许久没用过的轮椅拉过来。

这是他十四五岁时裴家给他买的轮椅，远远没有后来他单独住公寓时的轮椅好。然而他靠着手臂力量，轻易就坐了上去。

秋天的被子尚且单薄，裴川把它拉下来盖在腿上。

他驱动着轮椅，把角落里的假肢收到储物箱里。

做完这一切，他只有双手沾着野狗的血。

裴川垂下眼，打开房间的水壶。

水很烫，是曹莉为了表示“关心”烧的开水。裴川却没有等待它冷却，贝瑶在他房间外站了太久了。他倒在杯子里，水顺着他手指流下来，他手指轻轻颤抖，一言不发，把手洗得干干净净。

他收拾好这些，然后开了门。

贝瑶没想到面前这扇门会突然打开，她眼里还带着盈盈泪水，像清晨树梢的露珠儿。

少年唇色微白，他看了一眼贝瑶：“你回家吧，我没事。”

也习惯了不是吗?

曹莉意外裴川会出来，然而她也不知道说什么。白玉彤的反应就直观多了，她一直知道继兄没有双腿，可是以往每次见到他，他都戴着假肢，和正常人没什么区别。

这是她第一次见到裴川坐在轮椅上，清清楚楚认知到他身有残疾。

这位继兄分外不好相处，她至今记得那条狗脑浆迸裂的凄惨模样，以至于不敢出言讥讽裴川。

没一会儿门铃响了，这次裴川没看任何人，他推动着轮椅过去开门。

轮椅之上，他手指修长有力，掌心却埋着没人看到的红肿。

门外的人正是王展。

王展穿着白大褂，在呼呼喘气，他开车过来然后几乎是一路跑进小区的。

“裴川？”

裴川点点头，王展会意，推着他走。

曹莉母女一直没开口，裴川来的时候引起了一家人安静，走的时候也是安安静静的，像是这个家的过客。

出任务的裴浩斌还没来得及回来，裴川早已不是幼年那个什么都做不了的自己，他有能力安排好后路，挺直脊背离开小区。

贝瑶擦了擦眼泪，无言跟在他们身后。

王展诧异地回头，对于裴川的私事，这位医生是不管的。这小姑娘漂亮得紧，让人难以忽略。然而他的主顾，脾气一向很差的裴川没有赶她走，王医生也只好当作视而不见。

裴川坐轮椅下楼梯时是极为困难的。

何况裴川体格并不瘦弱，王展是文人，带着他的人和轮椅下去很艰难。

他们老小区没有安装电梯，下到二楼的时候，王展实在没了力气，手一抖，轮椅向下滚去。王展吓得心头一跳，却见裴川一只手抓住了栏杆，稳住了自己和轮椅。

然而裴川的表情并不庆幸。因为这个动作，他盖住腿的被子往下滑了。

另外一只手只来得及抓住被子边角。几乎是一瞬间，他选择松开握住栏杆的手，宁愿摔下去，也不要掀开这层布，露出空荡荡的裤腿。

丁香的香气绕过来，她用一双纤细的小手扯住被子往上拉，好好盖住他的腿。

他低眸，对上少女一双红通通的杏儿眼。

她抿唇，努力想帮着王医生把轮椅扶正。裴川握住她纤细的手腕，把她的手从自己轮椅上移开。王展轻轻地叹口气，认命地使出吃奶的劲儿帮这位爷下楼。

晚上，夜色悄然降临。

王展协助给裴川安装假肢的人把新的假肢弄好，这两年裴川长身体，残肢的数据不时会更换，但是作为裴川的主治医师，王展对他的情况很清楚。

一行人忙忙碌碌到晚上八点半，都市的霓虹灯已经亮起来了。

裴川装完假肢，王展舒了口气，然而王医生忍不住数落道：“你干了什么，假肢都能坏？”

裴川的假肢仿真防水，是目前国内比较高级的假肢了，坏到不能用，是得多可怕。

“杀了条野狗。”

王展瞠目结舌，还以为他在开玩笑：“什、什么？”他赶紧道，“我给你检查下身体。”

裴川拂开他的手：“没被咬到别的地方。”

裴川也觉得可笑，竟然是假肢救了他一命。

他下了病床，王展说：“她还在外面等呢。”

也不知道这混账小子是什么用意，竟然让那小姑娘一路跟着来了。

裴川低低嗯了一声，他知道。

他推开门，秋天的夜有些凉，城市的灯光次第亮起。贝瑶规规矩矩地坐在医院蓝色的陪护凳子上，一见他出来，大眼睛紧张地盯着他看。

他走过去，问她：“冷不冷？”

贝瑶摇摇头，她害怕问那个结果，却还是颤着声音问了：“你没事吧？”

裴川说：“没事。”

她张了张嘴，今天一天发生的事，几乎颠覆了她多年来的认知。人情冷暖，裴川早已看了个通透，唯独她过得纯真快乐，希望他当一个好人。

可是人人这样对他，他有什么理由当一个好人呢？

孩子们的父母都心慌地看着自己的宝贝，就连赵芝兰，也是快被亲生儿子贝军吓晕了过去。

贝瑶难过极了，她觉得羞愧。

小时候看世界是美好无比的，有些东西却迫使着少男少女们成长。

已经比较晚了，贝瑶出门前告诉过贝立材，然而从市医院回家的车并不那么好等。裴川没开他自己的车来，他也没提出让王展送。

他带着贝瑶往前走。

夜风轻轻，少年双手插兜里。裴川话一向不多，如果没人和他说话，他能自己安安静静待一整天。

月亮出来了，高悬在空中。

贝瑶慢慢跟着他的步伐，一双眼睛眼尾的红还没消失。她越想越难过，如果裴川没有自己回来，她是不是就已经把他弄丢在岁月里了？

有些事情，无关懵懂的爱情。

她左看右看，看到一个卖氢气球的老人。贝瑶说："裴川，你等等我。"

裴川站定步子，看她小跑着过去，冲那老人比比画画，指了指上面的气球。老人给她拿了一个蜻蜓气球。

她牵着它，又一路小跑回来。

无数孩子都看着她和她的气球，她说话带着鼻音，是女孩子独有的软糯："裴川，你伸一下手。"

他拳头握紧，伸出兜里的左手，没让她看见掌心还没消去的红肿。

贝瑶把气球的线捆在他手腕上，她打了一个结，那可怜的气球在他们之间飘来飘去，滑稽极了。

裴川却没把它解下来。

充气的蜻蜓轻轻飞在空中，像她指尖不经意的触碰。

他的自尊压不过渴望，所以她如今在这里。

裴川低声问："你做什么？"

贝瑶说："对不起，都是我不好。你一年前离开家，是不是很难过？"

他静静地看着她。

少女忐忑地露了一个笑，像露珠儿掉落枝头，在月色下极美，她安静等着他的回答。

那一瞬他没了一年来的张狂和浮夸，反而有些心酸。

他说："没有。"

他本性本来就坏，哪来的难过？他只是想走就走了。

她说："我小时候差点走丢过一次，我妈妈就在我手上绑了一个氢气球，她说这样就能一眼看到我把我找回来了。裴川，对不起，没能找到你，请你原谅我。”

他的眸光落在她身上。

秋夜有些冷，她穿着一件米色中长袖的外套，被凉风吹得有些瑟缩。只是笑容明媚起来了，她伸出一只白嫩嫩的小手："给你打一下，原谅我好不好？"

就像是小时候他怒极了她老过界，她怯生生地问，给你打一下，原谅我好不好？

长街头。

风声入耳，他的心陡然软成一片。

她有什么错呢？一直以来，是他对她不好。

她没变，是他更坏了。

他更想握住这只手，本来让她跟着来，就是该握住的，可是到底没有。

他绝望地想，他完了，竟然更喜欢她了。

所以他说："回家了。"

再多阴谋诡计都没有用，都抵不过她真实又近在眼前的笑容。原来有人从来没有想过抛弃他。

回家的最后一班车如约而至，车子摇摇晃晃。

贝瑶头一次睡得这样安心。

裴川坐在她身边，窗户开了一小条缝，这条路的路灯微暗，树影遮不住月光，外面只有一家老旧唱片店，放着更老的歌曲。他凝神细听，是李克勤的《月光小夜曲》，他偏头看她，她长睫垂下、毫无防备熟睡着——

……

但我的心每分每刻仍然被她占有

她似这月儿仍然是不开口

提琴独奏独奏着明月半倚深秋

我的牵挂我的渴望直至以后
仍然倚在失眠夜望天边星宿
仍然听见小提琴如泣似诉再挑逗
为何只剩一弯月留在我的天空
这晚以后音讯隔绝

人如天上的明月是不可拥有。

他心中酸楚、悲哀，却又庆幸还没来得及真正伤害她。

Chapter 6

招牌开心汤圆

/ 36 / 赔礼

贝瑶是被司机叫醒的："小姑娘，醒醒，你到站了。"

她睁眼，才发现正好是离家最近的公交站，而她身边空空的，一个人也没有。

"叔叔，我身边那个男生呢？"

司机看了眼后视镜："他呀，早下车了，让我在这一站叫醒你。"

"谢谢。"贝瑶下车，夜色空蒙，她有些失落，裴川又离开了。她从兜里摸出手机，打通他的电话。

那辆公交车从她身边开过去，最后一排的少年按了接听键。

司机忍不住心里吐槽，他一大把年纪了，非要让他一起撒谎骗人家小姑娘，明明没走，坐到了最后一排，啧，年轻人啊。

"裴川。"

他轻轻应："嗯。"

"你不和我一起回家吗？"

裴川回头，她一个人的身影在夜里冷清清。公交车启动很慢，可是再慢，她的身影依然会消失不见。

他说："不回去了。"

不再算计你，自然不会再回去。

贝瑶鼻子一酸，仿佛刚刚说好的，他又反悔了。

裴川说："快回家吧，注意安全。"

他挂断电话，让司机停车，他要在这里下。

司机忍不住骂道：“这是哪里你知不知道啊，公交车不能停靠。”

裴川说：“停下。”

司机怒了：“你讲点理啊同学！”刚刚有站你不下，现在才开了三分钟你让我停！

裴川取下窗边的安全锤。

片刻后，司机一脸铁青地停了车。裴川把自己钱包里的钱给了司机，司机一看，脸色又变了，厚厚的一沓钞票，这个车停得值啊。

他回头，那少年的背影已经消失在了夜色里。

凄冷的夜，贝瑶挂了电话，这段路的路灯坏了，她靠着行道树走。

秋风夹杂着路边浅淡的花香，她出门时身上穿着外套，有一段路漆黑，她抱着双臂，往回家的路走。

走了好几步，她回头，身后空荡荡的，没有人。

终于走到了有路灯的地方，她松了口气，步子也略微慢了点。这条路其实她已经很熟悉，上学的时候走过无数次，后来山石树木都变了，回家的方向依然没有变。

她还可以回家，裴川却没有家了。

她记起今天曹莉母女的疏离，心里一阵闷。在那样的家里待着，谁都会难过，所以裴川才会再次离开。

裴川远远跟着她，在贝瑶回头之前，躲了起来。她纤细的身影走到有路灯照亮的地方，他远远看着，看她拐了个弯，回到小区。

裴川这才离开，走回去，靠着公交站台，摁亮打火机，照亮漆黑的夜。

他眯眼看着无边的夜色，没有一个人影。

脚下一地烟灰，所幸今晚没有下雨。

贝瑶敲开门，开门的是赵芝兰，客厅的灯大亮着，已经快晚上十点了，赵芝兰和贝立材都没睡，就连以往睡得很早的小贝军也在沙发上眼巴巴看着。

贝瑶一进来，赵芝兰紧张地问："裴川没事吧？"

贝瑶轻声说："没事。"

夫妻俩均松了口气，赵芝兰搓了搓手，一向爽朗干练的女人此时有些局促："是我们不对，当时应该……"她咬牙道，"唉，多说无益，我明天就去裴家赔礼道歉。"

她是真的很愧疚，心怦怦跳，生怕裴川出事，后来反应过来了，然而连他去了哪家医院都不知道。

毕竟人家是为了救贝军，裴川还是赵芝兰看着长大的孩子，真出了事，她一辈子都会良心不安。

一旁的贝立材闻言也松了口气。

四岁的贝军从沙发上过来，他嗓音很脆，带着犯了错的怯意："姐姐，对不起。我明天去向裴川哥哥道歉。"

贝瑶蹲下来，轻轻摸摸孩子的头："对不起，不是你的错，是姐姐的错，不该迁怒你。姐姐今天打了你，还疼吗？"

贝军抱住她的脖子，拼命摇摇头。

贝瑶心中酸涩，让他去睡觉。贝军经此一事，听话了不少，平常当成宝贝的小剑今晚也没拿，不需要赵芝兰哄，自己就去睡觉了。

"那孩子……"赵芝兰叹息一声，"要不是他，我们家贝军恐怕就……"

贝立材也懂，他拍拍妻子的肩膀："别想了，明天一起去给人家道谢。"

"娟儿离开那年，我们就知道他不好过，这些年来，也没关怀过他，白让他叫了那么多年姨。哎呀不行，现在就去裴警官家。"

贝立材想拦："这都多晚了，明天买点东西再……"

贝瑶说："他没回来。"

夫妻俩都看向贝瑶，贝瑶轻声道："裴川没回家，去其他地方住了。"

赵芝兰心想，他们这些邻居，今天肯定也让裴川伤了心。她说："裴川才多大，自己在外面那么久，肯定生活都不容易。瑶瑶你知道他的学校吧，明天给他带点东西过去。"

这次贝瑶没拒绝，点头："好。"

对面四楼的居民房。

裴浩斌也早就回来了，曹莉观他黑透了脸色，忐忑道："我也不知道他有没有事啊，我和彤彤都没拦住他。"

白玉彤连忙点头。其实她心想，这么晚还没回来，该不会真出事死外面了吧？听说得了狂犬病什么的挺吓人的，还好他自己跑到外面去了。那个贝瑶也跟着，还真是不要命啊。

然而这些揣测白玉彤是不敢给裴浩斌讲的，像她妈妈说的，裴川再怎么样，也是裴叔叔的亲儿子。要是出事了，裴叔叔心里怎么都不会痛快。

裴浩斌说："我再出去找找。"

曹莉拦住他："浩斌，这么晚了上哪里去找啊？市医院离我们家这么远。而且你一个人，又不知道他去了哪家医院，等赶过去都半夜了。不如明天上班让同事一起找找，啊？"

裴浩斌知道是这么个道理，他颓然坐在沙发上。

裴浩斌做了一宿噩梦。

梦里是裴川才出生时候的模样，粉雕玉琢，别人家的孩子一岁时还在牙牙学语，他就会背诗了。那时候裴川是蒋文娟和裴浩斌的骄傲，夫妻生活美满。

可是转眼，那双断腿被装在盒子里，血液渐渐凝固，他捧着那个盒子，脑海里像是有根弦一下子断掉了。

那一年国家发了很多慰问的东西，还有代表着荣誉的勋章。

他泪眼看着那些勋章和慰问的东西，在夜里惊醒过来。

周一，贝瑶去上学。

六中早晨举行升旗仪式，同学们陆陆续续下去。

贝瑶穿上蓝色的校服外套，里面是一身简单的纯棉T恤。她的长发绑成马尾，微卷的发尾垂在肩头，和同学们一起往下走。

目光所及，尽是六中穿着校服的学生，肩上一个海豚标志，一眼看过去倒是挺赏心悦目的，只是人头攒动，下楼实在困难。

陈菲菲说："困意都给我挤没了。"

贝瑶捏着口袋里赵芝兰给的钱，它装在红包里面，贝瑶怕挤掉了。

吴茉从人群后面跟上来，挽住陈菲菲的手："那件事你们没说出去吧？"

那件事，自然是指的她"网恋"的事。陈菲菲有些生气吴茉以小人之心揣度她们，气哼哼说了句："没有。"

贝瑶一时没反应过来哪件事，见吴茉殷切地看过来，她这才摇摇头。

吴茉松了口气，她们一同下到操场集合的地方。

吴茉心里藏了事，她下定决心，走到贝瑶身边："上次你说是裴、裴川说那个人是坏人，你认识裴川吗？"

贝瑶点点头。

吴茉不经意道："哦，那天在'倾世'遇见他，是他帮我解围的，我想谢谢他。"

贝瑶还没说话，陈菲菲一把将贝瑶拉过去。

陈菲菲说："你要谢就去啊，关我们贝瑶什么事？贝瑶又不熟。"

陈菲菲动作太大，周围的人都看过来。

吴茉脸色有些难看："陈菲菲，你什么意思啊？"

陈菲菲说："没什么意思啊，裴川名声本来就不怎么样，而且他名气那么'大'，你在我们学校随便找个人就问到了，你非要问贝瑶做什么？"

吴茉不说话，绕开她们走了。

大家都排好队的时候，贝瑶突然开口问："菲菲，你知道裴川在哪个班吗？"

陈菲菲差点跳起来，她用一种恨铁不成钢的眼神回头看着贝瑶："不是吧，你还真要帮吴茉问啊？我跟你说，她自从上次被骗以后变了好多，你别掺和她的事。"

贝瑶笑了："不是，我没帮她问。我也有事要感谢裴川。"

"你你你……"陈菲菲郁闷死了，"他看着也不像是好人啊。好吧好吧，我听说是九班，他升学了，那就是高二（九）班吧。"

“谢谢你。”贝瑶有些愧疚，她确实连裴川读哪个班都不知道。

“你别和吴茉说啊。”

贝瑶杏儿眼一弯，也轻轻说：“不说。”

六中放学时不管束学生，所以贝瑶轻松就出了校门。

三中六中之间的公交车五分钟一趟，她几乎一过去就坐上了车。

没一会儿，车子在三中停下来，贝瑶上次就随着师甜来过这里。三中自然也放学了。

贝瑶问了下路，按指路走到高二（九）班门口。

三中管束严格得多，还有值日的同学在卖力扫地。有人抬头见到贝瑶，目光凝滞了一秒。

她身披晚霞，穿着蓝白色校服，眸光盈盈，因为在找人，波光流转，有种说不出的绮丽。

好、好漂亮。

那个扫地的女生一下子红了脸，她戳了戳旁边的女生，然后呆滞一瞬的人又多了一个。

“打扰一下，你们班的裴川在吗？”

女生说：“在……啊啊不在，你找他吗？他多半在学校外面那家饭馆，最大的那家，上面有游戏城那家。”

女生很可爱，贝瑶忍不住对她轻轻一笑。

等贝瑶走远了，那个女生激动得掐住同伴：“就是她，上次跳舞那个女生。一中、三中、六中公认的联盟校花！”

同伴快被掐死了：“放手放手！什么联盟校花？”

“一中、三中、六中最好看的人，就是联盟校花！她真好看，我的天，她还没化妆，比我们班卫琬漂亮到哪里去了啊，我的天呀。”

“小心卫琬打死你！”

三中外面最大的饭馆，裴川跷着腿在抽烟。

金子阳请客，季伟在窗边哭。

金子阳哈哈大笑："伟哥，喂喂伟哥，别哭了啊，男子汉流血不流泪。"

季伟边哭边擦眼镜："我不想和你说话。"

金子阳要笑疯了，连裴川嘴角都露了一个笑意。

季伟真的太惨了，三中今天下午发成绩。金子阳靠瞎猜英语成绩蒙到了 38 分，季伟认真考试考了 37 分，季伟一看差点哭晕。

偏金子阳这货缺德，还把三张卷子带出来了。

分别是裴川 53 分、郑航 46 分、金子阳 38 分。他故意拿在季伟面前晃，季伟又哭上了。

金子阳："哈哈哈哈哈哈！"他的新女同桌也在一旁捂着嘴笑。

看在伟哥每次做四份作业的情分上，郑航还是很可怜他的，他拿起自己那张卷子，折了个纸飞机。

"伟哥，成绩嘛，一个纸飞机的事。"郑航折好纸飞机，冲着窗户放飞下去。

那飞机在秋风里一扬，慢慢落进少女怀里，她微怔。

郑航低头，那少女抬眸。

一张瓷白精致的小脸落入他的眼睛，比卫琬多了八分的娇美，一双清瞳像是秋天漾着落叶的湖，让郑航心一跳，他回头："川哥，那个……"他想了许久，发现并不知道六中校花叫什么名字。

上次夏令营，郑航眼里只有卫琬，而且进入丛林后他与贝瑶也没有任何交集。

他吞吞吐吐半天，脸反而有些红。

少女已经上楼来了。

木板咯吱响，二楼竟是带着竹香。裴川猝不及防，就对上了她的杏儿眼。

那两张不及格的试卷堆在桌子上，她倚在门边，轻轻喊："裴川。"

声音清甜温柔，像三月的风，连不懂风情的金子阳都忍不住回了头。

一屋子人，在她清亮柔和的目光中，话都说不出来。

"这是你们的吗？"她拿起纸飞机，纸飞机的机翼上一个鲜红的"46"。

裴川抿唇，他拿过瓷杯子，盖在摊开的自己的试卷分数上。

这张卷子，他只做了一小部分。他下次不会这样了。

他起身，从她的小手中接过纸飞机："走吧。"

她跟在他身后，裴川带她上了楼。

金子阳的女同桌问："她是谁啊？"

金子阳："六中校花，美不美？"

"裴少的朋友啊？"

金子阳感兴趣极了，就连郑航也抬起了眼睛："怎么说？"

女生笑着移开卷子上的瓷杯，露出随性鲜红的"53"。

/ 37 / 疼吗

三楼是孩童玩具城，比起二楼，这里充满童真与欢乐。

裴川低眸看她，她从校服左边口袋里把一个"平安快乐"的红包拿出来。贝瑶真诚极了："谢谢你救了贝军，我妈说我们家没有什么能感谢你的，她想来看看你，可是你不住裴家了。"

他漆黑的眸光落在红包上。

少女脸颊粉粉的："嗯……红包里钱不多，我家有些穷，你知道的。这是我爸妈的心意。"

裴川长这么大，第一次有人给他送钱。

他知道自己在他们六中名声可能不好，然而她还是给了。裴川低声说："不用，我不缺钱。"

她抬眸看他，眼神纯净："好吧。"贝瑶把红包放回了左边口袋，然后从右边口袋里拿出一个东西。

他目光凝在她手上，片刻心跳加快。

少女语调软糯糯的，询问他的意见："这个可以收下吗？"

一支"京万红"烫伤药膏，在当时只卖几块钱。

"裴川，手还疼吗？"她的声音又轻又软，丝丝缕缕往人心里钻。

他知道自己不该接受，原也不能接受的，他应该像拒绝那个毫无分量的红包一样拒绝她。可他僵硬着身体，如鲠在喉，心跳加速，伸出了自己的右手。

裴川掌心的纹路是断的。

据说这样的手掌打人很痛，可是断掌的人能吃苦，又勤劳。少年练拳击，骨节宽大分明，掌心还带着没消下去的红肿。

她轻轻放在他掌心里："以后不可以用开水洗手知不知道？"

他声音低不可闻："嗯。"

这是昨夜她替他捆氢气球时发现的，一联想他房间地板上滴落的还冒着热气的水就明白了。贝瑶一大早到学校后先去了医务室。这时候傍晚六点半了，贝瑶没吃饭，得在八点钟之前赶回去上第一节晚自习。

裴川知道她得走。

他握紧那个药膏的盒子，把它放进自己兜里。

"裴川再见，我回去了。"

他注视着她下楼，少女纤细单薄的身影逐渐走远。

二楼雅间门开着，饭菜都凉透了，裴川还没回来。金子阳心大，坏笑着说："我们找找去啊。"

他们上楼，裴川站在窗前，手插进裤兜里，安静又无言。

这个如山一般沉默的少年，一点也不像他们认识的川哥。

金子阳说："川哥，还吃饭吗？"

裴川摇摇头："不吃了。"

十月清秋国庆节，普天同庆的日子里，学校也放了假。

电视里在放阅兵仪式。

十月二日晚上下起了雨，小雨淅淅沥沥，却不能阻止窗外一片热闹欢庆。祖国越强大，人民的日子就越好过。裴川在房间换衣服，猝不及防，一颗小小的纽扣掉了出来。

他神情有片刻凝滞。

那个纽扣模样的遥控器，像是潘多拉魔盒，诱惑着他去打开。他没有丢掉它，却也一次都没有按开过它。

裴川把它捡起来，放在书桌边，转身去浴室洗澡。

他洗完了回来，目光却又聚在它上面。他抿唇，告诉自己，就听这一次。

他按开了它，打开自己的蓝牙耳机。纽扣上的小光点在东南方跳动，像他不规律的心跳，砸得人胸口发闷。夏令营结束以后，它没有被损毁。

耳机里短暂的电流声以后，他听见那头儿也是淅淅沥沥的雨声。

随后赵芝兰说："瑶瑶，收一下衣服。"

少女软软答道："妈妈，收过了。"

赵芝兰匆匆进屋，女儿在房间写作业，儿子贝军在沙发上抱着小剑睡着了。贝军蜷缩成一团，脸蛋上带着泪，身上盖着贝瑶搭上去的被子。

他被惊醒，睁眼就看到了赵芝兰，然后哇的一声大哭："妈妈！"

赵芝兰被他脆生生的嗓音吓到了："怎么了？"

"我把姐姐的娃娃丢进洗衣机了，我不是故意的。"

赵芝兰眉头一挑，冲到自家阳台一看，果然衣物收得干干净净，再一看他们家的垃圾桶里，一只熊猫玩偶滑了线，被洗褪了色，棉絮已经外翻，破烂不堪。

赵芝兰回头，见贝瑶摸摸贝军的头，贝军更伤心了："我不是故意的，我看到小熊脏了。"

赵芝兰简直想把这个精力旺盛又瞎好心的熊孩子打一顿。

赵芝兰说："这个玩偶陪了姐姐快十二年，你都得喊这熊猫一声哥哥，你竟然给我丢洗衣机洗坏了！"

贝军睫毛湿漉漉的，他长得和贝瑶三分像，像是漂亮的瓷娃娃，他悲从中来："对不起，熊大哥，贝军错了。"

贝瑶没忍住笑了："好啦，姐姐没怪你。"

赵芝兰凶道："你妈我怪你，过来挨打！"

贝军抽噎着过去了，赵芝兰给了他的小屁股一巴掌。贝军躲也不躲，挨了这一下说："我有零花钱，给姐姐买一个一样的。"

这孩子调皮的时候让人头疼，懂事的时候又让人心疼。

赵芝兰想说，十二年前并不独特的玩具，你小子去哪里买？却见贝瑶摇摇头，她心中失落，却知道贝军并不是故意的。小孩子比她还难过，她拉着弟弟："好啊，不要小熊猫，买只小兔子好不好？"

贝军揉揉眼睛："姐姐喜欢小兔子吗？"

"对呀。"

"那我给姐姐买小兔子，我们幼儿园旁边就有卖！"

"谢谢小贝军哟。"

小孩子破涕为笑。

那头儿雨声淅淅沥沥，人声却逐渐远去了。裴川回神，把纽扣丢进垃圾桶，闭上眼睛。

半晌他重新穿衣服起床，秋夜有些凉。他开着车，循着玩具店一家家找。

他的车改装过，外人却不能明显看出是适于残疾人使用的。毕竟是好车。

手机里照片的像素并不高，一个十二三岁的小女孩，旧书包洗得发白，她回头，大眼睛弯弯，装上整个星空的色彩。画面有些褪色，那个她一上课就喜欢无意识揪一揪的小熊猫憨态可掬。

他指给店主看。

店主摇头："哪来这种东西啊？我们店里有更好看的，要不要？"

他开车穿过大街，轮胎溅出水花，穿行在城市的夜里。

天空渐渐明亮，朝阳升起来。裴川才明白，有些东西存在岁月里，十多年过去，整座城市再也寻不到第二个。

裴川靠在车里醒了醒混沌的头脑，金子阳这时候打电话过来："'倾世’呢，来不来？”

他哑着嗓音：“来啊。”

他都不知道这一夜在干什么，敲了多少次门，又在疯狂渴望什么。

他掉转车头，去了“倾世”。

金子阳懒散地打了个呵欠说：“今天约了很多人过来玩，我昨晚就在‘倾世’睡的。川哥你怎么也起这么早？咦，衣服还湿了。”

这货探头往外一看：“没下雨啊。”

裴川没理他。

他靠在沙发上，残肢隐隐作痛。事实上即便那车经过改装，也不是让他用来这么糟践自己身体的。

裴川叫了一杯水。

喝下去，他轻嗤了一声，笑自己昨晚蠢。窃听这事，用在他亲爸亲妈身上，不是让他的心更冷了吗？用在她身上，他昨晚又在发什么疯？

他不会再去的，他又没疯！

金子阳说：“这里啥时候安了个这玩意儿啊？哈哈哈娃娃机，夹得起来吗？”

他投了个币，还没夹呢，就见川哥大步过来，那眼神恨不得粉碎了这机器。

“找人把这个打开！”

金子阳：“哦哦……啊？”不是吧？！

金子阳去前台问，前台说：“钥匙没在我这里，还早呢，昨天装那个的师傅没来。那个东西才安的，给女孩子们夹着玩的。”

金子阳把前台的话如实转告了。

裴川死抿着唇。然后他兑换了一百个币，一个个往里扔。

金子阳目瞪口呆：“……”

裴川并不会这个，要么娃娃都没碰到，要么夹不出来，金子阳都看不下去了：“算了吧，你喜欢，要不买一个安家里玩啊。”

第七十三个币，他夹起来一只粉猪。

金子阳激动惨了："厉害厉害！"

却见裴川又兑换了一百个，接着夹。

紫猴子、蓝精灵、小蜜蜂、长耳兔……

一个又一个被夹出来。

金子阳从围观到了绝望，干吗啊这是，要夹空吗？川哥什么鬼爱好？

郑航来了也愣了一下："川哥这是？"他和金子阳身边堆了一地乱七八糟的娃娃。

"走火入魔了，都五百多次了吧。"

手不嫌疼吗？机器都要给玩坏了。

一个黑白分明、憨态可掬的小熊猫玩偶最后掉落出来。裴川捡起它，往外走。

金子阳怀疑自己没睡醒："什么？站了一早上，为了看川哥夹一个没老子巴掌大的熊猫玩偶？"

十月三日的清晨，空气分外清爽，昨晚下了一夜的雨，空气里都沾了浅浅的湿气。

家里贝军起得最早，窗帘被刮得一动一动，他揉揉眼，看见了一个玩具遥控飞机。

"哇！"好酷啊。

贝军裤子都没穿，跑过去拉开窗帘，好在窗户没关，否则以他一个小肉团，是推不动窗户的。

遥控飞机仿佛明白他的心意，飞进来，落在他手里。

沉甸甸的，上面系着一个呆萌的小熊猫玩偶。

贝军并不知道它意味着什么。

对于孩子来说，这就像是超级英雄一样给力，他欢呼着跑出门，又因为没穿裤子挨了赵芝兰一顿揍。

他满不在乎，举高手中的小熊："姐姐的小熊回来了！是超人带来的！"

赵芝兰给他套上裤子，一看不得了，还真就是一样的。

贝军去敲姐姐的门，使劲叫唤，兴奋极了。

贝瑶打开门，少女长发披在肩上，她蹲下来，拿下弟弟手中的小熊猫。

贝军问："是超人送回来的吗？"

贝瑶温柔带笑的眉眼沐浴在晨光里，她偏偏头，指尖触上小熊猫，它还带着清晨的湿意。

她轻轻告诉弟弟："是呀。"

她拿着小熊猫走到窗前，蔷薇花缠绕枝头，她垂眸看下去，小区门口只有一片葱茏的绿意，仿佛那个人从未来过。

/ 38 / 怀里

十月份收假回来，上完晚自习后贝瑶看到了抽屉里的一封情书。

粉色的封面，上面还撒了金粉，看上去漂亮又用心。六中管理虽然没有三中那么严格，但还是禁止早恋的，少男少女们鲜少有明目张胆表白的，就连写情书也非常需要勇气。

贝瑶看了一眼封面，上面写着一个男生的名字——韩臻。

笔力洒脱，字写得特别漂亮。

贝瑶知道韩臻，高二（一）班一个个子高高的男生，是一班的第一名，上次统考名次在自己前面几名，贝瑶年级第七，韩臻年级第三。

贝瑶把它放进书包，身边写作业的吴茉顿了顿笔，抬起头玩笑道："贝瑶，韩臻的情书呀，你不看看吗？"

贝瑶偏头看她，教室里白炽灯明亮，映在贝瑶一双清瞳中，盛开星星点点的碎光，有种惊人的美丽。吴茉握紧了笔："你怎么不说话？"

贝瑶小脸严肃地说："吴茉，我尊重你的隐私，也请你尊重我的隐私。"

吴茉有些难堪，几乎整个高二的同学都知道校花贝瑶脾气不错，她成绩好，从来不吝给同学们讲题。一双杏儿眼清透美丽，长睫软软的，一笑甜到了人心里去。

这样的人，鲜少讲重话，大家都很喜欢她。可她今天这样，就是责备吴茉看她隐私了。

吴茉放下笔："我也不是故意看到的啊，他名字就写在封面上，能怪我吗？我只是开个玩笑，你至于这样吗？"

其实那封情书到底是偷偷放在贝瑶课桌里的，放得很深。如果吴茉不是有意看，是看不见的。

贝瑶不知道情书有没有被拆开过，但是就如陈菲菲所说，吴茉变了很多。成长磨砺了许多人的性格，像方敏君、陈虎，都在越变越好，而吴茉显然糟糕了许多。

贝瑶也不与吴茉争辩，陈菲菲一过来，她就和陈菲菲一起走了。

同学们都在收拾东西准备离开，吴茉心里难受极了，像是压了什么。

上次的事情后，寝室的三个人都在有意疏远自己。吴茉心想，她们为什么会疏远自己呢？是不是看不起她，觉得她贪财，往更严重的方向想，她们会不会觉得自己"不干净"？

吴茉又羞愤又委屈，凭什么呢？自己也是受害者，她们怎么可以这么对她？她并不信任室友，总觉得有一天她们会讲出去，那样自己的名声就毁了。

寝室里一共四个人，吴茉最羡慕贝瑶。贝瑶家境最差，可她人缘好，长了一张所有人都羡慕的脸，而且一个寝室的同学，最清楚贝瑶身材有多好，贝瑶几乎拥有吴茉一切最羡慕的外在。她无法理解陈菲菲和杨嘉为什么能心无芥蒂地和贝瑶站在一起，还那么喜欢她，难道不会觉得自卑吗？

教室灯一关，吴茉本来要回教室，可是越想心里越不是滋味。

自己"声名狼藉"，贝瑶却"冰清玉洁"。偏偏喜欢贝瑶的还都是很好的人。

她脚步一转，往学校的香樟林走。

她看了那封情书。

香樟树下，一个修长挺拔的少年在忐忑地等人。

吴茉说："韩臻？"

少年回头，露出一张清秀的脸，他长得真不错，符合这一年校园女孩子的审美，清秀干净，一笑温和。

韩臻看她有些眼熟："请问你是？"

"我叫吴茉，是贝瑶的室友。"

韩臻脸红了，他想过很多种可能，贝瑶会来或者不会来，可是没想到来的是她室友，他只好礼貌地道："你好。"

吴茉微赧道："贝瑶看了你的……她没来，贝瑶学习挺努力的，你别打扰她了吧。"

韩臻失落道："嗯，我知道的，学习为重。"

吴茉说："其实也不是，你知道的，喜欢贝瑶的人挺多的。"

韩臻抬头，听她讲。

"可是贝瑶觉得，大多数喜欢她的人都是肤浅地喜欢她的容貌，你真的敢当面对她表白吗？什么都不怕的那种，让所有人都知道的那种？"

韩臻家世不错，从小的教养也很好，他下定决心，轻咳一声："好。"他追问吴茉，"这样她就会答应吗？"

吴茉心一跳："肯定啊，她跟我说，她喜欢勇敢坚定的人。"

韩臻说："我明白了，三天以后秋季马拉松比赛，能请你帮我带个话吗？请她在终点等我。"

回到寝室，其他室友都洗漱完了。

陈菲菲说："吴茉，你怎么这么晚才回来？阿姨都差点关门了。"

吴茉有些心虚，不敢看贝瑶："我肚子痛，在教学楼上了个厕所。"

其他女生倒也没有多疑，聊了不多一会儿寝室就统一熄灯了。

灯灭下来，朦胧间，吴茉看到对面那个婀娜的影子，轻轻咬唇。她第一次干坏事，心怦怦跳，又免不了妒忌有人肯为了贝瑶一往无前。

明明、明明韩臻知道会被处分的。

秋季马拉松是C市高中的传统，除了一中、三中、六中，其他高中也会参加，因为盛大又热闹，学校都会放一天假。

十月约莫是除了寒暑假，假期最多的一个月份了。

三中高二（九）班，体育委员把报名表拿过来的时候，金子阳说："我帮你们报名了啊。"

在写卷子的裴川抬头，出声道："不去。"

金子阳说："为啥啊，多热闹，哪怕跑不完全程，美女递水加油也显得很帅的啊。

"而且川哥手臂肌肉线条真的很好看，运动的时候超有男人味。"

裴川没解释，他低头继续写化学卷子。

金子阳他们并不知道他没有小腿，运动长裤常年掩盖着他的残缺。他们一开始认识裴川，就只知道这个少年很有钱，自己住，很自由，并不知道他的过去。

裴川像是没有家人的人，金子阳他们有时候不小心问到他的过往，他整个人就会特别冷。

久了大家就知道，家庭和过去是他的"逆鳞"，也不再提起了。

郑航说："我要去，给我报一个。"

金子阳应道："得嘞！"又去戳前面的季伟，"伟哥，去不啊？"

季伟动了动肩膀，推了推眼镜，抗拒道："都说了多少次不要叫我'伟哥'，听着跟……我不去，我要预习英语第三章，我这次一定可以考好的。"

金子阳狂笑，拍了拍他肩膀，知道瘦弱的季伟不喜欢这些运动，这次倒也没有搞事情，没把他名字写上去。

裴川看着纸上的化学方程式，身边金子阳和郑航在激烈地讨论秋季运动会的事，他沉默下来，纸上的东西也看不进去了。

然而他知道自己不能像个正常人那样去运动，上次篮球赛，他旷课三天，残肢红肿，几乎下不了床。

他的身体本就不允许他做很多事情，只能听别人讲讲罢了。

十月的秋色里，三中校园的银杏树开始变黄，少女穿着嫣红的里衣，两条带子交织系在脖子后面，身上穿着六中的校服外套，里衣的红衬得她脸颊肌肤白皙。

贝瑶喘着气，往三中校园里望去。

她们班周二最后一节是体育课，所以贝瑶坐车过来三中，三中还没下课。

她舒了口气，沿着变黄的银杏往校园里走。

丁零零的下课铃声响起，学生们涌出来，贝瑶没法，只能避开他们。三中也是要穿校服的，一套紫白、一套蓝白，只是她没看裴川穿过罢了。

她肩上印着蓝白色的小海豚，再往前走是一处僻静的教学楼，贝瑶怕裴川已经走了，忙摸出手机给他打电话。

手机很快接通，少年嗓音低沉，听着有几分清冷："贝瑶。"

"嗯，是我，我在你们学校有很多银杏树的地方，你有空来一下吗？"

"好。"

裴川挂了电话，对金子阳他们说："你们先去吃饭，我有事。"

说完也不看他们的表情，往学校银杏林走了。

金子阳他们自然是不会去食堂吃饭的，几个人勾肩搭背："要不去'倾世'吃饭？好久没去了。"

"走啊，待会儿给川哥打个电话，晚自习老沈的，不去了。"老沈性子温厚，是坏学生们的"欺负对象"，几个人哄笑一声，往外走了。

裴川走到银杏林。

银杏半黄半绿，枝叶下落，她坐在大石头上，身上背了一个书包。许是累坏了，双手搭在膝盖上直喘气。

少女穿着校服裤子，因为裤腿太长，她卷起来了一截，坐下会露出格外细的脚踝。

她双脚离地，刘海被微风吹得轻轻摇摆，银杏树叶眷恋地落在她身边。

篮球场还有人没走，几个男生球也不打了，都偷偷看她。她背着书包累坏了，并不知道。

裴川目光垂下来。

“裴川！”贝瑶笑着喊，她尾音很软，有心人听着有些嗲，可其实她说话声音温柔，像是吴侬软语。

裴川走过去，她没有跳下来，坐在大石头上看着依然没他高。

贝瑶从自己书包里拿出一个简陋的饭盒，裴川看过来，她脸颊红了：“我妈妈包的饺子，做的五色糕，今天重阳节呢。”

果然，铁饭盒里，蒸饺和五色糕对半开。

卖相说不上多好，还有些冷了。

她示意他接着，裴川拿过来：“你跑过来的？”

“没有，坐车过来的。”她笑着说，只是从学校到车站，以及下车的路上跑过来的。

裴川看着饭盒里金子阳他们这类人定会不屑一顾的东西，心中有种荒谬的猜测。贝瑶并不清楚他现在的生活，所以像小时候那样照顾他。

她兴许从别人口中听过“三中裴川”，可这对于贝瑶来说，只是一个认知不明确的名词。在她心里，他依然是没有离开的裴川。

她不知道他曾经险些一脚踏进深渊。

他握紧饭盒，目光落在她书包的小熊猫玩具上。

贝瑶也看见它了，她问他：“这个是你送的吗？”

裴川没有否认：“嗯。”

贝瑶困惑极了：“你知道我的小熊猫坏了吗？”

他对上她清澈的眼睛，只能撒谎：“原来那个坏了吗？我偶然看见这个，觉得和你的像，随便买的。”

他语气镇定，贝瑶倒也没有怀疑。

在十六岁的她看来，监听实在是件很遥远的事情。

她语气清甜，爱惜极了："谢谢你，我很喜欢它，以后不会弄坏了。"

他心里有一块不受控制地跳动，仿佛那一夜发的疯，在这一笑里有了归处。他微微站远了些，怕她听见自己的心跳声。

他在她面前，不太会笑，然而眼神情不自禁地变得柔和，比浮夸轻佻的笑显得木讷许多，却又真实得多。

贝瑶很快就得回去，她是要上晚自习的。

裴川没有送她出校门，他看着她走远，第一次觉得一年多前骗她，是他这辈子犯过的最大的错误。

三中与六中距离并不远，却看不见彼此，不会再有第二个姑娘不辞辛苦给他送吃的了。

她长大了那样漂亮，但凡心性高傲些，都知道对他这样的人好，对她自己来说是一种折辱。

然而她走在银杏林，背影单纯又快活，似乎并不觉得折辱。

等她走远了，裴川回到教室，把她带来的饺子和五色糕吃得干干净净。

夜晚的"倾世"，四楼 KTV，裴川靠在窗前坐着。

他们都没去上今天的晚自习，从"倾世"看过去，能看见六中的教学楼灯光次第亮起。

他突然有种冲动，去看看她如今的生活。远远看一眼就好。

金子阳说："'倾世'要是加个舞厅就爽了。川哥，过来玩吗？"

裴川回头，KTV 里群魔乱舞，远处的六中，一片光明，安安静静。

裴川说："我下去走走。"

他从黑暗处往六中走，在六中校门，遇见了吴茉。

裴川目不斜视，吴茉心跳有一瞬加快："裴川！"她小跑过来，"你、你怎么来了六中？"

裴川这才停下脚步，拜良好的记忆所赐，他记得贝瑶的这个室友。

他性格颇冷淡，吴茉不知怎的，面对他比面对韩臻紧张多了。她在少年漆黑瞳孔的注视下脸慢慢红了，语气也放软："上次，谢谢你帮我。”

她咬着唇，偷偷看他。

裴川淡淡道：“嗯。”他沉默片刻，问她，“你们上课了吗？”

当然上课了，她是生物课代表，老师让她去帮忙拿点东西她才出了教室。然而少年的目光往她们教学楼看，吴茉心里沉了沉。

她试探着问：“你是来找贝瑶的吗？”

上次丁文祥是骗子的事，就是贝瑶带来的消息。

裴川没有承认，也没有否认。他不喜欢答非所问的人，对吴茉也没有任何耐心，径自绕开她走过去。

吴茉心里很难受。

她这几晚都在做梦，梦里是裴川在“倾世”里的模样。他轻飘飘就将丁文祥吓得逃走了，约莫在每个人高中的时候，这种又冷又酷又强大的少年更能让人念念不忘。

吴茉情窦已开，对喜欢一事远比懵懂的贝瑶清晰。她心里的酸几乎淬成毒汁。为什么，为什么又是贝瑶？

心里一股子火让吴茉往前跑了几步：“我们在上课呢，贝瑶在帮老师改卷子。”

他脚步停下来。

吴茉语气轻快地说：“你是贝瑶的朋友吧？悄悄跟你说，后天有惊喜哟。

“后天秋季马拉松，一班的班草韩臻要对我们瑶瑶表白。瑶瑶收了他的情书，但是这事好多人都不知道。”

少年回眸，漆黑的夜里，他眼眸竟比夜色更晦暗。

裴川说：“她收了？”

吴茉校服里的手指握紧，说道：“对呀。你见过韩臻吗？他们挺配的，他是真的喜欢瑶瑶啊，明明知道那个表白会被处分，而且每年跑完马拉松的人能有几个？光是这份心意，瑶瑶就挺感动吧。”

少年如山般沉默，许久，他没再去教学楼，转身出了校门。

吴茉第二次用这件事撒谎，却没有第一次心慌了。

她看着少年颀长的背影，生出说不清的渴慕。要是他信了，他要么主动退出，要么强势争取，伤害的也只是贝瑶或者韩臻。

吴茉回到教室，看着教室里垂眸安静自习的同桌贝瑶，心里第一次生出些期待。

后天秋季运动会，韩臻表白，无论贝瑶是否拒绝，都得传绯闻。看你是让韩臻在所有学校的同学面前出丑呢，还是答应他然后一起被处分呢？

秋季马拉松格外热闹。

横幅被拉起，不参加的大部分学生都会去帮忙。志愿者们穿上自己学校的校服，戴上校徽，坐车上山。

常青山葱茏，人为开辟出了一条跑道，后来建了栏杆，栏杆牢实，平时常常有人爬山，后来用来举办秋季马拉松。

从山脚到山顶，符合马拉松坚忍不拔的精神。

只要参加并且到达终点的人，举办方都会给予奖励，所以每三年一次的秋季马拉松格外热闹。只不过因为三中、六中离得近，参赛的多，其余学校离得远，来的人少。

学生会会长师甜走在最前面，招呼高一高二的志愿者同学们上车——这样的活动高三的学生是不会参加的。

师甜快累成狗，嘟囔道："为什么我一个高三的还在干这个啊？今年志愿者好少，搞得我只好'抓壮丁'，都不得'民心'了。"

贝瑶她们寝室，贝瑶恰逢经期，只能做志愿者。

她虽然平时安静，但是也喜欢这样的热闹。

杨嘉和陈菲菲参加了马拉松，打算走完全程随便得个奖牌做纪念。陈菲菲脖子上还挂了个水瓶，贝瑶替她取下来："这个不用，会很累，每隔一小段路志愿者就会准备葡萄糖水，你要是渴了就记得过去喝水。"

"好，瑶瑶你要给我加油啊。"

上车前，吴茉靠近师甜，她请求道："会长大人，能不能让我和贝瑶去山顶啊！我们都好想上去看看，求求你了！"

师甜人爽朗，一想上次贝瑶帮了那么大的忙，调个志愿者位子也不是什么大事："成吧，警醒些啊，能跑上来的都不容易，帮忙扶一下。"

吴茉连忙说："当然当然。"

车子拉着学生们到了山脚。

志愿者们上了另一辆车，提前坐车上山，其余参赛者集合。

工作人员用喇叭说："各位同学，注意听比赛事项，整个路段一共设置了六个赛点，每跑到一个赛点，上去领一条丝带，以丝带数和时长记录成绩。"

原本商量着偷摸骑自行车上去的金子阳和郑航："……"

比赛现场人山人海。

其实常青山并不陡峭，所以能作为马拉松赛场，这座山不高，路很平坦，只不过路途远，拼的是耐力，和其余的马拉松比赛并没有什么不同。

郑航一转头，惊讶道："川哥？"

裴川冲他们点点头。

"你也跑吗？可是你没报名，赢了也没奖励啊。"没有奖励、荣誉，那还跑个球啊。

裴川抬眸，看着山顶的地方："随便跑一下。"

志愿者们依次就位，带着开水瓶和纸杯在铺设的供给点准备好。

十月早晨的山风有些冷。

一声口哨吹响，学生们欢呼着冲出去。

所有比赛，一开头儿学生们总是激情满满的，却不知道等待他们的是怎样的漫长和孤单。

裴川放慢了步子跑。

十月的风拂过他的短发和露在外面的胳膊，人群四散开，一开始周围的人还很多，可是拿到第二条丝带以后，人渐渐少了。

他喘着气，与假肢接触的残肢开始隐隐作痛，劝他放弃。

可是不知道是因为不甘还是别的东西，他的步伐依然没有停下来。

韩臻是个正常人，他的速度一定比自己快，裴川想通了这一点，没有选择喝水。

第三个赛点，第四个赛点……

他的手臂上缠了四色丝带，渐渐地，这条路变成一个人的孤独。他并非第一名，只不过距离被拉开，能看到的人就少了。然而汗水打湿黑发和眼睫毛，残肢痛得让他闷哼一声。

残肢快磨破了吧。

他急喘着气，望着山顶的方向，一言不发，继续。

第五个赛点，他拿过丝带，随意绕在自己胳膊上。

志愿者看他汗水打湿了衣服："喝点水吧同学，别急。"

他没应，朝着山顶跑。

安了假肢的人，可以打球，可以跑步，可以拳击，可是当他痛得快站不稳的时候，他才明白，原来残缺永远是残缺。

这条路很孤独，没有同伴，没有任何人见证他的孤独。只有山风不时拂过他的鬓角，汗水往下淌，和别人的累不同，他更多的是痛。

可是裴川心想，他的命和身体低贱，心意却并不低贱。

离最后一个赛点只有一百米的时候，他看见了她。

贝瑶坐在志愿者桌子前，肩上戴了志愿者徽章，穿着六中的校服。她的身边，还有几个其他学校的男生女生志愿者。

终点有不少人，都在翘首以待，她低眸认真在倒水冲兑葡萄糖，其余人上前给跑完全程的同学递水。

贝瑶一抬眸，就看见了裴川。

五十米外，他的步子很缓慢，就像小时候唱的童谣，蜗牛总是一点点往上爬。

他不是蜗牛，却像蜗牛用腹足一般在艰难跑步。

其实那时候他步子已经不太正常了。

蹒跚可怖，唯一的支撑是毅力，他的身边，跑上终点的，没一个有他那样吃力。他胳膊上全是汗水，像从水中捞上来的人。

连志愿者终点处的吴茉都睁大了眼睛，什、什么？裴川怎么会这么累？

最后二十米。他跑不动了，只能咬牙一步步走。

朝着她走过去。

裴川其实并不求什么，她递一杯水就好。可是他似乎，连这点距离都跨越不过去了。

师甜一转头，贝瑶猫腰从人工拉起来的防护线钻过去，师甜吓到了："贝瑶！你做什么？！别过去！"

贝瑶钻到了跑道上，她没有回答师甜的话。

十九米，十八米……

她朝着裴川跑过去。

志愿者越界跑进跑道，是从来没有发生过的事情。师甜更不会想到这个人会是听话乖巧的贝瑶。

她长发披肩，微卷的发尾被风吹起。循着跑道跑过去，两米，一米，她像是一只飘落的蝴蝶，轻盈，带着夏天的香气。

她伸出双臂，下一刻接住少年险些倒下的身躯。

这是十二年来他们第一次拥抱。

少女纤细柔软的胳膊抱住少年劲瘦的腰，她发间很香，像栀子，又像是丁香，他双腿剧痛，嘴唇干裂，拥住她让自己不至于倒下。

掌心下那截腰肢很软，和他自己的不同，软得不像话，那么细，显得孱弱又可怜。他第一次触摸女孩子的身体。

少年掌心滚烫，他一言不发，全身湿透。

"裴川。"贝瑶既心疼又气愤，"你参加这个做什么呀？！"

他靠在少女怀里，嗓音哑得不像话："喜欢。"因为好喜欢啊。

贝瑶却以为他说喜欢这项运动，她气死了，眼泪都快急出来了："这么不爱惜自己，疼死你活该！"

他竟是不反驳，也不生气，低沉着嗓音道："嗯。"

他闭上眼，十月山风清凉。

山道上只有他和贝瑶，还要十七米才是终点，她的身后，无数人翘首企望。

她钻过防护线，给了他这辈子第一个拥抱。

少女怀里是香，是软，是缠绵，是他这辈子再忘不掉的芬芳。

/ 39 / 贝同学

贝瑶吃力地扶着他，在他耳边轻轻道："我扶你过去，别担心，每个跑完步的人都会脱力的。"

跑完长跑不能立即坐下，最好再走一走。她并不能体会裴川这样到底会有多痛，于是问道："你要坐一下吗？"

裴川咬牙站起来："走。"

他们一同走到终点，终点处竖了彩旗，经山风一吹，有种庆祝胜利的感觉。

所有人都能看出裴川状态不对，他面色白得像纸，黑色运动裤下长腿走路的姿势都不对，无数探究好奇的目光看过来。

要论起来，贝瑶显然是更有名的，从贝瑶早上在这里当志愿者开始，就有许多人认出她是上次啦啦队跳舞的姑娘，六中鼎鼎有名的校花。然而裴川虽然在三中高二有名，但是没有出名到几所学校周知的地步。

然而贝瑶出格地穿过防护线去扶他，与其说扶，那更像一个拥抱。学生们大多数十六七岁的年纪，对于这样的八卦探究比马拉松排名还兴奋。

有人悄悄道："那个男生是谁啊？贝瑶去扶他？"

"不认识啊，没见过。但是虚弱成那样……啧，贝瑶眼光真不怎么样。"

窸窸窣窣的谈论声入耳，裴川全身的汗被风一吹，身上有些凉。原来他竭尽全力，在其他人眼中只是一个"不过如此"。

裴川觉得有些可笑。

唉，他到底在做什么呢？只会给她带来麻烦，他想证明的东西极其低廉。

他手臂支撑桌子勉强站立，额发上的汗珠大颗往下淌，衬衫早已湿透，贝瑶打算兑好温水过来喂他。

师甜有些尴尬，悄悄拉过贝瑶："你去扶他过来做什么呀？那现在成绩还作数吗？"

裴川这个成绩，其实是入围了前五十，比赛过程中他没有喝一口水，没耽误一点时间。

贝瑶说："他跑完了全程，为什么不作数？"她柔和清亮的眼神第一次带上几分固执，让师甜一时哑口无言。贝瑶匆忙倒好水加上葡萄糖走过去。

裴川看她一眼，她身上被自己弄脏了。

他用手掌抵住她的纸杯，抿了抿发白的唇。

他没接受她的水。

贝瑶不明白，可他明白。

作为志愿者，如果有人体力不支去搀扶是因为心地善良，可是赛后再喂水，就会让人想入非非。

他自己去拎水壶，因为残肢的痛，他手指有些抖。

吴茉见状，连忙上前帮他倒水。

裴川忍着剧痛，并没有抬眸看帮他倒水的是谁，只要不是贝瑶就好。没有他的一年，贝瑶活得轻松又快乐，他至今记得尚梦娴的刻意接近带来的后果。

吴茉心中欢喜，她虽然不明白裴川为什么看上去很不舒服，也被贝瑶的大胆吓到了，但是裴川当着这么多人的面不喝贝瑶的水让她欢喜极了。

她殷勤地倒好水递过去，用志愿者的口吻说："辛苦了，喝点水吧。"

裴川也实在没有倒水的力气了，他伸手去接，却被一只横出来的小手拿走了杯子。

那只手白皙漂亮，刚刚在他的腰上放过。

裴川抬眸。

贝瑶不说话，抿着唇，把吴茉的水拿开，自己那杯递过去。

一时间，议论声渐起。吴茉脸色很难看，但她知道裴川还在这里，她打趣一样说："贝瑶，都是志愿者，你这是做什么？"

贝瑶也不知道自己这是做什么，但纵然她懵懂，也知道吴茉的不怀好意。

女孩子生来就会多几分敏感。

见贝瑶不理自己，吴茉说："贝瑶，你这样人家水都喝不着，也太过分了吧！"她心想，裴川最好看看贝瑶有多不懂事。

贝瑶眸光清透，里面映出裴川的模样，脆脆的声音带上几分委屈，她拿着自己的杯子："这杯才是加过葡萄糖的。"

他漆黑的眸看着她，并没有怪罪的意思，喉结动了动。

师甜快要看不下去了，她利落地倒了一杯，又随便倒了一些葡萄糖进去，皮笑肉不笑："来来，同学，喝了喝了。"

裴川垂眸，接过师甜的水喝下去。他轻轻皱眉，师甜……到底是加了多少葡萄糖？甜得他舌头都难受。

这状况让看热闹的摸不着头脑。

最后见裴川喝了会长的水，才勉强觉得：啊，一定是志愿者服务周到了。后面有到终点快支撑不住的，都有人扶了一把，倒是把这件事带过去了。

吴茉知道自己只有这一次机会，上前说："我扶你过去休息吧，那边有为运动员准备的凳子。"

贝瑶莫名知道，他不会让自己扶，只能抿唇看着他。

裴川看贝瑶一眼，她其实从不任性，这是第一次，被逼到发脾气。纵然知道或许她心中所想并不是自己期待的那样，可他心中却像是被柔柔吹了口气，软得一塌糊涂。

他躲开吴茉的手，没看吴茉一眼，咬牙自己走过去。

短短二十米，他像是又死过一回。

吴茉脸色不好看，其实她也明白，她今天主动示好，就是和贝瑶撕开脸了。贝瑶单纯，可不是傻瓜。可是撕破脸就撕破脸，她心中反而有种终于如此的暗爽。鹿死谁手还不一定呢。

裴川心里还记着韩臻的事，周围还有很多同学，他忍住痛："贝同学。"

"贝同学"回眸，他低声说："我钱包放在山下了，能不能帮我拿一下。"

她走过去，在他身边蹲下："什么样的钱包？"

"黑色的，在卖水的小摊那里，我外套里。"

贝瑶心中懊恼，她现在一回想，也觉得刚刚自己不让他喝吴茉的水好丢人啊。

她小脸微粉，声音细细的，在他耳边轻轻道："嗯……裴同学，吴茉一点也不好。"第一次背后说人坏话，她耳尖都红了，眸光也羞得漾上浅浅的水色。

他低眸看她。

是啊，吴茉一点也不好。你呢，可以自荐吗？

然而他到底还有理智，只能从喉咙里挤出一个字："嗯。"

"贝同学"说完坏话落荒而逃了。

他强撑着看她去坐下山的车，痛得轻轻哼了一声。裴川打电话给王展："常青山，让人上来一下。"

王展知道他一向逞强，给自己打电话肯定是很严重的事了。电话那头儿王展额头青筋暴跳，你又在搞什么幺蛾子啊？

王展走关系，让人马不停蹄上山送裴川下去。

另一边韩臻气喘吁吁跑上来，一看，只有吴茉还坐在那里，没有贝瑶的身影。

少年汗水也湿了一大半衬衫，他跑过去，眼中的光都黯淡了。

吴茉心里一跳，才记起自己还骗了韩臻。

她忙给韩臻倒了杯水，小声道："她不愿意来，我怎么说都不肯。对不起啊。"

韩臻摇摇头，他轻轻笑道："没关系，不怪你。她不愿意接受也没事，我……我默默地看着就好。"

他的身影慢慢走远了。

吴茉气得呀！

贝瑶这么放你鸽子你都不生气！还落寞接受了。吴茉第一次觉得快被气得吐血，那个女的不就是有一张过分好看的脸吗？一个二个都偏向贝瑶。贝瑶阻止裴川喝水，哪怕再难受，裴川也只是沉默又纵容。

韩臻的当众告白也吹了，自然不会有谣言。

秋季马拉松比赛结束三天了，裴川依然只能待在家里调养。

王展看向床上看书的人，少年侧脸清隽，王展认命地道："都说了多少次不要搞这些剧烈运动，假肢毕竟不是……算了，你忍痛一流。"

他自暴自弃："今天还是你自己换药？"

裴川这才给了反应："嗯。"

裴川再怎么也只是个少年，王医生儿子就他这么大，王展叹息道："裴川，还是回家吧。"

裴川说："你管得好宽，可以滚了。"

"……"王展说，"少年，早点回学校，向老师学会礼貌，老王我都是可以当你爹的人了。你这样不会有小姑娘喜欢知道吗？"

裴川僵了僵，低声道："本来就不会有。"

王展和他打趣，无意间戳了人家心窝子，王展挺尴尬的，他咳了两声，自觉滚了。

其实王展大可安慰裴川，但他没有。

他家有一个儿子、一个才十岁的女儿，要是让女儿嫁给有残缺的人，当父亲的很难接受。除了身体，他们的心还格外敏感，很难有人能包容相扶走过一生。

有些东西，一开始不给予希望，才不会落进更深的深渊。

他记得那个叫贝瑶的漂亮优秀的小姑娘，似乎还是独生子女，裴川如果真的喜欢她，那得多艰难苦涩啊。

裴川旷课五天，再去学校的时候腿依然隐隐作痛。

金子阳说："川哥酷啊，我都不敢像你这么干，我要是旷课这么久，我老子铁定打死我。"

其实他们都疑惑，川哥的家人没有接到过老师的电话吗？

郑航说："川哥你没什么事吧？"

裴川从抽屉里摸出书："没事。"

金子阳纳罕道："你被伟哥感染了吗？怎么也开始看书了？"

前排的季伟激动得回头："川哥，你也明白学习的乐……"

裴川皱眉："闭嘴。"

季伟依旧高兴，他腼腆道："前天的英语测试，下节课发成绩，要是及格了我请大家吃饭。"

郑航笑得不行："哦哦，祝福你啊。"

"谢谢。"

裴川也忍不住弯了弯唇。

有时候，他觉得青春似乎又不是那么晦暗难熬，那些在人们眼中坏的、不良的，也有鲜活有趣的地方。

只是每每想起另一个人，裴川的心跳就会失控，好苦也好甜。明明他喜欢得天崩地裂，她什么都看不见，可他独守一隅，不放弃也成了满足。

发完英语卷子，季伟同学差点又哭了，他英语是62分！

他珍惜地叠好卷子，郑航笑死了："对对，保管好，下次说不定就没这个数了。"

季伟也不在意好友的调笑，他认认真真摸出错题本准备记录。

季伟家有钱，事实上，几个少年中，他家境相当好，但是由于天然呆，没什么朋友，别人也看不出他多有钱。

"倾世"离得最近，他们请客的地方就定在了"倾世"。

金子阳依然带了他的朋友，几个人开了个包间，后来他又提议去大厅唱歌。

事实上，“倾世”五楼大厅很热闹。

光靠有钱的学生，这么大的“倾世”是开不下去的，所以等名气越来越大，“倾世”反而像是成年人爱去的会所了。

这样一来，学生们去得就少了。

毕竟他们还在青春期，虽然向往过成年人的世界，但是也有一份莫名的畏怯阻止着学生们的脚步。

裴川腿还痛。他靠在吧台前，让服务生倒了一杯水。

季伟在角落里找了张桌子，他努力和服务员协商，能不能给他弄一盏台灯——五彩灯晃得他眼睛花，看书不方便。

裴川这个人，其实从小到大，都没有什么朋友。金子阳他们算是他第一次交好的人，有时候他也会茫然自己如今的世界，可是好学生的圈子大多清高孤傲，以他怪僻的性格会成异类。

觥筹交错，不时有人会从五楼再往楼上走，有人会在“倾世”打球，有人会开房，社会上的人来来往往，裴川半眯着眼，看着一个神色不正常的男人步履匆匆上了楼。

他看一眼就猜到，那人吸了毒，精神状态很差。

裴川没有吭声。

只是金子阳他们过去之前，他点点吧台桌面说：“今晚早点回去。”

郑航也不反对：“好嘞。”

夜晚九点的“倾世”，一群刑警冲进来。

命运像是开了个玩笑，裴浩斌走在最前面，一眼就看见了裴川。少年坐在吧台前的凳子上，长腿微曲。

隔着人群，父子俩对望了一眼。

裴浩斌睁大眼，这一年的裴川，眉宇冷漠，神色也疏离。

周围有人大声唱歌，五彩的灯光交错落下来。

时光似乎一瞬倒退，四岁的小裴川笑着坐在他肩上：“长大要像爸爸那样，当警察，抓坏人。”

裴浩斌心颤地记起，裴川也曾向着光明，努力前行。

/ 40 / 开心汤圆

纵然裴浩斌知道自己有任务在身，可是看着陌生的“学坏”的儿子，他还是几步过去，脸色难看：“混账！你在做什么？”

场面有一瞬安静，时光变得冗长。本来刑警进来就让“倾世”热闹的氛围凝滞，几乎所有人都在看裴浩斌和他手下的刑警，可是队长直接去了吧台，就让人把探究的目光落在了裴川身上。

裴川沉默着。自从上次裴川假肢被咬坏后离开，裴浩斌一直没能找到他。

裴川太了解这个人，裴浩斌公私分明，哪怕再想找到他，也只能尽量拜托同僚，而不是徇私下死命令。裴川给他留了很多“线索”，以裴浩斌的个人力量，只会越找越偏，一年前是这样，一年后依然是这样。

然而裴浩斌也并不会问小区其他少男少女，这个刑警冷硬，与邻居关系都一般。或者更可能的是，他也不是太希望裴川回家。

毕竟裴川在的时候，家里的空气都是冰冷凝结的，妨碍到他们一家人和美了吧？

裴川轻慢冷漠的态度激怒了裴浩斌，他抬手一巴掌扇了过去。

脆生生的一声响，音乐声停了下来。裴川没躲，那一巴掌扇在他脸上，打得他半边脸麻木。他侧着头：“裴警官，这一巴掌，就当还你一颗廉价的精子。”

人声鼎沸，裴川声音并不大，只有调酒师听见了这句话。

裴浩斌心一颤，竟是后退了两步。

裴川用大拇指擦了擦唇角，他口腔生疼，有细微的血丝外渗。金子阳他们在大厅那头儿没有看到这一幕，只有季伟坐得最近，季伟被吓到了，走过来小声说："警察也不能乱打人啊。"

裴浩斌有些后悔，那一巴掌让他自己的手也生疼。然而裴川眼神带着刺，让他脚步定在原地。

身后有刑警说："队长，还有公务，赵平还在'倾世'"。

裴浩斌说："我……裴川……"最后什么也说不出来，带着人往七楼搜查了。

这件事仿佛只是很小的插曲，音乐声继续。裴川半边脸红肿，他看着满室纸醉金迷，低低笑了声。

他一直不值得被爱。

季伟讷讷道："川哥，你没事吧？"

裴川说："嗯。"

季伟："哦。"他不会安慰人，他觉得川哥脸上没了笑，挺难过的。可裴川说没事，那就一定没事。

季伟说："那我去学习了？"

"去吧。"

季伟往角落走，他刻苦努力，却不得其法，像是古代无论怎么努力都无法中举的书呆子。裴川看着，却没觉得季伟多可悲，毕竟他自己比季伟可悲多了。

白玉彤出门的时候非常不情愿，她原本没有考上高中，曹莉嫁给裴浩斌以后，托人找关系让她念了一所普通高中，她说："妈，你知道我怕他，我不想去！"

曹莉斜了她一眼："你不去难道你妈我去啊！那小子竟然在C市读书，骗了我们这么久。你裴叔叔这两天晚上都睡不好，他心里不好受，我们总得替他分忧，只有让他更喜欢我们母女，以后才有好日子过。"

白玉彤说："我又没有去过三中。"

"没长嘴巴，不会问呀！总之今天给我去看看他，不然让人怎么说我这个后妈。等几天就搬家了，这个关头你别给我拖后腿。"

白玉彤没法，想着豪华的新房子，只能去了三中。

站在三中校园，她撇了撇嘴，这学校可比她们那所好多了。塑胶操场干干净净，她们学校那个都长草了。

裴川竟然在这里念书，想想还挺不可思议的。

她一路问到高二（九）班，三中刚好下课，裴川坐在窗边，白玉彤敲了敲窗户："喂，你出来一下。"

班上的人都看过去。

白玉彤不耐烦极了："裴川！"

裴川皱眉，走了出去。

白玉彤心想，丢死人了，她一点都不想和这个人沾上关系。那么多人在看呢。

白玉彤并不知道裴川在九班是个什么样的地位，在她的认知里，班上的人肯定知道裴川是个残疾人而敬而远之，她从衣兜里摸出八百块钱数了数，就这么递给裴川："我妈给你的，你可别不识好。"

裴川面无表情看着她，瞳孔漆黑，不说话时怪瘆人的。

白玉彤想起他打死那条携带着病毒的大狗，心里发怵，然而这么多人看着，她心里有底气，把几张红票子往裴川身上一扔："快点，我还要回去。"

裴川没接，那些钱掉在地上，四散开来。

白玉彤心疼钱，连忙蹲下来捡。

教室后面，金子阳他们看得目瞪口呆。裴川转身进了教室，这回白玉彤也不喊了——他不要算了，穷死在外面也不关自己的事，还可以省八百块钱呢！

白玉彤走了，班上有些安静。

有人小声说："裴川不是挺有钱的吗？刚刚那个女生怎么……"

"嘘，小声点，别给他们听到了。"

裴川一坐下，季伟就转过头，心虚地写作业。他总觉得这时候还是不要触川哥的霉头好。

金子阳心大，问道："那女的是谁啊川哥？竟然给你塞钱。"

郑航拉了一下他，金子阳说："你拉我做什么？"

"你就不能闭嘴吗？伟哥都比你识时务。"

金子阳闭嘴了。

然而这件事还是没过几天就发酵开来，永远都别低估人们探究某个人时的力量。

原本以为是隐形富二代的裴川，父亲是刑警，继妹还来学校给他送钱。

以前那些怕惹他的人道："老子看他那样子以为他多牛，结果穷得要人接济。"

有人大笑。

"他脸不会就是要钱被打的吧？"

"哈哈哈哈。"

甚至还有人写了个反讽的帖子，在学校贴吧流传开来，尽管删除得快，知道的人也多了。

陈菲菲看到帖子，惊呆地张大嘴巴。

那帖子有人说得特别难听，以前裴川和金子阳他们玩的时候，开过豪车，虽然有扒他的，但是大多数还是得赞一句有钱有颜，现在知道他家并不是什么"惹不起"的情况，有些难听的话就如雨后春笋一样冒了出来。

本来还在上下午第三节课，陈菲菲上课玩手机，结果看到这个帖子，下课就悄悄对贝瑶说了。

"我记得你认识他的吧？"

彼时十月末，外面下着雨。

贝瑶沉默了一下："菲菲，要是下节课老师问起来，你就说我肚子痛在厕所。"

"哎哎你……"

贝瑶撑开伞，跑进雨里。

那伞是鹅黄色的，是小区的少男少女们去年送她的生日礼物。

三中的银杏被雨水打得落了一地，裴川坐在篮球场。他周围一地烟头，头顶有遮雨棚，他身上微润，带着秋天的凉意。

贝瑶发尖和鞋面都被打湿了，走过层层座位，在他身边停下来。

鹅黄色的伞在滴水，收在她身侧，他抬眸，漆黑的瞳孔映出她俏丽的模样。

少年额发微湿，半边脸还红肿着，她轻轻道："裴川。"

裴川问："你来做什么？"

"我怕你难过。"

"我不难过。"他都习惯了，那个家，带给他的向来不就是这些吗？

贝瑶放下伞，在他面前蹲下来。

他张了张嘴，想说他身边很脏。下一刻，右脸触上清凉的手，很轻，很温柔。

他错愕地看着她，她抬眸，指尖轻轻捧着他的脸颊："那你疼吗？"

他下意识握住脸颊上那只手。

少女的手很软，柔若无骨。可是在秋天，她踏着雨水过来，有些凉意。

他手心一片滚烫，片刻他触电般把她小手拿下去。

"不痛。"他哑着嗓音道。

他告诉自己，她就像在摸一只受伤的流浪狗，再没别的意思，不能想、不准想。

贝瑶为难极了："可我都逃课了，好像不能白出来呀。"

他愣住。

少女杏儿眼弯弯，缓缓绽放笑意："裴川，你请我吃顿晚饭吧。"

至少，别一个人在这样阴暗的地方待着呀。

裴川垂眸，道："你自己去。"

他从兜里拿出钱包，递给她。

她并不接："你性格怎么这么坏，让我好生气啊。"

他抿唇，眸中很浅的失落和不悦。她说他性格这么坏，他知道的，他不会说好话，从小就不讨人喜欢。

她笑起来："算了算了，可是谁让我不爱生气呢，那我请你吃饭好不好？"

他不言不语。

她伸手拉他："你们学校外面有家店很好吃，吃过吗？我上次赶着回去上晚自习，打包了一份，室友都说好吃。"

她那点猫挠一样的力气，他却情不自禁跟着她站起来。

走出灰蒙蒙带着顶棚的篮球场，她撑开鹅黄色的雨伞，伞上一只滑稽的大头鸭子张着嘴，看上去傻极了。

她踮脚，把他纳进伞里："我伞小，你别淋湿了。"

他接过伞，为她撑好。

少女娇小，靠这么近，身上带着浅浅的香。天空在下雨，可是没有一丝阴郁，有雨的地方，竟比能遮雨的篮球场还要明媚几分。

她带着他往前走："右转，对对，我记得……嗯……叫什么来着？是它，'开心汤圆'。"

他身形高大，半边肩上湿透，她被保护得很好，在伞下语调轻快极了。

他顺着她指的地方，那是一家卖汤圆的店，很小。

在三中一年多，他从来不知道学校外面还有这样的地方。

老板娘见过一次贝瑶，就记得很清楚了——这么漂亮的少女，她这辈子第一回见。

贝瑶拉他坐下，他全身僵硬，老板娘说："小姑娘又来了，带着哥哥呀？"

贝瑶笑着点头。

裴川低眸，睫毛垂下去。他收起她的伞，沉默地放回她旁边。

贝瑶感觉到，他情绪突然不太好。

老板娘的手在围裙上擦了擦："吃什么？"

贝瑶说："我要水果汤圆，他、他要招牌开心汤圆。"

他抬眸，她杏儿眼像是揉碎了的湖面，带着盈盈水光和笑意，要生生捏碎了人心脏去。他的怒火就被生生逼停，无声无息。

裴川抿唇："我没说要吃那个。"

她趴在桌子上笑，乐不可支："你试试嘛，很好吃的。"少女尾音软极了，他一个字都反驳不出来，裴川手指颤了颤，有些懊恼难堪。

汤圆煮起来很快，两碗汤圆，一碗水果的很普通。

比较贵的是开心汤圆，那上面用彩色汤圆摆了一个笑脸。

贝瑶说："它好不好看呀？"

他垂眸："嗯。"

"开心汤圆有芝麻馅儿的，嗯，就是那个黑色点点的，你不爱吃特别甜的就给我，别浪费粮食哟。"她把自己的碗推过去。

他心里像是被轻轻挠了一下，低声说："我不挑食。"

少女抿唇笑："噢噢，裴川真好。"

他捏紧勺子，连自己今天为什么生气都忘了，几乎是胡乱舀了一个放进嘴里。

贝瑶吃相斯文秀气，她在心里轻轻叹息。"裴不高兴"长大了，依然不太高兴啊。

被爸爸打一巴掌，又疼又难过吧。世上谁会习惯伤痛呢？

汤圆带着滚烫的温度，驱散了秋天的凉意。

吃完饭，裴川自然不可能让她去结账，他皱眉让她坐好，去小店里面找老板娘。

老板娘笑着说："怎么样呀同学，我们的招牌汤圆还可以吧？"

他不吭声，摸了一张一百的递过去。

老板娘问："没零钱吗？"

见少年依然不说话，老板娘就知道他不喜欢和人说话，老板娘只好低头找钱。

半晌，她听见少年开口。

“我不是她哥。”他说完这句话，找的钱也不要了，带着难以启齿的几分难堪走出店里。

/ 41 / 小月亮

店门口，贝瑶在等他，她的伞收起来了，裴川一出来，她转头道：“雨停了。”

C 市的天气永远变幻不定，像是人的心情。

三中放学铃声响起，贝瑶说：“那我回去了。”

裴川手指蜷了蜷，低声道：“嗯。”

贝瑶走出老远，见他还在原地静静看着她背影，她有些无奈地走回来。

“裴川，我又不想回去了，你带我去玩吧。”

裴川僵硬地看着她：“什么？”

贝瑶想了想：“三中外面有什么好玩的地方吗？”

裴川抿唇否认道：“没有。”

他常去的地方，总不可能带她去。然而她说不走，裴川内心又忍不住漾起浅浅的欢喜。

贝瑶说：“上次看到一家很有趣的小店，带你找一找。”

她带他去了一家涂料模具制作店。

店里只有三两个小朋友，玩得满手都是泥。贝瑶忍住笑，拉住裴川坐下。

有个五岁的小朋友走过来：“姐姐，你也要玩这个吗？”她摊开手，掌心有一个已经烘干的小兔子胶模。贝瑶说：“不是我，是哥哥想玩。”

小朋友瞪大眼睛看裴川。

裴川抬眸看贝瑶，她捧着脸，对他笑。

裴川很不自在，他冷着脸，却又无法提出要走。他只能默认，看贝瑶到底要做什么。

烤模具其实非常简单，相当于自己制作胶吊坠。

将胶按色彩倒进模板里，再放进烤箱，就可以做出来一个胶玩具或者钥匙吊坠。

贝瑶其实也没玩过，她进来这里其实是因为每个小朋友脸上都带着笑容。

店主拿来一个图案示例，问他们要做什么样的。

贝瑶说："蜻蜓好看。"她纤细的手指点了点裴川面前那只卡通蜻蜓，裴川不理她，拿了一弯最简单的月亮。

贝瑶心里好笑，看他制作。

模板上有黑夜，有一弯明亮的月，四周还有亮晶晶的星。

周围的小朋友都围过来，充当小老师叽叽喳喳指点这个笨哥哥。

"不是啊，你要先做天空。"

"哎呀月亮融进天空里了。"

"哥哥好笨。"

"星星少了两颗。"

裴川满手都是胶泥："闭嘴。"

他抬眸，她搬了一只小板凳坐在他对面，认真用手撑着下巴看他，见他看过来，露出天真明媚的笑意。

裴川的呵斥声卡在喉咙里，他几乎是自暴自弃地垂眸，继续蹙眉。

小孩子们继续说他："哥哥你倒了好多。"

"好丑哟这个，还没我的好看。"

"哥哥你脸上也脏脏的。"

胶泥干了并不好洗，他刚想用手背擦掉脸上的污渍，一只白嫩的小手轻轻给他擦了。

长大后，贝瑶第一次这么近看他。

他大多数时候不喜欢说话，表情冰冷，五官俊朗，有些酷酷的味道。眉峰锐利，会有一点点凶。她看着他，心里却很柔和。

他几乎是在狼狈地闷头瞎做。

华灯初上，白玉彤出门来三中找他，看到的就是这幅场景。

店里孩子们笑声清脆，十六岁的少女脸庞白净温柔，笑着看裴川做模具。

他并不娴熟，甚至可以说是很笨拙。

然而他分外认真，甚至带着纵容和几分很浅的温柔。

白玉彤睁大眼睛，她只见过冷漠的裴川、暴戾的裴川，还有目中无人的裴川。却是第一次见任人摆布、毫无防备的他。

灯光下，最漂亮的却是他对面的少女，贝瑶抬头看过来之前，白玉彤往树后面一躲，隔绝了她的视线。

因为裴川彩胶倒多了，模具烤干的时间比较久。

彩胶带着橡皮泥的味道，“众星捧月”被他做得有些丑。上面带了一个孔，刚好拿来挂钥匙。

贝瑶把自己的钥匙系上去：“哎呀好丑。”

他带着几分恼怒看她一眼，她杏儿眼弯弯：“这么丑，‘裴不高兴’自己留着吧。”

她低眸，把他的钥匙系上去。

他能闻到少女发间的香，被秋天的夜风一吹，无声却让人心跳加快。

钥匙带着她的体温回到他手上，上面系上一弯小小的月亮。

那个五岁的小女孩过来抱住贝瑶的腿，不舍极了。

贝瑶蹲下来，见她可爱极了，亲了亲她粉嘟嘟的脸蛋：“谢谢小老师教哥哥，去找妈妈吧。”小女孩甜甜地笑。

裴川脸色难看极了。

他忍无可忍，怕自己说出什么话，转身就走。

走出好几步，夜风里她疑惑道：“裴川？”

他第一次意会到她什么都不懂，什么都不明白，那些每一分每一秒都在肆虐的感情，让他一个人悄然欢喜，也快把他燃烧殆尽。

他被这样的温柔迷得神魂颠倒，分不清今夕何夕，可是又痛恨这样的温柔，为什么、为什么就不能属于一个人？

裴川闭眼，片刻平静地回头：“上晚自习了。”

贝瑶点点头：“再见。”

一段路分两头，裴川认真做模具的时候，贝瑶忍住了看表的想法。等他走了，她才急匆匆懊恼地往公交车站跑。

晚自习都开始好久了，今晚是李芳群的晚自习，要考数学测试的。

而说好要上晚自习的裴川，却又站在刚刚亮起的路灯下，看着贝瑶慌张地跑远。

白玉彤一脸异色走过来：“你朋友？”

裴川冷冷回头。

白玉彤被他眼中片刻切换的阴狠吓到了，后退了一步。

然而她又想，有什么好害怕的，有裴叔叔在，裴川还能翻了天不成？上次来送钱，他没接结果她还得捡钱，那才让人尴尬呢。

白玉彤像是发现了什么秘密一样得意道：“啧啧，真可惜啊，也不掂量掂量自己。她挺可怜你的吧？”

“可怜”二字像是最尖锐的一根刺，挑开他内心不愿触碰的一角。

他动了动手指，很细微的骨骼交错响声。

那些午夜梦回最怕的，是亲人一个个离开，在乎的一点点失去。最想得到的却无非因为同情才与他相处。

他过得好时，身边围上来的都是卫琬这样的人。

只有他过得不好了，贝瑶才会陪着他。

所以明明没那么难过那一巴掌，只是内心渴望她的亲近。

这些都是他偷来的东西，裴川自己都在骗自己，却被一个人得意点破。

白玉彤脖子一痛：“救……”

下一刻，她的嗓音卡在喉咙里。

十月的秋天让人遍体生寒，她说不出一个字，脖子上的力道让她呼吸困难。得意的笑变成了惊慌，她对上了一双漆黑的眼睛。

一个学拳击将近七年的少年，手臂的力道远非她可以想象的。

他一只手就可以生生掐死她，白玉彤后悔了，她就应该听妈妈的，别招惹他，也别试图威胁他。

她眼泪流出来，四肢拼命挣扎。

安静的街道，树后这个少年手段狠辣。他冷眼看着她呼吸困难。

白玉彤抓住了什么，狠狠打他的手。他目光微凝。

那是贝瑶亲自系上去的小月亮胶吊坠。

裴川如梦初醒，松了手。白玉彤蹲在地上，咳得撕心裂肺。他上前一步，她几乎是不要命地疯狂后退。

“钥匙，还给我。”

白玉彤扔过去，浑身发抖。今天本来是曹莉让她来问问裴川，裴家要搬家了，裴川要不要回去，可现在她哪里敢问，这个危险的恶魔最好一辈子别回来。

他心里有个人碰不得，一提就发疯。

白玉彤看着他走远，被吓坏的恐惧让她崩溃得哭出声。

她几乎是诅咒般地想，贝瑶不会喜欢他的，他这样偏激的性格，这辈子都不配被爱。

贝瑶回去的时候，李芳群坐在讲台上面。

“报告。”她轻轻道，正在低头写卷子的班上同学都抬起眼睛看过来。

李芳群沉着脸说：“贝瑶，你去哪里了？上厕所能上两三个小时？”

贝瑶成绩很好，可是李芳群本来就是大公无私的性格，自然不会姑息逃课的行为。

贝瑶不说话，默认了自己逃课的行为。

陈菲菲焦急惨了，她就差挤眉弄眼示意贝瑶撒个谎，比如肚子痛去了医务室，比如遇到什么突发情况，谁知瑶瑶自己认错了。

高二（六）班的同学都诧异地看着贝瑶，毕竟这个班谁都可能逃课，但是贝瑶属于最不可能的那一类人。

李芳群说："不说话是吧，外面站着。"

贝瑶退出去，去教室外面站着。

梧桐树叶开始慢慢变黄，秋天的到来让空气很清新，因为上晚自习，校园里很安静。

她站在高二（五）班和高二（六）班的走廊外面，两个班的同学都能看见她。

毕竟是校花，六班写卷子的同学时不时偷偷看她一眼，五班那边的也好奇地往窗外瞥。

好学生校花逃课呀，难得一见。

六班教室里，吴茉忍不住弯了弯唇，心情愉悦极了。

贝瑶脸颊有些红，但她心中很平静，并没有想象中那种羞耻的感觉。秋风清凉，吹在身上有几分凉意。

她说过，不会再把裴川弄丢的。

李芳群气得不轻，第三节晚自习依然没让贝瑶进教室。

转眼，校花被罚站的八卦在学校里传开，韩臻听到了也上了楼。

她单薄地站在夜色中，周围也有一些同学，倒是没人奚落。处境比他想象的要好，陈菲菲接了热水，悄悄端给贝瑶喝。

她平静地接受处罚，没有哭，也没有觉得屈辱。

韩臻踌躇，不知道该不该上前。

许是人缘好，还有同学悄悄给她买烤肠。

校园亮起的灯光下，她没接受，可眉眼弯弯，动人极了。

陈菲菲怕贝瑶觉得没面子："要不我也来陪你吧，反正考完了。"

贝瑶连忙说："你回去上课，只有一节晚自习了，你出来李老师要更生气的。"

"好吧，你去哪里了呀？"

贝瑶也不骗她，轻声说："我去看裴川了。"

陈菲菲说："他可真是害人不浅。"

贝瑶笑着说："瞎说，我自己去看他，关他什么事。"

"就你好，我看他跟一块冰似的，可不一定领情！"陈菲菲愤愤道，半晌她疑惑，凑近贝瑶耳边道，"瑶瑶，你不会对他是那种感觉吧？"

贝瑶愣住，然后脸颊慢慢变红，认真想了想："那种感觉是什么感觉？"

"我去！你还真的在想这种可能性啊？他名声一点都不好，才配不上你，不许想了不许想了，当我嘴贱啊，我要回去上课了。"陈菲菲一溜烟跑进教室，瑶瑶没开窍，她可不能嘴贱帮着人家开窍啊，要是开窍对象是韩臻还好，可裴川这男的多难搞啊。

先前还听说那个跳舞的卫琬和裴川关系不错，天知道真的假的。

上课铃响，韩臻也只能回去了，她的老师还在教室，自己过去更不好。

贝瑶捧着杯子，第一次思考陈菲菲说的可能性。她把裴川当亲的人？

不是照顾，也不是同情，是一个少女对少年的那种心境。

她的心怦怦跳，有些奇妙的感觉，可是似乎并不让人讨厌。

吹了几节晚自习的冷风，贝瑶洗了澡才暖过来。

她打开手机，想了想，在网上搜索——

"喜欢一个人是什么感觉？"

下面有人回答："亲一下就知道了，亲一下如果能感觉到心跳加速，荷尔蒙爆棚，头脑眩晕，兴奋、激动得快要死去，那就是喜欢。"

这么吓人吗？贝瑶想，好、好可怕的样子呀。

而且这个方法好不靠谱的样子，亲一下就能检验啦？

Chapter 7

你 乖 一 点 好 不 好 ？

/ 42 / 止痛

十一月初，天气彻底转凉，人们不得不穿上稍微厚一点的秋装。

小区最近发生的大事就是裴警官家要搬家了。

曹莉和裴浩斌领证一年多，也在小区住了一年，这女人与人相处的本事挺不错的，小区里倒是有几个好友。

只不过赵芝兰因为当初和裴浩斌前妻蒋文娟相处得还可以，这一年面对曹莉就多有尴尬之处，所以倒没有其他几位女士和曹莉的关系那么好。

说起来，乔迁也是件喜事，裴浩斌特地找了个好日子搬过去。

裴浩斌清廉，邻居送的礼物一概没要，也叮嘱曹莉不要收。曹莉心里虽然有些惋惜，但这样的大事她心里倒是拎得清，连忙应了。

裴家找来搬家公司开始准备搬家的时候，裴浩斌才犹豫着再次问白玉彤。

“他真的说了不回来？”

白玉彤眼神有些闪烁，支支吾吾应：“嗯，是啊。”

裴浩斌长长叹了口气，那一巴掌像是在他和裴川之间隔了一道深渊。他开不了口，迈不过去，裴川的性格也自然不会妥协。

然而如果裴川不回来，有一天他发现旧家都没了，那怎么办呢？

裴家搬家，裴春丽和刘东也来贺喜。

刘东红光满面：“大哥有什么用得着我的地方尽管说。哟，这是彤彤吧，比去年长得更好看了。嫂子气色也好。”

曹莉听了恭维话心里高兴，连忙给夫妻俩倒茶：“哪里哪里。”

裴春丽欲言又止："哥，你们搬家，小川他……"

喜庆的氛围像是按了一个暂停键，刘东暗地里狠狠拧了这没眼色的婆娘一下。

裴春丽悲从中来，想起一年多前孤单的少年守着裴浩斌，怕父亲再也醒不过来，当时没人照拂，她家这个没良心又谄媚的男人刘东也拒绝收养裴川。

裴春丽好歹是裴川的亲姑，哪怕氛围不对，她也强撑着痛说完："小川明天夏天才成年呢，他一个人在外面，可怎么过？大哥，孩子叛逆了些，也不是什么罪过。他以后读大学、找工作、娶媳妇，没有家里人可怎么办呢？"

刘东看着裴浩斌沉默的脸色，连忙说："春丽不懂事，小川能耐着呢，这一年不是好好的吗？"

白玉彤没吱声，她自然是不希望裴川回来的，那个人很可怕，她想起他就心里发怵。然而不希望裴川回来这件事，怎么也不可能放在明面上说，哪怕再傻也不可能当着裴叔叔的面说。

倒是曹莉笑着圆场："春丽说的是这个理，可是前几天我家彤彤去问了，那孩子不愿意回来。"

刘东心里不屑，身有残疾，还大学，娶媳妇，想得倒是多，哪家愿意把闺女嫁过去啊？就他家婆娘没脑子。但是当着裴警官的面，他又不可能教训裴春丽，只能看着裴浩斌。

裴浩斌低着头说："我下班了去问问他。"

他到底是一家之主，脾气也和裴春丽大相径庭，做出这样的决定后，其他人都不敢有异议了。

黄昏，裴浩斌来到三中，他第一次来这里，有些局促。

三中才开始上晚自习，裴浩斌去找了下裴川的班主任。

裴川的班主任是一位四十岁左右的女士，了解了裴浩斌的来意以后，她诧异道："您是他父亲？可他档案上写的是双亲皆亡啊。"

裴浩斌一震，感到愤怒，这个逆子连档案都改。

班主任说："您既然是他父亲，这都一两年了，怎么也没出现过？家长会没来开，也没问过他的情况。本来看到他是保送过来的人，我们期望挺大的，可后面他跟着班上那群富二代混天过日子，我们还管都管不住。您这家长，也没想过管？"

裴浩斌心里有些后知后觉的凉。

横亘在他和裴川之间的，从来不只是和蒋文娟离婚，还有那双断腿，午夜梦回，他和蒋文娟共同的噩梦，是被儿子的鲜血染红的勋章。

双亲皆亡。

这就是裴川的认知和选择。

裴浩斌不知道自己是怎么走出学校的，他身姿依然挺拔，毕竟这年他也才四十岁，可是心里却像是压了一块沉甸甸的石头，喘不过气。

裴家最后还是搬走了，小区又少了一户人家。

裴浩斌一家打包带走了很多东西，最后谁也没去叫裴川。

赵芝兰说："裴警官为人不错，可是我总觉得他在裴川这件事上少一根筋，连说起来都气。"

然而别人家的家务事，顶多是茶余饭后的谈资。

秋天一过，冬天来得很快，小贝军年后又长了一岁，去年的旧棉袄穿不上了，也到了上学前班的年纪了。

赵芝兰压力很大，她生二胎的时候耽误了一年工作，两个孩子是家庭巨大的负担。

更别说家家都有难念的经，她家难念的经就是她的亲弟弟。贝瑶的舅舅，以前开车撞了人，花了很多钱把人捞出来，贝家所有积蓄都砸进去了。

赵兴却不争气，后几年都在家荒废着，钱还不上，成了一个无底洞。

赵芝兰觉得很对不起丈夫和儿女。

虽说不会再借赵兴一分钱了，可已经借出去的钱没了就是没了，总不能把人砍死吧？现在最难受的还是贝瑶的外婆，毕竟赵兴是外婆唯一的亲儿子，那个年代重男轻女思想太严重了。

快二〇〇八年了，赵秀家都过得越来越好，裴家也搬家了，就连陈虎家这两年也挺不错，就是他们家，因为赵兴的事，日子过得挺难。

赵芝兰干脆把贝瑶小时候的衣服往贝军身上一套："反正也没你姐水灵，穿什么不都一样吗？今年就将就一下了。"

贝军穿着女装，拿着小剑倒也不介意。

这个年纪的小孩没有那么要面子。

只是贝瑶看了哭笑不得，有些心疼弟弟。

赵芝兰说："瑶瑶得买新衣服，明年都十七岁了，妈妈前两天在店里看见一条冬裙，都说小姑娘穿最好看了。"

贝瑶还没拒绝呢，贝军说："好好！给姐姐买好看的！"

赵芝兰心想：还好没白生这个儿子，知道心疼家里唯一的姑娘。

十二月，C 市下起今年第一场雪，赵芝兰和贝立材都去上班了，贝军说："姐姐，我好想去市里玩，听说过年了市里有很亮的灯，还有人堆了雪人，小刚的枪也是在市里买的呢。"

贝瑶学校就在市里，她熟悉那一片地形，她看了眼弟弟不伦不类的装扮，又回房间把自己存的钱拿出来："走吧，姐姐带你买衣服。"

贝军不管什么衣服不衣服，能出门他简直高兴得快要翻天了。

贝瑶抱着贝军去坐车，没多久，一个颓废的男人从角落里走出来。他看着贝瑶姐弟走远，敲了敲门："姐、姐夫！"

没人应。

赵兴焦虑地搓了搓手，想起自己婆娘闹离婚的事，冲着姐弟俩离开的地方追过去。

C 市冬天下着雪，可是并不会特别冷。

贝瑶牵着弟弟，小孩子容易饿，贝瑶看了眼自己兜里的钱，带他去吃了这辈子还没吃过的肯德基。

贝军走出肯德基店，还不忘吮手指："姐姐，这个'德鸡'真好吃。"

贝瑶擦了擦他嘴巴："小孩子不能多吃，吃多了会长不高。"

她本来是怕弟弟惦记，可是贝军想了想："如果有这个'德鸡'吃，长不高也没有关系。"

"……"

二〇〇七年末。

大雪纷飞，贝瑶牵着弟弟，小脸瓷白，比冰雪雕就还要好看几分。街上行人哪怕行色匆匆，也忍不住看她几眼。

贝瑶倒是记着带弟弟买棉袄的，她力气不大，不能一直抱他，于是牵着他走。

国家申奥成功，大街之上一片繁华，二〇〇八年一定是很好的一年。

她给贝军买了新衣服，又牵着弟弟上了回家的车。

赵兴尾随了一路，都没找到一个好些的时机，外甥女长得好，往哪里一站都惹人瞩目，他心中焦急也只得耐下性子。赵芝兰这个姐姐已经不愿意再借钱给他了，他只能出此下策。

可是再等的话，贝瑶就带着贝军回家了。

赵兴管不得那么多了，那反正是他亲外甥。他猛地冲过去，抱起贝军就跑。

贝军拉着姐姐，被人抱起来的时候吓到了，死死不撒手："姐姐！姐姐！"

贝瑶也是一惊，看清来人以后她心里生出不好的预感："舅舅。"

"放手，贝瑶！我就是接贝军过去玩两天。"

贝瑶哪里能放手，当即喊："有人拐卖孩子！"

人们纷纷看过来，赵兴脸涨得通红："你胡说八道什么，我是你舅舅！"

他咬牙，狠狠推了贝瑶一把，又抱起贝军走。贝瑶不放手，可是小孩子骨骼脆弱，她如果不放手，贝军手臂都可能被拉断。

赵兴不管这些，她不能不管。

贝瑶看向周围，急得眼眶通红："拜托大家，他是人贩子！"

贝军哭得凄厉，有人起了恻隐之心，过来拦赵兴。

赵兴眼睛一瞪："不许过来，不许过来！"他竟然摸出了一把折叠刀抵着贝军，"我是这孩子的舅舅，我不会伤害他，走开，你们都走开。"

已经有人悄悄报警了，这一举动让赵兴本就紧绷的神经几乎崩溃："不许报警！"

裴川跑下去的时候，金子阳他们都没反应过来。

这一带商场新开业，是季伟家的产业，下面一阵热闹，本来图个看热闹，谁承想裴川脸色一下子变了。

赵兴鼻涕眼泪流了一脸，身体有些抽搐，他怀里的贝军吓坏了，哇哇大哭。

赵兴抱不稳他，贝军摔了下来。

贝瑶推开众人，上前抱弟弟。

赵兴眼睛通红："不许抢，不许抢！"他竟是没了理智，一刀子扎了过来。

雪花落在眼睑上，贝瑶紧紧闭着眼。

贝军哭得惊天动地，下一刻一个温暖的怀抱将他们一起抱住。

他握住那把刀，刀尖锋利，把他手掌扎了个对穿。

裴川起身，一拳砸在赵兴脸上。

练了七年时间的拳击，他要是揍人，没人拦得住。

金子阳他们下来的时候，那个叫赵兴的男人脸上除了眼泪鼻涕，还有鲜血，整个人蜷缩在地上。

季伟吓到了，有些不敢看。

裴川像是打疯了，一拳又一拳，不过三拳，赵兴气若游丝。那一刀，如果不是扎穿了他掌心，就会扎在贝瑶身上。

贝瑶大声道："裴川！"

裴川手臂青筋鼓起，他一震，放开赵兴。人群中早有人报了警。

警车先到，然后是救护车。

贝军哭道："姐姐，我手痛。"

裴川安静站在一边，转身要走。

贝瑶又担心又头疼，赵兴这个样子，肯定得在警方监视下送医院。贝军也得去医院看看，贝瑶把他放救护车上，拜托护士道："您帮我看看弟弟，请等我一下。"

她跑在雪地上，在裴川走向金子阳他们之前，她伸手握住了他没有受伤的那只手。

裴川皱眉回头，声音有些哑："怎么了？"

"你和我一起去医院。"她抬眸，里面映出他的模样。

裴川抿唇道："不去。"

他抬手要甩开贝瑶那只手，另一只手疼得要命，鲜血直流，他很难若无其事地说话。

季伟在他身后小声道："川哥，你要不还是去……"

"闭嘴！"

季伟老实闭嘴了。

贝瑶气死了，她从小到大，拿固执的裴川就没有办法。他打算怎么办？这么排斥医院，是要等到他的私人医生过来，再草草处理一下吗？

裴川已经挣开了她那只手，毕竟贝瑶那点力气，他要是真想挣开，易如反掌。

贝瑶又气又怕，还加上说不出的难过。

你怎么这么让人担心这么讨人厌呢！

她泪珠子一滚，抽泣起来。

不远处的贝军见姐姐哭了，哇的一声哭得更厉害。裴川眉头紧皱，看了眼贝瑶，又看了眼大哭的贝军。

小男娃穿着贝瑶小时候粉嫩嫩的衣服，裴川顿了顿。

姐弟俩都粉雕玉琢，哭起来让人揪心。

裴川很烦躁："走吧。"

他最后还是跟着他们去了医院，医生啧啧称奇："那小孩子手没事，手指被指甲刮伤了，但是你……”他指了指裴川，“这么大个血洞，你以为你是关公啊。”

消毒、缝合、包扎，一系列动作弄完用了许久，好在没伤到骨头。

贝军的手用酒精消毒，他哭得很大声，消毒完了，贝瑶给他吹吹，他才哭着睡着了。

裴川就在隔壁，她放下弟弟，去看他。

少年一声不吭，犟得要命。只是咬牙咬得死紧。

贝瑶过去的时候，医生已经包扎完出去了。

窗外是黄昏了，下着鹅毛大雪，纷纷扬扬很漂亮。裴川起身就要离开，正好遇见门口的贝瑶。

她眸中装满冰雪的纯净，轻声说：“对不起……谢谢。”

他手还痛，嗓音沙哑道：“没事，让一让。”

到底那天白玉彤的话还是像一根刺，让他整个冬天都想把感情压抑着冬眠。

可怜，你真可怜。

贝瑶看着少年苍白冷淡的面容，突然想起那晚自己搜索到的内容，她轻轻道：“呃……刚刚我弟弟也痛，他说有个办法就不痛了。”

他皱眉。怎么可能？

贝瑶横了心要试一试，她脸颊微粉，看着比自己高许多的裴川：“你坐下来。”

他不愿陪她胡闹，可是实在太久没见她了。从初秋到下雪，裴浩斌一搬走，他只在远处看过她一回。

他沉默着坐下来。

贝瑶耳尖微红，他漆黑的瞳看过来。

她的心怦怦跳，窗外飞着十二月的雪，据说快要圣诞节了，每个孩子都有一份礼物。

她闭上蝶翼长睫，微微弯腰，樱桃唇很轻很轻，亲在少年侧脸上。

一触即分。

她慌得满脸通红跑了出去，他呆坐在原地，心脏炸开。

裴川的世界，一瞬间雪停。

她从哪里听说的止痛方法……

/ 43 / 请求

少年气息干净清冽，像是深埋的冰雪，贝瑶跑出医院许久，捂着发烫的脸颊，懊恼地轻吟一声。

她究竟在做什么呀？

没有网上那种夸张的情绪，可是扑通扑通的心跳也很让人慌张。

她跑出老远，脸蛋红透，在雪中站了两分钟，大雪落在她的发丝和长睫上，可是消退不了那股灼热的温度。贝瑶抱着膝盖蹲下，埋成一只小鸵鸟。

冷静了好一会儿，贝瑶突然觉得，她似乎忘了什么。

"……"她弟弟贝军还在医院！

她认命地回去，唉，今天都不想要这个弟弟了怎么办？

裴川的病房就在贝军隔壁，她跑了弟弟还在，现在要回去吗？贝瑶脸颊发烫，她走到底楼，犹豫了一会儿又上楼。

贝瑶脸通红，脚步声也轻轻的。

贝军在 312 病房，她最怕裴川也在，想想就恨不得挖个坑把自己埋进去。

贝瑶悄悄看了一眼，贝军还在，脸颊上挂着干了的泪痕，没心没肺睡得很香。她松了口气，过去捏捏他脸蛋把他叫醒。

"姐姐……"

"嘘。"她手指竖在唇上，抱着小贝军下楼。

小贝军不明白为什么要静悄悄地走："我们要回家了吗？"

"嗯。"

“那个哥哥呢？”

贝瑶脸颊红透了：“今天别问好不好？改天姐姐带你去道谢。”

贝军今天也被舅舅吓到了，因此乖乖闭嘴。

贝瑶抱着弟弟去坐车，她这年十六岁，带着少女满满的无措和青涩，懵懂像是被撬开了一角，脑子里面乱糟糟的。

她走了好一会儿，裴川却依然没能平息心绪。

他全身僵硬，心跳激烈到快死去，等他缓过来，去隔壁一看，姐弟俩早不在了。

贝瑶没能彻底体会的情绪，在他身上一一出现了。

他靠着冰冷的墙壁，看着十二月的大雪纷纷扬扬。许久，他手指触上自己的右脸，明明过了那么久，却仿佛就在上一秒。

软软的，蜻蜓点水一样轻，落在这个地方。

平安夜前夕，雪依旧未停，C 市今年的雪景特别美，甚至上了新闻。贝军吃了饭就在家看动画片了，这回小伙伴在外面喊他也不出去。

经过舅舅的事，天不怕地不怕的小男孩总算学会害怕了。

赵芝兰心里欣慰儿子不再胡闹，却又真怕赵兴给他们姐弟留下心理阴影。

赵兴还在警察局关着，经过检查，他的身体有注射毒品。如果让他抱走贝军，下场不堪设想，也幸好是赵兴等不及，在大街上对贝军下手，不然要是等到贝军去了幼儿园，那才是最糟糕的。

贝立材说：“钱我们是不指望拿回来了，对着自己亲外甥下手的人渣，早断了干净。”

赵兴小时候是赵芝兰在带，长姐如母，说没有感情是假的。可是天底下没有任何一个母亲敢用自己儿女的安危去包容弟弟，她果决打电话给贝瑶外婆：“妈，你当我狠心也好，没有同情心也罢，赵兴这个弟弟我不认了。警察同志该怎么处理怎么处理。”

那头老人捂脸流着泪，没有强求。她的家底也全给儿子了，赵芝兰这几年不容易也都是因为赵兴，没有谁活该为谁付出一辈子。外婆虽然重男轻女，但是也知道赵兴这次是真的踩到赵芝兰底线了，不然赵芝兰不会说出这样的话。

赵芝兰问贝瑶："谁救了你和弟弟？"

贝瑶还没说话，贝军说："是裴川哥哥！"裴川救了他两回，就像英雄一样，贝军不像小区其他已经长大的少年或者大人，他不知道这位凶巴巴的哥哥没有腿。

单手打坏人什么的，实在太厉害了。

赵芝兰轻轻皱眉："又是裴川啊……"人情可越欠越多了。

贝瑶不吭声，她手指交握，脑子里还留着羞怯懊恼的情绪，那天轻轻一吻让她心跳好快好快，说是带着贝军去道谢，可是羞涩像是爬山虎攀岩，让她只想用被子蒙住自己的脑袋。

然而她到底是挂心裴川的伤，感情也未完全发芽，只好问母亲："我带贝军去感谢一下他吧？"

赵芝兰看了眼贝瑶，不知道想到了什么，最后说："你和贝军不要去，我和你爸去。"

贝瑶怔了怔："为什么呀？"

赵芝兰说："听妈妈的，知道吗？你舅舅被关起来，最近也没什么危险了，快要期末考试了，你好好学习，别操心这些有的没的。你们说他手受伤了，你去难道他会好起来不成？上次就欠他一个郑重的道谢，这次合该去看看人家。"

赵芝兰不是一个强势的，然而在这件事上她异常坚决。

晚上睡觉的时候，贝立材说："让瑶瑶和小军感谢就好，裴川又不喜欢说话，我们去多尴尬。"

赵芝兰知道丈夫不喜"外交"，闻言拧了他一把："你就躲懒，还让瑶瑶去！他们现在都不是小娃娃了，裴川差不多成年了，你女儿过了年也十七了，你觉得裴川像是那种喜欢多管闲事的性格啊？他救了小军两回！"

赵芝兰比了一个“二”，见丈夫神色微变，赵芝兰叹了口气：“不管他是不是对瑶瑶……总之，人情必须得还，我、我不是看不起他，但是瑶瑶不能和他在一起。”

贝立材说：“会不会是你想多了？”

赵芝兰说：“你自己说，你年轻时，有没有给我挡刀子的气魄！回门过山坳时，让你背一下都不肯。”

贝立材老脸一红，咳了一声：“那年代不是吃不饱，饿嘛，背不动啊。”

然而这样一说，贝立材也懂了。

那不是过山坳这样的小事，两回，少年都是在以命相搏。

沉默无言，却又胜过一切。贝立材也有些心惊了。

作为过来人，总是要比懵懂纯真的贝瑶敏锐度高许多的。贝立材说：“明天把存折里所有钱都取出来吧。”

赵芝兰肉痛。

贝立材说：“为了儿子和女儿，什么都值得。”只盼那个少年真能歇了心思。

等灯熄灭了，贝立材在心里轻轻叹息。

真心抵不过世俗，裴川什么错都没有，他只是身有残缺。

贝立材和赵芝兰做这样的事，心里会不舒服，然而为人父母，荆棘刀山都走得，又怎么舍得女儿真和……那样的人在一起。

二〇〇七年尾，赵家存折上所有的钱只有四万块。

然而也不算是一笔小数字了，钱取出来沉甸甸的，用一个袋子严谨地装好，像是赵芝兰和贝立材的心情。

三中大门被冰雪覆盖，冬天的风吹在脸上有些冷。

赵芝兰从曹莉那里问到了裴川的班级，又拉着贝立材去三中。

贝瑶快期末考试了，高二比高一课程繁重多了，赵芝兰和她说要去亲自道谢，贝瑶便也以为是道谢。

然而贝瑶并不知道，四万块钱，他们贝家这几年的所有积蓄，都在这份“谢意”里。

裴川低头在写题，金子阳堂而皇之在教室里玩手机。数学课代表下来发卷子。

他们坐在一起，课代表便把卷子发给了季伟。

课代表在翻到裴川那张时，脸色都变了。

他迟疑地看了眼裴川，抄、抄的？

季伟接过来，先是紧张地闭上眼：“老天保佑，及格、及格，一定要及格！”

手一拿开，上面鲜红的“69”刺痛了季伟的心，他忍着眼泪，打了自己一耳光。

金子阳哈哈大笑：“行了伟哥，别自虐了，每次发卷子你都这样，何必呢？大不了下次考好点。”

季伟把其他人的卷子分过去。

翻到裴川那张的时候，他以为自己看错了！

数学满分150，90分及格，裴川多少来着？

150！

季伟手颤抖着，翻来覆去看卷子，卷子上少年的笔迹有力沉稳，数字也写得大开大合，那个满分像是要发光一样。

一年多来，他们的数学从来没谁考过及格线，这个满分让季伟怀疑自己是在做梦。

他回头：“川、川哥，你卷子……”

裴川接过来看了眼。

金子阳眼角的余光瞥到了，也蒙了：“不、不是吧，多少来着？”

郑航回头，游戏也不打了，几个少年都蒙圈了。

裴川150分！那不是50分啊，是150分！

金子阳刚想开口问什么，一对中年男女局促地站在后门。

裴川抬眸，眸光微凝。

赵芝兰冲他点了点头，裴川起身走出去。

赵芝兰带了一大包钱，她捏紧口袋："小川，阿姨有些话和你说，你现在方便吗？"

裴川沉默着点点头："去银杏林吧，那里没人。"

贝立材有意看了少年两眼，裴川很礼貌客气。

三个人来到三中的银杏林。

银杏树叶子落光了，树枝上堆上很厚的一层积雪，倒是别有一番风景。

贝立材不善言辞，有些尴尬。

赵芝兰说："赵阿姨和贝叔叔是来感谢你救了我们家贝瑶和贝军，上次你救了小军我们没来得及谢谢你，希望你原谅叔叔阿姨。"

裴川抿唇："不用客气。"

雪落在他发顶，微烫的体温一下子将雪花融掉，带来几分凉意。

裴川不想听他们说接下来的话。

可是对话依然进行。

赵芝兰说："这是我们给你的谢礼，听说你如今一个人生活，一定很不容易。阿姨看着你长大，知道你是个很好的孩子，瑶瑶她、她也是个很好的孩子，她心里很感谢你。如果以后，你有什么需要帮助的事，尽管来找阿姨，我们家能帮的都会帮。赵兴在警察局，瑶瑶和贝军以后也不会有什么事了。"

雪水微凉。

赵芝兰看着沉默的少年，把一袋子钱塞他手里。

"我们不耽误你学习了，谢礼你拿好。冬天不要穿得这么单薄。"

少年左手戴着黑色露指的皮手套，四万块钱沉甸甸的。

赵芝兰说完这些话，自己心里也难受，拉着贝立材往校门口走。

他拿着这袋子钱，右手紧握成拳，绷带破开，鲜血又流了出来。那天少女一个青涩的吻，让他这么多天念念不忘，食髓知味，反复想了无数种可能。

可是现在，有人清清楚楚告诉他，一切都是痴心妄想。

是今年雪下得太大，让人迷了眼，竟然也生出了那样的奢望。

裴川说：“等等。”

赵芝兰回头，裴川走过去，把袋子还回去：“我明白你们的意思，钱我不能收。谢礼我已经收过了。”

他声音微哑。

裴川把钱还回去，背对他们往教室走。多可笑，有人倾家荡产，也想让他离他们的宝贝远一点。

外面冰天雪地，教室里却暖融融的。

金子阳和郑航他们还在惊叹着围观那张满分的数学卷子，季伟是最激动的，他用看神明的目光看向裴川：“川哥，你怎么考出满分的？太厉害了吧！”

金子阳大大咧咧：“川哥不够意思啊，有答案都不提前说，手机上发过来啊。”

郑航说：“川哥，你真是抄的啊？”

裴川左手拿过卷子，揉成一团扔进了教室后面的垃圾桶，他右手的血已经止住了，绷带上一片红。

听郑航这样问，他轻描淡写道：“是啊。”

他的努力和真心，算个什么东西。

/ 44 / 宝贝

“Jingle bells, jingle bells, jingle all the way...”

六中小卖部前摆出了一棵圣诞树，店里在放圣诞歌谣。圣诞树上闪烁着彩灯，还有圣诞老人的袜子，李芳群不赞同道：“中国人，搞什么洋节，到处花里胡哨的，像什么话？搁我们那一辈，这就叫崇洋媚外，知道吗？”

教室里一阵哈哈大笑。

李芳群也笑了："然而也许还真是你们老师我古板，年龄大了，不懂你们这些小年轻。你们英语老师年轻、新潮，应该就挺喜欢这样的节日。"

被占课的英语老师表示她很冤。

陈菲菲在下第一节晚自习的时候，惊叹地看着贝瑶的抽屉："我的天呀瑶瑶，你是收了多少张贺卡啊！"

她声音不小，班上许多同学都看过来，然后捂嘴笑。

贝瑶尴尬地说："菲菲，你小点声。"

薄薄的圣诞贺卡，由于太多，堆了十本书的高度。从高一到高三，从男生到本班女生，大家都很喜欢贝瑶，以至于在这样能光明正大送贺卡的节日，贝瑶的课桌都被塞满了。

有些贺卡做得很精致，据说要十来块钱一张，拆开还能放音乐，有的则是立体的。

吴茉斜斜看了眼，把自己收到的三张贺卡夹进书里，心里不是滋味。她那三张，跟人家的比起来，九牛一毛。

陈菲菲既惊叹又羡慕："要是我也能收到这么多贺卡就好了。"

贝瑶埋头写回礼。

礼尚往来是根本，总不可能收了别人的贺卡毫无表示。上次给贝军买完衣服，她的所有零花钱都用来买贺卡了。买的不贵，都是一块钱一张的，贝瑶给每个可爱的女孩子都写了贺卡回去。

她的贺卡虽然不贵，但是贺词都很用心，每个人的祝福都是独一份的。

至于男生们的，肯定不能还回去，要是送那就不得了了，不管送了谁，明天校园里校花早恋的绯闻就该满天飞了。

贺卡里，有一张是方敏君的。

方敏君在八班，成绩挺不错。

没有常雪的光环，方敏君自己平静地生活，反倒真实快乐了许多。年少时的龃龉，纷纷化在了一场大雪里。

贝瑶依次把贺卡写完，还留了一张，是她准备写给裴川的。

可是上次一吻，让少女心中羞涩，以至于这张贺卡，在她写完其他人的以后，还是空白的。

今晚晚自习是英语老师的，因为英语老师家里有事，所以班主任李芳群占了一节课，物理老师又来占了一节。第三节晚自习的时候，英语课代表悄悄宣布："英语老师今晚不来了，大家开开心心过圣诞吧！"

教室里一阵压抑的欢呼声，六班的运气真不错。

"倾世"也抓紧了时机赚钱，特地办了一场圣诞主题会。

不同于六中小卖部小家子气的圣诞树，"倾世"不知道从哪里弄来了一棵大松树，灯光点点尽数缀在上面，像是星星落下了凡尘，非常豪华好看。

本来就是周六晚上，明天放假，学生们要么偷偷溜出来，要么光明正大被放了假。

贝瑶和陈菲菲她们一起，也来"倾世"外面看热闹。

她的校服兜里，揣着那张没有一个字的贺卡。

陈菲菲说："我的个乖乖，这棵树得多值钱啊，上面挂的礼物和礼盒都是真的吧？"

贝瑶于是也抬眸望去。

彩灯陆离，挂了大片假雪花，真雪花在灯光中漫天飞舞，美成了一幅画。

裴川在看画里的她。

贝瑶的室友挽着她的手，少女的鲜活可爱让世界都生动起来。

金子阳他们在摘树上的礼物。

这是手贱的有钱人才敢干的事——摘了是要三倍价格带走的。

一个脱下校服的女生走过来："裴川。"

裴川视线从贝瑶身上移开，他靠在树下，眸中清冷，靠近他身边，就有种冬夜的寒凉之意。

吴茉说："好巧啊在这里遇见你，圣诞快乐，我的贺卡你能收下吗？"

裴川眼瞳漆黑，毫无喜怒。

吴茉鼓起勇气，她声音微微大了些，说道："我、我不介意之前你的传闻，还有家世。没、没钱也没有关系的，我是真的非常感谢你。”

裴川轻轻嗤笑了一声。

吴茉不解其意，上次学校都在传，裴川并不是什么特别有钱的人，他家只是普通小康家庭，甚至还有个继妹。吴茉刚刚听到这个消息的时候非常震惊，心里还有些别扭失望，原来不是富二代啊。

但是转瞬她又想，这时候裴川肯定很需要人陪，要是她表现出并不介意关于他的传闻，他会不会很感动？

吴茉这样想，恰好看见裴川一个人在灯光照不到的角落里站着，就过来了。

裴川说：“想和我做朋友？”

吴茉脸一下子就红了，她知道裴川说话直接，但是这样……也让人非常窘迫。她点点头：“我是真心的。”

裴川笑容一下子淡下去：“所以，上次你是在耍老子？”

故意激他介意韩臻的事，透露出假信息，让他误会贝瑶感动于韩臻的心意。

吴茉没想到随口一句话就能让裴川猜中其中关键，她脸色都白了：“不、不是，贝瑶她，她确实跟韩臻熟，她亲口对我说的。今天不是圣诞节吗？她还收到了韩臻的礼物。我没骗你。”

裴川眸中黑沉：“闭嘴，她和谁做朋友，关我什么事？”

吴茉摸不准他是什么意思。

然而裴川讨厌极了这个女的，这样卑劣又喜欢耍小心思的货色，也只有丁文祥这种人才看得上。

“伸手。”

吴茉心怦怦跳，伸出手去。

裴川食指轻轻一弹，带着火星的烟灰落在她掌心，烫得吴茉惊叫一声。

“你！你……”

裴川说：“滚，别烦我。”

吴茉有些怕他，可是又觉得这男生和丁文祥故作文雅不同，气质特别，有种别样的诱惑力。她红着眼睛说："我是真心的。"

裴川不耐烦极了："成啊，把烟头吃了，我信你。"

那火光闪闪，少年瞳孔冷淡。吴茉说："即便真的要和你交朋友，怎么可能有人愿意吞下去？"

裴川不语，眼里没有一点笑意。

怎么可能、怎么可能没人愿意？

至少换个人，提出再过分的要求，他都会照办。

吴茉见他情绪很差，也不敢惹他，一溜烟跑了。

不远处贝瑶抿唇，她不高兴地鼓了鼓腮帮子。郑航说："这个送给你，你叫贝瑶是吧？"

贝瑶坐在石阶上，看吴茉离开裴川身边。

她听不见他们说了什么话，但是无端心口闷闷的。

听见郑航说话，她转过头。

瓷白的小脸素净，带着几分少女的纯真动人，她低眸，是一盏闪烁的星星灯，才从圣诞树上摘下来的。

贝瑶摇摇头："谢谢你，我不要这个。"

陈菲菲倒是很喜欢星星灯，但是贝瑶都拒绝了，也不是送给自己的，她眼神渴望，倒是没开口。

郑航看见贝瑶她同学的眼神，倒是很大方："你喜欢这个灯吗？送给你。"

陈菲菲高兴极了："谢谢！"毕竟收了人家的东西，她有些不好意思。

郑航说："不客气，见面是缘嘛，你还有喜欢的灯吗？"

陈菲菲转头，这才发现身边的贝瑶不见了。

贝瑶绕过彩灯底下，拍拍自己发顶的雪。她的手揣在兜里，那张贺卡烫手极了。

贝瑶对于刚刚看到的那一幕很不高兴，她也不知道自己这是什么情绪。

就好像突然发现自己不太喜欢的一个人，和自己在乎的人总是走得很近，让人心里很闷，却又无法发泄。

她朝着角落走过去，鼻翼嗅到了很浅的烟味。

她往里走，远离喧闹的人群。这里很暗，抬眸却依稀能看见少年冷峻的轮廓。

裴川低眸，在夜里正好对上她明亮的眼睛。

在这样暗淡的地方，她一双杏儿眼还亮如辰星，水葡萄一样。

自从上次侧脸一吻，这还是两个人第一次见面。

他靠她这样近，左手垂了下去。

两个人一时无言。

贝瑶是因为害羞和气恼，裴川则是……万般滋味，交错难言。

她娇娇小小，却正好站在角落的出口。

裴川有些不自在。他皱眉："让让。"

听听！这是什么让人讨厌的语气！

她兜兜里的小手捏了一下贺卡，不想送给他了。

她站着不动，委屈又茫然。

裴川看着她，心里就难免泛起一圈又一圈涟漪，苦涩甜蜜反复交织，似乎要让人生生在这样极端的情绪中死去。

他嗓音微哑，却不知道自己说话不自觉低了几个调："你怎么了？有事吗？"

贝瑶脸颊慢慢红了。

啊……她好像真的没有什么事，她本来是想，要是出来能遇见裴川，就顺手把贺卡给他，如果遇不到裴川，那就算了。

可是看见吴茉，秋季马拉松的闷又涌上来了。

她不是都对裴川说了吗？吴茉一点也不好。

贝瑶其实还好奇：那天我在医院亲了你一下，你有什么感觉呀？网上说的是真的吗？轻轻亲一下，就让人荷尔蒙爆棚，有激动得快要死去的感觉？

裴川看不见她微红的脸颊，只有俏丽的轮廓和黑暗里那双清亮湿漉漉的眼，分外招人疼。

气氛有些尴尬，贝瑶小声说："我不舒服……"

他下意识皱眉："哪里不舒服？"

心里，怪怪的。

然而她下意识知道这个好像说出来不太好。

如果她真的有点、有点喜欢裴川的话，那他喜欢她吗？会不会很讨厌那天她头脑发热干的蠢事啊？

她说："嗯……头晕。"

裴川抿唇，他心里有几分难言的苦涩。这是别人家的宝贝，他昨天才答应了人家父母离她远一点，别把宝贝弄脏，可是今天看见她走过来，他心里又忍不住升起微小的企盼。

他就只想和她说说话，没奢想别的。

贝瑶拿出破釜沉舟的勇气，轻声道："我能靠靠吗？"

她上前一步，很紧张地试探着把小脑袋靠在他胸膛。

只有这么高，没有办法。

夜晚很安静，大雪落在常青乔木旺盛的枝叶上，树下的少女将额头轻轻靠在他胸膛。

少年几乎一瞬间肌肉绷紧，像被人施了定身魔法，动弹不得。

她靠的那地方之下，是他的肋骨，是他的心脏。

他两只手，一只还缠着绷带，僵硬地任由她靠着。

她一定，听到他剧烈的心跳声了吧？

少年胸膛温热，好奇怪，他这样坏脾气、这样冷淡的人，可是体温一直都很高。少女把脑袋靠在他怀里，悄悄感受他的心跳。

可是出乎她的意料，他的心跳声已经不能用频率快来形容，而是一点一点加剧，有力到震颤。

完了完了，贝瑶有些无措，她头脑晕乎乎的。

他肌肉硬邦邦的，后知后觉的害羞，让她耳尖都红了。

裴川死死咬牙，好歹还记得昨天答应了赵姨什么。人家已经不顾十来年的情谊，明明白白把家产都快给他了，就求他放过他们女儿。

他说："你好点了没？"

少女怯生生道："没有，好像还、还晕。"

裴川有一刹那的崩溃。

赵姨怎么教的她家这宝贝！

/ 45 / 竹马

裴川的手好几次抬起来，又僵硬地放下去。他没法抱住她，和推开她一样困难。

贝瑶心跳也很快，这种感觉对她来说陌生又新奇。

直到发顶的雪花被他的体温融化，带来一点凉意，她才从他胸膛前抬起头。

"我、我好点了。"

她晕乎乎捂着自己的额头，那里好烫，似乎被少年过高的体温灼伤了。

她抬眸看他，昏暗的光下只能看到少年下颌的轮廓。

裴川垂眸："嗯。"

他手指微蜷，发现自己在贝瑶面前似乎总是不会说话。他讽刺吴茉时的本事在她面前自动失了灵，他想摸一摸自己快跳出胸膛的心脏，然而她还在，裴川就只有沉默。

贝瑶总算想起了正事，问他："你的手好点了吗？"

"好了。"

"我看看。"

她还记得裴川伤的是右手，她轻轻抬起那只受伤的手，绷带包得很紧，白色哪怕在夜里也分外显眼。

他低眸看她，女孩子的力度很轻，像是指尖触到了软软的棉絮，她小心翼翼的模样，像是捧着什么易碎的珍宝。

然而他知道自己不是什么珍宝，在雨雪中走过、火中锤炼过，他自己都不知道什么东西能摧毁他。而且即便是他亲生母亲蒋文娟，也是嫌他脏的。

轻轻托着他右手的两只小手很软，比他的体温凉一点，白皙的肤色在夜里也可见，手指纤长漂亮。而裴川的手是练拳击的手，指节宽大粗壮，天生修长，却并没有半分少年的秀气。何况包着绷带，并不好看。

他知道一切不好看的东西，都容易引起人抵触的情绪，或者说，令人反胃。

裴川收回手："已经好了。"

贝瑶分明看到了里层绷带不一样的颜色。

她没有追问，只不过心中怪怪的情绪更加明显了，裴川是不是不喜欢她的亲近啊？怎么她靠近时他全身僵成了一块石头？她看看他的伤好没好，他连指节都是僵硬的。

心跳得那么厉害，难不成是因为排斥自己？

贝瑶意识到这一点，心里闷闷的。

她主动让开："嗯，你走吧。"

她向来不会为难人，裴川不喜欢的事情，她就不会做。她退开，让裴川走出来。少年隐忍地站了两秒，从她身边走过去。

贝瑶想了想，笑着道："裴川，好好照顾自己。"

他脚步顿住。

少女声音很温柔："还有，圣诞快乐，要好好学习呀。"

他没说好，也没说不好，左手捏紧烟头，最后离开她身边。

没了遮住雪花的大树，雪就落在他冷峻的脸颊上。

"倾世"的圣诞节活动办得特别热闹，金子阳他们也玩得很快活。裴川走出老远，还是忍不住回了头。

贝瑶已经不在大树下了，他这才摸摸自己的心脏，怅然若失。

陈菲菲拎着一闪一闪的星星灯，问贝瑶："刚刚你去哪里了呀？我一转头你就不见了。问杨嘉，杨嘉也没看见你。"

少女的心事，像是锁紧了的日记，贝瑶半晌也不知道说什么好。

好在陈菲菲只是随口一问，她更八卦寝室里吴茉的事："吴茉也不知道去哪里了，你说她为了之前那个事，和寝室其他人闹成这样又是何必呢？"

只有贝瑶知道，吴茉似乎不仅仅是为了丁文祥那件事。

吴茉对贝瑶的敌意，更多的可能是来自裴川。

"菲菲，你说，喜欢一个人是什么感觉呀？"

这话题转变得太快，陈菲菲看见贝瑶眼里的茫然，心里一跳，不是吧！校花终于开窍了，开始好奇喜欢人是什么感觉了？

那人是谁！嗷嗷嗷，陈菲菲仿佛已经窥见了还没开始的八卦，会不会是一班的班草韩臻大帅哥？！

陈菲菲心中小人狂舞，面上压下激动说："我也不知道，但是可能是一直想见到他，看见他会很高兴，看不见会想他在做什么。怎么了，你觉得自己喜欢谁？"

贝瑶仔细想了想，她红着脸悄悄在陈菲菲耳边说了一个名字。

陈菲菲晴天霹雳："不、不是，你听我讲，怎么会是他呢？我刚刚讲的，那也可能不是喜欢，可能是出自紧张啊什么的。"

陈菲菲语无伦次讲了一大堆，捂住脸："你知道他是什么样的人吗？之前的帖子里，他可不是什么很好的人啊。"

贝瑶和她一起走在回六中的路上。

天幕是一眼望不见边的黑色，贝瑶反驳："他挺好的，我认识他十多年了。"

"那也有可能是出自青梅竹马的关怀，我也有个竹马啊，来学校久了回去每次看到他都还挺激动的，可我并不喜欢他。"

贝瑶被陈菲菲讲得有些疑惑。

陈菲菲趁热打铁："是吧！可能就是相处太久的感情，人之常情嘛，那可不是什么喜欢。"

陈菲菲不喜欢裴川，比起一无所知的贝瑶，她从高一就开始看论坛和贴吧。里面曾经有好几个关于裴川的帖子，有绯闻，也有对他的形容。

那人又冷又傲，说不定和丁文祥是一路货色。

而且之前又传出来他的家世问题，没钱还装什么装啊？人品就不好。

主要是，那些八卦裴川的帖子，没多久就会被删得干干净净。由此可见，这还是个不好惹的、小心眼的少年。

陈菲菲瞧贝瑶当真在认真思考，一咬牙又加了一剂重药："他多半也就是把你当小青梅呢。"

是这样吗？

青春期的小秘密，像是种下一颗很小的种子，每想一次，它就长高一寸。

过了圣诞节，时间飞快，很快就迎来了高二的统考。

期末考试依旧是一中、三中、六中会考，最初的一中、三中的校长曾经是同学，关系相当不错，两所学校会考的主意是一中校长提出来的，毕竟将来高考是全市的竞争，也是全国的竞争，提前知道自己学校水平不是什么坏事。

后来这个考试模式就留存了下来，六中的校长一合计，也请求一起考，于是C市考试成了最独特的模式，年年期末一中、三中、六中会考，等到高三摸底考更是每次都统一。

出成绩那天，却传出了一件大事。

三中有人作弊。

标准答案泄露，三中有人数学和理科综合考了满分。

搁在以前，这是不可能的事。

以往的考试，没有一次有人能把"数理化生"考满分。这年是二〇〇八年一月，三中还没有在教室安上监控。然而满分的试卷，仿佛成了如山铁证。

因为是联考，一中、三中、六中的同学都知道了这件事。

贝瑶上厕所回来，听见有人说："红榜拉出来了，第一秒被撤榜，听说是因为作弊。"

"真的呀？"

"当然了，你见过谁'数理化生'可以考满分吗？"

"谁啊，胆子这么大，联考作弊处罚得最严了。"

"三中的裴川，听说过没？"

贝瑶抬眸，立马往楼下跑。果然长长的红榜挂了出来，上面表扬了三所学校的前两百名，还各自统计了学校进入前两百的人数。

她的目光落在第一，那个名字被人用黑色的墨汁涂掉了。

红榜是电脑整理出来的名次，墨水则是人为判定的污点。

贝瑶看着那一团墨，还有看榜的人指点议论第一名，心里第一次生出难以压抑的愤怒情绪。

为什么数学和理科综合满分，就一定是他作弊？

他们六中尚且讨论得这样激烈，那么三中呢？

三中的规矩是联考作弊留校察看。

贝瑶不相信裴川会作弊，很小她就知道裴川有多聪明，老师还没有讲过的东西他就会。有时候老师都觉得困难的题，他看一眼就知道怎么做。

贝瑶心里憋了一股子火，像是自己看重的东西，被人随意污蔑糟践了。

很快处理就出来了，记大过处分。

这事让许多人都意难平："什么呀，不是说三中处罚很严重吗，为什么不开除？说不定还有别人也被传了答案呢，那前两百名都有水分。作弊的这么多，考试还讲究公平吗？"

"要我说，就该开除啊，不开除也至少留校察看处分吧，记过算什么！"

连陈菲菲都说："瑶瑶，你说他哪里弄来的答案？"

贝瑶绷着脸："他没作弊！凭本事考出来的成绩。"

陈菲菲心想，这你能信吗！

陈菲菲真想捏着贝瑶不开心的小脸晃晃，少女，他是什么人，他能考三所学校第一？

"瑶瑶，不是我不信你啊，主要是满分，一科满分就算了，他四科都是满分。要是他以前有这水平，以前怎么没考？上次前两百名都没上，现在一下子就第一了。"陈菲菲心想，这种在学校就没人管得住的人，抄也悠着点抄啊，哪怕抄个统考前一百名，也比这个可怕的第一名好。太猖狂了吧。

贝瑶愣住。

是啊，他为什么以前不好好考，这次却考了第一名？

为了……什么？

她恍然记起，圣诞夜那晚，自己对他随口的祝福。

她说了什么？

"圣诞快乐，要好好学习呀。"

三中，年级主任办公室，张主任说："你说说看，还把答案给了哪些人？"

他身前的少年低眸，漆黑的眼睛落在名册上。

裴川冷冷看了年级主任一眼，转身就走。

张主任气急败坏道："你走！你今天敢走，三中今天就容不下你！我教书这么多年，什么样的学生没有见过？你这样无法无天的人，以后出了学校也是败类。我们三中的脸都被你丢光了！"

裴川的班主任老师说："张主任！这话说得太难听了吧。"

裴川回眸，他轻嗤一声："你这种主任，还不如我这种败类。"

张主任气得胸口起伏："陈老师！看看，这就是你们班上的学生，我们对他宽容处理，最后只记了过，他是什么态度！"

陈老师也头疼极了，然而身为老师的责任让她开口："这件事不是还没调查清楚吗？裴川也没说他自己作弊了，您这样说确实不太好。”

“没作弊！我怎么就不知道你们班上有个这么能干的学生呢！联考第一，‘数学理综’全满分，他这么厉害你信吗？”

陈老师哑口无言，她也没办法：“好歹把事情调查清楚吧，他当初是保送进来我们学校的，底子和基础肯定有保障的。这段时间也没逃课，期末在复习。总之，我去让他解释一下，您先不要把刚刚的谈话上报给学校那边。”

张主任黑着脸，挥了挥手。

三中校园堆了一层很厚的积雪，季伟抱着书，讷讷问：“川哥，怎么办啊？”

郑航说：“我回去和我妈说一下，放心吧，没大事的。”

金子阳挤眉弄眼：“川哥，你哪来的路子啊？上次数学考满分，这次还是满分，厉害啊。而且联考敢这么干，你是第一个，你就是这个！”

金子阳大拇指竖起来。

裴川说：“我心烦，别吵了。”

下午陈老师来到教室最后一桌：“裴川，你到底有没有作弊，得给年级主任讲清楚。不是老师不相信你，有什么你总得自己说出来。”

九班的同学齐刷刷回头，悄悄看裴川。

裴川说：“说什么？”

陈老师说：“比如，以前你成绩很少及格，这次为什么会考这么好？如果不是作弊，你总得给老师们讲讲原因吧。”

为什么？

同学们屏住了呼吸。

陈老师无奈道：“三所学校联考，这就不是我们三中一所学校的事，你想清楚了，这事挺严重的，哪怕是……”她看了眼郑航，想起他妈妈是副校长，学校的脸丢了，副校长总不能一味包庇吧。主要还是得裴川说原因。

“如果你有作弊，咱们就承认，以后改正。如果没有，那就说出原因，解释清楚，让大家相信你。”

裴川握紧了笔。

他的右手已经好了，心脏她靠过的地方，还有余热。

裴川无所谓地笑了笑：“你们觉得是作弊，那就是作弊啊。”

哪来什么突然考好的原因。

/ 46 / 乖一点

按理说，期末成绩出来第二天就该放假了，可是“作弊”一事出来，校园里的氛围比起以往的松快多了一分八卦。

其实往往学校不会这样轻易判定一个学生作弊，这次年级主任这样果决，主要是三个原因。

第一，裴川以往的成绩与统考第一相差甚远，正常人都不会相信有谁能在一个月的时间内突飞猛进。

第二，联考事关重大，三中如果处理得不快，那么对所有即将放寒假回家过年的同学来说都是心中的一根刺。

第三，明天放假了，没有时间再让裴川考一次试。

普通作弊不是丑闻，答案泄露却是丑闻。因为同学们会怀疑，三所学校的联考，为什么就你们三中有人能弄到标准答案？

他们会猜忌，难不成三中一直以来成绩都是虚假的吗？

事关学校名誉，年级主任几乎下意识就想立马给出说法平息这件事。毕竟明天就要放假了，所有学生都将回到家里去，这件事处理不好，别说学生，就连校领导都过不好年。

偏偏那个学生是块硬骨头。

晚自习开始的时候，裴川依然没有给一个解释。陈老师说：“裴川，老师只能联系你的父亲了。”

裴川突然站起来。那个时候教室里很安静，几乎所有人都听见少年冷冷地说："我资料上写了，没有父母。"

教室里针落可闻。

裴川拿上自己搭在椅子上的外套，出了教室。

C 市的冬天，大雪天气没完没了。

他踩在雪地里，落下深深浅浅的脚印。

贝瑶跑到三中来正好遇到他往外走，夜晚学校的灯尽数打开，她围着红色的围巾，喘出来的气在冷空气中是白色的。

"裴川。"少女跑到他身边，"你要去哪里？"

裴川看见他的"原因"，他抿唇："你来做什么？"

"你没作弊，为什么不解释？"

那双眼睛又软又亮，裴川看着她："有什么好解释的。"

贝瑶说："你跟我走，我们一起去证明。不可以让人冤枉你。"

裴川低声道："贝瑶，那不重要。"

她歪头疑惑道："什么？"

裴川别开眼。

那些都不重要，分数、名声，什么都不重要。重要的是，这世上万般，只要你讲，我就会拼了命做到。

偏偏原因和感情，却必须三缄其口，不能说给任何人听。

贝瑶眨眨眼，她说："回去好不好？"

裴川眸色沉沉，往校门外走。

贝瑶看着他的背影，还在想那种可能。为什么不解释呀？真是她想的那样吗？

她摸了摸自己柔软的脸颊，有些热。

裴川是不是……其实是为了她一句话在努力认真？

一想到这种可能，她眼里忍不住缀上清浅羞怯的笑意。

"裴川。"她手做成喇叭状，拉长声音，嗓音在冬夜又软又甜，"裴川——"

他回头。

贝瑶说："你回来呀。"

她在雪地里冲他招手，戴着正红色的围巾，像个喜庆的小团子。脸颊粉嘟嘟的，眼睛里像是盛了一湾清透的湖水。

他的心脏有力地跳动，有那么一瞬，毫无办法。

裴川的原则、憎恶，在那双清透的杏儿眼里，没有容身之地。

他甚至有些恼恨的情绪，他都没打算将她怎样，她能不能自己乖一点，安分一点？

你乖一点好不好？自己离我远一点行不行？

然而小团子在冰天雪地里，含笑看着他的方向："你快过来。"

他过去了。

恼恨绵绵密密，裴川简直想自刎。

"好啦，我们回去。"她与裴川不同，心里漾起一圈圈开心的涟漪。

她像是恍然明白了什么，心里的小种子冲破冷硬的泥土，长成柔嫩青涩的幼苗，让人心软又满心欢喜。

年级主任今年四十八岁了，有啤酒肚，微胖。

因为经常训斥学生，又小气，颇不得人心。

贝瑶和裴川站在一起，陈老师也在。贝瑶看裴川，少年神色冷硬声线微哑："我没作弊。"

张主任说："嗬，你说没有就没有，下午给你机会解释，怎么不见你解释？"

裴川眸中漆黑。

贝瑶说："您需要一个解释，他说了没作弊，那作为老师，您该相信学生才是。"

张主任瞪眼，唾沫飞出来："你又是谁？晚自习不上跑这里来，有你什么事？"

裴川往贝瑶身前站，陈老师看出来了，他发火了。

陈老师心里一惊，真怕裴川打人。作弊的事情还没过去，要是敢打老师，他就真的毁了。

一只小手拉住裴川的衣摆，贝瑶从高高的少年身后探出小脑袋：“反正就是你冤枉人，为人师表，不盼着学生好，净往坏处想。”

陈老师哭笑不得。

这漂亮小姑娘明明也害怕张主任，可是眼睛黑亮亮的，硬要把话说完。

裴川有些僵硬。

她的手亲昵地拉着他的衣服，冬天的衣服很厚，可是这样亲近的动作，但凡她看重名声，就不该在老师们面前做。

贝瑶说：“明明证明一个人有没有作弊很简单，同样难度的卷子再考一次就行了，可是你没有给他证明的机会。”

张主任说：“明天就放假，谁会陪着他折腾？作弊一次还嫌不够丢人？”

贝瑶说：“我给他监考，要是他考得不好，我们接受处罚，要是他考好了，你要在三所学校给他道歉。”

张主任对上少年的黑瞳，心里一惊，皱眉道：“你和他认识，谁知道会不会和他一起作弊。”

陈老师上前一步：“我也可以为他监考，主任，如果你连我也不放心，那么上晚自习的方老师，还有我们班在四班守晚自习的刘老师，也可以一起叫过来。这是大事，没人会觉得麻烦。”

张主任脸色有些难看。

陈老师又说：“我们寒假作业有套挺难的卷子，比这次统考的还要难一点，是隔壁市老师出的题，学生们都没看过，也不知道有这张数学卷子，试卷可以用这一张。”

陈老师话都说到这里了，张主任再不同意，就显得他真是贝瑶口中不配当老师的人了。

考试在底楼空教室里进行。

陈老师把卷子放在裴川面前，笑道：“加油，没带手机吧？”

裴川抿唇，把裤兜里的手机给她。

“好了，考试开始，两个小时。你考完估计第三节晚自习就下课了。”

贝瑶坐在讲台上看他。

教室里如陈老师所说，还有另外两位老师。听说帮忙证明学生清白，两位老师立刻就来了。

贝瑶忍不住想，裴川你看，这世上除了张主任那样坏的大人，好人更多呢。有时候我们只需要一个机会，就能遇见他们。

裴川握笔，垂眸写数学卷子。

没人打扰他，教室里安静极了。

两个小时，她安安静静看他。他很好看，不同于韩臻那种清秀柔和的好看，裴川五官俊朗，很硬气，棱角分明，有种冷硬的气质，还有几分锐利逼人的少年气，不太符合这一年少女们对少年的审美，落在她眼里，却觉得帅极了。

他认真起来，教室里只有他演算的声音。笔摩擦着纸，沙沙作响。

外面风雨停了，教室里灯光柔和。

他认真沉静的模样让她看得心软。

她的心脏怦怦跳，比跑完步还要快几分，这样的感觉很奇妙。陈菲菲说，你见到他会欢喜，见不到他会想念，这就是喜欢。

很奇怪的感觉。

像是外面风雨骤停，她心中也晴朗起来，这一年她快十七岁了，不用问陈菲菲，突然就明白过来。

很羞涩又很甜蜜的喜欢，谁都不知道。

她包容他惯于冷淡的脾气，也爱他无人能比的气魄和勇敢，还怜他不被世界温柔相待，为此遗憾。

她的脸颊慢慢染上绯色，杏儿眼里明亮纯净。

情窦初开，心里像是踩着小鼓点，一刻都停不下来。

贝瑶忍不住想，他喜欢自己吗？

是陈菲菲说的那样，因为她是“小青梅”，所以他保护她、纵容她，还是因为别的感情？

她突然觉得，上次在医院，趁着新奇的感觉，就应该问问裴川，到底喜不喜欢她呀？

然而……但是……万一被拒绝了多尴尬呀。

一套卷子裴川用了一个半小时，他检查了一遍，把卷子交给陈老师。

几个老师比对着答案严谨阅卷，几分钟后试卷成绩出来了。

满分。

这个成绩让陈老师也很意外，她惊讶地看了一眼裴川，几个老师面面相觑，然而结果无疑是让陈老师惊喜的。

答题思路严谨清晰，演算也很熟练。

他是真的有考满分的本事。

陈老师惊喜又欣慰，她的支持没有错付。她的心悬了一个多小时，现在得到了最好的结果。

一行人又回到了主任办公室。

第三节晚自习还没有下课。

张主任也没想到事情结果是这样，他脸都绿了："老师给你……道歉，学校会撤销对你的处分，裴同学，回去上课吧。"

贝瑶说："撤销处分，在三所学校给裴川道歉，这是你答应我的。"

裴川低眸看她。

少女声音软软的，却很固执："明天放假了，趁着还没放假，你得打电话给三所学校的老师，让他们放广播道歉。"

"……"

"还有，红榜被抹黑了，要换一个。"

"……"

"还有还有，你们学校有个全市第一，真是厉害。"

这倒是。

裴川手指在兜里划过自己手机屏幕，他之前录了音，草率判定学生作弊的张主任，原本该身败名裂，要么被辞退，要么这辈子都升不了职。

然而身边的姑娘嗓音脆生生的，像是快活的小翠鸟，她雪白的下巴被毛茸茸的围巾遮住，小脸更让人怜爱。他证明了清白，她比他还高兴。

他突然就觉得，世界上的坏人，也不一定要赶尽杀绝。

因为他也正是仰仗着这样的善良和鲜活可爱，在残喘着汲取温暖。

他们走出办公室前，张主任黑着脸："等等，那个女生，你和裴川又是什么关系？早恋不允许！"

贝瑶脸蛋通红，她软绵绵地看他一眼。

嗯……

裴川让她先走出去。

他回头看张主任，兜里的手握得死紧，声音低沉，压住了恼怒："你觉得能有什么关系？她是我妹妹。"

门边还没走远的贝瑶眨眨眼呆住。

他说的是真的假的啊？

/ 47 / 新年

贝瑶回到学校的时候，校园里刚好在播放向裴川道歉的广播。

陈菲菲听得呆住："不是吧，他真是自己考出来的啊？"

惊讶的不只陈菲菲，还有吴茉。三中一个名声并不太好的少年，竟然能考全市第一的成绩！

六中校方道歉很诚恳，并表明红榜会更换，只不过明天就要放假了，现在没办法更换。

谁当年级第一，对于陈菲菲来说没有区别，她更期待接下来的假期。

"瑶瑶，明天你妈妈会来接你吗？"

贝瑶说："不来，我的东西上个月就搬了一部分回去了，剩下的东西很少，我自己就可以带回去。我弟弟上学前班了，我妈妈得去接他。"

陈非菲好奇道："你家重男轻女吗？我跟你说，我奶奶可重男轻女了，每次我回家过年她从来不给红包，然后悄悄把红包塞给我堂弟，偏偏我堂弟转眼又跑来和我炫耀，你不知道多气人！"

贝瑶想起贝军的"女装"，有些想笑，她摇头："我家没有这种现象。"

外婆重男轻女，可是毕竟没有住在一起，影响倒是不大。

果然像贝瑶说的那样，赵芝兰接贝军去了，五岁的小朋友必须由家长接送。贝瑶自己回的家，拿到期末成绩，就正式进入寒假了。

没多久就是春节了，小区今年比以往都冷清。

赵芝兰搓手取暖，感叹道："小区人气一年没一年足，先是赵秀家搬走，然后就是裴警官家，陈虎他们家好像也有在别的地方买房子的意向，我看以后过年，小区里更冷清。"

贝立材喜欢清静，倒是觉得没什么："你可以去串门。"

赵芝兰叹了口气，今年娘家是不能回去看看了，出了赵兴那档子事，如果贝瑶的外婆舍不下儿子，赵芝兰也就没有这个娘家了。

赵兴今年是在戒毒所过的，妻子也离婚了，夫妻俩的一个小孩跟着妈妈。

活到三四十岁，赵兴可以说是一瞬间一无所有了。

赵芝兰看着电视里的戒毒公益广告，毒品这玩意儿可以说是害人不浅。毒品绝对不能沾！

瞧瞧赵兴的下场就知道了。

没了娘家，赵芝兰这个年怎么也过得不起劲。

包饺子的时候贝瑶恰好也在，赵芝兰和女儿说："我听赵秀说，她今年过年打算让敏敏去相亲。"

贝瑶诧异极了，她捏着饺子的边："相亲？敏敏才十七岁。"

赵芝兰也啼笑皆非："是啊，赵秀那个脑子，真是一言难尽。不过也难怪她有这种想法，我们村以前第一个大学生，后来当了博士出了国，今年过年回来了，他有个儿子十九岁，那个大学生当时和赵秀关系不错，所以赵秀才会打结亲的主意。"

赵芝兰本来也是无聊着八卦，然而一想到女儿也到了情窦初开的年龄，与她谈论这些不好，赵芝兰立马闭了嘴。

贝瑶倒是没放在心上，她说："敏敏现在很有主见，不像小时候那样什么都听秀姨的，她成绩也很好，这次考试在我前面几名呢。"

赵芝兰亲昵地点点女儿额头："人家都超过你了，就你没有紧迫感。"

贝瑶只是笑，眼里温和。

母女俩闲得慌，饺子包多了。粉也有多的，被贝军拿去当橡皮泥玩了。

贝立材在门口贴上了对联，小区里热热闹闹挂上红灯笼，倒是有几分过年的意味了。

陈虎家最先来拜年，贝瑶把家里准备好的年货拿出来招待陈叔叔和陈虎。

陈虎咳了一声："赵姨、贝瑶，我上周改名字了。"

陈虎的爸爸解释道："这臭小子，嫌自己的名字俗气，想当年我们那时候，什么狗娃臭蛋的，也没嫌弃。"

"爸，你们那什么年代，我们这什么年代啊，已经不兴取个贱名好养活这一说了。"

大家都哈哈大笑。

贝瑶说："你现在叫什么名字啊？"

陈虎有些不好意思，又有些期待："陈英骐，怎么样，挺好听吧？"

贝瑶认真想了想，很给面子："好听。"

陈虎，不，是陈英骐乐了，他就喜欢贝瑶的性格，从不让人失望。

陈英骐爸爸拍了一下他后脑勺："整天琢磨这些，不如减了你这一身膘。"

陈英骐打小嘴巴就不饶人："你说我，你几十年不也没减下来嘛！基因不好怪我咯？"

脑袋上又挨了一巴掌。

父子俩出门的时候，陈英骐悄悄折回来："贝瑶，过来一下。"

贝瑶走过去，陈英骐飞快瞥了一眼周围，然后小声说："方敏君今年过年会不会回来啊？”

贝瑶老老实实道：“我不知道啊。”

陈英骐眼里多了几分低落，贝瑶安慰他：“你如果想敏敏，可以去看她，从小区门口坐车，三十多分钟就到了。”

陈英骐一下子奓毛了，他脸通红：“谁想她了！你别胡说。”

贝瑶：“噢……噢。”

“我就是问问，没别的事，我走了。”

他胖胖的身体跑得飞快，贝瑶头一次感到好奇。陈英骐明明很想方敏君，可是为什么他要说不想？

男生难道都是这样口是心非吗？

她想起她裴川“哥哥”。

贝瑶回屋子，问赵芝兰：“妈妈，裴叔叔今年会回小区看看吗？”

“你问这个做什么，他们才搬家过去，要和那边的邻居搞好关系，不会回来吧？”

“我们家饺子包多了。”贝瑶脸颊有些红，“妈妈，裴川没有和裴叔叔他们搬走，他只能一个人过年，把他接到我们家来过年吧。”

赵芝兰下意识拒绝：“不行，像什么话。人家爸妈都还在，有两个家，接到我们家算什么事？”

两个家？可他明明一个家也没有啊。

赵芝兰不是没有同情心的人，只是她看一眼女儿娇美的脸蛋，心想：哪怕再心软，也不能让裴川对贝瑶有什么想法。

小时候当玩伴还行，但是总不能让女儿搭上一辈子吧。

贝瑶很失望，然而她毕竟才高二，家里做主的人还是赵芝兰。赵芝兰不同意，她也没有办法。

除夕守完岁，赵芝兰和贝立材困得不得了。

一家人从客厅里站起来，电视里春晚还在重播。

连贝军都记住了今年春晚小品的经典台词。这一年生活节奏慢，娱乐项目并不多，春晚也格外精彩。

歌曲好听，能流行一年。小品好看，总是让人捧腹大笑。

贝瑶拿起冰箱里多出来还没煮的饺子，用盒子装好："我出去一趟。"

贝立材随口问："做什么去？"

贝瑶小声说："我去看看敏敏，给他们家送点饺子。"她脑子里突然蹦出"口是心非"这个词，一时间脸颊通红。

"去吧，早点回来吃午饭。"

年轻人精力就是好，他和赵芝兰就得补觉了。贝军哪儿熬得住守岁，早就睡了。

贝瑶推门出去，冬天凛冽的风刮在脸上，带着几分严寒的气息，驱散了她昏昏沉沉的睡意。

她走到已经建设好的公园坐下来，初中的时候它还在建设，当时万分遗憾怎么不早点修建。现在许多人走了，建筑物却一栋栋修起来了。

贝瑶打电话，等了许久，那边少年低哑的嗓音响起来："怎么了？"

"裴川，你家在哪里？我……我妈妈让我给你送新年礼物。"

裴川皱眉。

赵姨的意思，不是不让他接触贝瑶吗？他当然不会像贝瑶这样天真，觉得赵姨会因为同情或者报恩就让贝瑶过来。

唯一的可能性，是这宝贝自己同情他，要过来。

他低头，一手拿着电话，一手扣皮带扣子。

"替我谢谢赵姨，你……"你别来了。

这四个字在口中转了好几圈，想说出口却无比艰难。他咬牙："你在哪里？"

"我家小区外面的公园。"

那头儿沉默许久，最后传来少年的声音。

他说："我来接你。"

就算是囚徒，也让他在新年有最后的晚餐吧。

裴川并没有守岁，他不信任何习俗。少年的动作很快，他只用几分钟就出了门。

裴川本来想开车，又想了想，在她眼里，自己很落魄可怜。

他把车钥匙放家里，打车过去接她。

他到的时候，贝瑶果然就坐在公园的石凳上等他。

因为过年天气冷，大家都在家里面。她穿着雪地靴，冻得不住往手里哈气。

裴川一瞬间就后悔让她等的决定了。

倒是贝瑶很高兴："你来得好快啊，你家很近吗？"

"嗯。"

他家离她很近。

在二十五楼，一个可以眺望整个城市的地方。

她小手冻得发红，还抱着那个盒子。裴川拿过来，带着她去打车，过年的车并不好打，有时候纯粹靠运气。

贝瑶想起陈英骐——陈虎，有些想笑。

贝瑶好奇裴川到底怎么想的，她规规矩矩站在他身边，软软地道："裴川。"

他目不斜视："嗯。"

"我手好冷啊。"

裴川心里一阵无力。

他不怕冷，冬天也不穿羽绒服或者棉服，一件简单的黑色外套就能搞定，体温还比大多数人高。这个年纪的少年，本来也是不怕冷的。

然而女孩子娇贵得多，少女体质和他不一样，在风里等二十分钟就冻着了。

他垂在身侧的手指紧了紧。

贝瑶说："我能在你衣兜里暖暖吗？"

他猛地低眸，看着她水汪汪的杏儿眼。

不嫌脏？

贝瑶对上他漆黑的瞳孔，有些害羞，转开眼睛。

他不吭声，突然拉开拉链，把外套脱下来，披在她身上。

他脱了外套，里面就是一层薄薄的单衣，薄得隐约可见少年结实的肌理轮廓，在下着雪的C市，回头率简直百分百。

贝瑶愣愣穿着他的外套，好了，这回真是想怎么暖手就怎么暖了。

他的衣服带着他的体温和味道，竟然十分暖和。

这样冰冷的人，体温却很高。

贝瑶穿着厚厚的棉衣，他的外套却依然能够裹住她。

雪落在他的宽肩上，他手插兜里，又沉默下来了。

/ 48 / 直男

两人等到车以后，很快就到了裴川家。

这么久以来，大家都不知道裴川住在哪里，包括裴浩斌至今也不清楚。

裴川住在一栋花园洋房式公寓，地段不算很好，偏安静，却离旧小区挺近的，十来分钟车程就可以到。

公寓一共二十五层，裴川就住在顶楼。

他掏出钥匙开门，见她很期待的模样，裴川顿了顿，用了一秒来确认自己家应该没有脏袜子和男人内裤。

他的门打开，贝瑶得换鞋。

裴川才想到这个问题。

他刚想说，不用换了就这样进来。没承想一回头，这姑娘就把自己的两只小雪地靴蹬掉了。

积极得可爱。

他目光落在她脚上，那双脚比他巴掌还要小许多，穿着毛茸茸的天蓝色袜子。因为地板凉，她脚趾蜷了蜷，裴川咬牙，弯下腰找自己的拖鞋给她穿。

他家里平时不会来人，备用这种东西对于裴川来说很陌生。

裴川倒是没有脱鞋——他穿着假肢，不能给她看。

贝瑶没有注意到，他递鞋子的时候手臂上青筋微微鼓起。

对于没有小腿的人，裴川最介意的外在穿着，约莫就是裤子和鞋子了。

那是一双很宽大的男士拖鞋，他向来擅长掩盖自己的情绪，垂眸没让她看见眼里的隐忍。

贝瑶很高兴，让她换她就换。他鞋子太大，贝瑶穿上就像是小孩穿大人的鞋一样。

裴川心里苦涩难言，却忍不住看她的神色。

客厅的水晶灯下，她眸光被照得很亮，湿漉漉的，里面盛满了快乐。

她脸上并没有嫌弃和介意的意思，也没追问他为什么不换鞋子。

他紧绷的肌肉骤然放松了些。

天真可爱也有好处，至少没有成年人那种掩饰和故作的大度。

她的嗓音脆生生的，像是手轻拨风铃儿："裴川，你家好大好冷清啊，没贴对联，也没买灯笼吗？"

"嗯。"

她又说："我可以坐吗？"

裴川说："可以。"

她在沙发上坐下来。

裴川的公寓确实挺大，一百四十多平方米，他一个人住，显得冷冷清清。家具都是冰冷的黑白灰，唯一鲜亮的颜色是沙发上穿嫩黄色衣服的少女。

他有些局促。

贝瑶说："盒子里是饺子，我和我妈妈包的，你得放进冰箱里。"

裴川按照她的指示放进冰箱，回头又见那姑娘说："你冷不冷呀？我不冷了，把你的衣服还给你。"

他伸手接过来，却不穿那衣服，放在一旁的沙发上。她披过他的衣服以后，衣服上沾了浅浅的少女香。

少女眸中湿漉漉的，腼腆道："那个，我能抱抱吗？"

他转头，一个灰色的菱形抱枕，他偶尔会拿来垫颈椎，他还没来得及让人洗。

他沉默，贝瑶眨眨眼说：“不可以吗？”

裴川有些认命，艰难地道：“可以。”

她欢喜地抱住了，虽然它不可爱，但是比想象中还要软。

裴川家里的冷清是真正的冷，没有一盆绿植，窗帘也是暗淡厚重的灰色布料。他是个没有生活趣味的人，以往在家会看新闻、看书，很少打游戏。他不养宠物，一百多平方米的面积，只有他自己一个活物。裴川也不吃零食，新年自然不可能像贝瑶家那样买年货。

他家连水果都没有。

他这么无趣，她肯定待不了多久。

贝瑶指了指最大最特别的那间房子：“那是用来做什么的呀？”

门都不一样，很难开的样子。

裴川手指一紧，生怕她还要参观。她非要参观的话，他……他根本没法拒绝。他低声说：“工作。”

“哦。”好在贝瑶也没为难他，她思忖，裴川的生活来源，肯定是个秘密。

贝瑶说：“你昨晚看春晚了吗？有两个小品特别好看。”

裴川怎么会看这个？他说：“没有。”

“那我们一起看重播好不好？”

“……嗯。”

他陪着她看电视，这一年的春晚，歌手用的是美声唱法，魔术才搬上荧屏，小品却分外精彩。

她给他讲解：“一会儿那个机器人会突然跳出来，然后男主人才知道自己被骗了。”

“鸽子是怎么变出来的呀？它藏在哪里呢？”

裴川声音低哑：“帽子里。”

见贝瑶看他，裴川抿唇说：“魔术鸽子是白斑鸠，剪过尾毛与翅毛的，从口袋内滑出的时候用手抓住。”

贝瑶干巴巴应道：“……噢。”她随口一问，本来是想让裴川一起跟着惊叹，没想到他一本正经把人家魔术师拆穿了。

裴川把天聊死了，脸色阴沉。

贝瑶憋得脸通红，才能忍住笑。

裴川是后来明白过来的，他的人生没有玩伴，再大些了，贝瑶的同桌也不是他了。没人陪他说话玩游戏，他不擅长和女孩子相处，这种又软又娇贵的生物，他不知道该怎么哄。

贝瑶电话响了。

是贝立材打过来的。

贝立材说：“瑶瑶，还在方敏君家吗？快回来吃饭了。”

裴川抬眸看着她。

她的手机声音大，贝立材嗓门也不低。贝瑶捂住听筒，脸颊通红，想找个地缝钻进去躲着。

裴川听到了！他一定听到了她该去敏敏家的。

贝瑶小脸红透，绯色一路蔓延至耳朵。她说：“爸爸！我、我马上回来。”

裴川垂眸。

等她挂了电话，裴川平静问：“谁？”

他没、没听到啊。

她扑通扑通的心跳总算平缓下来，轻轻道：“我爸爸，让我回家了。”

因为是过年，总得吃团圆饭。他知道她待不久。

裴川去卧室，找了自己还没围过的黑色围巾，还有干净的同色手套。他递给她：“我没用过，很干净。”

她接过来，杏儿眼看他。

裴川说：“回家吧。”

贝瑶点点头：“那我下次能来找你吗？”

裴川说：“我喜欢清净。”

他看见那双杏儿眼一眨，湿漉漉的眼睛，水汽快要漫出来。

他的心生疼，差一点就改了口。

然而裴川记得赵姨送来的那袋钱的分量，他偷来片刻欢愉有什么意义呢？除了耽误她，让别人像张主任那样误解他们的关系，对她没有半点好处。

他什么都没法给她，甚至她新年过来玩，他都哄不好她。

背弃对赵姨他们的承诺，然后呢？有一天被赵姨他们知道，他们会教育她，会把事情摊开了和她说。让她知道他肮脏的心意，躲得他远远的吗？

至少，现在他还能力所能及对她好，满足她其他要求。

贝瑶生气极了。

哦，大过年去找人家，他嫌她吵！嫌她吵！

他不说话，她难不成也不说话，然后两个人大眼瞪小眼吗？

这个讨厌无比的人把围巾给她围上，连她一根头发丝都没碰到，送她下楼。

一路上她安静得像一只小鹌鹑。

贝瑶并不委屈自己，手套她也戴上了，毕竟她送过礼了，她的饺子做得很用心呢。裴川这么惹人讨厌，她才不和他计较。

裴川知道她在生闷气。

她的生气，却是落在他心里的刀刃，割得人生疼。

这次运气好，回家的车很快就等到了。

他的目光一直落在她身上，深沉而无言。

贝瑶不知道怎么了，又想起陈英骐同学说不想敏敏了。

她上车前回头。

“裴川，”她说，“你看，我也可以不吵。不吵的话，能来玩吗？”

在她温软的目光中，裴川压抑得恼恨绝望。

他毫无办法，束手无策。

他喉结生疼，哑声道：“嗯。”

她于是又笑了，可爱又生动。

等她坐上车走远了，裴川觉得，他一而再，再而三背信弃义，要是真有赵姨他们生气那天，他给他们跪下。

贝瑶回家的时候，家里传出饭菜的香气。

小贝军说："姐姐你出门不带我！我生气了！"

他这个年龄的小孩子，是最黏人的。

然而……给裴川送饺子什么的，贝瑶怎么可能带他？

赵芝兰一巴掌打在贝军屁股上："熊什么，好好坐上来吃饭，不许黏着你姐姐，你知不知道自己有多烦人，破坏力惊人。"

贝军悲从中来，他一定是像幺爸说的那样，是垃圾桶里捡回来的小孩。

贝瑶忍俊不禁。

赵芝兰说："吃饭吃饭，这小子三天不打上房揭瓦，管他做什么，你和敏敏玩就玩，别管他。"

赵芝兰把筷子摆好，才发现贝瑶身上的围巾和手套："你的手套和围巾是敏敏家的啊？"

贝瑶："……"

赵芝兰说："人家借给你的话，得洗洗还回去。"

贝立材洗完手出来，听见这句话，下意识也往女儿手套和围巾上看去。

对于赵妈和贝瑶来说，那手套和围巾样式简单。外观和地摊上随便买来的没什么差别，只有边缘绣了一个"K"。

然而贝瑶不知道，世上有种审美叫作"直男审美"。

贝立材经常看报纸，偶尔也看杂志，他话不多，但是懂的却不少，比如男性奢侈品。

贝立材这辈子从来没见过，只在杂志上看到过，然而并不妨碍他认出来。

他压住激动："围巾给爸爸看看。"

贝瑶不明所以，只好硬着头皮递给他。

“这个是‘KING’啊，芝兰，这两年老方家是做了什么，这么有钱了啊？”

赵芝兰也很蒙：“啊？什么？”

“这条围巾，得好几千。”

贝瑶：“……”

赵芝兰狐疑地说：“不会吧？怎么可能，他家怎么会把这样的东西随便让瑶瑶戴回来？”

要知道赵芝兰所有积蓄，就……四万块。

哈！几千块的围巾借给她闺女御寒，怎么可能？而且赵秀家暴富也不可能富得这么快啊。

贝立材也奇怪，老方一个教书的，家里一下子这么宽裕了啊？

贝瑶也没想到她用饺子换回来的、在裴川口中简单的一句“干净没用过”的东西这么贵。

她肯定得还给裴川，然而在父母怀疑的眼神中，她只好把它们拿回来。

贝瑶快哭了，只好说：“这是……假的，仿的，就是地摊上那种十多二十块的。”

贝立材还想说什么，赵芝兰说：“我说你这个人，没见过就瞎说，搞得像专业的一样。好了，吃饭。我还不懂嘛！我都有那个假的，什么来着？‘LV’！对，就是那个，三十块！”

贝立材无言以对。

贝瑶扒着饭，头都不敢抬。

想起日记里的几个字，她头疼地想，她没看着裴川的这一年，他都是在做什么了不得的勾当啊！

Chapter 8

喜欢，很喜欢

/ 49 / 成人礼

寒假结束前，贝瑶和赵芝兰还有贝军去方敏君家串门。

方老师给他们家送了东西，赵芝兰把自己做好的香肠也给方家送了点去。

赵芝兰在客厅和赵秀聊天，贝军自己在玩。

方敏君年后也十七岁了，她如今看起来娴静稳重，仿佛脱胎换骨似的，没了故作骄矜的姿态，变得讨喜起来。

方敏君拿出切好的苹果丁和贝瑶一起吃，她说："人真是奇怪，明明你妈和我妈比较了大半辈子，心里不知道多唾弃对方，结果一搬走，逢年过节还要串门。"

贝瑶也扑哧一声笑了。

方敏君无奈道："你们家那瓶酒是我妈让送的，我爸可没那个脑子。我妈她这个人吧，嘴巴不讨喜，大半辈子可能也就兰阿姨一个朋友。"

贝瑶点点头："我妈妈今年还在念叨，你们家搬走，过年都冷清了很多。"

方敏君问："裴叔叔家也搬走了吗？"

"嗯。"

方敏君和贝瑶都念六中，因为不是一个班，平时学校里很少见面，但是年前那个重大的"作弊"事件，方敏君自然也是知道的。

"裴叔叔搬家，裴川没跟着一起吗？"

贝瑶轻轻说："嗯。"

两个女孩子都有些沉默。毕竟裴家这么多年来发生的那些事，当初的老邻居谁都清楚。

方敏君想了想："裴川妈妈呢？怎么这么多年，都没有听说过蒋阿姨过得怎么样了？"

贝瑶看着窗外，白茫茫一片，雾气朦胧了窗户，她说："我也不知道，她结了婚，应该有了新家吧。"

失去家的，只有裴川一个人。

方敏君转身，在自己柜子里找了一会儿，找出来一个小猪存钱罐，她倒出来一堆纸币和硬币："我每年过年，钱都给我妈了，现在只有这些，我和他也不是很熟，你带给他吧。"

贝瑶把钱给她装回去："敏敏你留着自己花吧，裴川不会要的。"

方敏君一想裴川那又臭又硬的性格："也是。"

两个女孩子聊了一阵，方敏君突然说："前段时间，我妈说带我去认识人，其实是相亲。"

贝瑶没想到她会主动提起这个，方敏君倒是不怎么介意的样子："我不去怕我妈会不高兴，她这个人……心眼不坏，我去看了，那个男生比我大两岁，叫霍丁霖。我不喜欢他，他明明不太瞧得起我们家的攀附行为，却还是一脸假笑。"她说起"攀附"时很坦诚，长大了倒是胸襟分外宽广。

方敏君皱眉："本来也不是相亲的年代了，我答应去就像我妈说的，认识个朋友，但是我妈对霍丁霖很满意。她说霍家子孙根正苗红，非要让我多去几回。"

贝瑶疑惑："根正苗红？"

方敏君解释道："霍家在 B 市挺有威望的，本家以前出过很多出色的军官，后来从商了，也是一帆风顺，非常有钱。霍丁霖他们家是霍家远亲，但是因为有这层关系，一回来 C 市也是个香饽饽。"

贝瑶也说不清楚，她听见这些总觉得怪怪的，然而因为记忆停在了高三，又改变了那么多，她已经不再参考从前的记忆了。

贝瑶只能和方敏君说："不喜欢就不要勉强了，你好好和赵秀阿姨说，她能理解的。"

"我会的。"

贝瑶回小区，遇见了陈英骐。他比她们大一些，现在在念职高。

"赵姨、贝瑶。"

"是陈虎啊，吃饭了吗？"

陈英骐点头，强调道："我叫陈英骐了。"

"哦哦，赵姨记性不好，给忘了。"

贝瑶见他那别扭样，只好对妈妈说："我和陈英骐说一会儿话。"

赵芝兰抱着贝军上楼了。

陈英骐小眼神飞呀飞，半晌支支吾吾开口："你去方敏君家里，你们都聊些什么啊？"

贝瑶没骗他："她妈妈安排她相亲，她跟我说这件事。"

"什么！"

胖胖的少年险些一跳八丈高："相亲！她才多大就相亲！"

他声音敦厚，穿透力却不弱，贝瑶无奈道："我们都这么想，但是赵姨不这样想，她觉得那个男孩子很优秀，早点认识一下也挺好。"

陈英骐愣住了。

半晌，他失落地垂下头。

他看自己的手，又宽又大，满是赘肉，他的身体、肚子、脖子、脸颊，都有很多肉。除了爱吃，还有家族遗传。他家境一般，陈爸爸是普通工薪阶层，他自己也不聪明，这一年读一所普通的职高学汽修技术。

十八岁的少年第一次发现，他看不见自己的未来。

他不喜欢从别人身边路过时，他们捂着嘴小声谈论他身材的动作。但他可以装作乐天派，装作若无其事、毫不介意的模样。

人这一生，有好多东西迫不得已。

陈英骐把自己怀里的红薯干给贝瑶："谢谢你告诉我这些，贝瑶，你和贝军拿去吃吧。"

贝瑶怎么会白白要他的东西？她摇摇头：“谢谢你，我家还有很多年货没吃完呢，你要是喜欢，我待会儿给你拿些来。”

陈英骐不说话，他闷头把才买的零食丢到小区垃圾桶里面。

他也不想这么贪吃，他也不想这么胖的。

贝瑶疑惑不解地看着他，十六岁的少女，站在雪地里，像个好看的瓷娃娃。

陈英骐突然说：“贝瑶，假如，我是说假如，裴川喜欢你，你会接受他吗？”

贝瑶脸一下子红了：“你、你问这个做什么？”

“你告诉我，你嫌弃他吗？”

陈英骐听见她问：“我为什么嫌弃他？”她眼里很干净，像是冰雪化成了水，没有一点杂质。

陈英骐咬牙：“他没有腿！”

那是一辈子的缺陷你懂不懂？

贝瑶脸上的笑也浅了很多，她垂下长睫说：“很多人有健康的腿，但他们都不是裴川。”

裴川不是怪物，他只是比很多孩子都不幸。这世上健康的人那么多，她却没有喜欢他们的理由，他们都不是裴川。

陈英骐震惊地看着她。

“你……”

贝瑶这才反应过来自己说了什么。陈英骐又不是傻子，她这么维护裴川，哪怕不确定，陈英骐都明白她不会嫌弃裴川。

贝瑶要回家了。

陈英骐等她快上楼了，突然道：“贝瑶。”

她回头。

“你很好。”他诚恳地评价道，“就是太好了，裴川一定不敢喜欢你的。”

贝瑶有些震惊，她不太懂少年的意思。

陈英骐握紧了拳头："有缺陷的人，哪怕脸上不在乎，心里却会很……自卑。我刚刚只是假设，你不要往心里去。我和他一起长大，虽然我小时候讨人厌，但我知道，以他的性格他一定不会打扰你。如果有可能，请你对他好一点吧，我们这样的……不，他，他向前走一步都很不容易。"

他说完，也不管贝瑶是什么反应，掉头往家跑了。他长大后倒是能看懂几分裴川了，于是怎么也对那个冷淡的少年讨厌不起来。

初八，贝瑶站在雪地里，轻轻抬眸，小区的寒梅曾经被大风吹倒，后来又被居民们扶起来，好好养护起来了。

它在冰天雪地里，开出香气袅袅的花朵。

有些曾经不明了的东西，裴川让她生气的反应，还有他说是哥哥，种种一切，就像往玻璃窗上呵气，然后用手指擦去雾气，变得清晰起来。

"裴川一定不敢喜欢你的。"

大雪化了以后，贝瑶进入高二下学期了。

三月春回大地，化雪的时候最冷。因为高二要补课，学校提前开了学。

学习仿佛一下子变得紧张起来，听说今年的暑假也不会放那么久，顶多放一个"高温假"。

夜里，陈菲菲在宿舍的床上按亮手机看小说，她怕宿舍阿姨查寝，用被子盖着头，捂得自己快窒息，但是看得简直停不下来，一下子就凌晨两三点了。

在高二这个关键点，迷上看小说真是一件要命的事。

陈菲菲也很痛苦，但她管不住自己点开手机页面的手。

二〇〇八年，军旅高干文，像是一阵风，席卷了校园。青春年少时，少女们都喜欢给自己编织一个美好的梦，爱看军旅高干文的女生们，这一年都想长大了嫁保家卫国的军人当军嫂。

陈菲菲抽空和贝瑶聊天："你以后想嫁军官吗？又高又帅又酷。"

贝瑶摇头。

陈菲菲："那你喜欢什么职业？医生、科学家，还是老师？师生文也很带感啊！"

贝瑶一本正经说："陈菲菲，你不要看人兽文。"

"……"陈菲菲想捏这张又严肃又萌的脸。

贝瑶杏儿眼忍不住弯了弯。

陈菲菲说："好呀瑶瑶，你竟然逗我开心！看我的九阴白骨爪！"

闹完了，贝瑶却想起了那个小字本。

霍旭，一个非常陌生的名字，他不存在她的生活中，却在日记里留存了十来年。以至于她真对军旅高干没好感。

她在乎的人，敏感又冷酷，桀骜却自卑。

贝瑶还惦记着裴川的围巾和手套没还回去，她洗完晾干了，开学匆忙的节奏却让人措手不及。

贝瑶不属于特别聪明的人，她只有付出更多的努力才能保持住好成绩。

五月初，春天的脚步即将走出校园，C市夏天快到来了。学校晚自习甚至还多加了一节，等到劳动节回来就可以午睡了。

五月份就是裴川的成年礼，成人礼是每个人一生很重要的时刻。这几天贝瑶抽空就在想，到底送什么好呢？

裴川活得毫无趣味，她知道他讨厌什么。

讨厌过于刺眼的光线和声音，讨厌西红柿和火腿肠，可是他喜欢的东西，却少得近乎没有。

贝瑶小时候都习惯送他小玩具，但是也没见裴川使用过。而且她没多少钱了，也送不出特别好的东西，她想起陈菲菲上次说的，陈菲菲也有个青梅竹马，贝瑶决定请教一下她。

陈菲菲说："男生十八岁生日啊？"

她一想，然后坏笑："哈！贝瑶，送初吻啊！"

贝瑶愣了一瞬："……"

陈菲菲欢快说："小白兔，白又白，亲一亲，真可爱。"

贝瑶脸颊绯红："我在认真问你。"

陈菲菲说："你还想骗我！大家都知道韩臻五月份过生日。我们班刘晓玲她们都在准备礼物，我跟你说，小说里都是那么说的，成人礼送初吻，就能相亲相爱一辈子。"

贝瑶震惊了："哪本小说说的？"

陈菲菲点开手机："我写的小说！看见没，《校霸的小甜妻》。"

贝瑶感到一言难尽，陈菲菲你还考大学吗？！

陈菲菲说："相信我，你要是喜欢韩臻，就捧住他脸亲一下。你是贝瑶啊！全校的梦中情人，你亲一下，谁都是你的。韩臻本来就对你有好感，这事稳得不行。"

贝瑶甚至不知道韩臻生日就在五月。

然而她也没法解释她是要给谁准备礼物。

贝瑶把脸颊埋在手臂间，初吻什么的，听起来好不靠谱啊。

/ 50 / 丢盔弃甲

吴茉进来的时候，陈菲菲立马闭嘴了。

吴茉心里冷笑了一下，看了贝瑶一眼。

高二下学期开学，吴茉能感受到寝室里几个人都对自己冷淡了。杨嘉上学期偶尔还会和自己一起吃饭，现在一起吃饭都不会了。

她猜多半是陈菲菲在背后说了自己坏话。

吴茉不动声色，为什么有些人有鲜活又纯真的青春，有些人却被骗子欺骗到提心吊胆？

对于吴茉来说，只有救过自己的裴川能让她有安全感。

但是裴川……偏偏又对贝瑶……

有趣的是，那个冰冷淡漠的少年知道他的"女神"要去找别人了吗？

陈菲菲不确定吴茉有没有听到自己说话，但是她的心思也简单，十六七岁的少女嘛，吴茉性格不讨喜，可是再坏能坏到哪里去？

陈菲菲更感兴趣的是韩臻的生日八卦。

韩臻在六中的名声很好，他成绩好，上进懂礼貌，并且为人品格也不错。

主要是，这样好的人，也会和女生们保持一定距离。

对于“新作者”陈菲菲来说，这样的人就是小说男主，她心里特别看好韩臻。

韩臻也是很多女孩子的暗恋对象。

然而十八岁，像是一个信号，昭示着勇敢的人可以得到一个机会。

如陈菲菲所说，许多女孩子都在准备给韩臻的礼物。韩臻的生日在五月十六日，初夏的季节，有夏天的温暖，却没有盛夏的灼热。

贝瑶心想还挺巧的，裴川的生日在五月十七日。

然而同样在美好的季节出生，命运和家庭却是天差地别。纵然贝瑶不了解韩臻，也能看出他一定是美满家庭出来的孩子，行为言语得体，令人舒心。

五月十四日这天，六中突然爆出一个惊天大八卦——

听说了吗！高二（一）班韩臻生日那天，校花贝瑶要献吻！

无数人觉得不可能，韩臻和贝瑶，平时都是绝缘体质，两个人都长得好看，却没有过多亲密行为，怎么会！怎么会！

然而接下来又有人透露：韩臻给贝瑶写过情书。

韩臻的好朋友一下子就信了。

韩臻自己听到这件事的时候，他也呆住了，然后俊脸红了个透。

好友忍不住调侃：“激动啊？”

韩臻心跳飞快，他想了想，皱眉说：“你们不要乱传，会坏了她名声。”

这个八卦就连韩臻本人听了都面红耳赤，一下子更坐实了贝瑶献吻的传言。

好事不出门，坏事传千里。

说实话，韩臻有些期待，但他的理智又告诉他，不可能。如果贝瑶真的喜欢他，那晚不会让吴茉过来，后来马拉松时贝瑶也没有出现，这件事多半是传言。

可是即便是传言，现在也传得沸沸扬扬了。

陈菲菲有一点说得没错，贝瑶是几乎半个学校的人都喜欢的少女。这个传言长了翅膀一样乱飞，所有人都在期待五月十六日的到来，简直等得挠心。

贴吧里也有好几个好事者开了帖子。

贝瑶知道的时候，她脸色变了变。

陈菲菲也蒙了，她本来是开个玩笑，她和贝瑶也都知道这是个玩笑，然而当所有人都相信一件事的时候，假的仿佛比真的还可信。

陈菲菲知道自己口无遮拦闯了祸："对不起啊瑶瑶，我会去贴吧澄清的，这件事都怪我，要是老师们知道了，我会去做证的。"

她快急哭了，贝瑶说："你别急，反正是谣言，谣言都是不攻自破的，反正我也不会去啊，到时候大家就明白了。"

陈菲菲还是去贴吧澄清了，不过没谁信就是了。

当晚回去，陈菲菲和吴茉差点打起来。陈菲菲笃定是吴茉乱传的，吴茉却说："你又没有证据，怎么能这么冤枉我？！"

"当时只有你在旁边，不是你是谁？"

"嘀，你自己乱说话，说不定是你传出去的呢！"

陈菲菲当场眼睛都气红了，没人知道她多喜欢贝瑶这个朋友，现在被人误会用心险恶，她气得想打人，杨嘉赶紧拦住了她。

贝瑶接了开水走进来，她倒是比陈菲菲平静："吴茉，我也知道是你。"

"哼，你们就是喜欢一起冤枉我，对吧。"

贝瑶说："我不和你争，这没有意义。你说得对，我们没有证据，毕竟谣言这种事，一传就都传开了。"

吴茉眼里浅浅的得意刚刚现出来，弯腰倒开水的贝瑶说："你和丁文祥的事，也是这样。"

吴茉吓了一跳："你说什么？"她终于急了，"贝瑶，不是我，真的不是我，你们明明答应过我不往外说的！"

"你做坏事的时候，怎么没有想过别人难不难堪呢？"贝瑶说，"韩臻和我就活该一直被你造谣吗？"

吴茉拉着贝瑶："我知道你最善良了，你不会说的对不对？"

贝瑶告诉她："善良是让自己问心无愧的铠甲，不意味着要受气。"

贝瑶这回是真的生气，这件事不仅自己，韩臻也受了牵连。她觉得对不起韩臻。

法律和学校制度都不能惩罚吴茉这种人，这让吴茉有恃无恐，但是她们可以。

征求了杨嘉和陈菲菲的同意以后，丁文祥的事情也传出去了。

吴茉要气疯了，她现在一出门总觉得别人看自己的眼神有异样。

陈菲菲说："传出去也好，至少让同学们都提防丁文祥这种人。"

丁文祥的事情吴茉不敢报警，说不定还会有更多受害者，让大家警醒一些也好。

贝瑶也是这样想的。

她们之前守口如瓶，是因为吴茉是受害者，受害者应该得到保护，尽管吴茉放弃了惩罚坏人的机会。

然而受害者的身份不是她加害别人的理由。

处理完这件事，贝瑶又趁着周末匆匆回了趟家，把给裴川准备的礼物和他的围巾手套都拿到学校，准备这周二，十七日的时候请假出去给他过生日。

金子阳刷帖子刷到了一个大新闻。

"不是吧！六中校花献吻？这么刺激啊，怎么不献给我？尽管我生日早过了，但是让我强行明天十八岁也可以啊。"他惊叹道，帖子里还有贝瑶日常的照片，一个在阳光下蹲下来挽校服长裤的侧影，十分漂亮。

下面还有人发了韩臻的照片，韩臻挺有校园电视剧男主气质的。

听到“六中校花”几个字，写题的裴川抬眸。

他嗓音很低：“你说什么？”

季伟沉浸在学习的世界里，这时候回头，小声说：“川哥，给我讲一下这道函数题吧！”

裴川虽然性格孤僻，但其实为人很大方。他讲题思路很清晰，对方会受益匪浅。

结果季伟回头就看见裴川脸色沉了下去。

他看着手机上的帖子，垂眸许久都没动，只是指节泛了白，唇抿得死紧。

那时候还在上生物课的自习。

裴川猛然站起来，椅子桌子发出刺耳的响声，同学们和讲台上坐着备课的老师都看过来。

他忍无可忍，打开教室后门就要出去。

生物老师惊了一下，然后反应过来：“裴川，你做什么去？还在上课呢！”

裴川推门而出，没有回头。

教室里静得可怕，气氛有些尴尬。金子阳嘿嘿笑：“老师，川哥他尿急，来不及说，你别介意啊。”

老师脸色铁青。

郑航站起来：“报告老师，我也尿急。”他也从后门出去了。

金子阳：“报告老师，我也……”

老师一拍讲台，怒不可遏，金子阳摸摸鼻子：“好吧，我没事。”

郑航跑出去：“川哥！”

裴川黑眸看他，裴川看起来并没什么不同，只有他自己知道他全身肌肉紧绷到疼。

郑航说：“你这时候不能去。”

裴川咬牙不语。

郑航心里苦笑，他当时在饭馆二楼，纸飞机飞到贝瑶怀里，少女抬眸他也有一瞬间的惊艳和动心，然而后来知道没可能，也就没了这个心思。今天看见那个帖子的时候他心里尚且都不太舒服，何况裴川。

郑航说："他们现在在上课，今天是周一，校长老师都要巡视。"

所以，事情不能再闹大了。

裴川哑着嗓子说："我知道。"

许久，他接着道："我只是……出来静静。"

他早该想一想这段时间，他都在干什么。为什么会奢想贝瑶的喜欢，为什么不听赵姨的，主动离他们的女儿远一点。他放弃原则，丢盔弃甲，却回到了最初的预言——

看着她喜欢别人，毫无办法。

他靠在银杏树上，低眸看见自己的白色运动鞋。夏天银杏树又抽出了嫩绿的枝叶。有时候不言不语的植物，就像话很少的人一样，总是在静默地等待着时光变换。

郑航嘴角微抽，没有说话。

还好没人看见，像个神经病似的。

郑航陪着他一起冷静。也不知道冷静了几节课，总之下午是放学了。

郑航说："人这一辈子，就没有过不去的坎。川哥，看淡点。"

裴川低低道："嗯。"

他用了五月十六日整天来冷静，让自己不要去想发生了什么，会发生什么。马拉松比赛，他已经使坏了，他没有权利剥夺她的喜欢和快乐。

五月十六日晚上，裴川和郑航他们出去玩。

喝到一半，金子阳说："川哥你明天就过生日了。"

裴川才想起这回事，他弯唇，挤出了没有笑意的笑："是吗？"

看，金子阳这种没心没肺的朋友都知道明天对他来说算个特殊的日子，她为什么偏偏要选在今天？偏偏……要这样？

裴川猛然站起来，郑航惊道：“川哥！”

裴川大口喘着气，像是快被淹死的人猛然接触到空气，用力呼吸，他哑声说：“我只远远地，看一眼。”

季伟作业也写不下去了，他觉得川哥挺可怜的。

他小声说：“就是有过不去的坎啊。”

裴川走了，没人拦。

金子阳几个对望一眼，轻轻啧了一声。

没人信他，会只看一眼。心都快碎了吧？

六中的夜晚还带着些许料峭。

韩臻等了一整天，也没等到所谓的“校花香吻”。好吧，他苦笑，作为该辟谣的当事人，他本该主动辟谣，期待算是怎么回事？

只怪这个传言中的礼物诱惑太大了。

但是“小礼物”似乎非常恪守规矩，在认真辟谣。

六中下晚自习，韩臻失落地叹了口气，知道时间限制到了，传言假得不能再假，只好和兄弟们一起出去吃个饭，切个蛋糕。

贝瑶下晚自习回寝室的路上，还怪激动的，她在算，还有一个多小时就是裴川的生日了。

裴川十八岁，爸爸妈妈都没在身边，好可怜的样子，她准备的礼物是一株空气凤梨，只要有空气就能存活的植物，好养得不行。

裴川家里那么冷清，给他添一点活力也好。

主要是，她一个穷学生，只买得起小礼物。

然而在回寝室的路上，她却看到了一个熟悉的影子。

裴川？他怎么来啦？

贝瑶对室友们说：“菲菲、杨嘉，你们先回去，我有点事。”

陈菲菲一想，我去！难不成瑶瑶还真要去给韩臻……

她虎躯一震，严肃地道：“去吧去吧！阿姨要是查寝的话，我们说你上厕所了！我们一定保密。”

"……谢谢你啊。"

贝瑶朝着暗影走过去，她有些苦恼，他来得太早啦，还没到明天呢，她礼物都没带上。

香樟林浅浅的香气，校园路上灯光昏黄，贝瑶一眼就对上了他的眼睛。

裴川别开眼睛。

贝瑶闻到空气中浅淡的酒味，她嗅了嗅："你喝酒了吗？裴川，你怎么啦？"快过生日了怎么还不开心？

裴川握紧了拳，闭了闭眼。

他怎么了？他也不知道怎么了，明明不该来，明明……不配来。

可是就像季伟说的，有个坎过不去，他爱之欲生、恨之欲死。

/ 51 / 冒犯

初夏的夜晚，远处的丛林有三两点流萤。

裴川沉默良久，出声道："我没事，你回去吧。"

问了又能怎么样，今天已经结束了，他过来本来就没有任何意义。

贝瑶好奇地观察他的表情，少年的表情冷漠极了，眼里匍匐着沉寂的光。

没事会来他们学校看她？

她走近他，抬眸对上他的眼睛，严肃道："裴川，有没有人告诉你，有心里话就要说出来，不能憋在心里面。"

她忍不住笑："憋久了就会……像你这样，整个人看起来凶巴巴的。"

他死死抿唇。

贝瑶说："到底怎么啦？"她语气混着夏夜的风，包容又柔软。

"我没事。"他受不了了，说好只看一眼，何必要问出来自取其辱。

裴川转身就走。

"欸……"贝瑶犹豫要不要跟上去。

算啦算啦，今天脾气坏一点就当他在透支明天的权利吧。

香樟林尽头，是校门，一群少年往门口走。

有人调笑着问："韩臻！怎么样，成为男人的时刻，得到校花的香吻没？"

裴川猛地顿住脚步。

韩臻道："别胡说！"

"哈哈哈，快看，韩臻脸红了！"

"韩臻，韩臻，校花怎么样啊，身上香不香？"

这话太轻佻了，韩臻皱眉还没说话，那个调笑的人脸上重重挨了一拳。

黑衣少年拽住那个男生的衣领，一拳又砸在他脸上。

男生鼻血流了出来。

其他人都愣住了，然后赶紧上去拉架，他们都不认识打人的少年，却被他的狠戾劲吓到了。

他疯了一样，按住那个男生的头往香樟树上撞。

一下又一下，七八个少年，愣是没人拉得开他。

韩臻惊住，和两个人一起拉着那少年的手臂往后拖，其余人护着挨打的男生。

那个挨打的男生被打得崩溃了："神经病啊……"

韩臻感受到手下少年的肌肉鼓起，极致的愤怒使他肌肉抽动，韩臻没拉住他，他所有的愤怒、痛苦，让他神色冰冷、狰狞。

裴川知道自己疯了，他就是疯了，在昨天得知那个消息的时候就已经疯了……

韩臻没拉住他，看那个挨打的男生脸色都吓白了，韩臻没办法，只能赶紧挡在他前面。

裴川的拳头离韩臻的脸只有一厘米。

两个少年对望了一秒。

裴川说："滚开。"他认出了他是谁，韩臻。那个帖子上面和贝瑶照片并排的男生。

韩臻看见了一双又冷又刺的眼。

韩臻说："如果我不让呢？同学，不管你是谁，和他有什么恩怨，都不要用这种解决方式。"

裴川有那么一刻，想把他狠狠揍死。

这种维护所谓正义的，就是她在意的人？

裴川从来没有什么正义，他脑海里只有那个满脸血的男生轻佻的问话。

裴川动手了。

"裴川！"他们剑拔弩张不到半分钟，贝瑶过来却发现一个男生在流鼻血。她看到裴川还要向韩臻动手，心脏都要吓停了。

他们在做什么？

裴川背对着贝瑶。

韩臻看到在贝瑶喊住少年名字的时候，他眼里的狠戾、愤怒全都不见了，取而代之的，是无穷的难堪和灰败。

裴川没有转身，他不想贝瑶看见自己这副嫉妒到发疯的模样。他推开两个拉住自己的男生，往六中校门口走了。

贝瑶目光对上韩臻的脸："对不起，你先让你同学去看医生吧，医药费我会付的，刚刚那个男生……他情绪不好，我先去看看他，抱歉。"

她顺着小道跑到六中香樟林的尽头。

路边暖黄色的灯光朦胧，贝瑶看到光明的尽头是他的背影。

"裴川！"

他停下脚步，闭了闭眼。

贝瑶气喘吁吁，跑到他面前拦住他："你怎么了！为什么打人？"

他睁眼，漆黑的瞳孔映出她的模样。

他最想打的，明明是韩臻。可是正是害怕这一幕，她怎么看他？

明明五月初已经进入夏天，这个夜晚却有些冷。

裴川低眸："他们在讨论你和韩臻的事。"

贝瑶："……"啊？她什么时候和韩臻有什么了？她自己怎么都不

知道？

然而少年眸光低下去，落在香樟树的剪影上。他唇色苍白，不知道是因为难堪还是别的。她让他说心里话，他现在说了。

贝瑶心里有个荒诞的猜想，他刚刚那么气，是因为自己吗？

她说：“我和韩臻怎么啦？”

少年唇色更白，他猛然抬头，用一种被逼到绝境的目光看着她。

“十八岁贺礼。”还要他讲清楚吗？到底要把他的心思暴露得多彻底她才会放过他！

贝瑶说：“你说初吻吗？”

裴川死死咬牙。

他再也不想和她说一个字，心脏被人家捏在手中，她多说一个字他就多痛一次。

贝瑶忍住笑意和羞涩，杏儿眼带着粼粼水光看着他：“那个本来不是真的。后来我改变主意了，觉得这贺礼也不错。”

他转身就走。

哎呀脾气好大！

十一点十二分，流萤飞出草丛，头顶香樟树散落下叶子。

她早有准备，穿着白色的板鞋，几步站上前方围绕黄葛树的砖块。恰好站在他面前。

三块砖头十多厘米，这年贝瑶一米六五，她借着两块砖头的高度，捧着他脸颊，轻轻踮起脚尖。

红晕从脸颊到耳根，她闭眼。

夏天的风很温柔。

他一瞬间被定格。

弯月藏起来，路灯映出他们叠在一起的剪影，流萤飞过香樟树，也羞羞地把自己藏起来。

她笨拙地和他站在一起，又轻轻碰了碰。

“……校花怎么样啊？”

他骤然想起韩臻朋友这些混账话，身躯僵硬得像木头。

捧着少年的脸颊，贝瑶心跳飞快。

她睁开眼睛。

眸光微抬，对上他漆黑的眼。

裴川说："你知不知道你在做什么？"

她脸颊羞红："知道。"

裴川身体僵硬得像一块不愿被炼化的钢铁，他喉结动了动："你是女孩子，不能这样随便靠近别人。"

贝瑶："……噢。"她说，"可是没有随便，只有你。"

她说完杏儿眼一眨，少女的羞涩像是要从眼中溢出来。贝瑶也开始不自在了，她就不该一时冲动这样做。

她跳下两块可怜的砖，要回寝室去。

贝瑶脑子里乱糟糟的，再不回去，阿姨查寝就完蛋了。

她才走了两步，被人拉回去。

百年的黄葛树枝叶繁茂，她后背抵着树，被死死禁锢在他的手臂和大树之间。

月亮又从云里探出头，裴川微微分开。

她的世界像是炸开了烟花，一瞬的光影炸开。

那些曾经看过的文字，一点点唤醒沉眠在记忆里的形容。

她晕乎乎地想，原来……是这样的啊？

贝瑶回到寝室的时候，寝室阿姨早就查过寝了。

女寝也熄了灯，贝瑶用钥匙开门，寝室里各怀心思的女孩子都悄悄从被窝里探出了头。

陈菲菲用气音开口："瑶瑶，阿姨那边我们帮你瞒住啦。"

贝瑶轻轻应："谢谢。"她摸黑开始洗漱，洗漱完了爬回床上，用被子羞恼地蒙住自己的小脑袋。

被子里的温度迅速升高，初夏的夜晚，每一次呼吸都在升温，但是哪怕闷得难受，她也不要把脑袋露出去。

她轻轻摸了摸自己的唇，咬唇微恼。

裴川好气人。

她要讨厌他一个月。

有对人家女孩子说“抱歉，是我的错，你要是……生气，打我消消气”的吗？

他还说：“我会去向你妈妈赔罪，是我不好。

“今晚的事。”他艰难地道，“你要是觉得不愉快，就忘了吧。”

啊啊啊啊啊！

以至于贝瑶什么都说不出来，差点被他气哭。

裴川怎么可以这么讨人厌？

她踹了他一脚就跑了。

活该！

还过什么生日啊，她要把那株原本用来做礼物的空气凤梨饿死渴死！

等到寝室里传来平稳的呼吸声了，贝瑶点开手机，看见屏幕上面的“00:15”，她觉得更恼了。

睡觉，睡觉。

他都让她忘了这事，她还记得干吗？

裴川在树下站了一夜。

如果一开始是她懵懂，后来就是他的错。

裴川靠在黄葛树上。

这棵树不知道在六中多少年了，建校之初它被移植过来就已经是一棵大树。

他记起她的眼神。

迷茫、懵懂、欢喜和害羞。

那是一个不满十七岁少女的眼睛，纯粹又干净。

他四岁认识她，知道她接触的异性并不多，或许连喜欢、好感和信赖之间的界限都是模糊的。

但他又冷静下来。

裴川想，他能给她什么呢?

是年少时的一段友谊，还是几年后一场畸形的婚姻?

如果是未来的恋爱，有比他更适合更浪漫的人。如果是婚姻……他什么也给不了她。

他的家庭不好，他甚至都快忘了一个完整的家庭该怎样地相处，不知道怎么去给她一个最好的家。

他的身体……丑陋。

她看见的都只是强撑起来的光鲜。

她让人爱怜，却又让人挣扎。

他一无所有。

如果没有破釜沉舟的决心，就不该靠近她，不该在她心里留下这些记忆。他希望她能毫无负担遇见更好的人。

天亮的时候，露水沾湿了裴川的衬衫。他皱眉，从六中校园走出去。

最糟糕的是，贝瑶还生气了。

是不喜欢他……冒犯，还是他的话让她不高兴了?

如果是前者，她要怎么惩罚他都可以。

如果是后者，假使还能是后者，她愿意的话，他会做到最好——给她年少最美好的一段友情。

纵然最后离开他，他也想把他的所有送给她。

/ 52 / 爱怜

裴川生日这天恰好周二，他很少这么早来教室。

彼时天还没有彻底大亮，教室里只有一个奋笔疾书的影子。

“季伟。”

教室里写作业的季伟推了推鼻梁上的眼镜回头："川哥，你这么早啊？"

"嗯。"

季伟每天六点钟会准时出现在教室里，写他前一天的作业。写好以后抄三份，就把四个人的作业准备好了，但是川哥自从考了第一以后就不用他抄那一份了，于是季伟每天只用抄两份——金子阳和郑航的。

这样的习惯都维持一年了，裴川起先不用季伟写自己那一份，可是季伟说："反正我都要写两份，再多写一份也没事，川哥你不交作业的话给老师的印象不好。"裴川当然无所谓，随他的便。季伟没想到一写竟然写了将近两年。

季伟是班上最努力的学生，然而他和裴川、金子阳他们坐在一起，就成了老师眼中最差的学生。

季伟兢兢业业写作业，怕交不上来导致老师对他印象不好。可是在大多数老师眼中，他一开始坐在这个位置就是个错误。所以不管他多努力，因为成绩始终上不去，总得不到其他人的认可。

因为学得不好，写作业就慢了下来，第二天总是在补前一天的，季伟陷入这样的恶性循环很久了。

裴川坐在自己座位上，看了眼季伟。

两年了。

他第一次这么清晰地认知到，自己不是金子阳和郑航那类人，而是季伟这类人。

季伟喜欢学习，在外人眼里很可笑，甚至因为很少及格一直在被嘲笑。季伟喜欢学习，在其他人看来是玷污了学习。可是季伟十多年来，从来没有想过放弃。

"季伟，想去哪所大学？"

季伟没想到有一天川哥会问他这种话，他转头，眼里放着光："想去剑桥。"

如果有外人在，一定笑出了声，但裴川不会笑他，因为他喜欢的……也是一辈子都很难得到的姑娘。

“为什么是剑桥？”

“我以前学徐志摩的《再别康桥》，‘悄悄是别离的笙箫；夏虫也为我沉默，沉默是今晚的康桥！’我觉得，我有一天一定会去剑桥读书的。我要凭借自己的努力考过去。”

“万一明年考不上呢？”

季伟说：“一年考不上，那就两年，两年考不上，那就用十年。总有一天，我要以剑桥大学学子的身份站上那片土地！”

季伟说完有些不好意思，毕竟他也知道希望很渺茫，就像万分之一的概率一样。他忍不住去看裴川的表情。

却看见川哥沉默了一会儿，裴川说：“嗯。”

季伟说：“川哥你肯定可以考剑桥的，我查了，你绝对可以！”他兴致勃勃要给裴川介绍剑桥大学的优点。

裴川说：“闭嘴，聒噪。”

季伟：“……”

裴川不去什么剑桥，他要守着他的小月牙儿。

金子阳他们日上三竿才来，正好遇到数学课代表收作业。季伟熟练地递了好几份过去，他照常没写裴川的。课代表又问裴川要。

裴川说：“没写。”

他前两天哪有心思写作业？

数学课代表悄悄把裴川的名字登记上去，一溜烟跑了。

裴川没搭理他。

金子阳说：“川哥，今天你生日啊，干脆我们去‘倾世’玩？对了，你要啥礼物来着？我去买。”

裴川说：“安分点。”

金子阳就知道跑不成了，他是真不喜欢听老师讲课。只有季伟一个人听得津津有味，老师嘴巴说个不停，也不知道说的什么玩意儿，他坐在这里无聊玩手机，手机还可能被收走，神烦。

倒是郑航观察了一下裴川的神色，看起来挺正常啊，没被刺激到发疯吧？

然而下午，大家都老老实实来上课的时候，裴川没来。

金子阳："……"

校花献吻的八卦，在昨天不攻自破，韩臻朋友透露，贝瑶并没去找他。大家没看到惊天大"瓜"，难免失望。

另一件事让贝瑶很尴尬，韩臻的朋友龚灿受伤不轻。

去医务室，结果医务室的人让他们送去医院，校医说："这个伤我可不敢治，你们这些小年轻打架玩闹怎么没个轻重，弄得就跟专业拳击手打出来的伤口一样，人赶紧带走！"

一群少年又赶紧往医院转移了。

贝瑶十分愧疚，本来昨天是韩臻十八岁的生日。他也真是倒霉，因为谣言，生日聚会都泡汤了。

贝瑶的假早就请好了，现在却不能去找裴川了，而是去探病。

裴川捅出来的娄子，总得有人解决吧？

到底是看伤员，贝瑶买了水果和鲜花，先和韩臻联系了，韩臻说了医院和病房，贝瑶去看被裴川打伤的龚灿。

韩臻一大早也来了医院，虽然和龚灿关系一般般，但是人家毕竟是和自己在一起出的事，他也不放心，早早请假来探望龚灿了。

贝瑶来的时候，韩臻说："你别放在心上，这件事……也是龚灿嘴上不干净惹的祸。"

见贝瑶不解，韩臻就知道她没听到他们昨天说的话。

少女容颜清丽，在五月的午后阳光下安静好看。

韩臻心里有些苦涩，笑着问："昨天打人那个，是你的朋友吧？"

贝瑶把水果放在医院凳子上，脸颊微红没说话，毕竟她和韩臻还没有熟到这一步。

贝瑶说："龚灿伤得这么严重，总得给他道个歉。我去给他道个歉吧。”

韩臻点头，他也不能替龚灿做决定。

贝瑶还没进病房，却见楼梯口出来一个黑发少年。

他穿着白衬衫，扣子扣到喉结处。

韩臻一看到这个人，下意识想到他昨晚打架的狠戾。韩臻皱了皱眉。

贝瑶还在生裴川的气，不太想和他说话。

裴川猜到她来了这里，他走过去，低声说：“我去道歉，你等等我。”

贝瑶抬眸看裴川。

韩臻也忍不住看了过来，这人怎么也不像是那种会给人低头的人，这少年是那种哪怕被人打得快死，也能吐出带血的牙齿啐一口的人。

裴川打开门进去。龚灿没再睡午觉，他脸上已经肿得老高。裴川拿出道歉准备好的医药费：“对不起。”

病房里外都有些安静。

贝瑶第一次见裴川给人道歉。

龚灿也吓到了，他看见这个人就下意识觉得这个人会打他。裴川说：“打人是我不对，但是如果……你还说那种话，我会再犯一次，甚至更严重。”

龚灿：“……”他医药费都不敢要了。

裴川把钱放在床边，他出来的时候对贝瑶说：“好了，走吧。”

贝瑶现在看到他就想起昨晚，明明是他……好吧，她忘了。

她把水果留下了，快步走出了医院。

医院外面空气新鲜多了，大街上非常热闹。初夏的阳光并不炙热，晒得人懒洋洋的，很舒服。

她还记得裴川说忘掉，非常让人生气。哪怕他今天过生日，也不能抵消她心里的懊恼。

贝瑶咬牙，往公交站跑，请的假还有一下午呢，她回家也比生闷气好。

裴川不爱跑步，他的残肢跑步会痛，而且跑起来姿势可能并不那么自然。然而他两次跑步，一次是马拉松，一次是她生气了。

他追上她，手轻轻扶上她肩膀。

“贝瑶。”

她抬头，到底年纪不大，少女气满满，她伸手要去掰开他的手。

裴川顺从地放下手。

“你听我说，”少年嗓音温柔道，“是我不对，让你生气了。”

她的委屈在这一声道歉中似蔓延开来，又似悄无声息地消散了。

裴川低眸，眸里只映出她的模样：“在二十一世纪，人类平均年龄大概是七十岁，你今年才十七岁，没有走完人生四分之一。你以后要读大学，会遇见很多人，也有……很多不错的异性。你的眼界会开阔，世界更宽广，喜好会改变。”

公交站台就在不远处，行道树在阳光下投下夏天味道的剪影。

他笑着，很温柔地看着她：“你还很年轻，不知道我这个情况到底有多糟糕。”

贝瑶本来是生他的气的，可是他从来没有……这么温柔地把自己的缺陷这样说给她听，她的眼眶蓦然红了。

他说，你不知道，它到底有多糟糕。

人的一生会遇到许许多多人，也许下一刻，你就会发现，很多人都比他好。

她眼眶红了，裴川叹息一声，指腹轻轻挨上她眼尾。

“不哭。你哭我会心碎。”

贝瑶抽泣了一声，哽咽道：“不会，不会遇见比你更好的人。总之我就是知道。”

真是世上最傻的话。

他能带给她什么呢？

然而裴川到底怕她难过、怕她哭，哄着她：“好，瑶瑶说什么都是对的。”

他低声问：“昨晚后悔吗？”

要是她后悔，他就去向赵姨请罪，不管什么惩罚他都会坦然接受，也会逼迫自己忘了这件事。

贝瑶瞪他，要哭不哭，她还是觉得好憋屈，声音却像猫咪叫一样软："不后悔。"

他忍不住笑了。

那笑很真实，像是这么多年，摘下一切浮夸和冰冷的面具，眼里带着细碎温柔的笑意。

他说："不后悔的话，那就答应我两个条件，然后你想做什么，我都答应你。"

贝瑶第一次见他这样真实的笑容，眨眨眼："你先说。"

裴川说："第一，我们做最好的朋友。但是不要让任何人知道。"

"第二，我们不要有亲密的肢体接触。两个条件以外……我为你做任何事。"

她蒙了一瞬。

这是什么见鬼的要求啊?

她涨红了脸，愤愤瞪他。不谈了，谁要和你做朋友。

她说："不答应，我回家了！"

裴川看着少女愤愤的背影。

她依然生气，但是好在不那么难过了，她踩着树影，在初夏的温柔阳光下就自成风景。

裴川只是看着，看得满心爱怜，温柔满溢，却又无可奈何。

他不能去追，这是他靠近她必须戴上的唯一的枷锁。

不能让人知道，万一有一天大家知道了他的身体状况，她至少还是曾经惊艳了一中、三中、六中的校花，不会被人诟病。

第二件事，不要有任何肢体接触。这样她未来遇见更好的人，才不会想起自己觉得恶心，也不会太过后悔。

这是他给自己的枷锁，也是保护她的铠甲。

等她不再懵懂了，爱上其他人了，至少有轻松反悔和放心离开的权利。

/ 53 / 爱你

五月十七日，裴浩斌很早就下班了，然后把自己关在书房没有出来。

白玉彤说：“裴叔叔做什么呢？喊他吃饭都没应。”

曹莉把手在围裙上擦了擦，想起前几天裴浩斌把这些年得的锦旗徽章锁在保险柜里，又想起那晚的谈话，脸色沉了沉：“今天是裴川十八岁生日。”

白玉彤睁大眼睛。

曹莉也心中惴惴，她到底是人家的二婚妻子，白玉彤也不是裴浩斌的亲女。裴浩斌作为刑警队长，有时候任务也很危险。

母女俩现在的锦衣玉食都是靠着裴浩斌，曹莉没工作，她文化水平不高，性格也不踏实，只有一点可取，会揣摩人的心思，会讨好人。

曹莉最怕的就是裴浩斌暗暗把遗嘱立好了，却把所有的财产留给裴川。这个男人倒不会那么绝，不至于让她和白玉彤流落街头，但是留给她们的恐怕也就只有一套房子和零星财产了。

裴浩斌和蒋文娟奋斗了很多年，有一些家底，曹莉窥其皮毛，都觉得裴家家境真不错。

曹莉和白玉彤哪怕再讨裴浩斌欢心，也是两个外人，裴川才是他的亲生儿子。

儿子长大了，一般家庭都会忙着给儿子买房子娶媳妇，如果裴浩斌意识到了这点，加上愧疚，很可能把什么都留给裴川。

曹莉一想，平时的镇定也不见了，心里有些发慌。

母女俩暗自一说，白玉彤更慌了，她还记得裴川险些掐死自己的可怖，要是钱全给了裴川，他一定不会管自己和妈妈。

白玉彤说：“妈，我倒是有个办法，你再给裴叔叔生个弟弟吧。”

一个健全的孩子，一个裴浩斌的亲生血脉，才是母女俩的倚仗。

曹莉瞪了她一眼：“你以为我不想，这是想生就能生的吗？”她今年都快四十了，哪怕怀孕也是高龄产妇，更何况……裴浩斌会注意避孕。

不知道是不是孩子给他留下的阴影太大了，两年来裴浩斌没有提过再要一个孩子的想法。

曹莉说："好了，该去做什么做什么，别惹我心烦。我跟你说，你要是懂事就给我争点气，好好读书，这样我心里也踏实些。"

白玉彤撇了撇嘴。

下午裴浩斌从房间出来了，他情绪不太好，双手抹了一把脸，没有说话，进了洗手间。

曹莉悄悄拿起他的手机，上面有一个陌生的电话，显示通话时长是三十二分钟。

曹莉心一跳，好像猜到了什么——

这个电话多半是裴浩斌的前妻蒋文娟打来的。他们毕竟是裴川的亲生父母，对他的生日肯定记得。曹莉心里发慌，就怕裴浩斌愧疚心作祟，以后想把什么都留给裴川。她咬牙，决定要给裴浩斌生个孩子。

她倒是没猜错，电话确实是蒋文娟打来的。

蒋文娟这些年过得不错，也没打算再要孩子，她丈夫对她很好。然而在十七日这天，她还是想起了那个孩子。

蒋文娟曾经告诉裴川，妈妈去出差，然后再也没有回来。

蒋文娟失眠了一夜，在丈夫的安慰下，鼓起勇气给裴浩斌打了个电话，想和裴川说说话。她心里愧疚、害怕，却独独没想到，裴川早不在家里了。蒋文娟情绪不好，当场就和裴浩斌吵了起来。

最后裴浩斌承诺道，他今后所有的财产都由裴川来继承。

"倾世"的夜，金子阳他们在给裴川庆生。

金子阳怕不够热闹，找了许多人过来，甚至还有高一的学妹。裴川一看就皱了眉。

金子阳说："川哥，生日嘛，人多才热闹。反正也就打打牌玩玩游戏什么的。"

金子阳确实没别的意思，然而有个别学妹不这样想。几个男生中，长得最帅的就是裴川，轮廓冷硬，不说话时很酷。

裴川电话响了，是裴浩斌打来的。

裴浩斌之前向班主任问过裴川的电话。

那头儿裴浩斌有些尴尬："今晚你生日，回来吃饭吧，我让你曹姨都做好了。"

裴川笑了一声："裴警官，还是你们一家人吃吧。"

难为你还记得，你有个成年的儿子。然而他未成年时不需要你照顾，成年以后更不需要。

裴川挂了电话，顺带把这个号码拉黑。

大家见他脸色不好，有人壮着胆子过来，笑着说："川哥你生日，我敬你一杯啊，生日快乐。"

裴川说："以后不喝酒。"

金子阳一脸惊诧："川哥你说真的啊？"

裴川想了想，冷硬的神色上出现了些许柔和，他点头："所以你们玩，我十点之前回家。"

大家愣愣地应了一声。

等到九点五十，裴川真的起身离开的时候，大家脸上都是一言难尽的表情。

郑航送他下楼，看了眼裴川的神色："川哥有心事？"大家嘴上不说，心里却都这样猜。

楼上有人唱歌，闹哄哄的。C市夜景很漂亮，不是浮华的好看，是一种静谧的美丽。

裴川抿唇说："没有。"

郑航看见，他哪怕说着没有，眼里依然很柔和。

裴川开车走的，他那辆豪车很扎眼。

等车子开到没影了，郑航慢半拍地想：那他是为谁在改变生活方式？

自己约束自己吗？

裴川那辆车五百万元。

小公寓买在别人名下，可以转卖。他银行卡里的钱……数目很大。

五月末，裴川把车卖了，改装回去以后再卖出去的。

在二〇〇八年，对于普通家庭来说，这是一笔巨款。

然而裴川觉得不够，他皱眉看另一张银行卡里那一串“0”，这里面钱多，但是却不能动。

裴川每天晚上工作三小时，从二十三点到凌晨两点，已经持续一年了。

他打开自己的电脑，目光在上面的程序停留了几秒，点了删除。

这是窃取密码的软件，半成品。如果它写完了，那么可以结合黑客技术在金融机构任意窃取钱。

还有破解安保程序，他点开自己做了半年的程序，手指点在鼠标上。

彻底删除。

最后一栏，是那笔最大数目金钱的来源之一。

裴川垂眸，不愿去想“它”究竟是用来干吗的，他点了永久删除。

六月刚刚到来的时候，裴川收到了一个男人的电话。

“Satan，八月是最后期限，你有头绪了吗？”

裴川沉默了片刻，回答他：“我不做了，你们另请高明吧。”

那个人激动道：“你在开什么玩笑！半年了，你就这样回答我们！”他们如果找得到在二〇〇八年就会写这些程序的人，会对这个天才少年奉若神明？按他的要求，让他在高中过正常的生活？

裴川平静地说：“就这样。”

裴川看着一屋子代码类的书，把门锁上。

那笔不干净的钱，如果有必要，他会上交给国家。

他并不是良心发现，也不是从今以后要善良。他依然不太喜欢这个世界，这个让他完整地出生，却又剥夺了他双腿和一切的世界。

他只是觉得，既然要和贝瑶做朋友，自己总得干净些。

他不知道能陪她几年，但他想和她一起上大学，看着她长大、成年。

马上就要高三了，不知道她想去哪所大学，会去往祖国的哪个地方，是去看北方的雪，还是南方柔柔的水？

他笑了笑，小姑娘不选择和他在一起。

还在生气呢。

贝瑶是在生气，气到冬天的围巾，夏天了还没还给他。

今年暑假会补课，快高三了，各个班的教室里已经热热闹闹拉起了横幅——

“增加一分，干掉千人”。

“没有高考，你拼得过富二代吗？”

“考过高富帅，战胜官二代！”

“生时何必久睡，死后自会长眠。”

“有来路，没退路；留退路，是绝路！”

……

就连一些营养品企业，也借着高考的噱头开始推销补脑营养品。

当高考的步伐渐近，大家终于感受到了些许紧迫感。

大家倒也幽默，笑着说：“快高考了，要不嗑一瓶‘脑力升’？保管增加一百分，干掉好多人。”

然而比起还有一年才到来的高考，更新奇的是即将举办的奥运会。

二〇〇八年八月八日，一个非常吉利的时间，全世界的运动员都会聚集在中国，参加体育盛典。

这是祖国越发强大繁荣的象征，也意味着这是一个和平的世界。

就连陈菲菲这种不关注政治的人都说：“暑假去北京现场看一看奥运会，死而无憾了啊。瑶瑶，你想去吗？”

“想。”贝瑶坦诚地说，“肯定非常精彩，但是估计只能在电视上看了。”

她到时候会和赵芝兰他们一起在电视上看的。

现场看奥运会是需要票的，花钱都不一定买得到。而且票价好贵，北京的物价也贵，远非他们这些小市民可以承受的。

所以这样的话谁也没放在心上。

憧憬憧憬罢了，谁还真有那个本事现在搞到现场的票呀？

七月份学校放假之前，贝瑶看见压了自己名次二十多名的裴川，他稳居第一，这次没有人说他作弊了。

只有叹服罢了。

她鼓了鼓脸颊，心想等她再努把力，超过这个讨人厌的大浑蛋。

然而现实是，她连全市十多名的敏敏都超不过。

贝瑶泄气了。

她放假那天，赵芝兰依旧去接上学前班的小贝军。贝瑶自己回家，夏天的阳光变成耀眼的剪影，贝瑶看见了树下的少年。

将近两个月的委屈让她想狠狠打他一顿，然而他轻轻喊："瑶瑶。"她还是过去了。

"拿着这个。"他说。

两个月不见，他看上去成熟了许多。他把一沓东西放在她手里，贝瑶低头看，是二〇〇八年奥运会的门票。

一半是红黄的瑰丽色彩，一半是白色。

最右下角，有一只可爱的卡通小牛。

她呆呆看了眼四张门票，又抬眸看他。

少年笑了："去玩，嗯？"

贝瑶看了看，低声说："有四张。"

"嗯，你和赵姨、贝叔，还有贝军都可以去。"

"那你呢？"她委屈地抬眼，大眼睛里水汪汪的，心酸得快要哭的模样。

他笑道："我在这里等你。"等你看看世界的精彩，看到健全的人运动拼搏，感受到生命的力量，再决定是不是要回来。八月是最美的八月，你将过十七岁生日。

阳光柔柔打在她身上，贝瑶的长睫在眼睑上投下剪影。

贝瑶摇头：“我不要这个。”

裴川说：“这是十七岁生日礼物。”

她说：“又不是每个不熟的人都要送礼物，裴川，你是我的谁？”

她杏儿眼里闪烁着执拗的光彩，那一晚的事情才不要忘，你见过哪个姑娘转头就把那么重要的事情忘了的？

贝瑶不答应他的条件，但她要他正视她的感情。

不是青春期好奇，也不是随口说说，更不是一时冲动。

所以，非要我收下礼物的话，裴川，你是我的谁？

裴川沉默地看她一眼：“瑶瑶，别耍赖。”

她心里仰着小脑袋期待的小人哇的一声哭了，但贝瑶没哭，她瞪他一眼，憋住眼泪，把奥运会门票还给他。他都不明白她的心意，她不要他的礼物。

裴川原本的礼物空气凤梨还被她冷落着呢。

放假了，学校很安静，校园里还能听见夏天的蝉鸣。

六中的夏天，书卷气很浓，四季常青的香樟树散发着树木清浅的香味。

她走了好几步，又憋着眼泪跑回来。

他手中拿着那几张票，看着她跑到自己面前。

“裴川。”那双清澈的眼睛里倒映着他的模样，她咬牙，鼓起勇气问，“你喜欢我吗？”

他垂眸看她。

知了叫个不停，七月温暖又干燥。瑶瑶，我爱你。

和她懵懂青涩、情窦初开不一样，爱不是喜欢，是小心翼翼的试探，想着会痛，想妥帖珍藏。喜欢随着时间和经历会变，爱不会。

但是同样，喜欢不会成为人的枷锁，爱会。

贝瑶见他不回答，她抿唇，这次头也不回地走了。

高二这个暑假并不漫长，比起以前冗长又无聊的假期，这个假期非常紧迫。赵芝兰说："高考越来越紧张了吧？瑶瑶中午想吃什么？妈妈给你买点好吃的补补脑。"

贝瑶说："都可以，谢谢妈妈。"

她拉开窗帘，楼下陈英骐在跑步，七月的太阳炙热，晒在他身上，汗水打湿了衣服。

他跑了一个小时了。

围着整个小区，一圈又一圈。小区其他少年招手："陈虎，你热不热啊，过来吃冰棍。"

那年的碎碎冰，两手一掰，就成了两个。

陈英骐的目光落在碎碎冰上面，简直快要粘在上面了，他咽了咽口水，朝着少年们走了两步，忽而一咬牙，又掉头跑了起来。

老远还能听见他闷声道："都说了不要叫我陈虎，叫陈英骐。"

赵芝兰过来一看也皱眉："这孩子怎么了？大热天这样跑，也不怕中暑。小军过来，给那个哥哥送点水喝。"

贝军得了任务，很有小孩子被委以重任的快乐和使命感，他"噔噔噔"就跑去给陈英骐送水了。

没一会儿，跑完一圈的陈英骐又跑回来了。他累得像一头命不久矣的老牛，一屁股坐在地上大口喘气。

贝瑶也下了楼，和弟弟一起给他送水。

陈英骐有些犹豫，然后想起水是可以喝的，他接过来，很克制地喝了两口。

夏天地面上也炙热，人一坐下就烫得跳起来。但是陈英骐显然累坏了，汗水使他眼睛都睁不开，整个人像是淋了雨回来。

贝瑶说："你在减肥吗？"

陈英骐嘴巴一咧，露出白白的牙齿："是啊，我都坚持一个月了，瘦了两斤，一年下去，就可以瘦二十四斤，三四年我就又高又帅了。"

贝瑶笑了。

陈英骐说："你别笑，你是不是不相信我啊？"

贝瑶说："我相信你，但是你这样容易中暑。"

"嘿！我不会，我身体好，一直都没事，就是晒黑了点。"

而且最热的时候跑，流的汗水也多，不然以他喝水都要长胖的体质，很难减肥成功。

贝瑶回家以后，赵芝兰提起陈英骐也是一阵唏嘘："那孩子看着大大咧咧，没想到还挺有恒心的。"

是很有恒心啊，谁一个月拼死拼活减两斤还会这样高兴的？

后来陈英骐在小区跑步成了独特的景象，邻里路过总会问："陈虎，又出来跑步了啊？"

陈英骐声音洪亮地回答她："是啊张婶婶！"

赵芝兰常常觉得，带孩子就像一眨眼的事，看着慢，可是再一眨眼吧，孩子们都长大了。小时候或调皮或活泼的，长大了都各有自己的模样和性格。

她家瑶瑶和赵秀家的敏敏，这个月也要十七岁了。

八月赵芝兰依然去上班。

八月一日中午她回来，整个人走路都是飘的。

在沙发上呆呆坐了好久。

贝立材说："怎么了你？"

赵芝兰说："老公，你快掐一下我，看我是不是在做梦。"

贝立材哭笑不得："到底怎么了？"

赵芝兰从衣兜里摸出四张奥运会的门票："我刚刚回来，本来是要去超市买菜，然后在门口看到免费抽奖，我心想免费嘛，那抽一条毛巾和一块肥皂也很好。结果我抽了一张梅花七以后，那个人说我中了四张奥运会门票。"

她当真摸出四张门票。

贝立材也吓了一跳，奥运会门票有市无价，哪能那么容易被抽到？

“你该不是遇见骗子了吧，他收了你多少钱？”

赵芝兰也蒙着呢：“没收我钱。

“更害怕是在做梦了，怎么办？”

贝立材说：“我看看。”

夫妻俩又上网查又各种问，结果都证明那门票是真的。

赵芝兰说：“不会这么巧吧，还刚好一次性中四张。这查户口呢！”贝瑶学习完出房间，就看见了那四张票到了妈妈手中。

然而想来想去，就是想不出有什么问题。

赵芝兰说：“不行，我要把它卖了！”

贝瑶：“……”

这一幕好眼熟。那个奇奇怪怪的夏令营！她咬牙，想把那个浑蛋打一顿。裴川是不是觉得他们一家人都特别傻呀？

然而谁也拦不住赵芝兰，她转头就要去卖。

贝瑶又不敢揭穿裴川，只能心焦地关注进展。

结果没卖出去。

理由很简单，大家都觉得这是骗子，黄牛都不敢这么干，谁一次出手四张奥运会门票，喊价还不高啊！

赵芝兰卖不出去，方敏君生日到了，赵秀一家带她旅游去了。

这回赵芝兰自己看自己都觉得像个骗子。

然而这四张票的价值，已经超越全家的家当了，不去都让人难受。

赵芝兰一咬牙，瑶瑶生日到了，带她去看奥运会挺好的！

不管贝瑶怎么抗拒，最后一家人还是强行被赵妈妈带上了去北京的火车。不能浪费，不能浪费！

贝军听说要看什么会，兴奋极了，在赵芝兰怀里扭来扭去，一刻也不安生。

火车轰隆隆开了一天一夜，一家人踏上首都的土地。

这一年首都繁华，因为奥运会，街上常常能看到金发碧眼的外国人。

贝瑶生了一路的闷气，却到底是个十七岁的小姑娘，看到新奇的世界忍不住好奇。

奥运会那天，他们拿票果然进了场地。

赛场上，运动健儿们挥洒着汗水，国人的骄傲和拼搏让国旗升起，让国歌一遍遍奏响。

人民为自己的国家呐喊助威，贝瑶看到最后，也看到了一个震撼的世界。

就连闹腾的小贝军，也紧张地乖乖窝在妈妈的怀里。

贝军清澈的眼睛瞪大，看着不同人种为了自己国家努力，也被比赛精神所感染。

“爸爸，我长大也要当运动员，跑得最快！”

贝立材哈哈大笑。

世界真的好大好大。梦想就像种子，慢慢散播。

那一晚贝瑶睡不着，她推开宾馆的窗，看着首都的月亮。家里疼女儿，在这样寸金寸土的地方，单独给贝瑶开了一间房，小贝军是和爸爸妈妈挤在一起的。

大都市的“鸟巢”好看，街上的灯光炫丽漂亮。

热闹、繁华，不一样的人生百态。

贝瑶看着天上一轮明月，这不是故乡的月亮。

她穿上外套下了楼，夜风微凉，贝瑶站在桥上，下巴枕着手臂，看水里被波痕剪碎的月光。

街头有人拉二胡，声韵悠远。

她拿出手机打电话，那头儿很快接听。

她听着二胡声：“裴川，我在首都。”

“嗯，好玩吗？”

她说：“首都有在C市没有见过的漂亮霓虹，有盛大的‘鸟巢’，还有最热闹的夜市，明亮的水和月光。还有许多快节奏生活的人。”

他沉默，难免有些难过。

“可是裴川，”她说，“它们这么好看，为什么我在桥上，却只想你。”

想你清冷的目光、黑夜一样的眼睛。

她语调带着些微哽咽：“就算你不喜欢我，我还是很想你，就像想家那样想。”像是想念故乡温柔的月亮、柔和的路灯、大自然的风和夏天绵绵的雨。

裴川的手机蓦然摔在地上。

他站在她口中漂亮的霓虹、热闹的夜市和明亮的月光尽头，看着她娇小单薄的背影，低声道：“瑶瑶。”

贝瑶回头。

她长睫轻颤，像两只扑扇着翅膀的蝶，看着桥尽头的少年。

下一刻城市的流星与霓虹坠下，她从桥上往他的地方跑，小乳燕入巢一样扑进他怀里。

他伸手，紧紧抱住她，手微微颤抖。

几个月的生气和委屈一瞬间倾泻出来，她抓紧他的衬衫，哇哇大哭：“你就想把我丢了，像高一那次一样，你总是想把我丢掉。”

他用下巴抵住她的发顶，声音也是颤抖的：“不会，没有，我怎么舍得。”

“那你和我讲好过分的条件。”

他抱住她：“嗯，好过分。”

她抽泣说：“我不答应，现在也不答应。”

“好，不应。”

她脑袋靠在他胸膛，想起那天自己的问题，他当时不回答，贝瑶泪汪汪一口咬住他衬衫上的扣子，像是要咬他一口解气：“你还说不喜欢我。”

他的心脏似乎被她撒娇般轻轻一咬咬碎了，任她为所欲为。

那颗心脏震颤跳动，少年声音低哑，响在她耳边。

“喜欢，很喜欢。”

天知道有多喜欢，再喜欢不过了。

图书在版编目（CIP）数据

黎明前他会归来 / 藤萝为枝著 . -- 南京 : 江苏凤凰文艺出版社 , 2019.12（2023.4 重印）
ISBN 978-7-5594-4187-4

Ⅰ . ①黎… Ⅱ . ①藤… Ⅲ . ①长篇小说 - 中国 - 当代 Ⅳ . ① I247.5

中国版本图书馆 CIP 数据核字 (2019) 第 242111 号

黎明前他会归来

藤萝为枝 著

责任编辑　张　倩　王　青
特约编辑　谢　演
装帧设计　46 设计
出版发行　江苏凤凰文艺出版社
　　　　　南京市中央路 165 号，邮编：210009
网　　址　http://www.jswenyi.com
印　　刷　嘉业印刷（天津）有限公司
开　　本　880mm × 1230mm　1/32
印　　张　11.875
字　　数　330 千字
版　　次　2019 年 12 月第 1 版　2023 年 4 月第 21 次印刷
书　　号　ISBN 978-7-5594-4187-4
定　　价　48.00 元